dtv
premium

Ausführliche Informationen über
unsere Autoren und Bücher
finden Sie auf unserer Website
<u>www.dtv.de</u>

Dora Heldt

Kein Wort zu Papa

Roman

Deutscher Taschenbuch Verlag

Originalausgabe 2010
3. Auflage 2011
© 2010 Deutscher Taschenbuch Verlag GmbH & Co. KG,
München
Dieses Werk wurde vermittelt durch die Literarische Agentur
Thomas Schlück GmbH, Garbsen
Umschlagkonzept: Balk & Brumshagen
Umschlagbild: Gerhard Glück
Satz: Greiner & Reichel, Köln
Gesetzt aus der Sabon 10,2/13,5·
Druck und Bindung: CPI – Ebner & Spiegel, Ulm
Gedruckt auf säurefreiem, chlorfrei gebleichtem Papier
Printed in Germany · ISBN 978-3-423-24814-3

Für meine kleine Schwester Birgit,
ich habe viel von dir gelernt.
Danke.

»Komm. Nur zwei Wochen. Danach hast du auch wieder bessere Laune.«

Meine Schwester säuselte in diesem schmeichelnden Ton, den sie schon ihr Leben lang benutzt hatte, wenn sie etwas von mir wollte. Ich wollte aber nichts von ihr.

»Nein. Ich habe keine Lust, und ich habe kein Geld. Und übrigens auch keine schlechte Laune.«

Das war natürlich gelogen, Ines ging gar nicht darauf ein.

»Los, Christine, jetzt sag Ja. Dänemark ist ganz toll im September. Das Haus ist riesig, mit Sauna und Kamin und offener Küche. Wir nehmen uns stapelweise Krimis mit, gehen jeden Tag am Strand spazieren, unterhalten uns bei Rotwein und Kaminfeuer, schlafen aus, essen sooft wir wollen rote Würstchen und Backfisch, das wird super.«

»Nein.« Ich hatte momentan keine gute Zeit und wollte einfach meine Ruhe. Ferien mit meiner kleinen Schwester standen wirklich ganz unten auf meiner Liste. »Wir können die Diskussion an dieser Stelle beenden.«

Meine Schwester interessierte kein Nein. Das hatte sie noch nie interessiert. Sie kannte es auch kaum, zumindest nicht aus ihrer Kindheit. Es gab nur ein lässiges: »Ach, lass sie doch« oder: »Christine, andere Kinder wünschen sich eine kleine Schwester, sei froh, dass du sie hast und nimm sie mit« oder: »Vertragt euch, die Ältere ist die Klügere und gibt nach«. Das Wort »Nein« gab es nicht. Und wenn, dann kam ich nicht damit durch. *Sie* dafür immer. Und jetzt hatte ich dazu keine Lust mehr. Ich atmete tief durch, Ines war schneller: »Ich komme heute Abend bei dir vorbei und bringe einen Prospekt von dem Haus mit. Du wirst begeistert sein. Möchtest du Pizza mit Schinken oder Salami? Oder Thunfisch? Ich finde die mit Thunfisch und Schinken ja auch super.«

»Ich möchte gar keine Pizza. Ich kann nicht schlafen, wenn ich abends so viel esse.«

»Seit wann das denn?« Ines lachte. »Ich fahre doch sowieso beim Italiener vorbei. Also, ich bestelle eine große mit allem drauf, und die teilen wir dann. Gegen sieben?«

»Ich will keine und außerdem habe ich heute Abend überhaupt …«

»Christine, mein anderes Telefon klingelt, ich bin ja noch im Büro. Bis später dann, tschüss.«

Warum hörte sie mir eigentlich nie zu?

Ich legte das Telefon zurück auf die Station und ging in die Küche, um mir einen Kaffee zu kochen. Meine Schwester hatte öfter idiotische Ideen. Sie war so furchtbar spontan, ich nicht. Von mir aus sollte sie doch mit ihrer Pizza vorbeikommen, ihre Dänemarkkataloge könnte sie danach ins Altpapier werfen. Zwei Wochen Ferien in Dänemark mit meiner kleinen Schwester, das war auch genau das, was mir im Moment gerade noch gefehlt hatte. Nur weil ihr geplanter Segeltörn kurzfristig geplatzt war, sollte ich jetzt als Lückenbüßer einspringen. Dabei waren die Zeiten, in denen ich ihren Babysitter spielen musste, wirklich vorbei.

Das Telefon klingelte erneut. Vermutlich war das wieder Ines, die wissen wollte, welches Dressing ich auf dem Beilagensalat haben wollte. Weil eine Familienpizza mit Salat dann ein Menü und drei Euro billiger ist. Ines liebte Schnäppchen und Aktionsangebote. Weil ihre ältere Schwester nie mit Geld umgehen konnte. Deswegen hatte sie das schon früh gelernt. Sie handelte immer wie auf einem türkischen Basar, egal ob sie sich ein Auto, eine Kiste Wein oder eine Pizza kaufte. Hauptsache, man konnte noch was am Preis drehen.

Die Nummer auf dem Display hatte eine schwedische Vorwahl, kein Mensch konnte ermessen, wie ich sie mittlerweile hasste. Ich nahm das Telefon hoch.

»Hallo, Johann.«

»Na? Was machst du gerade?«

Er hatte ein Lächeln in der Stimme, das mich aus irgendeinem Grund wieder schlecht gelaunt machte. Wieso ging es ihm gut und mir nicht? Er müsste sich mit vor Sehnsucht brüchiger Stimme melden, dann könnte ich ihn wenigstens trösten und sagen, dass doch alles nicht so schlimm sei. Schließlich würde dieser blöde Job in Stockholm ja nur noch etwa zwei Monate dauern. Aber so war nur meine Stimme gefühlt brüchig, und zwar wahrlich nicht mehr vor Sehnsucht, sondern vor Ärger, weil er diesen Job in Stockholm nämlich überhaupt nicht blöde fand. Mit einer unglaublichen Begeisterung und Euphorie sanierte Johann eine schwedische Zeitung. Als ob das niemand anders als der berühmte Johann Thiess konnte, der dafür natürlich sofort den geplanten Umzug nach Hamburg in eine gemeinsame Wohnung mit mir verschob: »Christine, das ist eine ganz große Chance. Der Verlag hat mich extra angefordert, weil ich mit Verlagen Erfahrung und auch schon mal in Schweden gearbeitet habe. Und ich spreche die Sprache. Das ist ein sensationeller Job. Und was sind denn schon drei Monate? Sobald ich wieder da bin, ziehen wir um.«

Ganz klar, nur dass mittlerweile die drei Monate schon fast um waren und Johanns Auslandsaufenthalt auf fünf Monate verlängert worden war. Und da Johann offiziell auch noch in Bremen wohnte und nicht bei mir in Hamburg, musste er an den wenigen Wochenenden, an denen ihn die Schweden mal rausließen, auch noch zwischen seiner und meiner Wohnung hin- und herfahren. Das wäre vielleicht alles gar nicht so schlimm gewesen, wenn auch ich einen sensationellen Job gehabt hätte. Nur leider hielten sich zurzeit die Sensationen bei mir in Grenzen. Nachdem einer von Johanns Berufskollegen den Verlag, in dem ich seit Jahren gearbeitet hatte, mit ähnlicher Euphorie saniert hatte, war ich meinen Job los und hielt mich jetzt mit dem Schreiben kleiner Kolumnen für eine Frauenzeitschrift über Wasser. Aber wirklich nur eine Handbreit über der Wasseroberfläche. Alles in allem war meine Situation im Moment höchst anstrengend, und ich gab Johann die Schuld dafür. Das war leichter, als einfach nur niedergeschlagen zu sein.

»Christine? Bist du noch dran? Die Verbindung ist so schlecht.«

»Das kommt davon, dass du in Schweden bist. Und ich in Hamburg.«

Johann ignorierte meinen bissigen Ton. »Was machst du gerade?«

»Nichts weiter.«

»Aha. Hast du schlechte Laune?«

»Nein.«

»Das ist gut. Hast du deine Kolumne fertig?«

»Wie soll ich bitte eine lustige Kolumne schreiben, bei der das Thema der Urlaub eines Paares ist? Ich hatte keinen Urlaub mit dir, du bist in Schweden.«

»Ich weiß.« Er lachte. Es war nicht zu glauben. »Nimm doch unseren Sylt-Urlaub aus dem letzten Jahr.«

»Sehr witzig. Das war kein Urlaub, das war eine Katastrophe.«

»So schlimm war es auch wieder nicht. Lass ein paar Dinge weg, dann wird das doch ganz lustig. Du, hör mal, nächstes Wochenende kann ich hier eigentlich nicht weg. Wir kriegen das zeitlich sonst nicht hin, der Bericht für den Aufsichtsrat muss übernächste Woche fertig sein. Dafür komme ich danach für eine ganze Woche. Das ist doch schön, oder?«

Na, toll! Wieder mal ein einsames Wochenende. Ich wollte zurückschlagen.

»Da fahre ich mit Ines für zwei Wochen nach Dänemark.«

Was redete ich eigentlich? Das war reinster Blödsinn. Ich konnte mich doch nicht ernsthaft bei der Wahl zwischen einer Woche Johann und zwei Wochen Ines für meine Schwester entscheiden. Johann schien aber bereit, es zu glauben.

»Das ist doch nett«, sagte er in einem Ton, als ginge es ums Eisessen und nicht darum, dass wir uns noch länger nicht sehen würden, »Dänemark ist ganz toll im September. Das tut dir bestimmt gut.«

In diesem Moment bezweifelte ich, dass er eine vage Ahnung von dem hätte, was mir guttat. Ich war einfach sauer. Auf ihn, auf mich, auf das Leben und auf die Schweden. Und weil ich schon mal dabei war, auch noch auf Dänemark.

Meine Schwester balancierte einen Pizzakarton, auf dem noch eine Tüte hin und her rutschte, eine Flasche Rotwein und ihre überdimensionale Schultertasche das Treppenhaus hinauf. An den Türrahmen gelehnt, sah ich ihr entgegen, sie atmete schwer und blickte zu mir hoch.

»Dieses Treppenhaus macht mich wahnsinnig. Es wird wirklich Zeit, dass du umziehst.«

Sie hatte keine Ahnung, wie recht sie damit hatte. Oben angekommen, reichte sie mir den Karton und die Tüte.

»Mittwochs ist bei der großen Pizza immer ein Salat dabei. Gut, oder? Und den Rotwein gab es für sechs Euro. Apulienwoche oder so, habe ich gleich mitgekauft.«

»Ich habe noch zehn Flaschen im Schrank. Und auch gute.«

»Na ja«, sie ging an mir vorbei und warf ihre Tasche in den Flur, »wenn der Wein nicht schmeckt, machen wir einen von deinen auf.«

Ich schob ihre Tasche mit dem Fuß an die Seite und folgte ihr in die Küche. Ines kramte Besteck aus der Schublade, holte Gläser und Teller aus dem Schrank und deckte den Tisch. Dann nahm sie mir den Pizzakarton aus der Hand.

»Wo ist denn dein großes Messer?«

»Fühl dich wie zu Hause«, antwortete ich, während ich mich setzte und dabei auf die Spüle deutete, »und das Messer liegt in der Spüle, weil ich eigentlich vorhatte, heute Abend ein bisschen Amok zu laufen.«

Ines wischte die Klinge mit einem Spültuch ab und begann, die Pizza in Viertel zu schneiden.

»Gibt es was Neues vom Schwedenhappen?«

»Wenn du Johann damit meinst, der hat mir vorhin gesagt, dass er am Wochenende nicht kommen kann, dafür aber danach eine Woche freihat. Also hat sich dein Dänemarkplan für mich erledigt.«

»Wolltest du deshalb Amok laufen? Weil dein Süßer nicht kommt?«

»Unsinn.« Ich sah ihr zu, wie sie mit gleichmäßigen Bewegungen aus den Vierteln Achtel schnitt. »Aber mir geht dieses ganze Hin und Her auf die Nerven. Man kann überhaupt nichts mehr planen.«

Ines ließ das Messer zurück in die Spüle fallen und setzte sich mir gegenüber.

»Du könntest planen. Du machst dich nur so abhängig von Johann. Der spricht sich ja auch nicht immer mit dir ab. Und du musst doch nicht hier rumsitzen und warten, was der große Meister sagt. Ich finde das albern.«

Sie nahm das größte Stück und biss ab. Mit vollem Mund sagte sie: »Nimm doch, ist super.«

»Wozu hast du eigentlich Besteck hingelegt, wenn du jetzt mit den Fingern isst?«

»Esskultur! Aber Pizza geht besser mit der Hand.«

Eine Zeit lang kauten wir schweigend. Ines hatte recht, Thunfisch mit Schinken war wirklich gut. Außerdem hatte sie doppelt Käse bestellt. Von gesunder Ernährung konnte hierbei nicht die Rede sein, aber es schmeckte.

Nach dem dritten Stück stand Ines auf und holte einen Prospekt aus der Tasche. »Ferienhäuser Dänemark.« Sie hatte die Seite, auf der das Haus abgebildet war, mit einem gelben Klebezettel markiert.

»Guck mal. Ist das nicht schön? Und der Preis geht auch.«

Ich warf nur einen flüchtigen Blick auf das rote Holzhaus mit dem hübschen Garten und schob den Prospekt sofort wieder zurück.

»Ich habe weder Lust noch Geld. Und außerdem kommt Johann ja in der Zeit. Wir sehen uns doch sowieso kaum noch.«

Ines fuhr sich mit der Hand durch ihre Haare, ein kleines Stück Käse blieb an einer Ponysträhne hängen.

»Und wenn doch wieder was dazwischenkommt? Dann hängst du weiterhin schlecht gelaunt hier herum?«

»Ich weiß gar nicht, was du immer mit meiner schlechten Laune hast. Und ich hänge auch nicht herum.«

Mit einem weiteren Pizzastück in der Hand betrachtete Ines mich nachdenklich.

»Ich war am Wochenende zu Hause.«

»Ich weiß. Hat Mama mir erzählt. Und? War es nett?«

»Papa hat gesagt, ich soll mich um dich kümmern. Du wärst in einer schlechten Verfassung.«

Deshalb also Dänemark. Weil mein Vater mal wieder seine Hausfrauenpsychologie betrieb. Am Wochenende vorher war ich auf Sylt bei meinen Eltern gewesen. Bereits da war es mir auf die Nerven gegangen, dass mein Vater mich ständig mit zusammengekniffenen Augen beobachtet hatte. Bei einem Strandspaziergang hatte er mich gefragt, wie ich mir eigentlich meine Zukunft vorstellen würde.

»Christine, du musst doch Pläne haben. Sowohl beruflich als auch privat. Also auch, was du mal werden möchtest.«

»Papa, ich bin 47. Ich habe einen Job, wenn auch nicht besonders gut bezahlt. Und ich werde auch wieder was anderes finden. Und ich habe einen Freund, den du kennst. Ich weiß gar nicht, von welchen Plänen du redest.«

»Aber das läuft doch alles nicht rund bei dir. Da darf man sich als Vater doch wohl mal Gedanken machen.«

»Ja, natürlich. Mach dir Gedanken, aber erzähle sie mir nicht.«

Jetzt hatte er sie also Ines erzählt. Das war ja klar. Sie sah mich mit ernstem Gesichtsausdruck an.

»Papa hat einen Artikel gelesen, in dem stand, dass statistisch gesehen eine Wochenendbeziehung nicht länger als zwei Jahre hält.«

»Aha. Statistisch gesehen. Und weiter?«

Ines probierte den Rotwein und rümpfte die Nase. »Ich glaube, wir müssen doch eine von deinen Flaschen öffnen. Der schmeckt nicht.«

»Das Stichwort war ›Wochenendbeziehung‹.«

»Ja, sicher. Also, er meinte, dass dir dann mit Johann nur noch ein Dreivierteljahr bliebe. Wobei man das aber schlecht rechnen kann, weil Johann im Moment ja noch nicht einmal jedes Wochenende da ist. Wie das jetzt geht, wusste er auch nicht. Auf jeden Fall musst du aber etwas tun. Wobei ich dir die Idee, nach Schweden umzuziehen, ausreden soll.«

»Ich hatte noch nie im Leben die Idee, nach Schweden umzuziehen.«

»Soll ich jetzt einen anderen Wein holen, oder machst du das?«

Ines sah sich suchend um, blieb aber sitzen. Der Wein war wirklich ziemlich schlecht, Apulienwochen hin oder her. Ich schob mein Glas zur Seite und stand auf.

»Was hat Papa noch gesagt?«

Ines sammelte die Gurkenscheiben aus ihrem Salat und legte sie mir ungefragt auf den Teller. Sie hasste Gurken, ich mochte sie auch nicht besonders gern, aß sie aber trotzdem für sie. Seit sie wusste, was eine Gurke ist, machten wir das so.

»Papa findet die Situation hoch kompliziert. Er hat erklärt, dass er Johann ja ganz nett findet, aber sein Ehrgeiz wäre doch ein bisschen eigenartig. Fast schon krankhaft.«

»Meine Güte. Ich glaube, mehr will ich von seinen Überlegungen gar nicht wissen. Sonst kommen gleich Johanns ›tückische Augen‹ wieder ins Spiel.«

Ich öffnete die neue Weinflasche und holte zwei frische Gläser aus dem Schrank. Statt über unseren Vater zu reden, sollten wir uns lieber gepflegt betrinken. Das würde vieles einfacher machen.

Ines drückte den Korken in den Sonderangebotswein und meinte: »Damit kannst du jetzt Rotweinkuchen backen. Den musst du ja nicht wegschütten. Im Kuchen merkt man überhaupt nicht, wie schlecht der ist. Du nimmst einfach ein bisschen mehr Schokolade. Das geht bestimmt.«

Manchmal fragte ich mich, was Ines antrieb, alles an Getränken und Lebensmitteln, was ihr unter die Finger kam, zu konservieren oder zu verarbeiten. Sie war doch kein Flüchtlingskind, das drei Jahre lang durch halb Europa zu Fuß unterwegs gewesen war, immer auf der Suche nach Beeren und Blättern, getrieben vom Hunger und Überlebenskampf. Sie tat aber so. Es war mir ein Rätsel. Aber es war zwecklos, darüber mit ihr zu diskutieren.

Ich arbeitete mich durch die Gurkenschicht auf meinem Salat und hoffte, dass Ines das Thema wechseln würde. Sie tat es nicht.

»Jedenfalls hat Papa dann die glorreiche Idee gehabt, dass wir beide doch ein paar Tage zusammen verreisen könnten. Du kannst dir in aller Ruhe Gedanken über deine Zukunft machen, und ich vertreibe dir dabei die Zeit. Papa zahlt auch was dazu.«

»Er macht was?« Ich glaubte, mich verhört zu haben.

Ines hatte das Glas schon fast ausgetrunken. »Der schmeckt besser. Der ist sogar richtig gut. Kann ich noch was haben?«

»Trink doch erst mal aus.«

Sie tat es mit einem Schluck und hielt mir das leere Glas hin. Bei Katzen nannte man das Futterneid. Bei Ines war es wohl etwas anderes. Ich ertappte mich dabei, dass auch ich mein Tempo beim Essen und Trinken beschleunigte. Aber eigentlich waren wir bei einem anderen Thema.

»Was meintest du jetzt mit ›Papa zahlt was dazu‹?«

Treuherzig sah Ines mich an. »Na ja, habe ich doch erzählt:

Er hat gesagt, ich soll mit dir ein paar Tage wegfahren, damit du auf andere Gedanken kommst. Daraufhin habe ich geantwortet, dass du bestimmt sagen wirst, du hättest kein Geld. Und ich sehe ja nicht ein, dass ich so ein Rettungspaket bezahlen soll.«

»Ines!«

»Genau dasselbe hat Papa auch gesagt.« Sie grinste. »Ich habe ihm aber ganz freundlich erklärt, dass ich mein Geld zum Segeln bräuchte. Der Törn ist nämlich teuer. Deswegen habe ich ihm vorgeschlagen, dass er das ja sponsern kann. Wollte er dann auch. Wobei er immer nur von ein paar Tagen geredet hat.«

»Aber doch keine zwei Wochen?«

Mein Glas war jetzt auch leer. Wir griffen gleichzeitig zur Flasche, ich war schneller und schenkte mir nach. Ines hob ihr halb volles Glas und musterte kurz den Inhalt der Flasche.

»Prost. Ich habe ihn gestern Abend angerufen und ihm erzählt, dass mein Segeltörn geplatzt ist, weil das Boot einen Motorschaden hat. Ich könnte jetzt aber mit dir zwei Wochen Urlaub machen. Und da wäre Dänemark doch sehr schön, das würde ihn aber ein bisschen was kosten.« Sie trank aus und zog die Flasche zu sich.

»Und?«

Während sie lächelnd ihr Glas sehr voll goss, antwortete sie: »Er hat gesagt, wir sollen es machen. Hauptsache, es hilft. Und wir könnten ja Lebensmittel mitnehmen und bräuchten nicht jeden Tag essen zu gehen.« Sie sah mich gut gelaunt an und legte den Kopf schief. »Wir können dein Auto nehmen. Mein Kofferraum ist so klein.«

Das war typisch für meine Schwester. Ich schob die letzten Gurken zur Seite.

»Das heißt, du sparst dein Urlaubsgeld für den nächsten Segeltörn und lässt dir von Papa den Ersatzurlaub bezahlen, weil du mich auf andere Gedanken bringen sollst?«

Ines nickte. »So ungefähr. Das ist doch nett von ihm.«

»Du fährst nur mit mir, weil er das *bezahlt*?«

»Nein«, mit hochgerecktem Kinn sah sie mich an. »Weil er das *will*. Ist die Flasche schon wieder leer?«

Eine weitere Flasche und eine Stunde später verkündete ich, schon leicht lallend: »Papa, Geld, Dänemark, alles egal, ich fahre nicht mit dir in Urlaub. So. Und das mit meinem Schwedenhappen löse ich wie folgt ...«

Das Klingeln des Telefons unterbrach mich mitten in meinem Plädoyer. Ines fing albern an zu lachen und brüllte: »Wetten, das ist Papa? Oder ... haha, noch besser, Johann, haha, der will mit dir nach Dänemark!«

Ich riss mich zusammen, meldete mich betont sachlich und hörte – ein Rauschen. Und ein Knacken und Knistern. Sonst nichts.

»Hallo? Wer ist denn da?«

»...«

»Hallo? Johann?«

»...«

Ines schlug sich vor Lachen schon fast auf die Schenkel und spülte mit Wein nach.

»Christine? ... Hallo?«

Die Stimme klang wie die von Marleen, aber auch irgendwie anders. Ganz anders. Außerdem war Marleen im Urlaub. In Dubai, mit einer neuen Liebe. Beneidenswerte Marleen.

Ich presste den Hörer ans Ohr, gab Ines ein Zeichen, leiser zu sein.

»Hallo? Ich verstehe Sie nicht.«

»Ach, Gott sei Dank, du bist zu Hause. Christine, hör zu, es ist was Blödes passiert, ich ...«

Es war tatsächlich Marleen.

Es rauschte und knisterte, ihre Stimme war wieder weg. Dann ein Knacken. Wieder das Rauschen. Ines beobachtete mich und hörte auf zu lachen. Sie schob mir mein Glas zu. Ich hatte plötzlich ein ungutes Gefühl und stellte das Telefon auf Lautsprecher.

»Marleen?«

»Ja.« Ihre Stimme klang gehetzt und ganz anders als sonst. »Ich kann nicht lange reden. Christine, ich sitze blöderweise in Dubai fest und kann am Wochenende nicht zurückfliegen. Du musst nach Norderney und mich in der Pension vertreten, ich erkläre dir alles später. Du kannst doch, oder?«

»Ich?« Ein kalter Schauer lief mir über den Rücken. »Was ist denn passiert? Sag doch mal, was los ist. Du klingst so komisch. Was heißt, du sitzt fest? Bis wann denn?«

Das Rauschen wurde etwas leiser. »Christine, mach bitte, was ich sage. Ruf meinen Anwalt Kühlke an, Ralf Kühlke, Anwalt in Oldenburg, und fahr nach Norderney. Und frag jetzt nicht. Ich kann nicht.«

Weinte sie etwa? Sie hatte so eine komische Stimme. Ich verstand gar nichts mehr.

»Marleen? Wo bist du denn?«

»Ich muss Schluss machen. Und du fährst nach Norderney, ja? Und bitte, sage keinem, wohin und mit wem ich verreist bin. Das ist ganz wichtig. Denk dir was aus.«

Ines nickte, während ich verwirrt wartete. Und dann rief sie in Richtung des Telefons: »Marleen, hier ist Ines. Wir fahren nach Norderney und schmeißen deinen Laden. Wir wollten sowieso mal raus.«

Das Rauschen und Knistern wurde wieder lauter, plötzlich hörten wir kurz Marleens erleichterte Stimme: »Danke und ...« Dann war die Leitung tot.

»Wie? Denk dir was aus! Was soll ich mir denn ausdenken? Wieso denn?«

Aber die Leitung war tot. Meine Schwester und ich starrten uns an. Mit einem Schlag waren wir wieder nüchtern.

»Das ist ja schräg. Und so was von Marleen«, sagte Ines

und fuhr sich durch die Haare, »… das ist ja völlig verrückt. Na gut, dann fahren wir eben nach Norderney, statt vorm dänischen Kamin Krimis zu lesen. Aber die Sache klingt nach Notfall. Was ist denn da nun passiert?«

»Keine Ahnung.« Ich ließ mich auf das Sofa sinken. »Das ist doch ein Witz, oder? Sie ist in Dubai und schickt mich nach Norderney?«

Ines trank den restlichen Wein aus der Flasche. Sie dachte kurz nach.

»Das hörte sich aber nicht an, als würde sie da freiwillig bleiben. Vielleicht haben sie ihr die Papiere geklaut. Aber wieso sollen wir diesen Anwalt anrufen? Na ja, die Nummer kriegen wir wohl von der Auskunft. Was anderes fällt mir im Moment auch nicht ein.«

Ich sah meine Schwester an, die mit vor der Brust verschränkten Armen vor mir stand.

»Das ist doch völlig idiotisch.«

Ich war mir nicht sicher, ob ich jetzt sauer auf Marleen oder besorgt sein sollte. So etwas passte überhaupt nicht zu ihr.

»Und was soll das mit dem Anwalt?«

Ines schob ihre Hände in die Jeanstaschen und zuckte mit den Schultern.

»Was weiß ich? Vielleicht fällt ihm etwas ein. Keine Ahnung. Ich war noch nie in Dubai. Ich habe keinen blassen Schimmer davon, was einem da passieren kann.«

»Toll.« Ich massierte mir die Schläfen, um besser denken zu können. »Aber irgendetwas Blödes muss ja passiert sein, sonst halten die einen doch nicht fest. Und wieso soll ich mir was ausdenken? Großer Gott, das ist ja völlig verquer. Aber dann muss ich wohl nach Norderney. Es hilft ja nichts. Willst du wirklich mit?«

Ines betrachtete mich verwundert. »Natürlich komme ich mit. Du hast doch noch nie eine Pension geleitet.«

»Du etwa?«

»Natürlich nicht. Aber zusammen kriegen wir das bestimmt irgendwie hin. Du weißt ein bisschen was, ich weiß ein bisschen was anderes, und in der Summe muss das dann reichen. Nur du alleine, Schwesterherz, das wird nichts. Du wirst doch immer so schnell hektisch.«

Man konnte meiner kleinen Schwester alle möglichen Dinge nachsagen, aber ganz bestimmt nicht, dass sie unter zu wenig Selbstvertrauen litt. Und so nervenschwach, wie sie meinte, war ich auch nicht.

»Ich habe die Pension damals mit umgebaut. Und außerdem fast drei Wochen lang den gesamten Frühstücksdienst gemacht. Das hat ziemlich gut geklappt.«

»Sag ich doch«, zufrieden sah sie mich an, »ein bisschen was weißt du, das andere ich. Aber du musst morgen früh erst mal mit diesem Anwalt telefonieren. Dann wissen wir vielleicht, wie lange das dauert. Wer arbeitet denn noch in der Pension? Ist die jetzt geschlossen?«

»Nein.« Ich überlegte, was mir Marleen alles am Telefon erzählt hatte, bevor sie in den Urlaub geflogen war. »Marleens Tante Theda hat die Urlaubsvertretung gemacht. Aber nur bis zum Wochenende. Ansonsten ist Gesa da, das ist die Nachbarstochter, die in den Semesterferien immer dort jobbt. Ich kenne sie noch vom Umbau. Und außerdem gibt es eine ältere Frau, eine Adelheid, die arbeitet da vormittags. Aber erst seit einem halben Jahr.«

»Dann musst du morgen Gesa anrufen. Wer war denn noch in der Umbauzeit dabei? Wer könnte zusätzlich mithelfen?«

Ein hysterischer Lachkoller stieg in mir auf. Die Truppe damals bestand aus Marleen, meiner Freundin Dorothea, deren Sommerflirt Nils und vier Rentnern. Der Anführer war mein Vater Heinz. Noch einmal würde ich diese Konstellation nicht überleben.

Ines schien meine Gedanken zu erraten. »Ach je, Papa war ja dabei. Und noch ein paar ältere Männer, oder?«

Ich nickte. »Ja. Und dann noch dieser unsägliche Insel-reporter Gisbert von Meyer. Der hing auch jeden Tag auf der Baustelle herum. Vergiss es, die Einzige, die wir anrufen können, ist Gesa. Und im Moment habe ich keine Ahnung, was wir uns für eine harmlose Geschichte ausdenken sollen. Wieso darf denn keiner wissen, wo Marleen ist?«

Meine Schwester starrte lange auf die Wand hinter mir. Dann kehrte ihr Blick zu mir zurück. Leise sagte sie: »Kalli wohnt auf Norderney.«

Ich hielt kurz die Luft an, dann griff ich nach ihrem Hand-gelenk.

»Ines, wir müssen uns eine ganz wasserdichte Geschichte ausdenken. Wenn wir Kalli zufällig treffen, soll er denken, wir machen da ein paar Tage Ferien oder so etwas Ähnliches. Aber bitte, egal was passiert, kein Wort zu Papa! Sonst ist er mit der nächsten Fähre da. Und das halte ich nicht aus, ich schwöre es dir. Das halten wir beide nicht aus!«

Wir sahen uns lange an. Ines nickte ernst und rieb ihr Hand-gelenk.

Am nächsten Mittag stand ich zum dritten Mal im Bad, um irgendetwas zu holen, und hatte schon wieder vergessen, was es eigentlich war. Ich hatte ein ganz warmes Ohr vom stundenlangen Telefonieren und war vollkommen neben der Spur. Nachdem ich mein Spiegelbild erschrocken gemustert hatte, beschloss ich, mir einen Kaffee zu kochen, mich damit auf den Balkon zu setzen und eine Liste zu schreiben, um das Durcheinander in meinem Kopf einigermaßen zu sortieren. Ich schrieb in Krisensituationen immer Listen. Meine Schwester fand das albern, sie meinte, in der Zeit, die ich darauf verwendete, alles aufzulisten, hätte sie die gesamte Problematik schon zweimal gelöst. Ich hielt das für Unsinn.

Mit einem Blick auf den Kirchturm vor meinem Haus und einem kleinen Stoßgebet in dieselbe Richtung strich ich das Blatt Papier glatt und begann:

1.) Meine langjährige und beste Freundin Marleen hat eine Reise nach Dubai gebucht, zusammen mit ihrem neuen Freund Björn, von dem außer mir noch niemand weiß. Von dieser Reise sollte sie eigentlich diese Woche zurückkehren, das tut sie aber nicht.

2.) Stattdessen sitzt sie jetzt aus Gründen, die mir völlig schleierhaft sind, dort fest.

3.) Rechtsanwalt Kühlke aus Oldenburg blieb ganz locker, als ich ihn heute Morgen anrief, und hat sofort etwas unternommen.

4.) Die deutsche Botschaft wurde eingeschaltet, die wiederum einen Anwalt aus Dubai mit deutschen Sprachkenntnissen beauftragt hat, sich um den Fall zu kümmern. Der wiederum hat Marleen geraten, sich auch einen deutschen Anwalt zu nehmen, das haben wir ja nun schon erledigt. Es muss ein riesiges Missverständnis sein.

5.) Am Samstag ist Bettenwechsel und die Pension »Haus Theda« fast ausgebucht. Marleen wollte am Freitag wieder zurück sein. Das ist morgen, und daraus wird nun nichts.

6.) Deshalb fahren meine Schwester und ich heute Nachmittag nach Norderney. Gesa gibt uns den Schlüssel, bis dahin müssen wir uns noch eine unglaublich gute Geschichte ausdenken, die auf charmante Weise Marleens Fernbleiben erklärt. In dieser Geschichte dürfen drei Wörter keinesfalls vorkommen: »Dubai«, »Björn« und »Schwierigkeiten«.

7.) Ines und ich haben noch nie eine Pension geführt.

8.) Johann ist den ganzen Tag nicht zu erreichen gewesen und hat deswegen keine Ahnung, zu welchem Abenteuer ich gleich aufbrechen werde.

9.) Niemand, wirklich niemand, darf erfahren, was mit Marleen los ist, Anwalt Kühlke hat es strikt angeordnet. Aus diplomatischen und was weiß ich noch für Gründen.

10.) Die Idee mit Dänemark war eigentlich gar nicht so schlecht.

Ich las mir alles noch mal in Ruhe durch und kam zu dem Schluss, dass die Situation geschrieben noch schlimmer war als gedacht. Gut, ich hatte jetzt die Dinge in die Wege geleitet, die Marleen mir in diesem überraschenden Telefonat aufgetragen hatte. Aber wie ich das alles ernsthaft bewerkstelligen sollte, war mir im Moment noch ein Rätsel. Wobei ich auch niemanden kannte, der mit so etwas Erfahrung gehabt hätte. Niemand, den man anrufen konnte, um die lockeren Fragen zu stellen: »Sag mal, als deine Freundin in den Arabischen Emiraten verschollen war, wie lange hat das eigentlich gedauert?

Das war doch nicht dramatisch, oder? Und die Pension hast du mit links geschmissen? Alles halb so wild?« Geschweige denn, die Antworten zu hören: »Du, das war nicht lange, ein, zwei Tage. Das hat ihr gut gefallen, sie hat dort ganz nette Leute kennengelernt. So eine Pension ist ein Kinderspiel, nach einer Stunde hast du das Gefühl, du hättest nie etwas anderes gemacht. Da musst du dich überhaupt nicht verrückt machen, das kriegst du alles hin. Und wenn deine Schwester mitkommt, wird das sein, als hättet ihr Ferien.«

Leider konnte mir hierbei niemand helfen. Also würde ich das allein hinkriegen müssen. Nein, nicht ganz allein, schließlich hatte ich eine kleine Schwester.

Als ich gerade mit geballter Kraft versuchte, den Reißverschluss meiner Tasche zu schließen, rief meine Mutter an. Ich bekam eine Hitzewelle. Ines und ich hatten uns noch nicht auf eine offizielle Geschichte geeinigt, jetzt würde ich improvisieren müssen.

»Hallo, Mama.«

»Na, Kind? Was machst du gerade?«

Ich zerrte weiter am Reißverschluss und klemmte mir den Finger ein. »Aua, ach, nichts weiter. Ich räume hier so ein bisschen herum.«

»Was räumst du denn? Ich denke, du willst sowieso bald umziehen.«

»Ja, sicher. Was wolltest du denn wirklich?«

»Ich wollte nur mal hören, was du so machst. Hast du schon was von deiner Bewerbung bei diesem Zeitungsverlag gehört?«

Ehrlich gesagt hatte ich die sogar schon ganz vergessen.

»Nein. Aber ich glaube, die Bewerbungsfrist läuft auch noch vier Wochen.«

»Was heißt, du glaubst? Christine, du musst dich doch mal kümmern.«

»Mama, bitte. Ich bin erwachsen.«

Meine Mutter klang jetzt schnippisch. »Ich meine es nur gut. Und? Wie geht es Johann? Wann kommt er denn mal wieder?«

Aus dem Schnippischen war jetzt etwas Lauerndes geworden. Aber das kannte ich ja. Meine Antwort war sehr freundlich.

»Übernächste Woche. Dann auch für ein paar Tage.«

Es folgte ein schweres, fast schon theatralisches Atmen. »Das ist doch auch komisch. Am Anfang hieß es, er kommt jedes Wochenende nach Hause, aber je länger dieser Job dauert, desto seltener bekommst du diesen Mann zu sehen.«

»Mama! Er hat viel zu tun!«

Jetzt wurde ich giftig. *Ich* durfte mich über Johann aufregen und schlecht über ihn denken, meine Mutter nicht. Das konnte ich nicht leiden.

Sie trat den Rückzug an. »Das ist auch eine anstrengende Arbeit, die er macht. Na ja, wird bestimmt alles klappen. Sag mal, hast du schon mit Ines gesprochen?«

Jetzt wurde es gefährlich.

»Worüber?«

»Dass ihr beide zusammen ein paar Tage nach Dänemark fahrt. Ines hat doch so ein Pech mit ihrem geplanten Urlaub und du ja auch, wegen Johann und so, da hatte Papa diese tolle Idee gehabt, ihr beiden Schwestern mal ganz alleine. Das ist doch nett von ihm. Er will euch das unbedingt schenken.«

Wegen Johann und so. Es ging eigentlich niemanden außer mir etwas an. Warum wurde bloß alles immer gleich ein Familiendrama?

»Ich fahre aber nicht nach Dänemark. Auch wenn Papa das will. Und es sogar bezahlt.«

»Jetzt sei doch nicht so stur. Er macht sich Sorgen. Du hast ja nicht die beste deiner Lebensphasen.«

»Mama, bitte! Ich bin alt genug, um das selbst zu entscheiden. Und wenn Papa anfängt, sich Sorgen zu machen, geht sowieso wieder alles schief.« Ich hielt inne, wenn ich weiter ausholen würde, käme gleich der Satz, dass sie nicht wüsste, von wem ich das hätte, und außerdem würde ich was Falsches sagen. Also zählte ich bis drei und fuhr betont ruhig fort: »Und im Übrigen haben Ines und ich gestern Abend beschlossen, ein paar Tage nach ... Norderney zu fahren.«

Am anderen Ende blieb es einen Moment ruhig. Nur einen Moment. Dann kam die erstaunte Frage: »Zu Marleen?«

Ich hätte es mir denken können, trotzdem zuckte ich zusammen.

»Nein, nicht zu Marleen. Sie hat uns ein ganz tolles Hotel empfohlen, den ›Seesteg‹, ganz schön, mit Wellness, super Küche, schönen Zimmern und allem Drum und Dran. Und wir haben gedacht, wenn Papa so spendabel ist, dann können wir es uns dort auch nett machen. Und deshalb haben wir sofort gebucht, gestern Abend noch, die hatten nämlich gerade eine Absage, und deshalb klappte das. Toll, oder? Und wir freuen uns ja so.«

Ich biss mir auf die Unterlippe, wieso faselte ich eigentlich so viel Blödsinn? Weil ich einfach nicht gut lügen konnte. Hoffentlich nahm meine Mutter mir diese Rede ab.

Sie tat es. »Das ist eine gute Idee. Und ihr könnt Marleen ja besuchen, wenn ihr schon nicht bei ihr wohnt. Ach, und dann guckt doch auch bei Hanna und Kalli vorbei. Sie sind unsere ältesten Freunde und freuen sich, wenn ihr mal zum Essen kommt.«

Erleichtert antwortete ich: »Ja, mal sehen. Erst mal machen wir keine Pläne, sondern Urlaub. Und wir melden uns auch nicht. Wir wollen eigentlich unsere Ruhe haben.«

»Natürlich.« Die Stimme meiner Mutter klang sehr weich, sofort bekam ich ein schlechtes Gewissen. »Aber Papa will sowieso nachher noch Kalli anrufen, er kann euch ja schon mal ankündigen. Für irgendwann.«

»Nein, Mama, bitte nicht. Du kennst doch Kalli. Wir gehen da einfach mal vorbei. Du, ich muss jetzt auch Schluss machen.«

»Ja, klar. Also dann, viel Spaß. Ach so, wie lange bleibt ihr denn im ›Seesteg‹?«

Ich schluckte trocken. »Ines hat ja zwei Wochen Urlaub. Ich komme dann mit ihr zurück.«

Hoffentlich, dachte ich inbrünstig und klopfte dreimal auf meinen Holztisch.

Nachdem ich ein letztes Mal erfolglos versucht hatte, Johann zu erreichen, packte ich mein Auto und machte mich auf den Weg zu meiner Schwester.

»Ist es schon so spät?« Erschrocken sah Ines auf die Uhr, als ich ihre Wohnung betrat. »Tatsächlich. Ich bin noch gar nicht ganz fertig.«

Das war nichts Neues, das hatte sogar eine beruhigende Tradition. Die Welt ging unter, aber meine Schwester kam trotzdem zu spät. Als sie noch zur Schule ging, fuhr meine Mutter das Kind durchschnittlich dreimal in der Woche mit dem Auto zum Unterricht, so oft verpasste Ines nämlich den Bus. Meine Mutter trug bei diesen Fahrten immer einen verschossenen gelben Bademantel, der ihr etwas zu klein war. Erst nach einer sehr peinlichen Polizeikontrolle wurden diese Privatfahrten eingeschränkt und Ines morgens auch schon mal angebrüllt. Geholfen hatte es nichts.

»Ich habe auch nicht damit gerechnet, dass du schon fertig bist.« Ich stieg über ihre Tasche, die mitten im Flur stand, und ging in die Küche. »Beeile dich, die Fähre wartet nicht auf uns. Hast du noch einen Kaffee?«

»In der Kanne«, antwortete sie und verschwand in ihrem Schlafzimmer.

Während ich den Kaffee trank, ihre Spülmaschine ausräumte, den Tisch abwischte und das ›Hamburger Abendblatt‹ von vorn bis hinten las, packte sie ihre Sachen zusammen und stand wieder vor mir.

»So, fertig. Ging doch ruck, zuck. Ich weiß gar nicht, warum du immer so hetzt. Hast du diesen Anwalt erreicht?«

»Ja. Erzähle ich dir dann auf der Fahrt. Wir müssen los, hast du jetzt alles?«

»Ich muss nur noch meine restlichen Lebensmittel einpacken, das wird ja alles schlecht, bis ich nach Hause komme. Wer weiß, wie lange die ganze Rettungsaktion dauert. Und das kann man doch nicht wegschmeißen.«

Ich stellte mich demonstrativ an die Haustür. Sie warf mir nur einen kurzen Blick zu.

»Es hat gar keinen Zweck, mich zu hetzen, ich packe diese Sachen trotzdem noch ein.«

Während sie in der Küche mit Tupperdosen hantierte, ging ich schon mal mit ihrer Tasche zum Auto.

Bis zu den Elbbrücken war Ines damit beschäftigt, sich auf der Straßenkarte den Verlauf der Strecke anzusehen. Mein Navigationssystem war zwar praktisch, aber abhängig sein wollte sie davon nicht.

»So.« Zufrieden und sehr exakt faltete sie die Karte wieder zusammen und schob sie ins Handschuhfach. »Jetzt erzähl mal.«

Nach einem Blick in den Seitenspiegel ordnete ich mich links ein und holte Luft.

»Als Erstes habe ich diesen Rechtsanwalt angerufen. Ich habe ihm von Marleens Anruf erzählt und damit gerechnet, dass er währenddessen vom Stuhl fällt. Ist er aber nicht, er blieb ganz cool. Er hat selbst mit dem Auswärtigen Amt telefoniert und mich dann zurückgerufen. Marleen und Björn müssen erst mal dableiben und haben von der Botschaft einen Anwalt gestellt bekommen. Das ist jemand aus Dubai, der Deutsch spricht. Sie können sich aber zusätzlich einen hiesigen Anwalt suchen, der mit dem aus Dubai Kontakt aufnimmt. Das macht nun dieser Herr Kühlke. Er hält mich auf dem Laufenden.«

»Und warum das alles? Was ist da jetzt passiert?«

Ich zuckte mit den Achseln. »Keine Ahnung. Für mich bleibt es nach wie vor sehr mysteriös. Aber Ralf Kühlke wirkte ganz souverän.«

»Dann wollen wir mal das Beste hoffen.« Ines klappte die Sichtblende runter und starrte sich im Spiegel an. »Hat er eine Ahnung, wie lange der Zirkus dauert?«

Ich schluckte trocken. »Ich habe ihn nicht gefragt.«

Mir wurde ein bisschen übel, und ich zwang mich, positiv zu denken. In ein paar Tagen würde bestimmt alles vorbei sein. Kühlke war ein guter Anwalt, und es handelte sich doch sowieso nur um ein riesengroßes Missverständnis.

Bis zum Bremer Kreuz unterbrachen nur das Radioprogramm und das Rascheln einer Lakritztüte die Stille. Dann knüllte Ines die leere Tüte zusammen und sagte, mit einem Blick auf mich: »Du hast eine ganz tiefe Zornesfalte über der Nase.«

»Danke.«

»Mach doch mal die Stirn glatt.«

»Ich mache mir Sorgen.«

Ines warf die zerknüllte Tüte hinter sich auf die Sitzbank. »Das hilft uns auch nicht weiter. Du denkst zu viel. Wir können sowieso nichts tun, außer die Pension zu schmeißen und zu hoffen, dass Menschen, die sich mit so was auskennen, alles tun, was möglich ist. Also entspann dich. Das sieht furchtbar aus mit dieser Falte.«

Manchmal ging Ines mir wahnsinnig auf die Nerven. »Vor sieben Jahren, als ich so alt war wie du jetzt, hatte ich diese Falte auch noch nicht. Warte ab, bei dir kommt das noch.«

»Glaube ich nicht.« Interessiert betrachtete Ines sich erneut im Spiegel. »Da ist alles glatt. Ich bin ja auch entspannt.« Sie klopfte leicht mit dem Zeigefinger um ihre Augen herum. »Noch nicht mal Ansätze. Das hat was mit der Lebenseinstellung zu tun. Ich sag's doch: Du denkst zu viel. Bist du eigentlich nicht müde? Das war ja ziemlich spät gestern Abend.«

Ich war sogar sehr müde und wollte ihr gerade antworten, dass sie mich gern an der nächsten Raststätte ablösen könnte, als sie sich mit geschlossenen Augen an die Kopfstütze lehnte und binnen zehn Sekunden eingeschlafen war. Nur ein leises Röcheln war zu hören. Meine Schwester konnte stets und überall sehr gut schlafen.

Ich stellte das Radio leiser und ließ meine Gedanken schweifen. Vielleicht hatte Ines recht, ich sollte mir keine Sorgen um Dinge machen, die ich ohnehin im Moment nicht ändern konnte. Das raubte mir nur die Energie, die ich für unsere »Urlaubsvertretung« noch brauchen würde.

Rechts und links der Autobahn waren nur noch Felder, Kanäle und Kühe. Der Anblick beruhigte mich und gab mir trotz alledem einen Anflug von Ferienstimmung. Der Himmel war blau, nur ein paar kleine Wolken verteilten sich harmlos. Während Ines beim Luftholen sanft mit den Lippen blies, überkamen mich die Erinnerungen an den vergangenen Sommer.

Marleen hatte die Pension ihrer Tante Theda übernommen, die ihren Ruhestand lieber auf dem Festland verbringen wollte. Die Pension hatte zehn Zimmer und eine angrenzende Kneipe, die Marleen letztes Jahr komplett renoviert hatte. Meine Freundin Dorothea und ich hatten Urlaub genommen, um zu helfen. Wir mussten aber kurzfristig meinen Vater mitnehmen, weil meine Mutter im Krankenhaus war. Dass es mühsam würde, hatte ich mir schon gedacht, was dann aber alles passierte, das hätte sich zuvor niemand ausmalen können. Es war sehr anstrengend. Mein Vater hatte in kürzester Zeit Kontakte geknüpft und betrachtete sich, unterstützt von seinem alten Norderneyer Freund Kalli, als der wahre Organisator der Renovierung. Im Zuge dessen ging relativ viel schief. Allein der Tatsache, dass Marleen und ich uns über zwanzig Jahre kannten, war es zu verdanken, dass sie überhaupt noch mit mir sprach. Wobei, im Moment ... Aber ich wollte nicht mehr darüber nachdenken.

Johann war damals Gast in der Pension, so hatten wir uns kennengelernt. Vermutlich hatte er meinen Vater für geisteskrank gehalten, aber nie etwas dergleichen gesagt. Vor ein paar Monaten, im Mai, hatten Johann und ich ein paar Tage bei meinen Eltern auf Sylt verbracht. Ich hatte die naive Vorstellung, dass er meine Familie auf den zweiten Blick doch sympathisch finden würde. Es hatte wieder einige Zwischenfälle gegeben, auch dieses Mal hatte Johann sich nicht weiter zu meiner Mutter, meiner Tante Inge oder Onkel Walter geäußert. Aber er hatte komisch geguckt. Eine böse Stimme im Kopf fragte, ob es nicht doch einen Zusammenhang zwischen meinem Familienclan und Johanns Aufenthalt in Schweden geben konnte. Ich wies die Stimme an, zu schweigen, es war blanker Unsinn. Ines hatte recht, ich dachte zu viel. Ich konzentrierte mich wieder auf das Bevorstehende: die Pension.

Während der Renovierung hatte ich jeden Morgen den Frühstücksdienst gemacht. Ich versuchte, mir die täglichen Abläufe in Erinnerung zu rufen. Die Tische wurden abends gedeckt. Wir hatten mit dem Kaffee- und Teekochen begonnen, dann die Platten mit Aufschnitt und Käse, Salaten und Obst hergerichtet. Während die Eier kochten, wurden die Saftkaraffen und Brotkörbe befüllt. Ich bekam alles wieder zusammen und nickte zufrieden. Bis sich zum zweiten Mal die böse Stimme meldete und mir zuraunte, dass ich ja nur die Anordnungen von Marleen ausgeführt hätte. Und die hatte immer den Überblick gehabt. Mir fiel siedend heiß ein, dass wir sie noch nicht einmal anrufen konnten, um irgendetwas zu fragen. Sie hatte nur so ein altes Handy, für das es in Dubai bestimmt kein Netz gab. Und eine andere Telefonnummer besaß ich nicht. Noch nicht einmal für den Notfall. Ich musste Kühlke danach fragen.

Ines röchelte etwas lauter, was mich seltsamerweise beruhigte. Sie regte sich selten auf und hatte auch vor nichts Angst. Ich wandte den Blick von der Straße und sah sie an. In diesem Moment war ich heilfroh, dass sie jetzt hier war. Zusammen würden wir das doch hinkriegen. Als hätte sie meinen Blick gespürt, öffnete sie die Augen, rappelte sich hoch und sah sich um.

»Wo sind wir denn?« Sie gähnte mit aufgerissenem Mund, ohne die Hand davor zu legen. »Gott, was war ich müde. Wo ist eigentlich das Wasser?«

»Hinten. Unter deinem zerknüllten Müll.«

Ines drehte sich um und angelte sich die Flasche. »Ist ja nicht mehr viel drin. Kann ich austrinken, oder?«

Die Flasche war natürlich leer, bevor ich antworten konnte.

»So.« Sie wischte sich den Mund ab und drehte den Schraubverschluss wieder zu. »Da vorn ist ein Parkplatz, wenn du willst, kann ich dich ablösen, dann kannst du auch einen Moment lang die Augen zumachen.«

Als sie es ausgesprochen hatte, merkte ich erst, wie unglaublich müde ich war.

»Christine?«

Ich watete knietief durch Seifenschaum, der aus allen Ritzen und Ecken des Frühstücksraumes quoll, in der Hand ein Tablett mit Hotdogs und auf der Suche nach Gesa, die zu viel Waschpulver in die Maschine gekippt hatte. Ich würde sie feuern müssen, diese Studentinnen hatten einfach keine Ahnung von Buntwäsche.

»Christine!«

Irgendetwas zerrte an meinem Arm, ich hielt krampfhaft das Tablett fest. Das musste aufs Buffet. Wir hatten heute dänischen Abend.

»Christine, wach auf. Wir sind da.«

Ich zuckte zusammen und setzte mich aufrecht hin. Mein Nacken war total steif, meine Hände umklammerten den Sicherheitsgurt. Wir standen tatsächlich bereits an der Norddeicher Mole, Ines hatte den Wagen schon auf die Wartespur gefahren und schaute mich vielsagend an.

»Du schnarchst und röchelst wie eine alte Dampflok. Kein Wunder, dass Johann den Job in Schweden angenommen hat. Der will einfach mal ein paar Monate in Ruhe pennen.«

»Sehr witzig.« Gähnend schnallte ich mich ab und öffnete die Autotür. »Meinst du ernsthaft, dass du geräuschlos schläfst? Du machst sogar Bläschen aus Spucke beim Atmen. Wie eine alte Frau.« Mit steifen Gelenken stieg ich aus und streckte mich.

»Gar nicht wahr.«

Ines schloss das Auto ab, ohne mir Zeit zu lassen, meine Tasche rauszunehmen. Ich lehnte mich an den Wagen und sah ihr nach, als sie zum Fahrkartenschalter ging. Kurz darauf drehte sie um und kam zurück.

»Ich habe gar kein Geld. Auf was wartest du denn?«

Ohne den Blick von ihr abzuwenden, deutete ich ins Wageninnere.

»Du hast abgeschlossen, und meine Tasche ist da drin. Warum rennst du auch gleich so los?«

Es waren wenig Autos am Fähranleger. Wir hatten Anfang September, die Ferien waren fast überall vorbei, der große Ansturm auf die Insel wohl auch. Die Gäste, die jetzt kamen, wollten Ruhe, Fahrrad fahren, spazieren gehen. Die meisten ließen ihr Auto auf dem Festland.

Mit den Fahrkarten in der Tasche traten wir aus dem Schalterhäuschen und schlenderten zurück zum Auto. Ines deutete auf die Silhouette von Norderney, die klar zu erkennen war.

»Guck dir mal diese Sicht an. So ein tolles Wetter, das ist doch noch richtig Sommer. Das hätten wir nicht gehabt, wenn Marleen alles nach Vorschrift gemacht hätte.«

»Also bitte. Das finde ich überhaupt nicht komisch. Hör auf, so darüber zu reden.«

Ines grinste mich an und stieg ins Auto. »Sei nicht so empfindlich. Wir können nichts daran ändern, da müssen wir jetzt alle durch. Hinterher lachen wir drüber. Komm, es geht los.«

Kopfschüttelnd öffnete ich die Tür. Ein bisschen mitfühlender könnte meine Schwester schon mal sein. Diese brutale Lässigkeit machte mich ganz nervös.

Obwohl nicht viele Autos auf die Fähre gefahren waren, war das Schiff voll. Die meisten der Fahrgäste saßen so wie wir auf dem Oberdeck. Ines hielt ihr Gesicht in die Sonne und lächelte. Plötzlich wurde sie ernst und wandte sich zu mir.

»Sag mal, wo schlafen wir eigentlich? In der Pension? Ich denke, die ist ausgebucht.«

»In Marleens Wohnung. Gesa hat den Schlüssel.«

Nachdem Ines gestern Abend gegangen war, hatte ich Gesa angerufen. Ganz unverbindlich hatte ich gesagt, dass ich am nächsten Abend mit meiner Schwester käme, Marleen hätte das ja bestimmt erwähnt, ich würde nur sicherheitshalber noch mal anrufen. Ich hatte meine Zehen regelrecht in den Schuhen verkrampft und inständig gebetet, dass sie jetzt keine Fragen stellen würde, deren Antworten ich mir noch nicht überlegt hatte. Aber Gesa freute sich nur über meinen Anruf.

»Das wusste ich nicht, Marleen wird wohl Adelheid Bescheid gegeben haben. Schön, dass ihr kommt. Seid ihr denn mit Marleen auf einer Fähre?«

»Du, ähm, Marleen kommt später. Wir helfen euch in der Pension. Ich erzähl dann mal in Ruhe …«

»Ehrlich? Du hilfst hier wieder? Wie im letzten Sommer? Das ist ja toll, das war alles so lustig, da war mal richtig was los. Kommt Heinz denn auch?« Sie lachte laut. »Das wäre doch wunderbar. Unser Dreamteam.«

Ich klopfte dreimal aufs Holz. »Nein, nein, nur Ines und ich. Wie kommen wir denn rein? Sollen wir den Schlüssel von Marleens Wohnung aus der Pension holen?«

»Ja, das ist am besten. Ich bin den ganzen Nachmittag hier und putze, Adelheid hat frei. Da freue ich mich aber. Dann bis später, tschüss.«

Ich wandte mich wieder meiner Schwester zu. »Gesa weiß bestimmt auch nichts davon, dass Marleen mit Björn im Urlaub ist. Marleen stellt sich so mit ihrem Privatleben an. Das muss alles hieb- und stichfest sein, bevor sie etwas öffentlich macht. Außerdem ist Björn noch verheiratet und lässt sich erst im Oktober scheiden.«

Ines sah mich überrascht an. »Sie ist seit über einem halben Jahr mit ihm zusammen. Du hast doch erzählt, dass er seit zwei Jahren in Trennung lebt. Und Marleen ist über fünfzig. Das ist doch Kinderkram, diese Geheimnistuerei.«

»Mag sein«, antwortete ich und griff nach ihrem Handgelenk, »aber denk dran, genau damit machen wir jetzt weiter. Nicht dass du dich verplapperst, sonst drehe ich dir deinen faltenfreien Hals um. Und jetzt will ich Kaffee trinken. Kommst du mit runter?«

Sie nickte ergeben und folgte mir in den Salon.

Nur wenige Tische waren besetzt, wir setzten uns ans Fenster und warteten auf die Bedienung. Als sie kam, bestellte ich mir einen Milchkaffee. Ines überflog die Karte.

»Du fährst doch das Auto zur Pension, oder? Dann nehme ich ein Bier.«

Ich schüttelte in Großer-Schwester-Manier den Kopf. »Es ist vier Uhr nachmittags. Ist das nicht ein bisschen zu früh, um Alkohol zu trinken?«

»Ferien. Blauer Himmel. Nordsee. Norderney.« Ines hob die Augenbrauen. »Alles Gründe für ein frühes Bier. Du wirst immer spießiger. Bestell dir mal einen Sekt, dann geht auch deine Zornesfalte weg.«

»Und wer fährt das Auto?«

»Christine.« Ines stöhnte und sah aufs Wasser. »Wenn du so weitermachst, sage ich bald ›Mama‹ zu dir. Sei locker!«

Eigentlich war es mir völlig egal, wann und wie viel Bier meine Schwester trank. Aber das musste ich ihr ja nicht sagen. Während wir auf unsere Getränke warteten, zog Ines einen Kugelschreiber und einen Block aus ihrer Tasche. Sie legte ihn vor sich hin, drehte am Stift und sah mich auffordernd an.

»Lass uns mal eine Liste machen, wie und mit wem wir die Sache organisieren.«

Verblüfft starrte ich sie an. »Ich denke, du findest Listen albern?«

»Habe ich das mal gesagt?« Achselzuckend wandte sie sich dem Block zu. »Ich mache oft Listen, das hilft beim Denken.«

Zweifelsohne hatten wir dieselben Gene. Sie teilte das Blatt in vier Spalten auf: Zimmer – Rezeption – Küche – Kneipe. Mit der Kante der laminierten Speisekarte zog sie gerade Linien.

»Also, nun denk mal mit. Wer macht wann was?«

Alarmiert las ich eines der Worte und erkannte schlagartig unser größtes Problem. Ines deutete meinen Gesichtsausdruck falsch.

»Wir müssen doch nur gucken, was Marleen sonst immer macht. Wahrscheinlich die Rezeption, oder? Das ist für mich kein Problem, ich bin Pflegedienstleitung, ob ich nun Dienstpläne schreibe oder Zimmerbelegungen, das dürfte nicht die Welt sein. Gibt es für die Kneipe nicht sowieso festes Personal?«

Ich starrte immer noch auf das eine Wort, antwortete aber automatisch, wenn auch unkonzentriert.

»Die Kneipe ist eine Bar. Marleen ist nur ab und zu da. Es gibt einen Geschäftsführer. Seinen Namen habe ich vergessen.«

Ines hob kurz den Kopf und starrte mich an. »Das fällt dir hoffentlich noch ein. Weiter im Text. Die Zimmer macht Gesa, stimmt das?«

»In den Ferien. Sonst Adelheid.«

»Adelheid? Ich denke, die kocht.«

Jetzt schien meine Schwester auch etwas zu ahnen. Ihr Blick wurde unsicher. Ich musste mich räuspern.

»Nein, Ines, die kocht nicht, die putzt, macht Betten, kümmert sich um allen möglichen Kram, aber die Küche macht sie nicht. Die Küche ist Marleens Einsatzgebiet.«

»Marleen kocht?« Ines ließ den Kugelschreiber langsam sinken. »Jeden Tag?«

Wir sahen uns lange an. Meine Schwester und ich haben viele Talente und sind auch durchaus in der Lage, einiges zu bewerkstelligen. Eines der Dinge, für die uns beiden jegliche Begabung fehlte, war das Kochen. Es gab drei Standardgerichte, die für jeden Geburtstag herhalten mussten, danach war Schluss. Das war kein Geheimnis. Unsere Freunde gingen gutmütig und locker damit um, nur: Sie aßen zu Hause, bevor sie uns besuchten.

Aber nun hatten wir ein Problem. Ich hielt dem Blick meiner Schwester stand.

»Marleen vermietet mit Halbpension. Es gibt jeden Abend drei Gänge.«

Ines legte den Kopf in den Nacken und lachte.

In dem Moment entlud sich alles: die ganze Situation, unsere Unsicherheit, wie die nächsten Tage verlaufen würden, die kurze Nacht, die lange Fahrt. Wir steigerten uns in ein Lachkrampf-Duett hinein, das nur von ausgestoßenen Satzfragmenten wie »Miracoli«, »Rollmops mit Brot« oder »Zwieback mit Milch« unterbrochen wurde. Mir taten die Rippen weh, meine Schwester war tränenüberströmt, und die anderen Fahrgäste sahen uns irritiert an. Plötzlich stand die Bedienung vor unserem Tisch und stellte zwei Schnapsgläser vor uns ab.

»Von dem Herrn da hinten. Prost.«

Ich griff nach dem Glas und überlegte, ob ich tatsächlich am helllichten Tage von fremden Herren harte Getränke annehmen sollte, bis ich sah, wer der edle Spender war. Ines schaute sich suchend um.

»Von wem …?«

»Trink aus!« Der Schock ließ mich schlagartig ernst werden. »Jetzt müssen wir lügen!«

Bevor sie irgendetwas verstehen konnte, war es schon zu spät. Gisbert von Meyers Fistelstimme schwang sich zu ungeahnten Höhen auf.

»Was für eine Überraschung. Meine liebe Christine, wir haben uns ja lange nicht gesehen, ach, welche Freude. Schon heute Morgen beim Aufwachen habe ich gespürt, dass dies mein Glückstag wird. Darf ich mich setzen?«

Er wartete die Antwort gar nicht ab, sondern warf sich mit begeistertem Blick neben mich auf die Bank. Sein Hals war von blassroten Flecken übersät, sein dünnes rotes Haar lag eng am Kopf, bis auf eine Strähne, die senkrecht hochstand und sich bei jeder seiner Kopfbewegungen sanft nach links, rechts, vorn und zurück neigte. Er trug eine karierte Bundfaltenhose, ein weißes, kurzärmeliges Hemd und einen gelben Pullunder. Dasselbe Gelb wie die Frotteeschweißbänder um seine Handgelenke. Ines starrte ihn ungläubig an, vermutlich hatte ich im letzten Sommer genauso geguckt, als ich ihn das erste Mal getroffen hatte. Aber irgendwann gewöhnte man sich dann an seinen Anblick. Es blieb einem auch nichts anderes übrig.

»Ines, darf ich vorstellen: Gisbert von Meyer, Reporter bei der ›Norderneyer Inselzeitung‹, Gisbert, das ist meine Schwester Ines.«

»Oh, sehr erfreut. Langsam kenne ich die ganze Familie, wie ist das schön. Ich habe mich ja im letzten Sommer sehr gut mit Ihrem Vater angefreundet, ach, wir hatten eine so gute Zeit. Darf ich ›du‹ sagen?« Ines schluckte stumm, Gisbert freute sich. »Dann haben wir das auch, ich heiße Gisbert, ohne Abkürzung bitte, aber das hat Christine ja schon erwähnt. Und? Ihr habt so gelacht? Freut ihr euch so auf ein paar Tage Ferien? Wie lange bleibt ihr denn? Sag mal, Christine«, suchend sah er sich um, »ist dein Freund, wie heißt er noch … Jakob? … Jan?«

Als ob dieser Blödmann den Namen vergessen könnte, er hatte Johann tagelang als mutmaßlichen Heiratsschwindler verfolgt und dabei sowohl sich als auch meinen Vater zum Affen gemacht.

»Johann, er heißt Johann. Ich dachte, du hast als Reporter so ein gutes Gedächtnis?«

Gisbert strahlte mich unbekümmert an. »Schon, aber solche Allerweltsnamen? Na ja. Aber wo ist er denn? Oder seid ihr nicht mehr zusammen?« Er rutschte mir noch dichter auf die

Pelle, seine Augen glänzten. »Ich fand damals schon, dass ihr überhaupt nicht zusammenpasst. Aber du wolltest ja nicht auf mich hören.«

Diese Indiskretion war meiner Schwester sichtlich zu viel. »Johann kommt nach«, sagte sie etwas schnippisch, »darauf freuen wir uns auch. Und Sie, ähm, du bist hier Reporter?«

»Ja«, Gisbert schraubte seine schmächtige Figur so hoch es nur ging, »wobei mir der Begriff ›Journalist‹ lieber ist.«

Ich fand sein Lächeln genauso schmierig wie im letzten Jahr. Und ich stellte erstaunt fest, dass er einen Bauch bekommen hatte, Beinchen wie Streichhölzer, aber einen Bauch. Zu viele Feierabendbierchen, vermutete ich, oder zu viel Softeis.

»Und außerdem«, fuhr er fort, »bin ich auf dem Weg, freier Schriftsteller zu werden. Ich arbeite gerade an meinem ersten Roman.«

»Ach was.« Das Interesse meiner Schwester hielt sich in Grenzen. Enttäuscht wandte sich der Jungautor mir zu. »Es wird ein Enthüllungsroman.«

»Oh.« Höflich suchte ich nach einer geeigneten Antwort. »Das ist ja sehr interessant. Was enthüllst du denn?«

Er beschrieb mit seinen kleinen Händen einen großen Kreis. »Alles. Die Insel, die Menschen, die Gäste. Das wird Furore machen, das wird ein Bestseller.«

Bei der Vorstellung, was Gisbert von Meyer machen würde, wenn er herausbekäme, was mit Marleen passiert war, wurde mir ganz übel. Ich fixierte Ines mit dem schärfsten Blick, den ich draufhatte, sie reagierte überhaupt nicht. Stattdessen fragte sie Gisbert: »Und wie weit bist du schon?«

»Ich stecke mitten im Schaffensprozess. Ich komme gerade aus Hamburg, wo ich Gespräche mit Verlagen geführt habe. Mehr kann ich dazu nicht sagen. Und ihr? Ihr wohnt ja bestimmt bei Marleen. Ich dachte, sie wäre noch im Urlaub?«

»Da bleibt sie auch noch.« Die Antwort meiner Schwester

verursachte bei mir einen Schweißausbruch. »Christine arbeitet zwei Wochen lang für sie. Oder vielleicht auch noch länger.«

Mit offenem Mund starrte ich sie an und fragte mich, ob sie verrückt geworden war.

Gisbert konnte wenigstens reden. »Warum das denn?« Er erwartete eine Antwort von mir, ich hatte aber keine. Was war bloß in Ines gefahren? Die lehnte sich ganz entspannt zurück und antwortete: »Ihr seid quasi Kollegen. Christine arbeitet ja wieder bei einer Frauenzeitschrift.«

So konnte man das auch nennen, ich schrieb eine Kolumne pro Monat. Für einen Hungerlohn.

»Und die haben jetzt eine Serie gestartet, in der sie Frauen porträtieren, die etwas Außergewöhnliches geschafft haben.«

Oh ja, das hatte Marleen in Dubai hingekriegt.

»Und da Marleen die Bar ja so toll renoviert hat und ganz allein die Pension schmeißt, hat Christine sich überlegt, das erste Porträt über Marleen zu schreiben.«

»Eine sehr gute Idee.« Gisbert trommelte mit den Zeigefingern auf die Tischplatte.

Ines runzelte die Stirn, er faltete sofort die Hände. »Jedenfalls will die Redaktion, dass alles ganz authentisch ist. Und deswegen soll Christine jetzt mal Marleens Job machen, damit sie weiß, wie anstrengend das ist.«

Nicht einmal Gisbert von Meyer würde diesen Schwachsinn glauben.

Mit feurigem Blick sah er mich an. »Wir sind tatsächlich Kollegen? Also, wenn du irgendwelche Hilfe brauchst, beim Formulieren oder in der Rechtschreibung, auch bei allem anderen, ich helfe dir jederzeit. Ich bin ja sehr erfahren. Auch nachts. Ich schreibe am liebsten nachts. Das ist toll. Und Marleen kommt dann erst wieder, wenn du alles recherchiert hast?«

»Ich …«

Hilflos sah ich Ines an, diese Geschichte war dermaßen idiotisch, dass mir gar nichts dazu einfiel.

»Genau«, sprang meine Schwester ein, »die Redaktion hat sogar die Verlängerung des Urlaubs bezahlt. Christine darf nur keinem erzählen, warum sie da arbeitet. Sie soll so tun, als wäre es ein Ernstfall.«

Theatralisch presste Gisbert seine Hand aufs Herz. »Ich schweige. Ihr habt mich im Boot. Tolle Geschichte. Tolles Thema. Tolle Idee.«

Die Durchsage, dass die Autofahrer jetzt zu ihren Fahrzeugen gehen sollten, rettete mich vorerst.

»Wir müssen hoch«, sagte ich entschlossen und schob Gisbert zur Seite, »wir sehen uns ja bestimmt. Tschüss.«

Ines reichte ihm sogar noch die Hand. Als sie zu mir aufgeschlossen hatte, gab sie mir einen leichten Klaps auf die Schulter.

»Toller Typ.«

»Du bist nicht ganz dicht«, erwiderte ich, »so eine bescheuerte Geschichte zu erzählen. Da stimmt ja vorne und hinten nichts.«

»Na und?« Ines lief neben mir auf der Treppe zum Autodeck. »Er hat sie geschluckt. Und der wird da so ein Geheimnis draus machen, dass keiner auf die Idee kommt, dass das alles nicht stimmt. Dieser Trottel.«

Menschenkenntnis hatte meine Schwester, das musste man ihr lassen.

Gesa stand vor der Pension und goss die Kübelpflanzen. Als sie uns sah, stellte sie sofort die Kanne zur Seite und lief uns entgegen.

»Das ist ja schön. Hallo, Christine und … Ines, oder? Ich bin Gesa.«

Sie war braungebrannt, hatte ihre blonden Haare zum Zopf gebunden und sah aus, wie man sich eine norddeutsche Insulanerin vorstellt. Sie fiel mir um den Hals und strahlte mich an.

»Das ist ja so wunderbar, dass du mal wieder hier bist. Wir hatten doch wirklich einen tollen Sommer im letzten Jahr. Und Marleen hat mir kein Wort erzählt. Aber die Überraschung ist ihr gelungen. Jetzt kommt erst mal rein. Ihr trinkt doch einen Kaffee mit mir, oder?«

»Ich habe furchtbaren Durst.« Ines sah sich neugierig um. »Das ist ja hübsch hier. Ich habe nur Fotos gesehen. Die Pension sieht auf den Bildern viel kleiner aus.«

Gesa folgte ihren Blicken. »Na ja, zehn Zimmer, die Küche, der Frühstücksraum und oben Marleens Wohnung, das ist schon ziemlich groß. Apropos, wann kommt Marleen denn nun? Der Flieger sollte doch schon heute Morgen landen. Sie wollte eigentlich auch direkt auf die Insel. Ich dachte, sie käme mit dieser Fähre.«

Ines sah mich mit hochgezogenen Augenbrauen an. Ich beeilte mich zu sagen: »Marleen kommt später. Das habe ich dir doch schon am Telefon gesagt.«

»Aber du weißt nicht, mit welcher Fähre?« Gesa lächelte arglos. »Das ist ja auch egal. Sie wird sich ein Taxi nehmen.

Die letzte Fähre geht heute um 20 Uhr 30. Spätestens um zehn trinken wir dann Sekt. Gehen wir jetzt in den Garten?«

Ines hustete bedeutungsvoll und starrte mich an. Schauspielerisches Talent hatte sie nicht, Gesa sah sie irritiert an, dann musterte sie mich.

»Ist alles in Ordnung?«

»Ähm, ja, also eigentlich nein, aber …«

Gesa wartete auf meine Erklärung. Sie schaute mich mit ihren klaren blauen Augen an und sofort bekam ich ein schlechtes Gewissen. Sie war wirklich eine nette Person, jobbte schon seit ihrer Schulzeit in dieser Pension, zuerst bei Theda, danach weiter bei Marleen. Sie war immer gut gelaunt, zuverlässig und loyal, opferte ihre gesamten Semesterferien, war freundlich, hilfsbereit – und ich wollte sie belügen. Das ging einfach nicht. Ich atmete tief aus und sagte leise: »Gesa, es ist nichts in Ordnung, wir müssen dir etwas sagen.«

»Wie bitte? Ich habe dich nicht verstanden.«

»Marleen kommt nicht.« Ines warf mir einen kurzen Blick zu, dann wandte sie sich wieder an Gesa. »Christine soll sie vertreten, weil die Zeitung, bei der …«

»Lass es, Ines«, unterbrach ich sie, »Gesa kann es ruhig wissen, sie muss es sogar wissen, wir kriegen das sonst alles nicht hin.«

Jetzt war Gesa vollends verwirrt. »Was muss ich wissen?«

»Komm.« Ich griff nach ihrem Arm und schob sie in Richtung Garten. »Wir erzählen dir jetzt eine ziemlich verrückte Geschichte. Und danach können wir zu dritt überlegen, wie es weitergeht.«

Nachdem ich meine Ausführungen beendet hatte, verharrte Gesa zunächst in einer Art Schockstarre auf ihrem Stuhl. Dann hob sie den Kopf, sah erst mich, dann meine Schwester an, stand im Zeitlupentempo auf und ging zu ihrem Rucksack. Sie bückte sich und fing an, darin herumzukramen, erst langsam, dann immer hektischer.

»Verdammt«, stieß sie mit zusammengebissenen Zähnen hervor, »wo sind die Scheißdinger denn bloß?«

Ines fragte mit ihrer freundlichsten Stimme: »Können wir dir irgendwie helfen?«

»Nein«, war die knappe Antwort, »ich hab sie schon.«

Mit einem zerknickten Zigarettenpäckchen kam sie an den Tisch zurück.

»Ich rauche nicht mehr«, verkündete sie, während sie sich eine zerquetschte Zigarette anzündete, »nur noch im Notfall. Aber wenn das keiner ist, dann weiß ich auch nicht.« Sie blies den Rauch mit geschlossenen Augen in die Luft. »Das ist ja eine Riesenscheiße. Wie sollen wir das denn hinkriegen? Was denkt sich Marleen dabei? Sie weiß doch, dass das nie klappt.«

Ines beugte sich ungehalten nach vorn. »Was heißt, das klappt nie? Ihr habt es in den letzten beiden Wochen auch ohne sie geschafft. Wo ist denn jetzt das Problem?«

»Theda war doch hier. Sie hat die Pension zwanzig Jahre lang gehabt, die kennt einfach alles. Aber jetzt ist sie wieder weg. Und ihr habt keine Ahnung, wie das alles läuft.«

»Also bitte! Wir haben uns das auch nicht ausgesucht.« Jetzt wurde Ines sauer. Unfähigkeit ließ sie sich nicht vorwerfen, egal auf welchem Gebiet. »Dann hol doch Marleens Tante zurück. Aber wenn Marleen das gewollt hätte, wäre Theda verständigt worden. Und nicht Christine. Wie erklärst du dir das?«

»Ines, brüll bitte nicht so. Es muss ja nicht jeder hören.« Ich stand auf und sah am Haus entlang. Niemand war zu sehen. »Ich weiß es auch nicht. Vielleicht will Marleen nicht, dass Theda sich Sorgen macht.«

»Ach, und wir machen uns keine Sorgen, oder was?« Ines hatte wenigstens ihre Stimme gesenkt. »Wieso rufen wir Theda nicht an? Wir können ihr ja dieselbe Geschichte erzählen, die uns vorhin auch dieser komische Inselreporter geglaubt hat.«

»Ihr habt Gisbert getroffen?« Gesa war entsetzt. »Wenn der was weiß, steht das morgen groß und breit in der Zeitung.«

»Der denkt, dass Christine hier ein Porträt über Marleen schreibt. Und deshalb die Vertretung macht. Aber wir können doch trotzdem Theda anrufen.« Ines' beruhigende Stimme täuschte nicht darüber hinweg, dass sie in Thedas Hilfe die Lösung aller Probleme sah.

»Das geht nicht«, winkte Gesa ab, bevor ich antworten konnte. »Theda ist gestern schon abgereist, weil sie …«, sie blickte kurz auf ihre Uhr, »… ungefähr jetzt in den Flieger nach Frankfurt steigt, mit dem sie anschließend weiter nach Italien fliegt. Und da geht sie auf ein Schiff und macht mit Hubert eine Mittelmeerkreuzfahrt. Das ist ihr Geschenk zum Siebzigsten. Die ist weg.«

»Und außerdem hat sie gesagt, dass sie sowieso nicht mehr länger als drei Wochen Vertretung machen will«, ergänzte ich, »das sei das letzte Mal gewesen. Marleen hat schon ein richtig schlechtes Gewissen.«

»Na toll.« Ines verscheuchte eine Wespe, die beharrlich um ihr Gesicht flog, »das wäre auch zu einfach gewesen. Ich habe übrigens immer noch Durst. Dann lass uns mal einen Plan machen. Und … dieses Mistvieh … Gesa, du wirst dich wundern, wie gut wir das Kind hier schaukeln werden.«

Gesa zuckte zusammen, als Ines mit der flachen Hand die Wespe auf dem Tisch erschlug.

»Ich hole was zu trinken«, sagte sie mit einem schiefen Blick auf das zermatschte Insekt, »und vermutlich kriegen wir das wirklich alles hin. Aber mir ist schleierhaft, was Marleen sich dabei gedacht hat.«

Eine Stunde, eine Kanne Kaffee und drei Bier später griffen auch Ines und ich zu einer Notfallzigarette. In unseren Köpfen hatte es schon viel früher zu rauchen begonnen. Ines grübelte immer noch über die Logik des Reservierungsbuches. Ich blätterte die Einkaufslisten der letzten Woche durch und versuchte auszurechnen, wann, wie viel und wie oft jemand von uns was einkaufen musste. Gesa schrieb wichtige Telefonnummern zusammen, die Marleen anscheinend immer im Kopf hatte. Irgendwann ließ ich die Listen sinken und starrte in den Garten. Es war furchtbar. Wir hatten überhaupt keine Ahnung, und wir konnten auch niemanden fragen.

»Gut, dass ich meinen Laptop mithabe«, riss mich Ines aus meinen panischen Gedanken, »ich werde diese ganzen Daten als Exceldatei einrichten. Das macht mich so wahnsinnig, durch dieses Geschreibsel blickt doch niemand durch. DZG, EM, DZM, was soll das denn alles bedeuten? Und die Schrift kann auch keine Sau lesen.«

»Doppelzimmer zum Garten, Einzelzimmer mit Meerblick, Doppelzimmer mit Meerblick«, antwortete Gesa wie automatisch, »und ich gehe jetzt in die Küche. Heute haben wir noch Glück, Theda hat Roastbeef vorbereitet und Suppen. Das brauchen wir nur warm zu machen. Und für morgen müssen wir uns echt was ausdenken.«

Sie sah mich dabei so verzweifelt an, dass ich unwillkürlich in einen aufmunternden Ton verfiel.

»Ach, da fällt uns schon was ein. Kochen können wir ja.« Mit einem gezielten Tritt ans Schienbein meiner Schwester verhinderte ich, dass Gesa noch verzweifelter wurde. Ines schloss sofort den Mund. »Ich komme gleich nach.« Mein Ton war munter, der Blick auf Ines fest.

»Gut, bis gleich.«

Wir sahen ihr nach, bis sie um die Ecke verschwunden war, dann sagte ich: »Sie ist 24 Jahre alt, ich will sie nicht überfordern. Wenn sie auch noch ausfällt, können wir alles vergessen.«

»Du kannst trotzdem nicht kochen.«

»Ines, wir *müssen*! Marleen hat doch bestimmt irgendwo Kochbücher stehen und ansonsten kaufen wir morgen eins. Meine Güte, das haben wirklich schon ganz andere geschafft.«

Meine Schwester klopfte dreimal auf den Holztisch. Dann lächelte sie.

»Ich könnte schreien«, sagte sie, »aber was soll's? Ich hole mal meinen Laptop.«

Als auch sie im Haus verschwunden war, zog ich mein Handy aus der Tasche und versuchte erneut, Johann zu erreichen. Dieses Mal hatte ich Glück, er meldete sich nach dem zweiten Freizeichen.

»Hallo, Christine. Ich war den ganzen Tag unterwegs und gegen Mittag hat mein Akku seinen Geist aufgegeben. Mein Ladekabel war natürlich zu Hause und ...«

»Ich bin auf Norderney.«

Das Ladekabel war mir im Moment so was von egal, das konnte er sich überhaupt nicht vorstellen.

»Echt? Ich dachte, du wolltest nach Dänemark.«

»Marleen hängt im Urlaub fest. Sie ist zusammen mit ihrem neuen Freund, von dem keiner wissen darf, nach Dubai geflogen und kann, aus welchen Gründen auch immer, nicht zurück. Deshalb vertrete ich sie.«

»Das ist nicht dein Ernst.«

»Doch.«

Johann schwieg sekundenlang. Minutenlang. Dann räusperte er sich.

»In Dubai? Das klingt nicht gut. Was heißt, sie kann nicht zurück? Hast du mit ihr selbst gesprochen?«

»Marleen hat mich gestern Abend angerufen, ich habe mich mit einem Anwalt aus Oldenburg besprochen, der versucht, alles zu regeln. Und ich bin jetzt mit Ines auf Norderney, um hier den Laden zu schmeißen.«

»Könnt ihr das denn?«

Das war die blödeste Frage, die er in dieser Situation stellen konnte.

»Natürlich. Ines und ich sind ja beide ausgebildete Hotelfachfrauen und haben uns bislang in den großen Hotels, in denen wir gearbeitet haben, Hunderte von Sternen zusammengekocht. Sag mal, was ist das für eine bescheuerte Frage? Ich habe immer nur im Verlag gearbeitet, und meine Schwester macht kleine Kinder gesund. Wir haben keine Ahnung, hörst du? Überhaupt keine. Und niemand darf wissen, was los ist, das habe ich Marleen versprochen. Hier wohnen ungefähr zwanzig Leute, die wir alle bekochen müssen, kannst du mir mal sagen, wie?«

Johann lachte leise. Das war wiederum die blödeste Reaktion, die er in dieser Situation zeigen konnte. Meine Laune sank unaufhaltsam.

»Und was daran komisch ist, verstehe ich im Moment auch nicht und ...«

Den Rest des Satzes schluckte ich runter, es machte wenig Sinn, ihn wüst zu beschimpfen. Dafür war Schweden zu weit weg.

»Du regst dich so auf. Bleib doch gelassen. Du kennst dich in der Pension ja noch einigermaßen aus, du hast schon mal ein paar Wochen da gearbeitet. Die Küche ist ein Problem, das sehe ich auch so, aber dann versucht eben, für die Zeit einen Koch einzustellen. Und Marleen hat doch Angestellte, oder nicht? Die kennen sich bestimmt auch aus. Ihr habt kein Grandhotel übernommen. Wer arbeitet denn noch alles da?«

Jetzt hatte ich so schlechte Laune, dass ich kaum noch antworten konnte. »Gesa, Adelheid und der Typ aus der Bar.« Mein Ton war unfreundlich und die Worte gezischt.

»Na also. Wenn ihr euch alle zusammensetzt, wird das schon klappen. Ich würde dir gerne helfen, aber vor übernächster Woche kann ich hier nicht weg.«

Bis dahin wäre die Pension pleite, die Gäste entweder vergiftet, verhungert oder abgereist, die Belegschaft zerstritten und ich als Amokläufer überregional berühmt. Was sollte Johann dann noch hier?

»Lass man«, meine Tonlage war jetzt wieder normal, »du brauchst uns nicht zu helfen, das ist ja alles überhaupt kein Problem, wie du schon sagst. Kümmere dich einfach nicht drum, sondern mach dir eine schöne Zeit in Schweden, wir telefonieren vielleicht mal.«

»Christine«, sein Seufzen war schwer, »ich verstehe nicht, dass du so gereizt bist. Wir streiten uns in fast jedem Telefonat, das kann doch nicht sein. Was ist denn mit dir los? Und mit uns?«

In diesem Moment schob ein ausgesprochen schöner Mann sein Fahrrad am Haus vorbei in Richtung Bar. Dort schloss er es ab, zog einen Schlüssel aus der Tasche und öffnete die Tür. Er verschwand im Haus, und ich sagte mit meiner sachlichsten Stimme: »Johann, ich habe jetzt überhaupt keine Lust, mit dir über unsere Beziehung zu diskutieren, ich muss hier was tun. Ich melde mich, bis bald.«

Ohne auf seine Reaktion zu warten und sogar ohne schlechtes Gewissen drückte ich ihn weg und stand auf.

Eigentlich wollte ich Gesa nur fragen, wie der Mann hieß, den Marleen für die Bar eingestellt hatte. Dazu gab es aber keine Gelegenheit. Ines schnitt mir den Weg in die Küche ab und deutete auf den Haupteingang.

»Vor der Rezeption stehen zwei neue Gäste, sie sind gerade mit dem Taxi vom Hafen gekommen. Ich habe keine Ahnung, wo hier überhaupt die Zimmer sind. Von den zugehörigen Schlüsseln ganz zu schweigen.«

Ich machte auf dem Absatz kehrt und ging zum Empfang. Der Mann war Anfang dreißig, gut aussehend, sportlich, Dreitagebart, der Typ, der auch für Unterwäsche modeln könnte. Er hatte große Ähnlichkeit mit der Frau neben ihm. Sie sah sehr gut aus für ihr Alter, vermutlich Anfang fünfzig, kastanienfarbene Tönung, sehr schlank, teuer und geschmackvoll angezogen. Kein Wunder, dass der Sohn so hübsch war, die Mutter hatte gute Gene. Ich lächelte die beiden betont selbstsicher an.

»Herzlich willkommen, Frau ähm …«

Das Reservierungsbuch lag zwar wieder an seinem Platz, ich fand aber nicht sofort die richtige Seite und fing hektisch an zu blättern.

»Eleonore Stehler. Ist die Chefin nicht da?« Sie hatte eine sehr angenehme Stimme, lehnte sich an den Tresen, sodass ich ihr teures Parfüm riechen konnte. »Ich hatte mit ihr so nett telefoniert.«

»Nein«, ich hatte ihren Namen jetzt endlich im Buch gefunden. Sie sollte Zimmer 10 bekommen. »Frau de Vries ist noch im Urlaub. Ich mache ihre Vertretung, mein Name ist Christine Schmidt.«

Mit dem Finger suchte ich weiter die Namensliste ab. Frau Stehler beugte sich vor und tippte mit ihrem manikürten Zeigefinger auf ihren Namen.

»Da bin ich doch. Zimmer 10, das sehe ich von hier. Also, bitte.«

»Ja, schon«, ohne den Blick vom Buch zu heben zog ich die Schublade auf, in der die Zimmerschlüssel lagen. »Ich finde aber nur ein Zimmer. Entschuldigen Sie, Herr Stehler, haben Sie auch ein bestimmtes Zimmer vorbestellt?«

»Ich heiße nicht Stehler.« Seine Stimme klang gelangweilt, half mir aber nicht weiter.

Ich gab nicht auf: »Wie ist denn Ihr ...«

»Ich habe keine zwei Zimmer bestellt. Ein Doppelzimmer, die Nummer 10, das habe ich doch gerade gesagt.« Frau Stehlers angenehme Stimme war plötzlich eisig.

»Wird das denn heute noch etwas?«

»Ja, natürlich«, beeilte ich mich zu sagen, während ich den Schlüssel glücklicherweise sofort fand, »hier, bitte schön. Es steht aber nur ein Bett im Zimmer, das wissen Sie, oder?«

Ihr frostiger Blick bohrte sich in mein Gehirn, das endlich anfing zu arbeiten. Sie griff nach dem Schlüssel und ging zur Treppe, das Unterwäschemodel, das nicht Stehler hieß, sah mich rot werden und sagte im Vorbeigehen: »Bringen Sie uns den Koffer gleich hoch, die Taschen nehme ich selbst.«

Ich wartete, bis beide verschwunden waren, dann ließ ich mich auf den Hocker sinken und spürte den Drang, dreimal mit der Stirn auf die Tischplatte zu hämmern.

»Alles klar?« Gesa war plötzlich neben mir und schaute mir über die Schulter. »Das ist doch alles hier noch so wie im letzten Sommer, da findest du dich zurecht, oder? Ach, sind die Gäste aus der 10 schon da?«

»Ja. Gerade eben.« Meine Antwort kam gepresst.

Gesa sah mich an. »Was war los?«

»Ich dachte, es seien Mutter und Sohn.«

»Waren sie's nicht?« Gesa fing an zu kichern, »Fettnapf?«

»Und wie. Sie ist locker zwanzig Jahre älter, und der Typ sieht ihr sogar ähnlich. Woher soll ich das denn wissen? Ich habe auch noch ›Herr Stehler‹ zu ihm gesagt.«

Gesa biss sich auf die Unterlippe, um ihr Kichern einzudämmen. »Sie wird dich jetzt hassen. Nimm es sportlich und stell ihr eine Flasche Champagner aufs Zimmer. Vielleicht nützt es was. Aber jetzt müssen wir in die Küche und mit dem Essen anfangen. Ich habe nur die Spülmaschinen ausgeräumt, für den Rest brauche ich Hilfe.«

»Könntest du denen vorher noch den Koffer hochbringen? Ich traue mich jetzt nicht.«

»Klar.« Gesa ging um den Tresen herum und griff nach dem Gepäck. »Ach, übrigens, Pierre ist schon da, der Barmann, der muss euch auch noch kennenlernen.«

»Ist er verschwiegen?«

Gesa drehte sich an der Treppe zu mir um. »Nein. Pierre ist ein schwuler Barkeeper und neben Gisbert die größte Klatschtante auf der Insel. Wir nehmen die Geschichte, die Gisbert von Meyer auch geglaubt hat. Bis gleich.«

»Das ist der Rest.« Schwungvoll kam Ines mit einem mit schmutzigem Geschirr beladenen Tablett in die Küche und stellte es neben die Spüle. »Die letzten Gäste sind auch gegangen.« Sie schwang sich auf die Arbeitsplatte und ließ ihre Beine baumeln. »Jetzt möchte ich ein Feierabendbier.«

Ich sah nur kurz hoch und deutete mit dem Kopf auf die Spüle. »Bleibt das da jetzt stehen?« Ich nahm das nächste Messer, um es zu polieren.

»Wieso?« Ines sah von mir zu Gesa. »Was meint sie?«

»Du kannst es doch gleich in die Spülmaschine räumen. Die ist leer. Und Gesa hat schon lange Feierabend.«

»Schon gut.« Gesa wischte den Tisch ab und spülte den Lappen aus. »Wir wollten doch das Feierabendbier bei Pierre trinken. Ich komme noch mit. Nach dieser ganzen Aufregung kann ich sowieso nicht schlafen.«

»Sehr gute Idee!« Ines schlenkerte immer noch mit den Beinen.

Ich war mit dem Besteck fertig und legte das letzte Messer auf ein sauberes Tablett. »Ines, die Spülmaschine!«

»Ich habe zu viel Durst.«

»Komm, beweg deinen Hintern, wir müssen auch noch die Frühstückstische eindecken.«

»Das können wir doch hinterher …«

»Nein.« Ich ging so dicht an ihr vorbei, dass das schwere Tablett an ihr Knie schlug.

»Aua, was machst du denn?«

»Du sitzt im Weg rum. Die Spülmaschine! Ich decke die Tische.«

Als die Tür hinter mir zuschwang, hörte ich, wie Gesa tröstend sagte: »Ich hab auch eine große Schwester. Es ist manchmal nervig. Komm, ich helfe dir schnell.«

Ich wälzte mich auf die Seite und sah auf den Wecker. 0.45 Uhr. Und ich war immer noch hellwach. Auf dem Bauch liegend, hatte ich sofort wieder die Bilder vor Augen. Den Gastraum der Pension voller Gäste, die blitzblanke Küche mit all diesen Profigeräten und großen Töpfen, Gesa, die Teller um Teller in die Schränke räumte, Pierre, der uns mit blitzenden Augen einen schwachsinnigen Vorschlag nach dem anderen machte, und meine Schwester, die mit den Beinen baumelte und gut gelaunt Bier aus der Flasche trank. Und Johanns Stimme auf der Mailbox, als ich ihn vorhin noch mal angerufen hatte. Nie war er erreichbar, wenn ich ihn brauchte.

In meinem Kopf ging alles durcheinander. Es hatte überhaupt keinen Zweck, ich stand auf, kramte in meiner Reisetasche, die ich noch nicht mal ausgepackt hatte, nach meinem Bademantel, ging auf Zehenspitzen in die Küche, schloss leise die Tür und schenkte mir ein Glas Rotwein ein. Die Fensterbank war so breit, dass man bequem darauf sitzen konnte, ich zog meine Beine an, lehnte den Kopf an die Scheibe und hörte das Meeresrauschen.

Nachdem die Geschirrspülmaschine eingeräumt und angestellt war, die Frühstückstische eingedeckt und alle Arbeitsplatten in der Küche abgewischt worden waren, hatten wir das Licht gelöscht und waren zu dritt ins »de Vries« gegangen. Ich hatte das Gefühl, nach Hause zu kommen. Erst im vergangenen Sommer hatten wir diese Bar renoviert. Dorotheas Wandbilder leuchteten uns entgegen, ich betrachtete die Lampen, die Onno und Kalli installiert hatten, sah die Fußleisten, die ich mit Marleen lackiert hatte, musste plötzlich an meinen Vater denken, der in einem bunten Hemd pfeifend auf einer Leiter gestanden und winzig kleine Löcher mit unglaublich viel Spachtelmasse gestopft hatte. Ich bekam sentimentale Gefühle. Es war ein toller Sommer gewesen, der Sommer, in dem ich mich in Johann verliebt hatte. Und jetzt war so wenig von diesem Gefühl übrig.

»Schöne Frau, warum hast du so traurige Augen?«

Die etwas schrille Stimme von Pierre holte mich aus meinen Gedanken. Der war im letzten Jahr noch nicht hier gewesen. Obwohl er gut dazu gepasst hätte.

»Du, die sind nur müde«, hatte ich geantwortet und mich neben Ines auf einen Barhocker geschwungen. Meine Schwester und Gesa bestellten Bier, ich konnte mich nicht entscheiden, deshalb bekam ich auch eines. Während ich mit einem Ohr dem Gespräch folgte, sah ich mich nebenbei in der Bar um und beobachtete immer wieder Pierre, der gut gelaunt, lässig, aber sehr effektiv ständig mehrere Dinge auf einmal machte. Seine Hände waren nie ohne Bewegung, sein Mund auch nicht. Er redete unablässig.

Unter Normalbedingungen, was so viel bedeutete wie: Wenn Marleen da war, kam Pierre mittags zum Essen in Marleens Küche und erzählte ihr alle Neuigkeiten, jeden Klatsch und Tratsch, den er gehört hatte. Er nannte es »Informationsabgleich«. »Wisst ihr, auf so einer Insel muss man einfach von jedem alles wissen, sonst erlebt man sein blaues Wunder. Und wenn man geschickt fragt, und das kann ich, glaubt mir, erzählen einem die Leute ihr ganzes Leben. Das ist so aufregend, was man da so alles hört.«

Bedauerlicherweise hatte er den Informationsabgleich noch nicht mit mir gemacht, sonst wäre mir die Schlappe mit Eleonore Stehler und ihrem Ziehsohn nicht passiert.

Es war wirklich ein blöder Beginn.

Pierre hieß in Wirklichkeit Peter und kam aus Winsen an der Luhe. Nach dem Abitur hatte er Musik studiert, nebenbei in einer Hamburger Bar gejobbt und irgendwann den Studentenjob zur Haupteinnahmequelle gemacht. Als er sich vor vier Jahren in einen Physiotherapeuten verliebte, der auf Norderney in einer Klinik arbeitete, zog er kurzerhand auf die Insel.

»Ich hab mal hier und mal da gejobbt, aber das war alles nicht das Wahre. Ja, und dann hat meine wunderbare Marleen diese wunderbare Bar eröffnet. Ich habe hier am dritten Abend den schlechtesten Cocktail meines Lebens getrunken, bin sofort zu ihr gegangen und habe gesagt: ›Schätzchen, ich bin dein Mann, stell mich ein, ich mach die beste Bar im Norden aus dieser Trinkhalle.‹ Sie hat es sofort begriffen. Seitdem bin ich hier.«

Ines schob ihm ihr leeres Bierglas zu. »Und wieso nennst du dich ›Pierre‹?«

»Noch ein Bierchen?« Er zapfte schon, bevor sie antworten konnte. »Hase, du kannst doch nicht der Geschäftsführer so einer eleganten Bar sein und ›Peter‹ heißen. Ich bitte dich. Nein, nein, Peter aus Winsen, um Himmels willen. Pierre aus Berlin, das ist doch ein ganz anderes Kaliber.«

»Berlin?«

»Da lebt meine Oma. Sie ist die Einzige, die noch ›Peter‹ sagen darf. Neben meiner Mutter, die sagt aber meistens ›Spatzi‹.«

Ich starrte diesen schönen charmanten Mann an. Spatzi. Aus Winsen an der Luhe. Und er redete und redete und redete. Meine Gedanken schweiften ab.

Gesa, Ines und ich hatten uns vorhin zusammengesetzt, um den Küchendienst zu planen. Es gab abends immer kaltes und warmes Buffet. Ines schlug vor, nur ein warmes Gericht anzubieten, der Rest sollte aus Salaten, Wurst und Käse bestehen. Gesa war skeptisch, den Gästen würde es vielleicht nicht reichen. Man bräuchte schon ein Fisch-, ein Fleisch- und ein vegetarisches Gericht. Ines dachte dasselbe wie ich, deshalb beschloss ich einfach, dem Vorschlag meiner Schwester zu folgen. Ein Gericht musste reichen, Gesa hatte ja keine Ahnung, dass uns das schon an die Grenzen bringen würde.

»Das wird nicht gut ankommen«, hatte Gesa gewarnt, »die Gäste haben ihre Zimmer mit Halbpension gebucht.«

Ines kürzte die Diskussion ab. »Wie viele Gäste haben wir denn?«

Gesa rechnete kurz mithilfe der Gästeliste nach und sagte: »Für die nächsten neun Tage noch achtzehn.«

Ich drückte unter dem Tisch die Hand meiner Schwester. Hoffentlich fiel uns da genug ein.

»Einen Euro für deine Gedanken.« Pierres Stimme unterbrach meine Essensplanung. »Hier, probier mal, ich habe dir einen kleinen Cocktail gemixt, zur Entspannung. Du hast ja schon eine richtige Zornesfalte. Schätzchen, keep cool!«

Er schob mir ein kleines Glas mit einer roten Flüssigkeit zu.

»Prost, Schwesterherz, ich sag's doch. Vielleicht hörst du mal auf andere.« Ines hob ihr Bierglas und grinste breit. »Pierre, sie hat diese Falte schon seit Jahren. Sie ist so unentspannt, das ist ganz furchtbar. Wenn dieses Zeug hilft, kriegt sie das von mir ab sofort jeden Abend.«

»Komm, Chrissi, du bist so eine schöne Frau – ohne die Falte. Was drückt dich denn? Ist es die Liebe? Willst du darüber reden?«

Ich probierte den Cocktail. Er war richtig gut, aber noch lange kein Grund, mich auszufragen. Ich sah in Pierres braune Augen, er hatte lange Wimpern und wirklich ein sehr schönes Gesicht.

»Wenn du noch einmal ›Chrissi‹ sagst, lasse ich ein Schild mit ›Bei Peter‹ an die Tür tackern. Und wenn du noch einmal über meine Falte redest, kommt da auch noch ›aus Winsen an der Luhe‹ dazu. Ist das klar?«

Er strahlte mich an. »Natürlich, Liebes. Das musst du mir nur sagen. Ich bin wahnsinnig diskret. Hast du sonst noch was auf dem Herzen?«

»Ja.« Vielleicht hatten wir Glück. »Kannst du kochen?«

Er lachte sofort los, kriegte sich kaum noch ein. »Wie süß! Ich und kochen? Was glaubst du wohl, warum ich jeden Mittag zu Marleen essen gehe? Weil ich die Müsliriegel nicht mehr sehen konnte. Ich kann aber backen. Philadelphiatorte. Da sind alle immer ganz begeistert. Die mache ich mal für euch. Schön mit Mandarinchen. Ach, ich glaube, wir vier haben ganz viel Spaß zusammen. Gesa, Ines, noch ein Bierchen? *Chriss-tine*, noch einen Gute-Laune-Drink?«

Ich seufzte leise. Spaß würden wir bestimmt haben. Aber leider nichts Vernünftiges zu essen.

Die Tür ging plötzlich auf und das Licht an.

»Warum sitzt du denn hier im Dunkeln?«

Ines trug einen blau karierten Schlafanzug und blieb an der Tür stehen.

»Ich kann nicht schlafen. Und was machst du?«

Sie ging gähnend zum Kühlschrank, nahm sich eine Flasche Wasser und knipste das Licht wieder aus.

»Rutsch mal zur Seite, da kann man doch auch zu zweit drauf sitzen.« Sie setzte die Flasche an den Mund und trank in langen Zügen. »Ich hatte so einen Durst.«

»Das merkt man. Kannst du dir kein Glas nehmen?«

Ines behielt die Flasche in beiden Händen und sah mich nachdenklich an. Das vermutete ich jedenfalls, ich konnte ihr Gesicht nicht erkennen.

»Christine, auch wenn du die Ältere bist, deine ewigen Kommentare gehen mir manchmal tierisch auf den Geist. Nein, ich will kein Glas, weil ich diese Flasche ganz alleine austrinke und niemand dadurch zu Schaden kommt.«

»Okay, okay, tut mir leid.«

»Na bitte. Geht doch.«

Sie schwieg einen Moment lang. Dann trank sie wieder. Und schwieg. Bis sie die Frage stellte, auf die ich schon seit Wochen gewartet hatte: »Kannst du mir eigentlich erklären, was genau dein Problem mit Johann ist?«

»Nein.«

»Was?«

»Nein, ich kann dir das nicht richtig erklären. Ich weiß es selbst nicht.«

Sie sagte nichts dazu, und ich versuchte, es in Worte zu fassen. »Alles war ganz toll am Anfang. Jetzt ist er in Schweden, ich habe gar nicht mehr das Gefühl, dass wir überhaupt noch eine Beziehung haben. Mein Leben ist so langweilig, ich finde meine Wohnung blöd, meinen Job auch und irgendwie kriege ich nichts richtig auf die Reihe.«

»Aber das liegt doch an dir.« Meine Schwester veränderte ihre Sitzhaltung, sodass ich sie jetzt im Profil sah. »Du kannst dir doch eine neue Wohnung suchen, du kannst dir auch einen neuen Job suchen, du kannst mal wieder mehr unternehmen, damit es nicht immer so langweilig ist, du kannst alles Mögliche tun. Stattdessen sitzt du nur rum und wartest ab, was Johann macht.«

»Das stimmt doch gar nicht.« Das Gespräch ging in eine Richtung, die mir überhaupt nicht behagte. »Und im Übrigen haben wir für solche Psychositzungen gar keine Zeit. Wir müssen die Geschichte hier erst mal hinkriegen. Danach können wir uns vielleicht über mein Liebesleben unterhalten.«

»Die Geschichte hier kriegen wir schon hin. Es ist zumindest lustig – vor allem mit Pierre und Gesa –, und das mit dem Kochen wird auch irgendwie gehen. Da mache ich mir jetzt überhaupt keinen Kopf.«

Meine Antwort kam als Retourkutsche für ihre Kritik. »Du machst dir nie einen Kopf. Das hast du früher schon nicht getan. Du willst immer alles so spontan lösen, das geht aber nicht immer. Manchmal muss man Dinge auch planen und überdenken. Du haust immer alles so hin.«

Ines war weniger empfindlich als ich. Sie antwortete freundlich.

»Dafür machst du dir dauernd einen Kopf. Du denkst und planst und überlegst und denkst wieder. Bis es richtig kompliziert wird. Und dann gerätst du in Hektik. Und haust es auch hin. Ich brauche nur weniger Zeit für dasselbe Ergebnis. Und bin dabei wesentlich entspannter.«

»Wenn du jetzt wieder mit meiner Zornesfalte anfängst, stehe ich auf und gehe ins Bett.«

»Das wirst du sowieso irgendwann tun. Damit musst du mir nicht drohen. Außerdem ist mir deine Falte ehrlich gesagt ziemlich egal. Aber jetzt sei doch mal ein bisschen lässiger. Wir kriegen das alles nur hin, wenn wir improvisieren, das ist dir doch wohl klar. Dabei kann es ja auch ab und zu mal lustig zugehen. Und wer weiß, wozu das alles noch gut ist.«

Statt zu antworten atmete ich nur tief durch. Ines blickte in meine Richtung, dann stützte sie ihre Hand auf mein Bein und stand auf.

»Ich gehe wieder ins Bett. Falls du dir übrigens noch Gedanken über das Buffet morgen machen solltest, ich habe einfach mal in die Kühltruhe geguckt. Da liegen Leberkäse und Weißwürste und Laugenbrezeln zum Aufbacken. Wir machen einfach einen bayerischen Abend. Vielleicht fällt uns ja auch noch ein, wie Oma diesen Wurstsalat gemacht hat. Irgendwas war daran auch bayerisch, und da sind noch Reste vom Aufschnitt. Also, gute Nacht.«

Sie ließ die halb leere Wasserflasche auf der Fensterbank stehen und ging. Ich sah ihr nach und überlegte, was Oma noch dafür verwendet hatte. Dann fiel es mir ein: Gewürzgurken. Und Zwiebeln. Und eine bestimmte Menge Essig und Öl. Wir würden den hinkriegen. Ganz sicher.

»Was ist denn jetzt mit dem Rührei?« Gesa stand plötzlich hinter mir, ich rutschte mit dem Messer ab und schnitt das Brot schief. »Es sind schon fünf Gäste im Frühstücksraum, und das Büffet ist erst zur Hälfte aufgebaut.«

Ich ließ das Messer fallen und drehte mich zu Ines um, die mit einer Gabel Muster auf die Butter malte.

»Du wolltest die Eier machen. Lass doch mal diese Albernheiten mit der Butter.«

Meine Schwester zog eine letzte Linie und stellte die Butterteller auf das Tablett.

»Das sieht sehr schön aus, das Auge isst mit.«

»Ja«, Gesa schob sie zur Seite, »wenn was zu essen da ist. Es fehlen noch Eier, Butter und die kleine Wurstplatte. Jetzt beeilt euch doch mal.«

Ich nahm die Pfanne vom Regal und knallte sie auf den Herd. Ich war so müde, dass ich kaum denken konnte. Ich hatte fast nicht geschlafen. Nachdem ich endlich im Bett gelegen hatte, fingen meine Gedanken an zu kreisen. Von Marleen zu Johann, von Dubai nach Schweden, vom Frühstücksbuffet zum bayerischen Buffet, von Gesa zu Adelheid. Ich warf ein Stück Butter in die Pfanne und fragte Gesa: »Wo bleibt Adelheid eigentlich? Ich denke, sie kommt immer um acht.«

Zwei Eierschalen fielen auf den Boden, Ines trat darauf, als sie mir die Milch reichte. Sie schob sie mit dem Fuß ein Stück zur Seite.

»Pass doch mal auf. Ich mach jetzt die Wurstplatte, dann haben wir alles, oder?«

»Was ist denn jetzt mit Adelheid?«

»Was soll mit mir sein?« Die tiefe Stimme kam von der Tür, Ines und ich drehten uns sofort um. »Wie sieht das denn hier aus?«

Ich hatte sie mir völlig anders vorgestellt. Hatte gedacht, sie wäre klein, pummelig, mit weißen Löckchen, praktischen Kitteln und einem lieben Gesicht. Stattdessen war sie knapp einen Meter achtzig groß, hatte graue, kurze Haare, ein breites Kreuz, große Hände und Füße und eine Stimme wie ein Mann. Sie ließ den Korb, den sie in der Hand hatte, fallen und stemmte mit einem missbilligenden Gesichtsausdruck die Hände in die Hüften. »Hier ist ja alles durcheinander. Da liegen Eierschalen auf dem Boden. Was für eine Sauerei. Nehmt mal einen Besen! Und die Butter in der Pfanne ist heiß, das riecht man doch. Die Eier müssen da rein.«

»Guten Morgen, Adelheid«, Gesa ging mit einer Platte an ihr vorbei, »wir müssen uns beeilen, wir reden gleich, ja? Über Marleen.«

Die Tür klappte hinter Gesa zu.

»Ich weiß Bescheid.« Adelheid zeigte auf die Pfanne. »Die Eier.«

»Ach so, ja«, ich rührte noch einmal um und goss die Masse in die Pfanne. »Ich bin übrigens Christine. Und das ist meine Schwester Ines.«

»Das habe ich mir schon gedacht.« Adelheid knöpfte ihre Fleecejacke auf und zog sich einen Kittel über. Wenigstens diese Vorstellung stimmte. »Du musst rühren, nicht dass das ansetzt. Und habt ihr genug Kaffee gekocht? Also, so eine blödsinnige Idee. Ich fasse es einfach nicht.«

Gesa kam mit drei leeren Thermoskannen zurück. »Kaffee ist leer. Ist die Maschine noch nicht fertig?«

Wir hatten sie noch nicht einmal angestellt.

Nach gefühlten zehn Stunden ließ ich mich verschwitzt und nach Rührei riechend auf einen Küchenstuhl sinken. Meine Schwester schlug die Tür der Spülmaschine zu, drückte auf den Knopf und lehnte sich erleichtert dagegen.

»So«, sagte sie, »das haben wir doch mit Bravour geschafft.«

Bravour? Die Küche hatte ausgesehen wie ein Schlachtfeld, Frau Stehler hatte sich über den zu dünnen Kaffee beschwert, es gab nicht genug Quark, es wurde mindestens dreimal nach Schwarzbrot gefragt, und das Rührei war kalt geworden, weil wir vergessen hatten, die Schüssel auf eine Wärmeplatte zu stellen. Wir hatten nur Glück gehabt, dass Adelheid rechtzeitig gekommen war.

»Ich frage mich sowieso, warum die Gäste mitten in der Nacht frühstücken müssen. Die haben doch Urlaub, warum schlafen die nicht aus? Die ersten saßen ja schon um halb acht am Tisch und wollten Kaffee.«

»Das ist eben so. Frühstück gibt es von halb acht bis halb zehn, das wirst du auch nicht ändern.« Adelheids tiefe Stimme ließ meine Schwester zusammenzucken. »Also gewöhnt euch daran, rechtzeitig den Hintern aus dem Bett zu kriegen, damit es nicht noch einmal so eine Hektik gibt wie gerade eben.«

»Nein, nein«, beeilte sich Ines zu sagen, »das machen wir morgen besser.«

Irritiert betrachtete ich meine sonst so selbstbewusste Schwester. Sie drehte Adelheid den Rücken zu, legte erst einen Zeigefinger auf die Lippen und formte dann lautlos: »gleich«.

»Gesa«, legte Adelheid wieder los, »du kannst schon mal den Frühstücksraum saugen, ich mache die Zimmer 4, 7, 8 und 12, der Rest ist Abreise und kommt später dran. Das machen dann Ines und Christine, beim ersten Mal zeige ich euch das noch. Auch wenn ihr meint, ihr könnt alles. Bis dahin ist die Küche aber tipptopp, also los.«

Adelheids Schritte verhallten auf der Treppe. Ines wartete noch einen Moment, dann ließ sie sich auf einen Stuhl fallen.

»Was für ein Dragoner. Mit der werden wir noch Spaß haben.«

»Wieso? Was ist denn mit ihr? Ich bin ja froh, dass sie da ist. Heute Morgen hat sie uns echt gerettet.«

»Frag doch mal, woher sie weiß, dass wir hier sind.«

»Von Gesa natürlich.«

»Was ist mit mir?« Gesa kam gerade wieder in die Küche. »Der Staubsaugerbeutel ist voll. Ich hoffe, Marleen hat noch irgendwo Ersatz.«

Während sie die Tür zum Vorratsraum öffnete, fragte ich: »Du hast doch Adelheid gesagt, dass Ines und ich hier sind, oder? Was hast du ihr denn genau erzählt?«

Verblüfft drehte Gesa sich um. »Gar nichts. Ich bin gar nicht dazu gekommen. Ich habe sie telefonisch nicht erreicht. Und als sie heute Morgen hier ankam, hatte sie ja so schlechte Laune, da hat es sich nicht ergeben. Außerdem hat sie gesagt, sie wüsste Bescheid. Ich dachte, du hättest … Oder Marleen … Ach, das ging ja gar nicht.«

»Sie wusste ja auch Bescheid. Weil Gisbert von Meyer ihr Untermieter ist. Und der hat ihr gestern Abend gesagt, dass Christine hier eine große Geschichte für eine Zeitung schreibt. Und dass Marleen deshalb ihren Urlaub verlängert hat.«

»Oh.« Gesa starrte Ines an. »Hat sie dir das vorhin verraten?«

Meine Schwester nickte. »Sie ist stinksauer. Auf Marleen und auf dich, weil man ihr nichts gesagt hat, und auf uns, weil sie es unmöglich findet, dass man hier so viel Unruhe veranstaltet, nur wegen einer Illustrierten. Hat sie gesagt.«

Ich überlegte, was mir Marleen bei früheren Telefonaten über Adelheid erzählt hatte. Ich konnte mich an nichts Konkretes erinnern, nur dass sie seit dem Frühjahr hier arbeitete. Gesa hatte inzwischen eine Packung mit Staubsaugerbeuteln gefunden. Nachdenklich drehte sie die Schachtel in ihren Händen.

»Vielleicht ist es ganz gut, dass sie es von Gisbert weiß«, sagte sie leise. »Mir wäre auch nichts Besseres eingefallen. Aber wir müssen nachher mit ihr in Ruhe einen Kaffee trinken und sie ein bisschen besänftigen. Adelheid ist eine der stursten Personen, die ich kenne. Ich möchte mit ihr keinen Streit haben, sonst schmeißt sie hier alles hin. Und dann haben wir wirklich ein Problem.«

Ich dachte kurz darüber nach, dass es vermutlich klug wäre, Adelheid von Marleens unfreiwilliger Urlaubsverlängerung wahrheitsgetreu zu berichten, schließlich könnte sie die Vertretung mit links machen. Aber dann hätte Marleen das doch selbst vorgeschlagen. Stattdessen hatte sie mich beauftragt. Ich verstand das nicht.

Später, während unseres Kaffeetrinkens, klingelte das Telefon. Adelheid sprang sofort auf, um abzunehmen. Sie kam mit zusammengekniffenen Augen in den Garten zurück.

»Da ist ein Anwaltsbüro aus Oldenburg dran und will nur mit Christine sprechen. Ich hoffe, du machst uns hier keinen Ärger.«

Ich schob den Gedanken, sie einzuweihen, weit von mir.

»Im Büro?« Ich stand schon. Sie nickte.

Ich ließ die Bürotür hinter mir ins Schloss fallen und hielt den Hörer ans Ohr.

»Hallo, Herr Kühlke, gibt es etwas Neues? Und wie kann ich Frau de Vries eigentlich erreichen? Ich bräuchte doch eine Telefonnummer. Zumindest für Notfälle.«

Seine Antwort kam zögernd. »Also, das ist schwierig. Frau Schmidt, Ihre Freundin hat wirklich ein Problem, vermutlich ein aufklärbares, aber trotzdem ein Problem. Ich habe jetzt Kontakt mit dem Anwalt aus Dubai sowie mit der deutschen Botschaft. Frau de Vries und Herr Bruhn sind in einer Art … wie soll ich das sagen, ohne dass es zu heftig klingt? Also, sie sind in Untersuchungshaft.«

Scharf sog ich den Atem ein. »Aber warum? Was haben sie denn …? Das ist doch bestimmt ein Missverständnis.«

Ralf Kühlke wollte mich beruhigen. »Es klingt sicherlich schlimmer als es ist. Es geht hier um ein laufendes Verfahren, ich weiß noch nicht, wie die Anklage lautet, aber das wird sich in den nächsten Tagen klären. Es wird alles getan, um Ihrer Freundin zu helfen. Und es geht den beiden den Umständen entsprechend gut, sie werden auch ordentlich behandelt.«

Ich schloss kurz die Augen und versuchte, die Nerven zu behalten.

»Aber eines noch«, fügte Kühlke in ernstem Ton hinzu, »Sie müssen verhindern, dass irgendjemand von der Presse etwas wittert. Erfahrungsgemäß stürzt sich der gesamte Boulevard-journalismus gern auf solche Geschichten, und die Schlag-zeilen, die daraus entstehen, werden Ihrer Freundin noch jahrelang nachhängen. Außerdem könnte es dem laufenden Verfahren schaden.«

Sofort hatte ich das Frettchengesicht von Gisbert von Meyer vor Augen.

»Verlassen Sie sich darauf«, beeilte ich mich zu antworten, »hier erfährt niemand etwas.«

Ich legte den Hörer langsam auf die Station und stützte meinen Kopf auf die Faust. Untersuchungshaft? In Dubai? Was um alles in der Welt ging da vor?

Wie ferngesteuert hielt ich die nächste Stunde irgendwie durch. Nachdem das Kaffeetrinken mit Adelheid hinter uns lag, die Küche glänzte und alle Zimmer fertig waren, überließ ich Ines und Gesa die Pension und beschloss, zur »Weißen Düne« zu laufen. Ich musste jetzt dringend die Situation überdenken.

Bis zur Kurklinik drehte und wendete ich jede Information, die ich von Kühlke bekommen hatte. Das Ergebnis blieb immer dasselbe. Ich konnte jetzt nichts weiter unternehmen. Nur abwarten und die Nerven behalten. Und ich musste mit

Ines reden. Ich wünschte mir, dass sie so reagieren würde wie immer: lässig.

Auf der Höhe der Kurklinik klingelte mich ein Fahrradfahrer von der Promenade. Erschrocken sprang ich zur Seite und erkannte Adelheid, die mich langsam überholte und mir ein kurzes »Schönen Tag noch« hinterherbellte. Anscheinend hatte sie jetzt bessere Laune.

Mittlerweile wussten Ines und ich, mit wem wir es zu tun hatten. Meine Annahme, Adelheid sei eine ältere Dame, die Marleen ein paar Stunden in der Woche zur Hand gehe, weil sie nicht ausreichend Rente bekam, war grundlegend falsch. Entweder hatte Marleen mir nie etwas erzählt, weil sie gedacht hatte, ich würde die Geschichte kennen, oder ich hatte ihr einfach nicht zugehört.

In Wirklichkeit war Adelheid eine kleine Berühmtheit auf Norderney. Sie hatte selbst eine Pension auf der Insel gehabt, die sie seit dem Tod ihres Mannes vor zehn Jahren allein geführt hatte. Seit Schulzeiten war sie die beste Freundin von Marleens Tante Theda, die beiden fuhren auch ab und zu gemeinsam in den Urlaub. Dann hatte Adelheid vor vier Jahren in einer Fernsehquizshow 125 000 Euro gewonnen. Mit diesem Geld hatte sie ihre Pension in ein sehr elegantes Zweifamilienhaus umgebaut, von der Terrasse über den Kamin, von der teuren Küche bis zum eleganten Bad, es war alles vom Feinsten. Nachdem das Haus so schön geworden war, wollte sie nicht mehr an Feriengäste vermieten: »Die ruinieren dann gleich wieder das Parkett und die edlen Fliesen, und die teuren Armaturen sind sofort wieder voller Kalkflecken. Nein danke, damit ist jetzt Schluss.«

Stattdessen nahm sie einen Dauermieter, der aktuelle war Gisbert von Meyer. »Ein angenehmer junger Mann. Raucht nicht, lärmt nicht, schmutzt nicht. Ganz prima.«

Ein Jahr lang freute sie sich über ihr neues Haus und den prächtigen Garten, dann fing sie an, sich zu langweilen.

Manchmal fuhr sie bei ihrer Freundin Theda vorbei, saß in deren Küche und wollte alles über die Gäste wissen. Irgendwann schlug Theda vor, Adelheid könne ihr ein bisschen helfen. Damit Theda auch in der Saison einmal Zeit für sich hätte. Adelheid nahm den Vorschlag nach kurzem Widerstand an. Aber im Grunde hatte sie es nicht mehr nötig, und außerdem dürfe sie nur eine bestimmte Summe zu ihrer Rente dazuverdienen, sie wolle ja nun nicht fürs Finanzamt arbeiten. Deshalb kam sie nie den ganzen Tag, sondern immer nur für ein paar Stunden.

Als Theda vor zwei Jahren die Pension an ihre Nichte übergab, war Adelheid regelrecht eingeschnappt. Nicht über den Wechsel, sondern darüber, dass Theda sich in ihrem Alter noch einmal verliebt hatte. Sie fand das ungehörig und strafte ihre Freundin wie auch deren Nichte erst mal mit Nichtachtung. Aber nach einem Jahr überkam sie wieder die Langeweile und die Neugier auf die Gäste. So fuhr sie Vormittag für Vormittag mit dem Fahrrad bei Marleen vorbei, bis diese sie irgendwann einmal zum Kaffee einlud. »Na ja«, hatte sie vorhin im Garten erzählt, »und dann saß Marleen da, und ich fand, dass sie wirklich schlecht aussah. Sie hatte Augenringe und war so mager geworden. Was sollte ich tun? Ich bin ja kein Unmensch.«

Seither kam sie wieder. Meistens vormittags und nie länger als fünf Stunden. Wie gesagt, sie hatte es eigentlich nicht mehr nötig. Adelheid war keinesfalls irgendeine Angestellte. Adelheid war die Königin. Und im Moment sehr erbost, dass Marleen ihre Pension für so ein Projekt überhaupt zur Verfügung stellte. Eine Geschichte in einer Zeitschrift! Was war das für ein Blödsinn! Und alles auf dem Rücken der Gäste, weil Ines und ich doch gar nicht ahnten, wie viel Arbeit so ein Betrieb macht. In Gedanken stimmte ich ihr zu, einen Moment lang erwog ich, sie doch in alles einzuweihen. Es wäre die einfachste Lösung, dass Adelheid das Regiment übernahm.

Aber bevor ich etwas sagen konnte, holte Adelheid Luft und stieß eine wahre Tirade auf das ungebührliche Verhalten von Theda aus.

»Das ist alles nur passiert, weil sie sich in ihrem Alter noch mal auf einen Mann eingelassen hat. Schippert die tatsächlich durchs Mittelmeer, als ob es hier nichts zu tun gäbe. Die beiden sind alte Leute, kann man sich da nicht anständig benehmen? Ich verstehe ja, dass junge Menschen auch mal verrückte Sachen machen. Wenn ich noch daran denke, was ich mit Wilhelm alles angestellt habe ...«, sie schüttelte lächelnd den Kopf, dann wurde sie sofort wieder ernst, »aber wir waren zwanzig. Da sind wir auch schon mal heimlich zum Tanzen gegangen, aber man wird doch auch älter. Und dann benimmt man sich entsprechend. Das kommt alles, weil die Alten immer noch so tun, als wären sie Gott weiß wie flott. Nein, nein, ich finde das unmöglich.«

Bei dem Gedanken, was sie zu der Nachricht von Marleen und Björn im Knast sagen würde, bekam ich Schüttelfrost. Nie im Leben konnten wir sie einweihen.

Endlich war ich an der »Weißen Düne« angelangt. Das Lokal lag am Ende des Strandaufgangs, ein dunkelbraunes Holzhaus mit einer breiten Terrasse, auf der Strandkörbe, lange Tische und Bänke standen. Ich bekam im ersten Strandkorb einen Platz und griff zur Speisekarte. Nachdem ich mir einen Milchkaffee bestellt hatte, blätterte ich weiter und überflog das Angebot in der Hoffnung, das eine oder andere Gericht für die Pension nachkochen zu können. Es war illusorisch. Meine Schwester und ich würden weder mit Limandesfilet noch mit Lammnüsschen und schon gar nicht mit Scampipfannen fertigwerden. Bis auf den Kuchen und einen Teil der Vorspeisen, die wir vielleicht für zwanzig Leute hinbekommen könnten, war es naiv zu glauben, dass wir das ganze Unternehmen und vor allem die Küche allein in den Griff bekommen. Wir mussten Adelheid irgendwie überreden. Ohne ihr die Wahrheit zu sagen. Vielleicht könnte sie statt vormittags einfach nachmittags arbeiten. Anstelle des Frühstücks das Abendessen zubereiten. Das wäre doch die Lösung. Ich würde nachher mit Ines und Gesa darüber reden.

Mein Handy vibrierte in der Jackentasche. Es war Johann. Endlich einmal.

»Na? Wie habt ihr euch bislang geschlagen?«

Seine Stimme tat mir gut, ich holte Luft und fing an zu erzählen: von Adelheid und ihrem Gewinn, von Gesa und meiner Schwester, vom Frühstückschaos, von Frau Stehler und ihrem jugendlichen Liebhaber, von Pierre und schließlich von Kühlke.

Johann fragte nicht nach, kommentierte nichts, sagte nach einer Pause lediglich: »Passt wirklich auf, dass die Presse keinen Wind von Marleens Dilemma bekommt. Ich sehe schon die Schlagzeilen: ›Norderneyerin in Dubai verhaftet – Drogenschmuggel oder Entführung?‹ Das ist ein gefundenes Fressen für die Zeitungsgeier.«

»Unsinn. Woher soll das jemand wissen? Wir haben doch keine Ahnung, was los ist. Vermutlich ist irgendetwas mit dem Visum nicht in Ordnung, was weiß ich denn?«

»Das ist der Presse egal. Die dichten sich ihre eigenen Geschichten.«

Ich wurde langsam schlecht gelaunt.

»Hast du überhaupt zugehört, was ich dir alles erzählt habe?«

»Ja klar«, antwortete er, »du musst dich aber mal auf die wesentlichen Dinge konzentrieren. Wichtig ist doch nur, dass ihr versucht, Marleen zu decken, nichts an die Presse weiterzugeben und die Pension einigermaßen am Laufen zu halten. Und dazu braucht ihr übrigens dringend einen Koch. Ich würde mal beim Arbeitsamt anrufen. Oder in anderen Hotels nachfragen, ob die euch einen abstellen können.«

»Super Idee. Und welche Gründe sollen wir nennen, warum wir einen brauchen? Und wie lange?«

»Gar keine. Das geht doch niemanden etwas an. Und über die Dauer kann man sich ja noch Gedanken machen. Erst mal bis auf weiteres. Die Geschichte in Dubai wird sich sowieso nicht innerhalb der nächsten Woche klären. Das kann dauern. Und deine Schwester und du, ihr kriegt das mit dem Kochen nicht hin.«

Genau das erwartete ich von meinem Freund. Einen unerschütterlichen Glauben an mich, Trost, Hoffnung und das bereitwillige Angebot seiner Hilfe. Aber nichts davon passierte hier. Nur kluge Ratschläge. Meine Schwester hatte vor einiger Zeit mal gesagt, Johann ginge ihr mit seiner sachlichen

Gutmenschart manchmal wahnsinnig auf die Nerven: »Er weiß immer alles, er versteht immer alles, und er löst immer alles. Grauenhaft!« Sie hatte ein paar Bier getrunken und am nächsten Tag ihr Urteil revidiert, aber hieß es nicht, Betrunkene und Kinder sagen die Wahrheit?

Und im Moment pflichtete ich ihr hundertprozentig bei. Er ging mir auf die Nerven. Und wie!

»Aha. Wir kriegen das also deiner Meinung nach nicht hin. Das werden wir ja sehen. Ich muss jetzt bezahlen und los, das Abendessen vorbereiten. Also dann, schönen Abend.«

»Christine, das ist eine Schnapsidee. Holt euch Hilfe für die Pension. Das geht nicht anders.«

»Ja, ja. Mach's gut.«

Ich drückte die rote Taste und sagte leise ein unflätiges Wort.

»Chrissie«, die Stimme schrillte so laut über die Terrasse, dass sich fast alle Gäste umsahen, »meine Lieblingsvertretung, komm Jurek, ich stell dir unsere neue Chefin vor.«

Pierre sah in seinen weißen Bermudas und in seinem giftgrünen Polohemd aus, als sei er gerade einer Anzeige für Männermode entsprungen. Er stand neben einem jungen, schlanken, dunkelhaarigen Mann, der mich mit freundlichen Augen durch eine Sonnenbrille musterte und mir umständlich die Hand gab.

»Ich bin Jurek. Hallo. Ich arbeite auch für Marleen.«

»Er ist unser Hausmeister, macht die Technik, die Musik und hilft abends am Tresen, sozusagen unsere Allzweckwaffe.« Pierre winkte mehreren Leuten zu, bevor er sich neben mich in den Strandkorb setzte. »Jetzt setz dich schon hin, Jurek, Chrissie beißt doch nicht. Ach ist das nett, dass wir uns treffen, was machst du eigentlich hier? Noch ein Käffchen?«

»Ich musste mal raus, Peter aus Winsen, ich muss aber gleich zurück. Küchendienst.«

»Ach, komm, Liebes, du trinkst jetzt noch was mit uns, und wir nehmen dich mit dem Auto mit. Dann brauchst du keine Stunde zu laufen, sondern kannst dich einfach nett mit uns unterhalten. Steffilein«, er winkte der hübschen Blondine zu, »noch mal dasselbe für die Dame, für mich eine Johannisbeerschorle und für Jurek ... Was willst du denn?«

»Eine Coca-Cola, bitte.«

»'ne Cola, Liebes, danke dir. So«, er wandte sich wieder strahlend zu mir, »erzähl mal, Hase, wie lief der erste Dienst der einzigartigen Schwestern?«

Der Hase in mir überlegte kurz, dann überwog die Verzweiflung. »Schlecht. Es lief sogar richtig schlecht. Wir haben die Hälfte vergessen, die andere Hälfte nur so einigermaßen hingekriegt, es war unter aller Kanone. Zum Glück hat Adelheid uns gerettet.«

»Adelheid.« Pierre sprach den Namen fast schon genüsslich aus. »Na, das wird ihr bestimmt gefallen haben. Sie rettet ja furchtbar gern. Und vergisst auch die nächsten Monate nie, es immer wieder zu erwähnen.«

»Was meinst du?«

»Er meint gar nichts.« Jurek warf Pierre einen bösen Blick zu. »Adelheid und er streiten die ganze Zeit. Es geht schon allen auf die Nerven.«

»Sie fängt aber immer an.« Mit vorgeschobener Unterlippe stützte Pierre sein Kinn auf die Faust. »Die Dame weiß ja alles besser. Überall muss sie sich einmischen, ich weiß gar nicht, was sie die Bar angeht, aber sie muss ihren Senf dazugeben. An Marleens Stelle hätte ich sie schon lange gefeuert.«

Das war anscheinend vermintes Gelände. Ich versuchte es vorsichtig: »Ich finde Adelheid ganz nett. Und sie hat das Chaos heute Morgen in null Komma nix im Griff gehabt. So jemanden feuert man doch nicht. Marleen ist sicher froh, dass sie sie hat.«

»Pffft.« Pierre wedelte mit der Hand, als würde er ein Insekt verscheuchen. »Adelheid tut so, als wäre sie die Chefin. Und Marleen wagt nicht, ihr zu widersprechen. Nur weil sie mit Theda befreundet ist. Und immer alles besser weiß. Und mich hasst sie. Das ist eindeutig. Dauernd hackt sie auf mir rum. Und glaub mal nicht, dass Marleen mich mal verteidigt. Nie! Immer kommt so ein blöder Spruch von Adelheid, sobald sie mich sieht. Sie hasst mich!« Seine Stimme wurde fast hysterisch.

Jurek schüttelte nachsichtig den Kopf. »Du machst einen Zirkus, Pierre, das ist hier wie Kinderfasching.« Zu mir gewandt, fuhr er fort. »Die zwei sehen sich, und nach zehn Sekunden geht das Gekabbel los. Ich verstehe das nicht, zwei erwachsene Menschen.«

»Sie hat gesagt, ich sehe aus wie ein Papagallo.«

»Weil du gesagt hast, dass sich ein neues Auto in ihrem Alter nicht mehr lohnt.«

»Das habe ich so nicht gemeint.«

»Das hast du aber so gesagt.«

»Ja, aber …«

»Ein Milchkaffee, eine Johannisbeerschorle, eine Cola.« Steffi stellte die Getränke vor uns ab. »Bitte.«

Ich zog mein Handy aus der Jackentasche, um die Uhrzeit abzulesen. Pierre beugte sich rüber.

»Erwartest du einen Anruf?«

»Nein, ich wollte nur wissen, wie spät es ist. Ich muss um 15 Uhr wieder zurück sein, weil …«

Das Handy klingelte, Pierre sah mich triumphierend an. »Also doch …« Er lehnte sich zufrieden zurück und flüsterte Jurek zu: »Sie hat nämlich einen Freund in Schweden. Ich liebe schwedische Männer.«

Ich starrte ihn an, während ich auf die Annahmetaste drückte.

»Hallo, Ines, was gibt es?«

»Hier sind sechs Frauen aus Herne, ein Saunaclub, sie haben

sechs Zimmer bestellt, ich finde aber nur vier Reservierungen. Gesa ist einkaufen gefahren, ich weiß nicht, wo die Schlüssel liegen und wo ich die anderen Zimmer herkriegen soll. Außerdem hat Mama angerufen und mich angemault, weil wir uns noch nicht gemeldet haben. Sie ruft gleich wieder an und will dich sprechen. Und es ist jetzt fast 15 Uhr, und ich weiß nicht, wie lange dieser Leberkäse in den Backofen muss. Hättest du dann mal die Güte, deinen Hintern hierher zu bewegen?«

»Du hast doch gesagt, ich könnte weg?«

Meine Schwester hatte schon aufgelegt. Ich kramte nach meinem Geld und sah mich nach der Bedienung um.

»Ich muss sofort los. Anscheinend ist Ines sauer. Und die Hütte brennt.«

»Lass das Geld stecken, Hase, ich mach das schon. Jurek fährt dich eben runter, ich laufe dann zurück, ich habe ja noch Zeit.«

Dankbar lächelte ich ihn an und lief mit schnellen Schritten neben Jurek zum Parkplatz. Das Thema Adelheid würde ich mit Pierre nicht mehr ansprechen.

Jurek startete das Auto und wartete einen Moment, bis er losfuhr. Ich drehte den Kopf zu ihm.

»Was ist?«

»Glaubst du wirklich, dass du Marleen vertreten kannst?«

Überrascht sah ich ihn an. »Wieso fragst du? Es ist jetzt so ausgemacht und fertig. Ist ja nicht für lange.« Ich kreuzte meine Finger in der Jackentasche.

Jurek kaute auf seiner Unterlippe, als wenn er noch etwas sagen wollte. Er machte mich ganz nervös.

»Kannst du bitte fahren? Meine Schwester hörte sich wirklich ungeduldig an.«

»Natürlich.« Er legte den Rückwärtsgang ein und fuhr aus der Parklücke. »Ist ja gut. Das wird schon alles klappen.«

Ein bisschen seltsam war er schon.

In der Annahme, an der Rezeption auf sechs wütende Damen zu treffen, öffnete ich etwas nervös die Tür. Statt des erwarteten Tumults sah ich nur meine Schwester, die mit hochrotem Kopf und zerstrubbelten Haaren halb unter dem Tisch lag. Als sie mich hörte, schoss sie hoch und rammte sich den Kopf an der Tischplatte.

»Aua, was schleichst du dich denn so an? Ich kriege fast einen Herzinfarkt.«

»Was machst du denn da?«

»Ach«, sie wischte sich über die Stirn, »mir ist ein Blatt weggeweht. Ich finde es nicht wieder. Und? Wie war dein Spaziergang?«

»Wo sind denn die Damen aus Herne?«

»Die packen aus.« Ungeduldig sah sie sich um. »Wo ist das nur abgeblieben? Das gibt es doch gar nicht.«

»Was ist jetzt mit den Zimmern? Erzähl schon.«

Sie ging auf die Knie und tastete den Boden unter dem Tresen ab. »Komisch.«

»Ines!« Ich versuchte, sie nicht anzuschreien. »Die Damen aus Herne!«

»Wie?« Mühsam rappelte sie sich wieder hoch. »Ach so, die Damen. Die sind nett. Sechs Stück. Gehen seit zwanzig Jahren jeden Donnerstag zusammen in die Sauna und hauen ihre Kasse auf den Kopf. Sind das erste Mal auf Norderney und …« Jetzt erst bemerkte sie meinen Gesichtsausdruck. »Was ist? Willst du auch noch ihre Namen wissen?«

»Was war denn falsch mit den Zimmern?«

»Nichts. Ich konnte nur nicht richtig gucken. Wegen dieser blöden Abkürzungen. Zwei haben ein Einzelzimmer und die anderen zwei Doppelzimmer. War alles richtig reserviert. Hast du schlechte Laune?«

»Nein.« Ich ließ mich langsam auf den Stuhl sinken. »Wieso hast du so wild Alarm geschlagen? Ich dachte, hier ist das komplette Chaos ausgebrochen.«

»Das habe ich doch gar nicht gesagt. Ich wollte nur wissen, wann du kommst. Ach, und du musst Mama anrufen. *Die* macht übrigens gründlich Wirbel. Sie hat im ›Seesteg‹ angerufen, weil wir uns ja nicht gemeldet hatten. Und die haben natürlich gesagt, wir wären keine Gäste bei ihnen. Ich hatte Mama auf meiner Mobilbox.«

»Und was hat sie gesagt?«

»Das willst du nicht wissen ...«

»Und was hast du gesagt?«

»Nichts.« Meine Schwester lächelte mich an. »Ich habe überhaupt keine Lust, sie anzurufen und ihr das irgendwie zu erklären. Das kannst du selbst machen. Viel Spaß dabei. Dafür gehe ich jetzt auch in die Küche und lese mir mal durch, was auf der Verpackung von dem Leberkäse steht. Ich hoffe, man muss dieses Teil nur in den Ofen schieben. Bis später.«

Die Tür fiel hinter ihr zu, und ich atmete tief durch. Dann nahm ich das Handy und wählte die Nummer meiner Mutter.

»Na endlich.« Ihre Stimme war mehr ärgerlich als besorgt. »Könnt ihr euch nicht mal melden, wenn ihr angekommen seid? Wo seid ihr denn überhaupt? Du hattest doch gesagt, ihr macht ein paar Tage Urlaub im ›Seesteg‹, aber da seid ihr ja gar nicht. Ich habe gestern dort angerufen, die hatten eure Namen noch nie gehört. Und bei Marleen war nur diese Gesa dran, die hat rumgestammelt, Marleen wäre nicht da und sonst hätte jetzt auch niemand Zeit zu telefonieren. Was ist mit euch los?«

Ich hatte den Instinkt meiner Mutter mal wieder unterschätzt, jetzt musste ich improvisieren.

»Ja, hier ist alles ein bisschen durcheinander. Der ›Seesteg‹ hat irgendwie die Reservierung verbaselt. Jetzt schlafen wir erst mal bei Marleen, das geht auch ganz gut, sie hat ja Platz. Und dann war gleich so viel los, da haben wir einfach vergessen, anzurufen.«

Es klang dünn, das merkte ich selbst. Ganz zu schweigen von meiner Mutter.

»Ein Hotel wie der ›Seesteg‹ verbaselt doch keine Reservierungen. Und wo ist Marleen?«

»Die … ist … auf einer Messe. Die kommt aber die nächsten Tage wieder.«

»Auf einer Messe?« Meine Mutter blieb hartnäckig. »In der Saison? Ist ihre Tante denn da? Oder wer macht die Vertretung?«

»Eine … Freundin von der Tante. Adelheid. Und Gesa. Das geht schon.«

»Aha.« Jetzt überlegte sie. »Dann könnt ihr ja ein bisschen mithelfen. Das hast du doch letztes Jahr auch gemacht. Wenn ihr da schon wohnt. Oder … Sag mal, war euch das Hotel zu teuer? Hast du Geldprobleme?«

»Nein, Mama, ich …«

»Papa wollte ja was dazubezahlen. Oder kannst du das nicht vorstrecken? Ach so, aber Kind, dann hättest du doch was sagen können. Deshalb wohnt ihr jetzt bei Marleen? Weil es billiger ist?«

»Nein, das hat sich einfach so ergeben. Und das ist natürlich auch eine gute Idee von dir, ich werde Gesa und Adelheid gleich mal anbieten, dass wir ein bisschen helfen. Du, aber ich muss jetzt Schluss machen, ich wollte noch mit Ines …einkaufen gehen.«

»Ich denke, du hast kein Geld.«

»Lebensmittel, Mama, wir wollen ja nicht jeden Abend essen gehen. Also, tschüss, grüß Papa, und wir melden uns wieder.«

Aufatmend beendete ich das Gespräch, für den Moment würden diese Erklärungen reichen, ich durfte nur nicht durcheinanderkommen.

Jurek faltete mit ganzer Hingabe kleine Schiffe aus blau-weißen Servietten. Seine Zungenspitze holte für jeden Kniff den nötigen Schwung. Als er meinen Blick bemerkte, setzte er vorsichtig ein bayerisches Schiff auf ein Tablett und sagte entschuldigend: »Meine Oma hatte einen Gasthof. Ich habe als Kind schon gern Servietten gefaltet. Und ich habe doch noch Zeit, bevor Pierre die Bar öffnet.«

Das Chaos in der Küche war bislang ausgeblieben. Ines, Gesa und ich hatten uns vorher überlegt, wer was machen sollte. Gesa hatte Radieschen und Tomaten gewaschen und geschnitten, ich hatte mich um die Brotkörbe gekümmert, und Ines stand vor großen Töpfen, in denen Weißwürste und Frankfurter schwammen. Wir mussten Jurek holen, weil wir zu blöde waren, die Backofentemperatur für den Leberkäse zu regeln. Niemand von uns hatte einen Gasherd, erst recht nicht so einen für Profis. Jurek hatte das Problem gelöst, seine Oma hatte ja einen Gasthof. Und außerdem war er ohnehin der Hausmeister. Da er nun schon mal in der Küche saß, hatte er beschlossen, uns zur Hand zu gehen. Wenn ich die Blicke, die er Gesa zuwarf, richtig deutete, hatte er auch einen ganz speziellen Grund dafür.

»Kann ich noch was helfen?« Er stand auf, um das Tablett, auf dem seine Serviettenschiffchen standen, in den Gastraum zu bringen. »Könnt ihr ruhig sagen, ich bin ja sowieso da.«

Keine von uns antwortete, man hörte nur das leise Summen des Herdes, das Klacken des Messers, das die Radieschen viertelte, und das leise Schnurren der Abzugshaube. Jurek verließ den Raum.

Wir zuckten alle zusammen, als plötzlich die Küchentür aufgerissen wurde und eine Stimme die Stille zerriss.

»Einen schönen guten Abend, die Damen. Ich wollte nur mal gucken, was Christines Recherche macht.«

Gisbert von Meyer hielt sich einen Fotoapparat vors Gesicht und knipste. Dann veränderte er seine Stellung und nahm Ines ins Visier, anschließend baute er sich vor mir auf.

»Bitte lächeln. Schau mich an, sei mein Augenstern.«

Mit dem Brotkorb im Arm schob ich ihn zur Seite. »Lass den Blödsinn, wir haben keine Zeit für so etwas. Was willst du denn?«

Beleidigt nahm er den Apparat runter. »Also bitte! Ich will euch besuchen, mal schauen, ob ihr irgendwelche Hilfe braucht, ihr seid ja mehr oder weniger fremd auf dieser Insel. Da ist man doch froh über jede Hand. Dein Freund ist anscheinend immer noch nicht hier, oder?« Er sah sich um. »Das riecht sehr gut. Leberkäse, oder? Ah ja, das ist ja eines meiner Lieblingsgerichte. Darf ich?«

Er saß bereits am Küchentisch, bevor jemand antworten konnte.

Ines griff nach den Schalen mit Senf, die vor Gisbert standen.

»9,50 Euro pro Portion. Bayerisches Buffet. Gib mir mal die anderen Schalen, wenn du schon im Weg sitzt.«

»9,50 Euro! Ihr spinnt doch! Ich kriege bei Marleen immer Presserabatt. Dafür schreibe ich auch mal was Nettes über euch.«

»Das ist schon mit Presserabatt, ohne kostet es 12,50 Euro. Und schreiben brauchst du nichts.« Ines schob sich so dicht an ihm vorbei, dass er zurückweichen musste. »Das macht doch Christine selbst.« Sie verschwand im Gastraum.

»Natürlich.« Er hatte sich schon wieder nach vorn gebeugt.

»Als ob ich vergessen könnte, dass wir Kollegen sind. Ich nehme es quasi als Zeichen.«

Gesa stöhnte dumpf auf und wollte gerade etwas sagen, als Jurek zurück in die Küche kam.

»Die Ersten sind schon da. Soll ich noch was reintragen? Oh, hallo, Gisbert, ist was passiert? Dass die Presse bei uns einfällt?«

»Der Herr Hausmeister. Tag. Heute Küchendienst?«

»Auch.« Jurek blinzelte ihn an. »Als Hausmeister bist du überall. Und was machst du jetzt hier?«

»Ich bin ein alter Freund von Christine und …«

»Na, na«, Ines kam zurück und lief zum Herd, »da wollen wir doch nicht übertreiben, oder? Gisbert von Meyer will … ach, du Schande.«

»Was ist?« Alarmiert sahen Gesa und ich hoch.

Ines rührte hilflos mit einem Kochlöffel im Wursttopf herum. »Alle geplatzt. Wirklich alle. Guckt euch das an, nicht eine einzige blöde Wurst ist heil!«

Sehr viel später saßen wir an der Bar, hinter der sich ein hemmungslos kichernder Pierre fast wegwarf bei der Vorstellung von dreißig geplatzten, aufgequollenen Weißwürsten. Ich konnte seinen Heiterkeitsausbruch nur begrenzt nachvollziehen. Mein Blick blieb an dem fidelen Damensextett aus Herne hängen, das in der Ecke an einem runden Tisch saß, vor sich einen Sektkühler. Mittlerweile hatten die Damen gemeinschaftlich das fünfte Schälchen mit Erdnüssen geleert. Sie waren wirklich nett, hatten kaum Theater ob des misslungenen Buffets gemacht, im Gegensatz zu Frau Stehler und Gregor Morell, so hieß ihr Fastsohn wirklich. Diese hatte sich so sehr aufgeregt, dass auch ein großer Teil der anderen Gäste ungehalten wurde. Wir hatten etwas zu wenig Krautsalat gekauft, dafür war es der teure gewesen, mit Speck, aber Frau Stehler war Vegetarierin. Natürlich war es falsch gewesen, die geplatzten Würstchen hinzustellen. Aber was sollten wir machen? Der Leberkäse war innen noch gefroren, Ines hatte sich vertan, weil sie die Backzeit mit dem Haltbarkeitsdatum verwechselt hatte. Das konnte ja passieren. Jedenfalls vermochten auch die niedlichen Serviettenboote das Unternehmen nicht mehr zu retten. Ich hatte mich bei den Gästen entschuldigt und gelobt, dass so etwas nie wieder passieren würde. Richtig viel genützt hatte es nicht, die Stimmung der Gäste beim Verlassen des Gastraumes war denkbar schlecht. Der Kommentar meiner Schwester konnte mir nun auch nicht weiterhelfen.

»Da müssen wir uns morgen aber anstrengen. Das heute Abend war wohl nichts.«

So viel wusste ich selbst. Ich winkte Jurek näher.

»Sag mal, kannst du nur Servietten falten? Oder hat deine Oma dir auch Kochen beigebracht?«

Er sah mich unsicher an. »Ich weiß nicht … Eigentlich nicht.«

Ich musterte ihn nachdenklich. Er war ja ganz sympathisch, aber auch ein bisschen schwer von Begriff. Schade. So würde er bei Gesa nicht punkten.

Pierres Schultern bebten immer noch. Ich fand es mittlerweile überhaupt nicht mehr komisch, dass er sich so über unsere Situation amüsierte. Wir hatten hier ein ernsthaftes Problem.

»Pierre!«, meine Stimme war scharf. Ines guckte zuerst mich und dann den albernen Barkeeper an und fing an zu lachen.

»Ja … ha…aa.«

»Reiß dich mal zusammen, wir müssen uns was überlegen. Ines, du auch!«

Jetzt wimmerten die beiden nur noch vor sich hin, auch Gesas Mundwinkel zuckten schon verdächtig.

»Also gut, ich werde Adelheid bitten, uns beim Kochen zu helfen. Anders geht es nicht.«

»Das macht sie nicht.« Ines wischte sich die Lachtränen aus den Augen und trank einen Schluck. »Ich habe sie gefragt. Sie hat keine Lust zu kochen, hat sie gesagt. So was hätten wir uns vorher überlegen müssen. Und abends arbeitet sie sowieso nicht mehr. Das hätte sie ja gar nicht nötig. Anderer Vorschlag!«

Verzweifelt sah ich meine Schwester an. Dann Gesa. Dann Jurek. Inzwischen hatte sich auch Pierre beruhigt und anscheinend begriffen, dass die Lage nicht nur komisch war.

»Ihr könnt echt nicht kochen?«, fragte er verblüfft, »beide nicht?«

»Nein.« Ines und ich antworteten im Chor.

»Und dann macht ihr so einen Jobtausch? Nur weil Christine einen Artikel schreiben möchte? Und ihr könnt beide echt nicht kochen?«

Pierre begriff es kaum. Ich eigentlich ebenso wenig. Aber wir konnten es ihm auch nicht erklären. Die Wahrheit war schließlich viel schlimmer.

»Tja«, sagte er langsam und sah sich in der Bar um, »dann müssen wir einen Koch einstellen. Ganz schnell. Und morgen bestellen wir irgendwo das Essen. Das kostet dann eben mal Geld. Und ich höre mich nach einem Koch um. Kopf hoch, Hasen, das kriegen wir alles gebacken.«

Ich trank mein Bier aus und verfluchte Marleens Liebesleben. Und gleich danach Johann und dass ich keines hatte.

»Wieso sind die Handtücher von gestern noch in der Waschmaschine?«

Adelheids knarzige Stimme riss mich aus einem kleinen Moment der Glückseligkeit. Heute Morgen hatte beim Frühstück alles reibungslos geklappt. Gesa war gerade in die Küche gekommen und hatte die letzte Thermoskanne geholt. »Na bitte, geht doch«, hatte sie gesagt, bevor sie lächelnd in den Frühstücksraum zurückging. Und jetzt stand plötzlich Adelheid mit einem Unheil verkündenden Gesicht in der Tür.

»Sag bloß, ihr habt die Maschine gestern nicht angestellt?«

»Welche Maschine?« Ich versuchte es mit einem harmlos höflichen Plauderton. Adelheid ging leider nicht darauf ein.

»Die Waschmaschine. Im Keller. Sie wird jeden Tag angestellt, damit sie die Handtücher wäscht. Aber heute Morgen liegen da die schmutzigen von gestern drin. Warum?«

»Ich dachte, dass …«

Was hatte ich eigentlich gedacht? Wenn ich ehrlich war, hatte ich mir noch nie Gedanken über Handtücher gemacht.

»Ich dachte, ich dachte …«, äffte Adelheid mich nach. »Ihr solltet erst mal anfangen zu denken. Macht euch Zettel, wenn ihr alles vergesst, so kann man keine Pension führen, ich erwarte von euch ein bisschen mehr Ernsthaftigkeit. Das ist doch keine Arbeitsauffassung und …«

»Entschuldigung?«

Der junge Mann, der hinter Adelheid stand, lächelte schüchtern.

»Jetzt nicht.« Adelheid warf nur einen kurzen grimmigen

Blick auf ihn und wandte sich wieder zu mir. »Also, noch mal: Die Handtücher müssen jeden Tag gewaschen werden, ich stelle die Maschine jetzt an, denkt dann morgen selbst dran. Ich bin schließlich nicht eure Waschfrau. Das habe ich deiner Schwester übrigens auch schon gesagt. So. Und was wollen Sie jetzt?«

»Pierre hat gesagt, ich soll mal vorbeikommen. Sie brauchen doch einen Koch.«

»Was?« Adelheid starrte ihn an, als hätte er gerade einen unanständigen Witz erzählt. »Pierre? Typisch, sobald der den Mund aufmacht, kommt dummes Zeug dabei heraus. Ich wüsste …«

Mir war egal, ob mein Ton jetzt womöglich nicht mehr harmlos und höflich war, hier stand unsere Chance: Höchstens siebzehn, mit Pickeln und einem leichten Augenzucken, aber er hatte das Zauberwort gesagt: Koch!

»Adelheid, entschuldige, aber ich habe einen Termin mit diesem jungen Mann.«

»Termin«, schnaubte sie, »dass ich nicht lache. Natürlich, jetzt stellen wir auch noch Personal ein, weil die Dame keine Zeit hat zu kochen. Sie muss ja denken und schreiben. Ich fasse es nicht. Ich …«

»Adelheid?« Ines' Stimme drang aus dem Keller in die Küche. »Ich kriege diese Scheißwaschmaschine nicht an. Sie brummt nur und macht nichts.«

Es gab Momente, in denen ich froh war, eine Schwester zu haben. Adelheid rollte mit den Augen und verließ nach einem abschließenden giftigen Blick die Küche.

»So«, erleichtert lehnte ich mich an die Arbeitsplatte und lächelte den jungen Mann an. »Sie sind also Koch? Wie heißen Sie denn?«

»Hans-Jörg. Aber Sie können mich duzen.« Er war knallrot angelaufen und hatte Schweiß auf der Stirn. »Na ja, noch nicht so richtig, also ich meine, ich bin im zweiten Lehrjahr, aber ich koche gerne, und im Moment habe ich Urlaub, aber ich habe kein Geld zum Verreisen, und Pierre wohnt bei uns im Haus, und er hat gesagt, dass hier ein Notfall ist, und ich habe gesagt, dass ich sowieso nichts zu tun habe, weil ich ja Urlaub habe, und ich …«

»Also kannst du uns helfen?« Unhöflich unterbrach ich seinen Redefluss, weil ich Adelheids Schritte auf der Treppe hörte. Hans-Jörg nickte hektisch und fuhr sich nervös mit der Zunge über die Lippen.

»Ich habe drei Wochen Urlaub, aber ihr müsst mir sagen, was ich kochen soll, weil das kann ich nur auf Anweisung, und ich gebe mir viel Mühe und …«

Adelheids Schritte verhallten im Flur, anscheinend ging sie in den Garten. Ich atmete aus.

»Gut. Kannst du gleich anfangen?«

Er hatte noch gar nicht mit dem hektischen Nicken aufgehört, ich nahm es als Zustimmung.

»Wunderbar. Wir haben abends kaltes und warmes Buffet. Im Moment haben wir achtzehn Gäste. Meinst du, du kriegst das hin?«

Hans-Jörg nickte immer noch und antwortete mit schüchterner Stimme: »Aber nicht alleine.«

Ich sah nur das hektische Nicken. »Gut. Kommen wir zum Geld.«

Mit finsterem Gesichtsausdruck stand Ines im Wäschekeller und sortierte Handtücher. Sie hatte meine triumphierende Mitteilung: »Wir haben einen Koch!« überhaupt nicht kommentiert, sondern warf wütend Handtuch um Handtuch in verschiedene Körbe.

»Sag doch mal was dazu. Das ist nämlich echt super! Wir haben jetzt ein Problem weniger. Ines!«

Sie hielt in ihrer Bewegung inne, dann schmiss sie das Handtuch neben den Korb und funkelte mich aufgebracht an.

»Weißt du, was mich tierisch nervt? Nein? Soll ich dir das sagen?«

Gleichmütig sah ich sie an, vermutlich hatte sie von Adelheid den Anpfiff ihres Lebens bekommen. Das war sie eben nicht gewöhnt.

»Lass dich doch von Adelheid nicht fertigmachen.« Ich hob das Handtuch vom Boden auf und legte es in den Korb. »Ich glaube, sie meint es gar nicht so.«

Meine Schwester holte Luft, dann presste sie die Lippen zusammen, griff nach dem Handtuch und schmiss es wieder auf den Boden. Jetzt wurde sie kindisch. Ich seufzte übertrieben und drehte mich zur Tür. Aber Ines hielt mich mit hartem Griff am Arm fest und rief mit vor Wut zitternder Stimme: »Ich sage es dir: Deine Freundin hat ein ernsthaftes Problem, das ist Pech. Sie bittet dich, ihr zu helfen, das musst du auch machen. Du hast seit Monaten schlechte Laune und lehnst jede Hilfe und Ablenkung von uns ab, das musst du selbst wissen. Ich biete dir an, mit dir nach Norderney zu kommen, damit wir dieses Chaos hier zusammen hinkriegen, das ist natürlich meine Entscheidung. Aber dass du jetzt die große Schwester und Chefin gibst, dass du so tust, als hättest nur du den Stress und den Durchblick, dass du nicht einmal Danke sagst oder wenigstens mal besser gelaunt bist oder vielleicht mal etwas mit mir besprichst, bevor du etwas entscheidest, das geht mir echt auf den Geist. Dauernd kommt nur: ›Ines, die Spülmaschine‹, ›Ines, der Kaffee muss rein‹, ›Ines, siehst du das nicht?‹ Ich kann auch gerne meine Sachen packen und nach Hause fahren, dann darfst du das alles allein machen. Was habe ich mit Marleen zu tun?«

Ich schluckte. Und überlegte, über was genau sie sich jetzt so aufregte. Dass ich einfach schwieg, brachte sie noch mehr in Rage.

»Du guckst schon wie Mama. Wenn du jetzt noch sagst: ›Kind, reg dich doch nicht so auf!‹, dann flippe ich aus!«

Aber genau das tat sie ja gerade. Ich schlug einen versöhnlichen Ton an, nicht, weil ich sie verstand, sondern weil ich befürchtete, dass man ihre Schreierei bis nach oben hörte.

»Komm, Ines, ich entscheide doch gar nichts allein. Und wenn ich mich dir gegenüber falsch verhalten habe, tut es mir leid. Und …«

»Du hast doch gerade den Koch eingestellt.« Sie schnappte nach Luft. »Ich habe den noch nicht mal gesehen. Adelheid hat gesagt, dass das so ein pickeliges Bübchen ist, das uns nur noch mehr Arbeit macht. Die behandelt mich übrigens auch, als wäre ich der Volltrottel vom Dienst. Genau wie du.«

Jetzt wurde ich ebenfalls langsam sauer. »Adelheid. Die hat ihn nur ganz kurz gesehen, außerdem war sie geladen, weil wir die Waschmaschine nicht angestellt haben. Sie findet es doch sowieso blöd, dass ich hier bin.«

Ines tippte mit ihrem Zeigefinger auf meine Brust. »Genau das meine ich: Dass *du* hier bist. *Wir* sind hier, meine Liebe, vergiss mich nicht andauernd. Bis ich zehn Jahre alt war, hast du mich dauernd überall stehen lassen und vergessen, diese Zeiten sind aber vorbei.«

»Dauernd!« Ich schob ihren Finger weg und schüttelte ungeduldig den Kopf. »Vielleicht zweimal. Einmal in der Karstadt-Toilette und einmal in der Sporthalle. Das war nur aus Versehen.«

»Und was war am Bahnhof? In Altona?«

»Christine? Ines?« Gesa stand plötzlich in der Tür und sah uns fragend an. »Was macht ihr denn hier?«

»Nichts.« Wir antworteten im Chor.

»Das könnt ihr vielleicht auch in der Küche machen. Da steht ein Hans-Jörg, der keinen Plan hat. Sagt er jedenfalls. Er soll kochen, weiß aber nicht, was. Ich habe den noch nie gesehen. Kennt den jemand?«

»Da musst du meine Schwester fragen.« Ines sprach sehr langsam und laut. »Die kennt nämlich alles und jeden. Auch

Kinder namens Hans-Jörg. Ich muss hier noch die niederen Wascharbeiten verrichten, anscheinend bin ich für andere Dinge noch zu klein.«

»Meine Güte, Ines!«

Ich drehte mich auf dem Absatz um und ging nach oben. Im Weggehen hörte ich Gesas mitleidige Stimme: »Dicke Luft?«

Ich beschleunigte meine Schritte, Ines' Antwort wollte ich überhaupt nicht hören.

Während ich in Richtung Küche ging, überlegte ich, warum meine Schwester eigentlich so sauer war. Gut, mich regte manchmal ihre lässige Art auf, aber das war schon immer so gewesen. Früher musste ich mit ihr Schularbeiten machen, das dauerte oft ewig, weil sie, statt nachzudenken, die karierten Seiten mit Buntstiften ausmalte, sobald ich wegguckte. Oder dauernd aufstand und weglief, weil ihr gerade etwas ganz Wichtiges eingefallen war. Ab und zu schlief sie sogar beim Vokabellernen einfach ein, nur weil sie keine Lust mehr hatte. Und ich bekam anschließend Ärger mit meiner Mutter. »Es ist doch wohl nicht zu viel verlangt, wenn du *ein Mal* deiner Schwester bei den Hausaufgaben hilfst. Und dafür sorgst, dass sie die fertig bekommt.«

Klar, nur leider durfte ich sie nicht dabei anketten.

Natürlich war ich froh, dass sie mitgekommen war. Aber umgekehrt hätte ich das ja auch für sie gemacht. Eine böse Stimme meldete leise Zweifel an, ich wischte sie weg und nahm mir vor, aufmerksamer zu sein. Wenn Ines bloß nicht abreiste.

In der Küche empfing mich Hans-Jörg, der mit hängenden Armen vor dem Kühlschrank stand.

»Es ist nichts da«, sagte er mit trauriger Stimme, »was soll ich denn kochen? Hier sind nur Eier und Wurst und Käse und Quark, aber das ist ja alles nur fürs Frühstück und nicht fürs Abendessen, und ich weiß gar nicht, was ihr auf dem Buffet haben wollt, und …«

»Hans-Jörg!«

Es war ein Phänomen, der Junge holte beim Reden überhaupt keine Luft. Jetzt schloss er langsam den Mund und sah mich an.

»Kannst du eine … ähm … Kartoffelsuppe machen? Und vielleicht eine Fischplatte?«

Hans-Jörg dachte nach. »Kartoffelsuppe kann ich. Für zwanzig Personen braucht man vier Bund Suppengrün, Kartoffeln, Möhren, Gemüsebrühe, Speck …«

»Ja, ja«, unterbrach ich ihn, »und dann eine Fischplatte?«

»Fischplatte? Da braucht man Räucherfisch und Krabben und ein bisschen Aal und Matjes und zum Dekorieren Salat und …«

Kraftlos schloss ich die Kühlschranktür und lehnte mich erschöpft dagegen. »Gut, Hans-Jörg. Dann machen wir jetzt schnell einen Einkaufszettel und Ines … Ich meine, ich fahre schnell einkaufen. Ich hole was zu schreiben.«

Auf dem Weg zum Auto fiel mir ein, dass ich Pierre meinen Schlüssel gegeben hatte. Er wollte irgendwelche Dinge erledigen. Das also auch noch. Tief durchatmend drehte ich um und ging zum Fahrradschuppen. Es gibt Tage, die es einem nicht ganz leicht machen.

Mit dem rechten Oberschenkel stemmte ich mich gegen den Fahrradrahmen, mit dem linken Schienbein drückte ich gegen die Plastiktüte, die umzufallen drohte, meine rechte Hand zog den Lenker gerade und mit links versuchte ich, zwei Bund Suppengrün in die Fahrradtasche zu stopfen.

»So wird das doch nichts.«

Kallis sonore Stimme ließ mich derart zusammenzucken, dass meine gesamte Körperspannung wich und das Fahrrad kippte. Bei meinem Sturz auf die Einkaufstaschen entluden sich Kartoffeln, Möhren, Speck, Petersilie, Schlagsahne und Zwiebeln auf den Gehweg. Alles um mich herum. Mitfühlend half Kalli mir beim Aufstehen und klopfte Zwiebelschalen von meinem Hintern.

»Kann ich dir helfen? Du kriegst doch gar nicht alles rein. Hast du dir wehgetan?«

»Hallo, Kalli.« Ich schob seine Hand weg. »Das geht schon, danke. Dieser blöde Fahrradständer hält nicht.«

Fachkundig ging Kalli in die Knie und begutachtete den Metallfuß. »Da sind nur die Schrauben lose, das kann ich dir reparieren. Wieso musst du überhaupt mit dem Rad so viel einkaufen? Ich denke, du machst mit deiner Schwester hier Ferien. Hat Heinz mir doch erzählt. Und? Ist es schön?«

Der Griff des Einkaufsbeutels war gerissen. Ich stellte das Fahrrad wieder auf und hielt Kalli den Lenker hin.

»Hier, halte bitte mal, dann kann ich die Tasche umpacken.«

»Das geht nicht alles da rein. Sehe ich doch so. Gib mir einfach die Tüte, ich lade sie in meine Gepäcktasche, mein

Rad steht da vorn. Wenn du mir eine Tasse Kaffee anbietest, komme ich mit dir zu Marleen.«

Kalli ließ das Rad los, es kippte wieder um, der Lenker knallte gegen mein Schienbein.

»Oh, entschuldige. Jetzt gib mir aber wirklich die Tasche, ich bringe sie zur Pension.«

Mit zusammengebissenen Zähnen und Schmerzenstränen in den Augen sah ich mich außerstande zu antworten, also nickte ich nur ergeben. Reden könnte ich gleich mit ihm. Wenn Kalli erst mal irgendwo in einer Küche saß und Kaffee trank, blieb er sowieso länger.

Kalli hatte mir zwar die kaputte Tüte abgenommen, trotzdem hatte ich Mühe, mein Fahrrad mit den beiden voll beladenen Gepäcktaschen und den vier am Lenker baumelnden Einkaufstüten einigermaßen sicher zurückzufahren. Ziemlich erschöpft bog ich in den Hof ein, wo Jurek schon auf mich wartete.

»Hallo, Christine, Kalli hat gesagt, ich soll Lebensmittel in die Kühlung bringen. Du hättest so lange beim Verstauen gebraucht, nicht dass alles schlecht wird. Was war denn?«

»Nichts.« Ich drückte Jurek den Lenker in die Hand und humpelte an ihm vorbei ins Haus. »Ich sage Hans-Jörg Bescheid, der soll tragen helfen.«

Hans-Jörg saß mit ratlosem Gesicht Kalli gegenüber am Küchentisch. Ines und Gesa hatten sich mit baumelnden Beinen nebeneinander auf der Arbeitsplatte platziert und lachten sich gerade kaputt über Kallis Schilderungen. »Sie hatte das Rad eindeutig nicht im Griff. Das sah man. Aber sie fiel sehr elegant. Als ob sie das jeden Tag machen würde.«

»Hast du schon Kaffee, Kalli?« Ich wollte jetzt nicht sagen, was ich dachte, schließlich war Kalli der älteste Freund meines Vaters und kannte mich schon mein ganzes Leben. Außerdem erzählte er alles weiter. Ich wandte mich um. »Und, Hans-Jörg? Was ist los?«

Er sah mich mit glasigen Augen an. »Ich muss mit der Suppe anfangen, sonst schaffe ich das nicht. Eine gute Kartoffelsuppe soll richtig durchkochen, ich muss aber noch alles schälen und schneiden, ich kann nicht gut unter Zeitdruck arbeiten, und dann will ich ja auch noch die Fischplatte vorbereiten, jetzt ist es schon fast drei Uhr, also, ich kann ja auch nicht hexen, und wenn ...«

»Hans-Jörg!«

Er hielt inne und sah Ines an. »Ja?«

Sie sprach sehr deutlich und langsam: »Dann fang doch an.«

»Aber ich habe ja noch keine Zutaten, also, ich brauche bestimmt vier Bund Suppengrün und Kartoffeln und Möhren und ...«

Ich beugte mich zu ihm. »Hans-Jörg! Die Tüten sind im Hof. Vier Stück und die Gepäcktaschen. Alles voll.«

Sanft nickend erhob er sich langsam, ich ließ mich auf seinen Stuhl fallen. Ihm nachblickend, fragte ich: »Was sagt ihr?«

»Na ja.« Ines schwang sich von der Arbeitsplatte, um sich noch einen Kaffee zu holen. Im Vorbeigehen legte sie kurz die Hand auf meine Schulter. Dankbar registrierte ich es. »Der schnellste aller Köche ist er vermutlich nicht. Und wohl auch nicht der kreativste. Aber lassen wir ihn doch erst mal anfangen.«

Kalli rührte Sahne in den Kaffee und sah sich um. »Habt ihr nichts Süßes? Bei Marleen gibt es immer so kleine Kekse. Wo ist sie überhaupt?«

Keine von uns antwortete. Gesa sah Ines, die wiederum mich an. Ich guckte zu Kalli und sagte: »Sie ist noch ...«

»Ach ja, auf einer Messe, stimmt's? Hat Charlotte auch am Telefon erzählt. Das hast du ihr gesagt, nicht wahr, Christine? Was ist das denn für eine Messe? Und wann kommt sie wieder?« Freundlich blickte er hoch.

»Das, ähm ...« Ich sah meiner Schwester beim Denken zu, ihre Stirn krauste sich vor lauter Gedankenexperimenten. Eines hatte anscheinend geklappt. »Das ist eine Tourismusmesse. Die ist an ihrem Urlaubsort. Ganz wichtig und interessant für Marleen. Deshalb hat sie ihre Ferien auch verlängert, wir sind ja im Moment genügend Leute.«

»Aha.« Kalli nickte zufrieden. »Ja, man muss sich heute immer weiterbilden. Das ist alles schon anstrengender geworden im Berufsleben. Wo ist sie eigentlich im Urlaub?«

Zu viele Lügen waren gefährlich. Ines guckte mich an, und ich antwortete: »In Dubai.«

»Dubai.« Kalli war beeindruckt. »Sieh mal einer an, so weit weg. Bestimmt schönes Wetter. Also, habt ihr jetzt noch irgendwo Kekse?«

Wir waren also spielend damit durchgekommen. Ich entspannte mich lächelnd, um jedoch sofort wieder hochzufahren. Dieses Geräusch auf dem Hof kannte ich. Das Moped wurde ausgeschaltet, es gab Stimmengemurmel, kurz darauf stand der behelmte Gisbert von Meyer mit einem Sack Kartoffeln in der Küche, gefolgt von Jurek und dem wieder mal ratlosen Hans-Jörg.

»Hallöchen, die Damen, da wird man sofort als Lastenträger missbraucht. Hallo, Kalli, du sitzt ja wie eh und je auf deinem Stammplatz.«

»Gisbert.« Gesa warf mir einen warnenden Blick zu. »Was machst du denn schon wieder hier? Immer noch nicht aufgegeben?«

Er stellte den Kartoffelsack auf den Boden, nahm sehr vorsichtig seinen Helm ab und ordnete sein feines Haar.

»Was heißt ›aufgegeben‹? Ich habe euch meinen neuesten Artikel mitgebracht. Mit Fotos. Ihr werdet begeistert sein. So eine tolle Werbung.«

Aus seinem Rucksack fischte er die aktuelle Ausgabe der ›Inselzeitung‹, blätterte genüsslich darin und strich eine Seite glatt, die er vor mich auf den Tisch legte. Ines und Gesa stellten sich hinter meinen Stuhl und lasen über meine Schulter.

Zu Gast auf unserer Insel
Frischer Wind im »Haus Theda«
Zwei schöne Schwestern, von denen die eine bereits Stammgast auf unserer Insel ist, führen im Moment aufgrund der Abwesenheit von Pensionswirtin Marleen de Vries die schnuckelige Pension in der Kaiserstraße. Keine Schönheit ohne Geheimnis, natürlich vermutet unser Reporter GvM tiefere Gründe hinter dieser angeblich so harmlosen Urlaubsvertretung. Und deshalb setzt er sich auch selbstverständlich auf die Pirsch, um unseren Lesern den wahren Anlass für diesen zauberhaften Besuch zu verraten. Bleiben Sie mit ihm dran.

Ines hielt die Luft an, Gesa hustete. Ich kannte diese Knalltüte und seinen investigativen Journalismus und behielt die Nerven.

»Und was meinst du damit?«

»Na?« Er schlug begeistert auf die beiden Fotos. Das eine zeigte mich im Profil im Gegenlicht, das andere meine Schwester mit einem Handtuch über der Schulter. »Wie findest du die Fotos?«

»Ungerecht«, erwiderte Ines, »Christines Bild hast du mit Photoshop bearbeitet, ich hingegen sehe aus wie ein alter Putzlappen. Was soll denn das mit dem Geheimnis?«

»Das Porträt!« Gisbert legte seine Hand auf meine, ich zog sie weg. »Dass wir Kollegen sind. Zwei von der schreibenden Zunft.«

Gesa schüttelte den Kopf. »Das interessiert doch wirklich niemanden. Du hast ja einen Vogel. Es gibt hier kein Geheimnis.« Sie biss sich auf die Lippen.

»Was ist denn ein Porträt?«, fragte Kalli.

Gisbert ging zum Glück nicht darauf ein. Er fuhr mit unverminderter Begeisterung fort. »Ich baue das auf wie eine Liebesgeschichte. Der Journalist verspürt eine Schwingung, er ahnt, dass die Dame nicht nur eine einfache Vertretung ist, dass da mehr dahintersteckt, ja, eine Geschichte, eine große Geschichte und ...«

»Ich muss anfangen zu kochen, und hier sind so viele Leute in der Küche, und ich habe noch nicht alle Tüten ausgepackt, und ihr müsst jetzt mal rausgehen, ich kann so nicht arbeiten, das soll ich auch gar nicht, das muss alles ...«, fing Hans-Jörg an zu lamentieren.

Ich war dankbar und hatte dieses Mal volles Verständnis.

»Ja, Hans-Jörg. Los, Kalli und Gisbert, jetzt geht mal bitte, Hans-Jörg soll kochen.«

»Oh, natürlich«, zerknirscht sprang Kalli auf und klopfte dem Jungkoch auf die Schulter, der dabei rot anlief. »Wir können unseren Kaffee ja im Garten zu Ende trinken, nicht wahr, Gisbert? Hach, wenn jetzt noch Heinz hier wäre, dann wäre wieder alles so schön wie im vergangenen Sommer.«

Gott bewahre, dachte ich und spürte die Blicke von Ines und Gesa. Und bekam plötzlich ein ungutes Gefühl.

Mit dem Zeigefinger auf dem Papier glich ich später in der Rezeption die Gästeliste ab. Ines schüttelte den Kopf.

»Es ist doch alles im Laptop. Du musst nur auf ›Abreisedatum‹ klicken, hier bitte, dann ›Datum‹, dann ›Beleg drucken‹. Und fertig. Die Listen kannst du weglegen.«

»Und wenn der Rechner abstürzt, ist alles weg. Lass mal, ich kann das so besser.«

»Nur, weil du keine Lust hast, es dir von mir erklären zu lassen.«

Unbeirrt schrieb ich die Namen der Gäste ab, die morgen abreisen würden und deren Rechnungen wir nachher noch schreiben mussten. Ines warf einen kurzen Blick auf die Liste und drückte drei Tasten. Der Drucker fing an zu arbeiten.

»Morgen kommen nur zwei neue Gäste an, dafür reisen sechs ab.« Ich stand auf, um im Schrank Rechnungsformulare zu suchen.

»Ich weiß. Hier sind die Rechnungen.«

Meine Schwester legte mir die fertigen Belege auf den Tisch, schaltete den Rechner aus und ging zur Tür.

»Aber du kannst es gerne noch mal mit der Hand und doppelt machen, falls heute Nacht die Rezeption abbrennt. Ich gehe mal gucken, was Hans-Jörg so treibt. Nicht, dass er da alleine vor sich hinträumt.«

»Ich komme mit.« Verblüfft betrachtete ich die fertigen Rechnungen. »Äh, danke. Das ging ja schnell.«

Ines war schon weg.

Durch das Küchenfenster sah ich Hans-Jörg, der konzentriert und voller Hingabe Petersilie hackte. Ines lehnte am Kühlschrank und sprach mit ihm. Als ich die Küche betrat, hob er den Kopf und fragte sie: »Redest du mit mir?«

»Natürlich«, sagte Ines, »hier ist sonst niemand.«

»Doch«, antwortete er und deutete mit einem Petersiliensträußchen auf mich. »Da ist doch deine Schwester. Ich habe aber keine Zeit, mich zu unterhalten. Wirklich nicht. Kann mir jemand mit dem Fisch helfen? Das ist ja alles für einen allein sehr viel.« Er hackte weiter. Todernst.

Ich lupfte den Deckel vom Topf und sprang ein Stück zurück, als mir der Dampf ins Gesicht schoss.

»Das kocht ja!«

»Soll es auch.« Adelheids Stimme kam von hinten. Mit schnellen Schritten war sie da, nahm mir den Deckel aus der Hand und legte ihn wieder auf den Topf. »Müsst ihr gleich alles hochheben? Die Suppe soll jetzt aufkochen.«

»Adelheid. Wieso bist du denn noch hier? Es ist gleich fünf Uhr.«

»Ich hatte mein Tuch vergessen. Es lag hier in der Küche. Und da habe ich gesehen, dass das Kind hier ganz alleine kochen muss. Das geht doch nicht. Ihr habt vielleicht Vorstellungen. Unmöglich. Einer muss ihm schon auf die Finger gucken.«

»Ines und ich sind ja gerade zum Helfen gekommen. Und Hans-Jörg macht das wirklich gut, oder? Hans-Jörg? Alles in Ordnung?«

Er hob den Blick nicht einen Millimeter.

»Siehst du.« Adelheid guckte von ihm zu mir. »Er kann nur eins nach dem anderen. Aber die Suppe schmeckt. Habe ich probiert. Jetzt müsst ihr die Fischplatte machen. Ich fahre wieder nach Hause. Also, bis morgen.«

Sie verschwand so schnell, wie sie aufgetaucht war.

»Neugierig ist sie«, stellte Ines fest, während sie durchs

Fenster beobachtete, wie Adelheid ihr Fahrrad bestieg und vom Hof fuhr. »Sie hatte heute Morgen gar kein Tuch um, sie wollte nur ausspionieren, was hier los ist.«

»Das ist eine nette Frau.« Hans-Jörg ging mit seiner gehackten Petersilie um meine Schwester herum und stellte die Schüssel auf die Arbeitsplatte. »Sie hat mir ein bisschen geholfen. Sehr nette Frau. Was ist denn jetzt mit dem Fisch?«

Drei Stunden später saß Hans-Jörg mit glasigen Augen auf einem Stuhl und rieb mit einem feuchten Lappen über einen Fleck auf seiner Kochjacke. Ich stellte die schmutzigen Teller auf den Tisch neben ihn und ging in die Knie.

»Was ist los, Hans-Jörg? Das war doch alles super. Hast du gut gemacht.«

Zweifelnd sah er hoch. »Ja?«

»Ja«, beantwortete Ines seine Frage, »keiner hat gemeckert, alle haben gegessen, sogar die liebreizende Eleonore war zufrieden. Du brauchst gar nicht traurig zu gucken.«

»Aber hier ist alles so unordentlich.« Sein Arm deutete auf unser Chaos rundum. »Ich weiß gar nicht, wo ich anfangen soll. Und mir tun schon so die Beine weh. Und ich muss auch ins Bett, weil ich doch morgen früh wieder hier sein soll, weil wir noch einkaufen müssen und wir ja außerdem gar nicht wissen, was es morgen Abend zu Essen gibt und weil ...«

»Pastabuffet«, unterbrach ich das Elend, »Nudeln mit drei verschiedenen Saucen und Salat. Fertig, aus.«

Hans-Jörg starrte mich an, machte seinen Mund langsam zu und lächelte vorsichtig.

»Das kann ich.«

»Na bitte. Und jetzt ziehst du deinen Kochkittel aus, wir machen die Küche ohne dich sauber und sehen uns dann morgen früh um zehn Uhr. Alles klar?«

Endlich sah er glücklich aus.

»Danke. Bis morgen.«

In einer für ihn affenartigen Geschwindigkeit verschwand er aus der Küche und ließ uns zwischen den Bergen von schmutzigen Töpfen, klebrigen Arbeitsplatten, Fischresten und auf dem Boden liegenden Petersilienstielen zurück.

Meine Schwester und ich sahen uns erst um, dann an.

»Er ist ein fauler Hund. Und der langsamste Koch, den ich kenne.« Ines schob die Ärmel ihres Pullis hoch und stand auf. »Und das Schlimmste ist, dass wir auch noch froh sein müssen, ihn zu haben.«

Ich hob ein Stück Kartoffel vom Boden auf und warf es in den Mülleimer. »Wenn wir mit diesem Saustall fertig sind, lade ich dich zum Feierabendbier bei Pierre ein. Dann können wir ihn gleich fragen, ob es einen Trick gibt, mit dem man Hans-Jörg tunen kann. Schließlich hat er ihn uns geschickt.«

»Das war ja essbar«, sagte eine Stimme von der Tür her. Ines und ich sahen erschrocken in die Richtung. Gregor Morell stand im Türrahmen und nickte meiner Schwester zu. So schnell, wie er gekommen war, verschwand er auch wieder.

Nach einer kleinen Pause fragte ich Ines erstaunt: »Was war das denn?«

»Ein Lob«, antwortete sie und grinste. »Mit dir redet er anscheinend nicht mehr. Aber lass mal, ich wische deinen Fettnapf aus.«

In der Bar war wenig los, als wir sie nach sechs Eimern Wasser, fünf Putzlappen und drei Mülltüten betraten. Zwei Tische waren besetzt, am Tresen saß niemand.

Pierre drehte sich zum Eingang um, während er weiter Gläser polierte, und strahlte uns entgegen.

»Ah, die zwei berühmten schönen Schwestern aus der schnuckeligen Pension. Habt ihr die Schlacht geschlagen?«

»Diesen blöden Artikel hatte ich schon völlig vergessen.« Ich schwang mich auf einen Barhocker und sah mich um.

»Vielleicht kannst du deine Begeisterung etwas leiser kundtun, das ist ja nur peinlich.«

Pierre ließ das Geschirrhandtuch sinken und beugte sich mit aufgerissenen Augen vor.

»Der war doch süß, der Artikel. Aber erzählt mal: Was ist das denn für ein Geheimnis?« Er legte den Finger auf die Lippen. »Bei mir ist es sicher, ich liebe Geheimnisse. Ist irgendwas mit Marleen? Warum seid ihr denn in Wirklichkeit hier? Ich hatte ja schon so eine Ahnung, wisst ihr, ich spüre ganz oft solche Schwingungen und Atmosphären, ich bin da absolut sensibel. Also?«

»Also, ich möchte gern ein Bier. Ein sensibles.« Ines verschränkte ihre Finger auf dem Tresen. »Kennst du Gisbert von Meyer näher?«

»Gott bewahre.« Pierre hob theatralisch die Arme. »Er ist ja so unattraktiv. Das ist doch kein Mann, über den man auch nur nachdenken würde.«

»Genau.« Ich nickte ihm zufrieden zu. »Da hast du ganz recht. Und deshalb kannst du auch sein Geschreibsel ignorieren.«

»Wo Rauch ist, ist auch Feuer.« Er griff wieder zum Handtuch und setzte seine Politur fort. »Das denkt der sich nicht aus. Der Mann hat doch keine Fantasien.«

»Der hat viel zu viele Fantasien.« Ich sah ihn wieder vor mir. Auf der Jagd nach Johann, den er im vergangenen Jahr als Heiratsschwindler auffliegen lassen wollte. Johann. Sofort verdrängte ich die aufkommenden Bilder. Jetzt nicht. »Er ist regelrecht sensationslüstern. Der denkt sich alles Mögliche aus, nur damit er wichtig ist.«

»Nein, nein.« Pierre fuchtelte mit dem Zeigefinger vor meinem Gesicht. »Je länger ich darüber nachdenke, desto mehr komme ich zu der Überzeugung: Da muss irgendwas im Busch sein. Marleen hat mir kein Wort darüber gesagt, dass sie eventuell ihren Urlaub verlängern würde. Mädels, ihr könnt es mir auch sagen, ich komme sowieso irgendwann drauf. Also?«

Ich schüttelte schnell und entschieden den Kopf, meine Schwester entschloss sich für eine andere Strategie.

»Gisbert von Meyer ist zutiefst davon überzeugt, dass meine Schwester die Frau seines Lebens ist.« Sie machte eine kurze Pause, weil Pierre hysterisch auflachte. »Deswegen hat er sich jetzt hochoffiziell vorgenommen, live herauszubekommen, dass Christine hier als Journalistin arbeitet. Er Journalist, sie Journalistin – ergibt Happy End. Alles klar?«

»Das glaube ich nicht. Auch wenn er blöd ist, so blöd dann doch wieder nicht. Nein, nein, so leicht speist ihr mich nicht ab. Es gibt da noch was anderes. Ich lasse nicht locker. Los, raus mit der Sprache!«

Mir wurde warm. Pierre ließ sich nicht mehr abwimmeln. Gesas Satz fiel mir ein: »Er ist nicht verschwiegen.« Außerdem liebte er Dramen. Auch ohne es aufzubauschen, war Marleens Dilemma schlimm genug. Ich dachte zu lange nach, Ines unterbrach das Schweigen.

»Marleen ist nicht allein im Urlaub.«

»Was?« Pierre schreckte überrascht hoch. »Aber sie macht doch eine Kulturreise. Ich habe sie gefragt, sie kannte vorher niemanden aus der Reisegruppe.«

»Doch.« Es war vielleicht wirklich keine schlechte Taktik, ein bisschen was zu erzählen. »Er heißt Björn. Sie kennt ihn schon länger. Und sie ist auch nicht mit einer Reisegruppe unterwegs.«

»Was für ein Björn?« Jetzt kippte Pierres Stimme fast über. »Björn Bruhn? Der auch schon hier war? Der ist doch verheiratet!«

»Getrennt«, korrigierte ich milde. »Seit einem halben Jahr getrennt.«

»Aber das habe ich überhaupt nicht gemerkt. Sie ist doch nicht mit ihm zusammen? Der ist jünger als sie. Das passt ja gar nicht richtig. Der kann auf keinen Fall ihr Typ sein. Also, ich glaube es ja wohl nicht! Das ist der Hammer!«

Er ließ sich auf einen Hocker sinken und betrachtete uns entgeistert.

»Ich fass es nicht. Nee, ehrlich!«

»Siehst du«, Ines blickte ihn tadelnd an und beugte sich vor, »und genau wegen dieser Reaktion hatte sie wohl auch absolut keine Lust, es zu erzählen. Sie hat nur ihrer Freundin Christine Bescheid gegeben. Das ist doch völlig egal, dass er jünger ist. Und auch, dass er verheiratet war. Meine Güte, du bist echt spießig.«

»Ich? Spießig?« Jetzt war er entrüstet. »Das ist nicht wahr. Aber dieser Björn … Marleen ist doch immer so praktisch und selbstständig. Die braucht gar keinen Kerl. Sie ist so unabhängig, sie kann ja ab und zu mal eine Affäre haben, aber mit diesem Björn … Ich weiß nicht.«

Mir reichte es an dieser Stelle. »Du wolltest es wissen, wir haben es dir gesagt, und jetzt behalte es bitte für dich. Er tut Marleen gut. Und sie ihm auch.«

Pierre ließ seinen Blick verträumt durch die Bar schweifen. »Und jetzt hat sie ihren Urlaub verlängert? Weil sie es ausprobieren will? Mit Björn?«

»Genau!« Wie aus der Pistole geschossen hatte Ines diese Vorlage aufgenommen. »Und deswegen sind wir jetzt da. Das ist ein Freundschaftsdienst. Aber du hast versprochen, es nicht weiterzusagen. Abgemacht?«

»Meine Lippen sind versiegelt.« Mit ernstem Gesicht legte er die Hand aufs Herz. »Von mir erfährt niemand etwas. Meine Güte, Marleen und verliebt, ach Gott, eigentlich liebe ich solche Geschichten, aber bei Marleen muss ich mich noch daran gewöhnen. Na ja, er hat sie auch immer so angeguckt, ich hätte darauf kommen können. Ich glaube, der mag mich nicht.«

»Pierre, darum geht es nicht.« Ich hatte mich demonstrativ

umgesehen. »Und du vergisst das sofort wieder. Wenn das irgendjemand mithört, bekomme ich Ärger mit Marleen.«

Immer noch mit der Hand auf dem Herzen beteuerte er: »Ich schweige still. So. Und nun erzählt mal: Wie macht sich Hans-Jörg?«

Marleen schob mir langsam und mit flehendem Blick einen Knochen durch die Gitterstäbe. Ich fand diesen Knochen so ekelig, dass ich mich nicht überwinden konnte, ihn anzufassen. Aber Marleen hielt ihn mir immer drängender hin, meine Hand fuhr nach vorn, dann wieder zurück und wieder nach vorn. Ich konnte einfach nicht. »Los«, flüsterte Marleen, »du musst ihn mitnehmen. Gib ihn Hans-Jörg und sage ›Erbsensuppe‹. Er weiß dann Bescheid.« Der Knochen glänzte, ich streckte meine Hand wieder aus und musste würgen. Davon wurde ich wach.

Schweißgebadet setzte ich mich langsam auf. Der Wecker zeigte erst halb sechs, was mich beruhigte. Bevor Marleen mit dem Knochen gewedelt hatte, war ich schon mit Johann auf einem Moped durch die Wüste gefahren. Wir sollten Getränke einkaufen, ich hatte versucht, ihm zu erklären, dass wir die Kisten nicht auf diesen winzigen Gepäckträger bekommen würden, er hatte nur geantwortet, er hätte ganz andere Probleme. Es blieb im Dunkeln, ob er die Wüste meinte oder mich.

Ich kickte die Bettdecke weg, stopfte mir das Kopfkissen in den Rücken und blieb, an die Wand gelehnt, mit klopfendem Herzen sitzen. Ich sollte aufhören, abends Kaffee zu trinken, jedes Mal hatte ich danach so grauenhafte Träume.

Mein Wecker würde erst in einer halben Stunde klingeln, ans Weiterschlafen dachte ich nicht, ich war froh, diesen Träumen entkommen zu sein. Die Vorstellung, nachher Hans-Jörg einen ekelig glänzenden Knochen auf die Arbeitsplatte zu werfen und »Erbsensuppe« zu sagen, amüsierte mich. Ich stellte mir sein verdutztes Gesicht vor, sah ihn nachdenken und dann sagen: »Das kann ich.« Apropos: Ich musste nachher noch überlegen, was wir in den nächsten Tagen kochen sollten, es war viel zu umständlich, jeden Tag einkaufen zu gehen. Ines hatte sich schon darüber aufgeregt, dass dauernd etwas übrig blieb. Sie sammelte alles in Tupperdosen und Alufolien, der Kühlschrank war voll und keiner konnte was damit anfangen. Darüber hatte ich mich aufgeregt. Dieses bunte Allerlei würde ich einfach wegwerfen, wenn sie mal nicht hinsah.

Ich wusste gar nicht, wann sie gestern nach Hause gekommen war. Nach dem zweiten Bier hatte ich eine akute Gähnattacke bekommen und wollte ins Bett. Ines hatte angefangen, sich mit einem jungen Paar, das sich neben uns gesetzt hatte, zu unterhalten. Die beiden machten Urlaub im »Haus am Meer« und hatten Pierre zu ihrem Stammbarkeeper gemacht. Er würde die besten Cocktails aller Zeiten mixen, Ines glaubte es nicht, und Pierre warf sich ins Zeug. Mit jeder Runde wurden die Sprüche alberner, ich verstand die Witze irgendwann gar nicht mehr, während meine Schwester vor Lachen fast vom Hocker fiel. Das war der Unterschied zwischen Tequila Sunrise und alkoholfreiem Bier. Und sieben Jahren. Und der großen und der kleinen Schwester.

»Sie ist eine Spaßbremse, Pierre«, hatte Ines zu ihm gesagt, »Christine hat wieder Angst, morgen früh zu verschlafen und ihre Pflichten nicht zu erfüllen. Hast du schon mal ihre Zornesfalte bemerkt?«

Zu müde, um mich auf eine Diskussion einzulassen, aber trotzdem um einen würdevollen Abgang bemüht, hatte ich mich abrupt vom Barhocker geschwungen und zu Pierre gesagt: »Die Spaßbremse hat kein Kleingeld dabei, die Partymaus kann für mich mitbezahlen. Gute Nacht.« Ines hatte gelacht.

Ich streckte mich nach der Wasserflasche, die neben meinem Bett stand. Natürlich neben Marleens Bett. Mein Herz klopfte wieder schneller. Jetzt war die Katastrophe schon beinahe eine Woche her und noch immer waren wir nicht weiter. »Es ist nun mal ein laufendes Verfahren.« Diesen Satz ließ Kühlke in fast jedem Telefonat fallen. Übersetzt hieß das einfach nur: »Ich habe immer noch keine Ahnung, was eigentlich los ist. Und ich habe genauso wenig Ahnung, wie lange das Ganze noch dauert.« Angeblich tat er, was er konnte, das Ergebnis blieb trotzdem dünn. Und ich konnte überhaupt nichts tun. Lediglich hoffen und warten. Ich würde später in der Kanzlei anrufen. Vielleicht gab es ja heute mal etwas Neues.

Auf dem Weg von der Bar zu Marleens Wohnung hatte ich noch mit Johann telefoniert. Es war weder ein aufbauendes noch ein ergiebiges Gespräch gewesen. Anscheinend war ihm das Ausmaß dessen, was meine Schwester, Gesa und ich hier versuchten, auf die Reihe zu bekommen, überhaupt nicht bewusst.

»Ihr habt doch jetzt einen Koch«, hatte er gesagt, »und ich würde sowieso dieser Adelheid die Wahrheit sagen. Meine Güte, Marleen hat Schwierigkeiten mit den Behörden in Dubai und kommt später, das ist doch nicht so schlimm.«

»Johann, sie wird da festgehalten und sowohl der Anwalt aus Dubai als auch Kühlke haben gesagt, dass wir mit niemandem darüber reden sollen.«

»Das müsst ihr selbst wissen«, war seine lapidare Antwort. »Und die Pension kriegt ihr doch zu dritt hin. ›Haus Theda‹ ist ja nun kein Grandhotel. Ich versuche, am übernächsten Wochenende zu kommen. Falls du noch auf Norderney bist, kann ich ja bis Bremen fliegen und mir dann einen Leihwagen nehmen. Vielleicht haben wir auch noch Glück mit dem Wetter.«

»Johann, ich mache hier keinen Urlaub. Ich …«

Ein unangenehmer Piepton signalisierte mir, dass mein Akku leer war. Das war vermutlich ganz gut so. Ich hätte sonst wieder gestritten.

Meine Blase drückte jetzt dermaßen, dass ich es nicht mehr ignorieren konnte. Vorsichtig und jedes Geräusch vermeidend, stand ich auf und schlich auf Zehenspitzen ins Bad. Im Grunde hätte ich mir diese Mühe nicht machen müssen, denn meine Schwester schlief wie ein Bär. Das war offenbar so, wenn man als Kind die Gewissheit hatte, von mindestens drei Menschen mindestens über eine Stunde hinweg geweckt zu werden. Der Satz: »Guckst du mal, ob Ines schon wach ist« hat mich genauso durch meine Kindheit und Jugend begleitet wie dieser andere: »Beug mal den Kopf über den Teller, du krümelst.«

Ines wurde früher zuerst geweckt, dann mein Bruder, dann ich. Nicht weil ich am längsten schlafen sollte, sondern weil ich am schnellsten hochkam. Und weil Georg und ich danach alle fünf Minuten vor dem Bett unserer Schwester stehen mussten, um gebetsmühlenartig zu sagen: »Ines, aufstehen.« Sie tat es nie, nur weil wir es wollten.

Jetzt schlief sie nebenan. In einer halben Stunde würde ich wieder vor ihrem Bett stehen. Als ich aus dem Bad kam, öffnete sich die Tür, und Ines stand vor mir. Sie trug ein weites T-Shirt in Giftgrün mit der Aufschrift: »Furchtbar gute Laune«.

Ihre Haare standen wild in alle Himmelsrichtungen ab, ihre Augen waren nur zwei Schlitze und über die linke Wange lief eine tiefe Schlaffalte.

»Morgen«, murmelte sie und öffnete ein Auge etwas weiter, um mich anzusehen. Sie hatte genau dasselbe Kinderschlafgesicht, das ich an ihr seit fast vierzig Jahren kannte. Plötzlich sah sie wieder aus wie meine kleine Schwester. Und ich wurde von einer Welle zärtlicher Rührung erfasst, so sehr, dass ich mich räuspern musste.

»Bist du fertig auf dem Klo?« Sie schlurfte zwei Schritte auf mich zu und öffnete auch das zweite Auge.

»Wie?«

»Ob du fertig bist?« Ines legte die Hand an meine Hüfte und schob mich zur Seite. »Dann kannst du mich ja mal vorbeilassen. Ich muss.«

Die Tür fiel hinter ihr ins Schloss. Und ich bekam meine Rührung in den Griff.

Da sie nun schon wach war, konnte ich auch Kaffee kochen. Während ich das Kaffeepulver in die Filtertüte löffelte, kam Ines aus dem Bad. Sie warf einen Blick auf die Küchenuhr, gähnte mit aufgerissenem Mund und ausgestreckten Armen und ließ sich auf einen Stuhl fallen.

»Für eine halbe Stunde lohnt es sich ja gar nicht mehr, wieder ins Bett zu gehen. Wieso bist du denn schon hoch? Senile Bettflucht?«

Meine Rührung war wie weggewischt. »Schlechte Träume. Mir ist erst Johann in der Wüste erschienen und dann Marleen hinter Gittern.«

»Das kommt vom alkoholfreien Bier und fünf Tassen Kaffee. Selbst schuld. Du hättest mal Pierres ›Swimmingpool‹ probieren sollen. Danach kannst du schön schlafen.« Sie gähnte wieder. »Schön lange schlafen wäre noch besser.«

»Wann warst du denn wieder hier?«

»Keine Ahnung. So um …?« Sie öffnete die Kühlschranktür, um die Milch herauszunehmen. »Es war wirklich sehr lustig. Wir waren noch in der ›WunderBar‹ und haben einen Absacker getrunken. Da saß übrigens Gisbert von Meyer mit einem Kollegen, den er zugequatscht hat. Der sah völlig verzweifelt aus. Ich habe ihm ein Bier ausgegeben.«

»Gisbert von Meyer?«

»Nein, dem Kollegen. Dafür hat er Pierre und mich fotografiert.«

»Ein Foto von euch beiden, betrunken in der ›WunderBar‹? Ist das dein Ernst?«

Ines streckte sich. »Wir waren nicht richtig betrunken. Pierre sowieso nicht, der hat ja den ganzen Abend gearbeitet.

Und ich hatte höchstens einen ganz Kleinen im Kahn. Sogar meine Frisur saß.«

»So wie jetzt?« Ich musterte sie kurz, bevor ich Kaffee einschenkte und ihr die Tasse hinstellte. Ines fuhr mit beiden Händen durch ihr Haar. »Nein. Besser. Mach dir keine Sorgen, du wirst dich bei niemandem entschuldigen müssen.«

»So war das ja gar nicht gemeint. Willst du einen Toast?«

»Nein.« Sie schüttelte sich. »Essen kann ich noch nicht. Wieso bist du gestern denn so früh gegangen? Warst du sauer?«

»Nein.« Mit der Tasse in beiden Händen setzte ich mich ihr gegenüber. »Ich war nur müde. Mich strengt diese ganze Geschichte mehr an, als ich dachte.«

Ines blies in die Tasse und sah mich über den Rand an. »*Die* Geschichten. Du machst dir über alles zusammen zu viele Gedanken. Du musst das mal ein bisschen sortieren.«

»Wie meinst du das?«

»Die Pension, Marleen, Hans-Jörg, die Geheimniskrämerei, Johann, dass wir nicht wissen, wie lange wir hierbleiben werden, Adelheid, die Reste im Kühlschrank, das Rechnungsprogramm und, und, und. Du machst dir über alles gleichzeitig Sorgen. Du bist wie Papa.«

»Vielen Dank auch.« Ich drehte mich zur Kaffeemaschine, um nachzuschenken.

Wie Papa! Das lag vermutlich an ihrem Restalkohol, das war ja völliger Schwachsinn.

»Nein, im Ernst, Christine. Papa behandelt auch immer alle Probleme gleichzeitig. Das kostet nur Nerven. Für Marleen kannst du nichts tun, außer ab und zu mit Kühlke zu telefonieren, abzuwarten und den Mund zu halten. Darüber brauchst du dir auch gar keine weiteren Gedanken zu machen. Erstes Problem gelöst.

Johann ist nicht hier, sondern weit weg. Wenn er dich nervt, dann rufe ihn eben nicht mehr an. Über ihn kannst du dir Gedanken machen, wenn du ihn siehst, aber nicht jetzt. Zweites Problem gelöst.

Hans-Jörg und Adelheid kriegen wir in den Griff, darüber habe ich schon nachgedacht, musst du jetzt auch nicht mehr tun. Drittes Problem gelöst.

Das Rechnungsprogramm und die Rezeption mache ich gerne allein. Wenn du länger bleiben musst als ich kann, erkläre ich es dir. Das ist ganz einfach, aber auch darüber musst du jetzt nicht nachdenken. Also: viertes Problem gelöst.

Bleibt noch die Arbeit in der Pension, und ich finde, dass wir das bislang doch ganz gut hingekriegt haben. Und es macht eigentlich auch Spaß. Darum kannst du dich kümmern, aber die anderen Probleme lösen wir später. Ganz einfach.«

Ines sah mich entschlossen an, und ich nahm mir vor, nie wieder zu denken, dass meine Schwester morgens nicht in die Gänge käme.

»Möchtest du noch einen Kaffee?«

»Heißt das: Du hast recht?«

Ich nickte. Sie schob mir ihre Tasse zu.

»Dann gerne. Und danach gehe ich duschen.«

An diesem Morgen hatte ich das Gefühl, alles würde gut. Frau Stehler hatte mich, wenn auch huldvoll, aber immerhin gegrüßt, genauso wie, etwas verspätet allerdings, Gregor Morell. Adelheid hatte in einem scheinbar unbeobachteten Moment in der Küche gepfiffen, Hans-Jörg war ohne rote Flecken im Gesicht erschienen und hatte sofort angefangen, Zwiebeln zu schälen. Gesa hatte sowieso gute Laune und die ersten Zimmer der Abreisen bereits fertig, und die Dame aus Herne, die mich unbedingt sofort sprechen wollte, brauchte lediglich einen Prospekt mit den Öffnungszeiten des »Badehauses«. Ich versprach ihr, das Gewünschte sofort zu holen, und ging schnell zur Rezeption, wo Ines saß und die ausgedruckten Rechnungen in Kuverts schob.

»Alles klar?«, fragte sie, während sie auf dem Schreibtischstuhl zum Regal rollte, um einen Ordner herauszuziehen. »Was suchst du?«

»Die Prospekte vom ›Badehaus‹. Die habe ich doch hier irgendwo gesehen.«

»Nimm die«, Ines zeigte auf das Seitenregal. »Und dann kannst du mir gleich …«

Die Filmmelodie von ›Kill Bill‹ unterbrach sie, ihr Handy vibrierte auf dem Tisch.

»Moment. Ja? Ines … ach, Georg, hallo.« Ihr Gesichtsausdruck wurde ernster, während sie unserem Bruder zuhörte, ihre Stirn krauste sich, dann riss sie die Augen auf und fragte: »Das hat er dir vorhin gesagt? Wie? Gestern Abend schon? Wieso hast du denn nicht gleich angerufen?«

Ich lehnte mich an den Tisch, konnte aber die Stimme meines Bruders nicht verstehen. Nur die Antwort von Ines.

»Ach so. Ja, hatte ich liegen gelassen. Nein, ich glaube, ihr Akku war leer. Egal, also, was hat er jetzt genau gesagt?« Sie stützte die Stirn auf die Faust. »Ach du Schande. Na ja, dann warten wir mal ab. Du, das erkläre ich dir in Ruhe. Danke erst mal fürs Bescheidsagen, wir melden uns demnächst bei dir. Mach ich, tschüss.«

Ines legte ihr Handy zurück auf den Tisch und sah mich etwas ratlos an.

»Ist was passiert?«

»Schöne Grüße von Georg.«

»Ines! Mach es nicht so spannend. Was wollte er?«

Sie rollte beständig mit dem Stuhl vor und zurück, vor und zurück, bis ich nach der Rückenlehne griff, um sie festzuhalten.

»Sag schon!«

»Georg hat gestern Abend auf Sylt angerufen. Papa ist ans Telefon gegangen, weil Mama keine Zeit zum Telefonieren hatte. Papa hat Georg gefragt, ob er wüsste, was für ein Geheimnis seine Schwestern nun schon wieder hätten.«

Ich verstand das nicht. »Was meinte er denn?«

»Den Artikel.« Ines hatte wieder angefangen, hin- und herzurollen. Meine Hand ging mit. »Kalli hat Gisberts dämlichen Artikel nach Sylt gefaxt. Daraufhin hat Mama bei Hanna angerufen. Die hat erzählt, dass wir uns noch nicht bei ihnen gemeldet hätten, dass du aber Kalli getroffen hättest und wir in der Pension arbeiten. Und dass außer uns da nur ein Kind kocht. Und die Pension voll ist. Daraufhin hat Mama gesagt, dass wir das doch gar nicht könnten. Und deswegen ist sie jetzt auf dem Weg hierher. Sie schläft bei Hanna und Kalli. Hanna hilft dann auch.«

Mir wurde ganz schwindelig. »Und Papa? Und wobei will Mama genau helfen?«

»Papa ist beleidigt, weil er nicht mit kann. Er hat drei ganz wichtige Gästeführungen in der nächsten Woche. Und deswegen soll er jetzt bei Inge und Walter essen. Das will er aber nicht, weil er sich mit Walter wegen irgendeiner Flatrate zerstritten hat.«

In Gedanken hielt ich den Stuhl wieder fest. »Und Mama kommt jetzt?«

Ines nickte ergeben. »Sie will uns retten.«

Ich setzte mich vorsichtig auf die Tischplatte. »Das können wir vermutlich nicht verhindern.«

»Nein.« Ines sah zu mir hoch. »Das wird eng. Sie darf auf keinen Fall zu oft in die Küche.«

Auf dem Hof hielt ein Taxi. Ich beugte mich vor, um die Insassen sehen zu können. Meine Mutter war nicht dabei.

»Da kommen schon die beiden neuen Gäste.« Ich sprang schnell vom Tisch. Es waren eine ältere Dame und ein jüngerer Mann. »Frag die beiden bloß nicht, ob sie Mutter und Sohn sind, nicht dass du ins selbe Fettnäpfchen springst wie ich bei Frau Stehler. Ich gehe mal zurück in die Küche und bereite Gesa und Adelheid auf Mama vor. Und dann locke ich Kalli unter irgendeinem Vorwand her und mache ihn fertig. Bis später.«

Die neuen Gäste stiegen aus, ich war schon zu weit weg, um sie mir genauer ansehen zu können.

Ich brachte nur schnell den Prospekt in den Garten, wo das fidele Sextett aus Herne noch auf der Terrasse saß, dann ging ich in die Küche. Gesa räumte gerade die letzte Spülmaschine aus. Als sie mich sah, breitete sie die Arme aus.

»Fertig. Wir schaffen den Frühstücksdienst beinahe in derselben Zeit wie mit Marleen. Apropos: Hast du heute schon was gehört?«

»Nein, aber ich …«

»Wenn ihr hier fertig seid, kann einer gleich mal den Frühstücksraum saugen. Aber bitte auch unter den Tischen, da liegen überall Krümel.« Adelheid stellte einen Korb mit sauberen Geschirrhandtüchern auf den Boden. Dann sah sie sich um. »Wo ist Hans-Jörg?«

Gesa hob die Schultern. »Keine Ahnung. Er war gerade noch hier.«

»Hans-Jörg!« Adelheid brüllte in den Flur, ohne ihre Position viel zu verändern.

»Komme.« Sofort stand er vor uns. »Ich habe die Zwiebelschalen in den Müll gebracht, das riecht ja so doll, ich mag den Geruch gar nicht, stört euch das nicht? Wir haben im Hotel ein anderes Müllsystem, aber hier ist es …«

»Ja doch. Da stehen Tomaten auf dem Tisch, die kannst du verkochen, das sind die letzten aus meinem Garten. Und jetzt hätte ich gerne eine Tasse Kaffee.«

»Soll ich euch jetzt Kaffee …?«

»Lass mal, Hans-Jörg.« Ich schob ihn sanft zur Seite. »Fang du bitte mit den Pastasaucen an, Adelheid und Gesa, geht ihr doch schon mal in den Strandkorb, ich bringe euch den Kaffee raus. Wir müssen kurz noch etwas besprechen.«

»Gut.« Die Königin verließ die Küche, Gesa sah mich irritiert an. Als ich nickte, folgte sie ihr.

Wenige Minuten später balancierte ich das Tablett in den Garten. Adelheid und Gesa saßen einträchtig nebeneinander im Strandkorb. Adelheid hatte ihren Kopf an die Rückwand gelehnt und die Augen geschlossen. Gesa drehte sich eine Zigarette.

»Kaffee ist fertig«, sagte ich, während ich das Tablett auf den Tisch stellte. Adelheid fuhr hoch, sah erst zu mir und dann zu Gesa, die gerade das Zigarettenpapier mit der Zunge befeuchtete.

»Was ist das denn?« Sie rappelte sich hoch und umfing Gesas Handgelenk. »Ich glaube es ja wohl nicht! Sag mal, rauchst du hier jetzt Hasch?«

»Adelheid, bitte!« Gesa befreite sich aus dem Griff. »Das ist ganz normaler Zigarettentabak. Ich habe keine Filterzigaretten mehr, und manchmal drehe ich selbst.«

»Das ist ekelhaft.« Angewidert schüttelte Adelheid den Kopf. »Du solltest überhaupt nicht rauchen. Widerlich.«

»Es ist gut jetzt. Du bist doch nicht meine Mutter. Danke, Christine, für den Kaffee.« Sie nahm eine Tasse vom Tablett und stellte sie vor Adelheid. »Bitte schön.«

»Selbst gedrehte Zigaretten«, Adelheid blieb schockiert. »Ich bin froh, dass ich nicht deine Mutter bin.«

»Das ist übrigens ein gutes Stichwort.« Ich bemühte mich um einen neutralen Ton, während ich die Sahne und ein paar Kekse auf den Tisch stellte. »Meine Mutter kommt heute.«

»Oh!« Gesa verharrte in ihrer Bewegung. »Hierher? Mit Heinz?«

»Sie wohnt bei Kalli und Hanna. Und kommt ohne Heinz.«

»Dann geht's doch.« Ohne Zweifel hatte Gesa ein schnelles Gehirn und genügend Erinnerungen an den letzten Sommer. Man musste ihr nicht viel erklären. Adelheid war damals nicht dabei gewesen. »Und was will sie hier?«

»Sie will helfen.« Während ich es aussprach, wurde mir erst die Bedeutung bewusst. »Das könnte auch ein bisschen schwierig werden.«

»Wieso?« Adelheid sah mich verständnislos an. »Da könnt ihr nur froh sein. Ihr mit eurer Schnapsidee! Also, ich verstehe Marleen ja immer noch nicht, dass sie sich auf so eine blöde Geschichte eingelassen hat. Für eine alberne Illustrierte. Seid dankbar, wenn deine Mutter sich noch opfert. Die Küche kriegt ihr doch nie allein hin. Und zu Hans-Jörg sage ich jetzt mal nichts. Ihr habt mich ja nicht gefragt. Du steckst das Ding doch wohl nicht an!« Sie pustete das Streichholz aus, das Gesa angezündet hatte. »Willst du mich umbringen? Mit diesem Gestank.«

»Meine Mutter ist nicht unbedingt eine große Hilfe in der

Küche«, begann ich vorsichtig meine Erklärung, die aber durch meine Schwester unterbrochen wurde. Sie kam mit einer Zeitung in der Hand auf uns zu.

»Guckt mal«, sagte sie und blätterte die ›Inselzeitung‹ an der richtigen Stelle auf. »Wie findet ihr das?«

Über eine Viertelseite lachte uns meine eindeutig angetrunkene Schwester entgegen. Sie hatte eine alberne Mütze auf dem Kopf, hielt ein Bier in die Kamera und hatte Pierre untergehakt. Der machte einen Kussmund und hatte die Augen theatralisch aufgerissen. Die Bildunterschrift lautete:

Der Schöne und das Bier – Oder: Der Besuch der kleinen Schwester
Leider war nur ein Teil der zauberhaften Schwestern in der »WunderBar« zu Gast, aber dass dieses Lokal auf unserer Insel so angesagt ist, spricht sich bestimmt auch bald zu Christine S. herum. Schöne Christine, auf bald. *GvM*

Es war einfach nicht zu fassen. Mir fiel keine passende Bemerkung ein, zumindest keine, die ich vor Adelheid machen wollte. Die hatte sich inzwischen auch den Text durchgelesen. Sie strich kurz über die Seite.

»Gisbert kann wirklich schön schreiben. So humorvoll.« Kurz darauf hob sie den Kopf und blickte Ines strafend an. »Aber dass du dich da so blamierst, also wirklich. Und dann noch mit diesem Knallkopf aus Winsen. Das verstehe ich nicht. Was ist hier eigentlich los? Drogen, Alkoholexzesse, Männer, die keine richtigen sind! Wenn ihr mich fragt, ich bin sehr froh, hört ihr, sehr froh, dass eure Mutter kommt, um hier zu helfen. Dann bin ich wenigstens nicht mehr die Einzige mit Benehmen.«

Ines beugte sich vor und nahm Gesa die Zigarette aus der

Hand. Sie zündete sie an und blies einen Rauchkringel in meine Richtung.

»Tolles Zeug«, sagte sie anerkennend zu Gesa, »wo hast du das bloß her?«

»Ines!« Manchmal fand ich die Scherze meiner Schwester einfach geschmacklos.

Nach einem Blick auf die Reiseverbindungen im Internet hatte ich ausgerechnet, dass meine Mutter auf keinen Fall vor dem späten Nachmittag die Insel erreichen könnte. Das gab uns zumindest noch ein paar Stunden Luft. Ich versuchte, positiv zu denken. Meine Mutter war ja gar nicht so übel. Sie hatte meistens gute Laune, war praktisch veranlagt und putzte gern, eigentlich konnten wir sie ganz gut gebrauchen. Das Problem war nur, dass sie sich nichts sagen lassen würde, zumindest nicht von uns. Und das allergrößte Problem war, dass sie glaubte, sie könne kochen. Sie war sogar zutiefst davon überzeugt. Schließlich war sie der leidenschaftlichste Fan von Kochsendungen, sie sah sich alle regelmäßig an. Sie sprach über die Fernsehköche, als hätte sie mit ihnen die Ausbildung gemacht, sammelte Kochbücher, liebte Wochenmärkte und neue Rezepte. Nur in deren Umsetzung hatte sie ihre eigene Methode. Mein Vater und sie mochten nämlich nicht alles. Genauer gesagt mochten sie ziemlich wenig. Das, was sie nicht mochten, wurde einfach weggelassen. Die meisten Gerichte waren dadurch abenteuerlich, hatten aber immer schöne Namen.

Und natürlich würde sie die Leitung der Küche für sich beanspruchen. Ich hörte schon förmlich den Satz: »Betten machen kann ich auch zu Hause. Nö, macht ihr das doch, der Tim hat da neulich was ganz Tolles gekocht, eine Partysuppe für zwanzig Personen, die probiere ich heute aus. Aber diese scheußlichen Kapern lasse ich weg.«

In der Küche empfing mich der Duft von Knoblauch, Zwiebeln und Kräutern. Hans-Jörg rührte andächtig in einem großen Topf mit roter Sauce und plötzlich sah ich ihn in einem ganz anderen Licht.

»Hallo, du Meisterkoch«, sagte ich voller Sympathie und Dankbarkeit, »geht alles gut?«

Erschrocken ließ er den Löffel in den Topf fallen und fuhr herum.

»Wie?«

Er guckte mich entsetzt an, beruhigend gab ich ihm einen Klaps auf die Schulter.

»Alles in Ordnung. Es riecht sehr gut. Brauchst du meine Hilfe?«

Er kratzte sich am Kinn, ein paar rote Saucentropfen blieben in seinem Gesicht hängen.

»Nein, also ich meine, ich weiß jetzt nicht, also ich habe das alles so in der Reihenfolge gemacht, wie ich das gelernt habe, und Jurek war gerade hier und hat auch gesagt, dass das alles prima ist. Jetzt ist er mit Gesa zum Einkaufen los, und ich finde, dass diese rote Sauce …«

»Schon gut, Hans-Jörg, es war einfach nur eine Frage. Ich schaue mal, was meine Schwester macht.«

Verwirrt sah er mir nach, bevor er sich wieder dem Topf zuwandte. Ich durfte ihn nicht so durcheinanderbringen.

Auf der Suche nach Ines sah ich erst in der Rezeption nach, dann im Garten, schließlich fand ich sie wieder im Waschkeller, wo sie Handtücher faltete.

»Hier bist du. Wirst du jetzt zum Wäschefan?«

»Ja.« Energisch schlug sie das Handtuch glatt und knickte es in der Mitte. »Ich finde, das riecht frisch. Und man kann beim Wäschefalten so gut denken.«

Ich lehnte mich an die Wand. »Und worüber denkst du nach?«

»Nichts Besonderes. Über dieses und jenes. Mama, Adelheid, die neuen Gäste, was mir so alles durch den Kopf wabert.«

»Was sind denn das für neue Gäste?«

»Die sind nett.« Sie bückte sich und nahm den nächsten Schwung aus dem Trockner. »Es sind dieses Mal wirklich Mutter und Sohn. Die Mutter ist ganz süß, aber ich glaube, sie ist schon ein bisschen, wie soll ich sagen? Durcheinander?«

»Wie meinst du das?«

»Sie sah mich plötzlich an, lächelte und sagte sehr entschieden: ›Dich habe ich schon mal gesehen. Und, nichts sagen, mir fällt auch gleich der Name wieder ein.‹ Ihm war das, glaube ich, ziemlich peinlich, er hat sie dann schnell hinausbugsiert.«

»Ist es ihr noch eingefallen?«

Ines schüttelte bedauernd den Kopf. »Der Sohn hat es leider verhindert. Na ja, wahrscheinlich hat sie mich verwechselt. Was wolltest du eigentlich?«

Ich stieß mich von der Wand ab und stellte mich neben sie.

»Ich habe nichts mehr zu tun. Hans-Jörg verwirre ich nur, wenn ich ihm Hilfe anbiete, die Zimmer sind alle fertig, Gesa ist mit Jurek zusammen einkaufen gefahren und Adelheid ohne weitere Befehle abgerauscht. Soll ich mitfalten?«

»Fertig.« Sie legte das letzte Handtuch auf den Stapel. »Dafür kommst du zu spät. Findest du nicht, dass unser Hausmeister ziemlich viel in der Küche zu tun hat? Immer wenn ich reinkomme, sehe ich ihn.«

»Ich glaube, er ist in Gesa verknallt. Aber sie geht noch nicht richtig darauf ein. Vielleicht ist er ja auch ein bisschen zu schüchtern.«

»Vielleicht.« Ines legte den Stapel in einen Korb. »Ich werde sowieso nicht aus ihm schlau. Egal. Hast du eigentlich Kühlke erreicht?«

Ich stieß die Tür mit dem Fuß zu. »Ja. Aber nur ganz kurz, er hatte nicht viel Zeit. Es gibt nichts Neues. Es macht einen wahnsinnig. Es geht Marleen und Björn den Umständen entsprechend gut, er hat immer noch keine vollständige Akte, und wir sollen weiterhin den Mund halten und auf neugierige Fragen dumme Antworten geben. Ich glaube, ich gehe mal an die Luft. Kommst du mit?«

Meine Schwester schüttelte den Kopf. »Nein, ich bringe die Handtücher noch hoch, und dann lege ich mich eine Stunde auf Marleens Couch und lese mein Buch weiter. Um fünf müssen wir wieder unten sein. Du hast also zwei Stunden Zeit.«

»Na gut«, ich strich ihr kurz über den Rücken, »dann bin ich weg. Danke dir für alles. Bis später.«

Auch sie sah mir verwirrt nach.

Ich lief bis zum Ende der Promenade und steuerte dann auf den Flutsaum zu. Es war heute so warm, dass man barfuß am Wasser laufen konnte. Sommergefühle stiegen in mir hoch, ich blinzelte in den Himmel und überlegte, ob ich mich nicht ganz schnell in die Fluten stürzen sollte. Hier waren wenige Menschen am Strand, vielleicht würde niemand merken, dass meine grüne Unterwäsche kein Bikini war. Ich hatte zwar kein Handtuch dabei, aber es war egal, die Sonne würde mich trocknen, während ich ihr entgegenlief. Mir blieb die Luft weg, als die erste Welle meine Füße umspielte. Höchstens fünfzehn Grad, ich brauchte keinen Bikini, sondern einen Neoprenanzug. Fröstelnd sprang ich ein Stück zurück. Wir hatten Altweibersommer. Wie der Name schon sagte, ein Rest von Sommer für alte Weiber. Die sollten aber nicht mehr baden. Schon gar nicht bei diesen grausamen Wassertemperaturen. Da platzte doch das kleinste Äderchen.

Ich war sehr gespannt, ob Ines sich ins Wasser getraut hatte. Gestern Abend hatte sie in der Bar verkündet, dass sie ab morgen jeden Tag vor dem Frühstück baden wollte.

»Wenn ich hier schon so einen Arbeitsurlaub mache, kann ich ja wenigstens ausnutzen, dass der am Meer stattfindet. Kommt jemand von euch mit?«

Pierre hatte sich geschüttelt und sofort abgewinkt. »Um Himmels willen. Ich kann gar nicht schwimmen. Und ich gehe doch nicht freiwillig in kaltes, salziges Wasser. Hinterher fühle ich mich an wie ein Matjes. Ohne mich.«

Genauso spontan hatte ich abgelehnt. Ich hatte keine Lust, zu spät und mit nassen Haaren zum Frühstücksdienst zu erscheinen. Und womöglich mit Sand zwischen den Zehen. Meine Schwester hatte nur ihre Augenbrauen hochgezogen.

»Christine und ihre Pflichten. Die Welt wird untergehen, wenn du mit Salz in den Haaren Kaffee kochst.«

Eine Antwort war mir nicht eingefallen.

Ich zwang mich und meine Füße, drei Wellen lang stehen zu bleiben. Man gewöhnte sich an die niedrige Temperatur, es war schon gar nicht mehr so kalt.

Langsam ging ich weiter und dachte dabei an Ines. Irgendwie wurde sie mit allen Dingen leichter fertig. Es lag wohl wirklich daran, dass sie zu wenig und ich zu viel über alles nachdachte. Ines wog die Situationen nie ab, sie legte einfach los. Und sie hatte die Gabe, überall noch etwas Schönes zu finden. Wir machten beide den Job in der Pension; aber sie ging vorher an den Strand. Wir halfen beide in der Küche, obwohl wir keine Ahnung hatten, aber sie freute sich, dass es Räucherfisch gab. Wir sortierten beide Wäsche, aber nur sie genoss den Duft. Das war der Unterschied zwischen uns, und ich merkte zum ersten Mal, dass ich ihr manchmal gern ein bisschen ähnlicher wäre. Auch wenn sie mir oft mit ihrer Leichtigkeit auf die Nerven ging. Vielleicht, weil ich dieses Talent nicht hatte. Das Los der Älteren: Erst die Arbeit, dann das Vergnügen. Sei vernünftig. Die Klügere gibt nach. Das Vorbild. Schrecklich.

Der Weg zur »Weißen Düne« war mir heute zu weit, ich hatte ja auch nur noch eineinhalb Stunden Zeit. Trotzdem wollte ich noch einen Kaffee trinken und eine fremde Speisekarte lesen, immer auf der Suche nach Ideen. Und in Erfüllung meiner Pflichten. Ich schüttelte über mich selbst den Kopf. Um einer weiteren Selbstanalyse vorzubeugen – da waren ja auch noch die Themen: Liebesbeziehungen, Mütter, Väter, Geld, übrigens alles Dinge, mit denen Ines wesentlich leichter umging –, beschloss ich, mir im »Surfcafé« einen Platz in der Sonne zu suchen.

Auf der Terrasse waren noch Plätze frei. Ich setzte mich mit dem Gesicht zum Meer und bestellte Kaffee und Pflaumenkuchen.

»Mit Sahne?« Die Bedienung hob kurz den Kopf und lächelte plötzlich. »Sind Sie nicht die Vertretung von Marleen de Vries? Ich habe doch Ihr Bild in der Zeitung gesehen.«

»Ach, was heißt Vertretung? Ich helfe nur ein paar Tage aus. Gisbert von Meyer übertreibt ja immer ein bisschen.«

Sie steckte den Block in ihre Schürzentasche. »Aber er hat immer einen Riecher. Verraten Sie mir das Geheimnis? Oder soll ich warten, bis es in der Zeitung steht?«

Ich nahm mir vor, Gisbert von Meyer in den nächsten Tagen umzubringen. Ich musste nur noch überlegen, wie.

»Es gibt wirklich keines. Und ich möchte Sahne.«

Sie nickte übertrieben und grinste. »Schon klar, dann lese ich eben. Also, einen Kaffee und einmal Pflaumenkuchen mit Sahne.«

Besser wäre, ich würde ihn sofort umbringen.

»Christine?« Sofort drehte ich mich in die Richtung, aus der der Ruf gekommen war. Ich hatte genau die richtige Stimmung.

»Hallo, Kalli. Was hat dich geritten, diesen schwachsinnigen Artikel von diesem Mistkäfer sofort an Heinz zu faxen?«

»Kann ich mich zu dir setzen?« Ohne zu antworten, nahm er mir gegenüber Platz. »Die haben hier ganz leckeren Pflaumenkuchen. Du musst nur aufpassen, wegen der Wespen.«

»Habe ich bestellt. Was hat dich geritten?«

Er lächelte mich an. »Mit Sahne? Das schmeckt ja besser,

aber ich habe zu hohe Cholesterinwerte. Ich muss mich leider zurückhalten.«

»Kalli!«

»Was denn? Wegen dem Artikel? Heinz ist doch bestimmt stolz, wenn seine Töchter mal in der Zeitung stehen. Habe ich mir so gedacht.«

»Aber doch nicht, wenn es um solch einen Unsinn geht.«

»Ich habe es nur wegen der Fotos gemacht. Das war ja ein hübsches Bild von dir. Ich konnte nicht wissen, dass Charlotte sich gleich Sorgen macht.«

»Meine Mutter ist schon auf dem Weg. Das hätte doch nicht sein müssen.«

»Du, wir haben sie lange nicht gesehen. Hanna freut sich, dass sie uns mal wieder besuchen kommt. Deine Mutter möchte sicherlich auch mal raus.«

Der Kaffee und der Pflaumenkuchen kamen, Kalli nickte zufrieden und bestellte dasselbe für sich. Dann legte er seine Hand auf meine.

»Du schreibst bestimmt eine ganz schöne Geschichte über die Pension, aber trotzdem müssen die Leute richtiges Essen bekommen.«

»Sie kriegen richtiges Essen, Kalli!« Ich wurde langsam schlecht gelaunt.

»Nudeln mit Sauce ist doch kein richtiges Abendessen.« Beschwichtigend beugte er sich zu mir. »Aber da musst du dir ja nun auch keine Gedanken mehr machen. Charlotte und Hanna haben sich schon unterhalten. Lass mal die Damen kochen, dann kannst du in Ruhe deine Geschichte schreiben, und deine Schwester macht einfach ein bisschen Ferien. Ihr braucht kein schlechtes Gewissen zu haben, solange deine Mutter und Hanna das noch können, macht es ihnen auch Freude.«

Was hieß denn hier »noch können«? Meine Mutter konnte noch nie, und Hanna hatte ich auch nicht als die Superköchin in Erinnerung. Sie hatte sich nach dem Auszug ihrer Kinder eine Mikrowelle gekauft und schwor auf Tiefkühlkost und Fertiggerichte.

»Vergiss es«, waren ihre Worte gewesen, als ihre Tochter Katharina sie gebeten hatte, doch mal wieder Grünkohl zu machen. »Da stell dich mal selbst in die Küche. Ich bin so was von froh, diese elende Kocherei nicht mehr am Hals zu haben. Ich gehe in den Garten.«

Ich hatte kein schlechtes Gewissen, ich machte mir Sorgen.

Anscheinend hatte Kalli doch eingesehen, dass er nicht alles richtig gemacht hatte, er bestand darauf, meine Rechnung zu bezahlen. Kalli drückte mich kurz, stieg auf sein Fahrrad und radelte los.

Ich sah ihm nach, bis er hinter der nächsten Biegung verschwunden war. Ein Blick auf die Uhr sagte mir, dass ich nur noch eine halbe Stunde Zeit hatte. Meinen weiteren Strandspaziergang konnte ich mir abschminken. Also konnte ich auch in die Pension zurückgehen, im Garten noch etwas trinken und mich mental auf den Abend, auf Hans-Jörg, auf die Pasta und auf meine Mutter vorbereiten.

Ines kam gerade mit dem Handy am Ohr die Treppe runter und schnitt mir mit einer Handbewegung das Wort ab.

»Ich werde sie grüßen, Papa, sie meldet sich bei dir. Alles klar, tschüss.«

Ich wartete, bis sie auf die Taste gedrückt hatte, bevor ich Geräusche machte.

»Und?«

Meine Schwester schob ihr Telefon in die Jackentasche. »Papa wollte dich fragen, was für ein Geheimnis du hast, ihm könntest du es ja sagen. Und Mama soll ihn nachher anrufen, er findet seine braunen Schuhe nicht.«

»Ist Mama schon hier?« Somit konnte ich auch die mentale Vorbereitung vergessen.

»Keine Ahnung. Sie hat ihr Handy ausgestellt. Wie immer. Gesehen habe ich sie noch nicht.«

Ich ließ mich auf die unterste Treppenstufe sinken. Ines setzte sich neben mich. Aufmunternd klopfte sie mir aufs Knie.

»Guck nicht so verzweifelt. Das wird schon alles klappen. So ein bisschen Unterstützung für Hans-Jörg ist doch gar nicht schlecht.«

Ich kämpfte ein hysterisches Kichern nieder. »Ich habe Kalli zufällig getroffen, Hanna hilft auch mit. Das haben die Damen alles schon besprochen. Du, das wird ab morgen voll vorm Herd.«

»Mal sehen.« Ines blieb entspannt. »Ach, übrigens, du hast doch die neuen Gäste gesehen, Hansens. Die musst du kennen.«

Ich hatte keine Ahnung, was sie meinte. »Ich kenne die nicht. Du meinst die Mutter mit dem Sohn?«

Ines nickte. »Genau. Frau Hansen kam vorhin auf mich zugeschossen, tippte mir mit dem Finger vor die Brust und sagte: ›Jetzt ist es mir eingefallen. Ich kenne Ihre Schwester. Christine, nicht wahr?‹ Ich habe etwas verdutzt genickt und gesagt, dass du gerade weg bist, aber gleich wiederkommst. Sie hat gesagt, sie würde dich schon finden, sie sei nur froh, dass es ihr wieder eingefallen ist.«

»Hansen?« Ich überlegte. »Woher kommen die denn?«

»Aus Hamburg.«

Mein Hirn durchforschte alle Windungen nach dem Namen »Hansen«, es kam aber zu keinem Ergebnis.

»Mir fällt nichts ein.« Langsam erhob ich mich. »Vielleicht war sie mal eine Kundin in der Buchhandlung. Oder ich kenne sie aus dem Verlag. Ich sehe sie ja beim Abendessen. Sollen wir jetzt mal gucken, wie weit Hans-Jörg ist?«

Ich rührte gerade den Salat durch, als sich eine Hand auf meine Schulter legte.

»Das ist ja mal ein überraschender Anblick: mein Kind in der Küche. Na, mein Schatz, hast du eine Schürze für mich?«

Das Salatbesteck rutschte mir aus der Hand, während ich mich erschrocken umdrehte und sofort von meiner Mutter umarmt wurde.

»Wo ist denn deine Schwester? Und sag mal, was ist hier überhaupt los? Von was für einem Geheimnis ist eigentlich die Rede? Wo ist Marleen jetzt? Und Kalli hat gesagt, du schreibst so eine hübsche Geschichte? Das kriegst du doch alles gar nicht auf einmal hin. Und …«

»Hallo, Mama!« Ines Stimme rettete mich vor dem Erstickungstod. »Da bist du ja. Hast du eine gute Fahrt gehabt?«

Meine Mutter ließ von mir ab und wandte sich ihrer jüngsten Tochter zu. Die war cleverer als ich und hob ablehnend die Hände.

»Nicht anfassen, ich bin ganz klebrig, du saust dir sonst den guten Mantel ein.«

»Dann bleib weg. Ist das Tomatensauce? Das geht ja nie wieder raus. Also, was ist hier los?«

Ich war wieder zur Besinnung gekommen und angelte das Besteck aus der Salatschüssel.

»Das erzählen wir dir alles in Ruhe, Mama, wir müssen das nur schnell hier fertig machen. Willst du nicht solange zu Pierre in die Bar gehen, der macht dir bestimmt einen Kaffee oder was anderes, wir kommen dann nach.«

»Hallo, ihr beiden. Ihr hättet ja auch ruhig mal vorbeikommen können.«

Hanna wollte gerade Ines umarmen, als meine Mutter sie wegzog.

»Pass auf, Ines ruiniert dir die ganze Jacke. Fass sie lieber nicht an.«

»Kann ich mal durch?« Mit einem großen Topf in der Hand verharrte Hans-Jörg unsicher in der Küchentür. »Ich müsste mal …«

Plötzlich ganz unbekümmert, was ihre klebrigen Hände betraf, schob Ines erst meine Mutter und dann Hanna zur Seite.

»Entschuldigung, lasst ihr unseren Jungkoch mal rein? Hans-Jörg, das sind meine Mutter und Hanna, Kallis Frau.«

»Tag.« Unsicher balancierend schob er sich an der Frauenoffensive vorbei. »Ich muss noch ein bisschen arbeiten, und die Küche ist ja nicht so riesig groß, das ist alles sehr schnell eng hier, und da sind auch schon Gäste im Speiseraum, und ich weiß gar nicht, wo Gesa ist, die wollte eigentlich auch …«

»Schon gut, Hans-Jörg.« Energisch drehte ich mich um. »So, Mama und Hanna, geht doch bitte in die Bar, wir machen schnell den Rest fertig und kommen nach.«

»In die Bar?« Hanna starrte mich entsetzt an. »Um diese Zeit?«

»Ihr müsst ja nicht mit Cola-Rum anfangen.« Ines öffnete den Schrank, um Schüsseln herauszunehmen. »Los, Mama, dann lernst du auch gleich den schönen Pierre kennen. Wir kommen bald dazu.«

»Braucht ihr denn keine Hilfe?«

»Nein!« Hans-Jörg, Ines und ich vereinigten uns zum Chor.

»Na gut.« Etwas verschnupft griff meine Mutter nach ihrer Tasche. »Dann gehen wir mal in diese Bar. Beeilt euch ein bisschen, wir haben wohl noch einiges zu besprechen. Also, bis gleich.«

Hans-Jörg lächelte uns unsicher an.

Ich machte gerade noch einen letzten Kontrollgang und begrüßte die Gäste, als Gesa in den Gastraum schaute.

»Christine, kommst du mal? Jurek hatte da eine Idee.«

Die mysteriöse Frau Hansen war bislang noch nicht aufgetaucht. Mutter und Sohn aßen entweder an ihrem ersten Abend außer Haus oder kamen später.

In der Küche spülte Ines gerade die Töpfe, Jurek saß am Tisch, Gesa trocknete ab, und Hans-Jörg stand im Weg.

»Was ist das für eine Idee?«

Ich schob Hans-Jörg ein Stück zur Seite, wo er in derselben Stellung verharrte, und griff zu einer Wasserflasche. Jurek sah Hans-Jörg an.

»Ich könnte auch ein bisschen mehr in der Küche helfen, ich schaffe das zeitlich.«

»Das kommt leider ein bisschen zu spät.« Ines reichte Gesa den letzten tropfenden Topfdeckel. »Unser Küchenengpass ist vorbei. Ab morgen wird Hans-Jörg von zwei begnadeten Köchinnen in die Zange genommen. Guck nicht so ängstlich, du musst nur tun, was sie sagen, dann passiert dir nichts.«

Überrascht drehte Jurek sich um. »Wer kommt denn?«

»Meine Mutter.« Ich ließ die Wasserflasche, aus der ich getrunken hatte, sinken und schraubte den Deckel wieder darauf. »Und sie bringt Kallis Frau Hanna mit. Und, Hans-Jörg, ich verdopple deinen Stundenlohn, wenn du es schaffst, das Schlimmste zu verhindern.«

»Was ist denn das Schlimmste?«

Meine Schwester und ich wechselten einen Blick. Dann fingen wir hysterisch an zu lachen.

Während ich die Platten auf dem Buffet auffüllte, frische Wasserflaschen auf die Tische stellte und versuchte, die Fragen der Gäste freundlich zu beantworten, arbeitete mein Hirn auf Hochtouren. Ich beschloss, Adelheid zu überreden, den beiden Spitzenköchinnen zur Seite zu stehen und dann meine Mutter und Hanna davon zu überzeugen, dass das Kochen zu dritt viel lustiger wäre. Und außerdem hatten wir Hans-Jörg. Vielleicht würde es so klappen.

Es *musste* so klappen.

Auf dem Weg zurück in die Küche rutschte mir die Schüssel aus der Hand. Die rote Sauce spritzte bis an die Tür. Alle Köpfe fuhren hoch, alle Bestecke verharrten in der Luft, alle Blicke waren auf mich gerichtet.

»Nichts passiert«, rief ich und ging in die Hocke, um die Scherben aufzusammeln. »Es ist nur Sauce, kein Blut.«

Pierre stand an der Tür der Bar, rauchte eine Zigarette und sah uns mit einem schwer zu deutenden Blick entgegen.

»Ich dachte, du rauchst nicht?«, fragte Jurek erstaunt.

»Das ist eine Mentholzigarette.« Pierre zog an ihr und hustete. »Und lass die Tür auf, sonst sieht Adelheid es nicht.«

»Adelheid ist in der Bar?« Verblüfft versuchte Gesa, an Pierre vorbei in die Bar zu spähen. »Was macht sie da?«

»Sie provoziert mich.«

Jurek tippte sich an die Stirn und ging an Pierre vorbei. »Ich gehe arbeiten. Ihr mit eurem Kinderkram.«

Ines und ich verstanden kein Wort, gingen Jurek aber hinterher. Wir hörten Adelheid, bevor wir sie sahen. »Bei Peter wundert mich gar nichts. Aber Ines und Gesa rauchen ja nun auch schon so ein komisches Kraut. Das basteln die sich selbst zusammen. Ich will ja nichts sagen, aber …«

Meine Mutter saß zwischen Hanna und Adelheid am runden Tisch in der Ecke. Ines und ich blieben wie angewurzelt stehen.

»Ines, ich höre ja wohl nicht richtig! Seit wann rauchst du denn?«

»Ich …« Ihre Antwort wurde gar nicht abgewartet. Stattdessen fuhr meine Mutter lautstark fort: »Bei Christine waren wir das ja gewöhnt, Gott, was war sie blöde in der Pubertät: Zigaretten, Jungs, Partys. Heinz und ich haben in der Zeit wirklich Nerven gelassen. Georg und Ines waren viel einfacher, da gab es kaum Probleme. Aber Christine musste man anbinden.«

Adelheid und Hanna sahen meine Mutter mitfühlend an. Dass Gesa sich bei meinem Anblick auf die Unterlippe biss, machte es nicht einfacher. Betont fröhlich zog ich einen weiteren Stuhl an den Tisch und setzte mich. »Habt ihr euch schon kennengelernt? Das ist ja nett.«

»Was heißt hier kennengelernt?« Hanna schaute verständnislos hoch. »Adelheid und ich singen zusammen im Chor und Charlotte und sie kennen sich seit meinem 65. Geburtstag.«

»Du hast uns gar nicht gesagt, dass ihr euch kennt.« Meine Schwester setzte sich neben Adelheid und lächelte sie vorsichtig an.

»Ihr habt ja nicht gefragt.«

Fieberhaft überlegte ich, was wir alles in ihrem Beisein über meine Mutter gesagt hatten. Ich war mir sicher, wir hatten nur Andeutungen gemacht. Beim Anblick dieser Eintracht hoffte ich es sehr.

»Sag doch dem Kellner mal, dass er uns noch eine Runde Kaffee bringen soll.« Adelheid wandte sich zu den anderen. »Oder wollen wir mal einen kleinen Sekt nippen?«

Meine Mutter nickte begeistert und sah Hanna an. »Natürlich. Wir müssen doch auch auf unsere Zusammenarbeit anstoßen. Christine, bestell uns bitte mal eine Runde bei diesem Peter.«

»Mama, er heißt Pierre. Und welche Zusammenarbeit?«

»Adelheid hat gesagt, er heißt Peter«, meine Mutter sah mich irritiert an. »Ach, *den* meinst du mit dem ›schönen Pierre‹?«

»Schön!« Adelheid schnaubte und erhob sich. »Roy Black war schön. Und James Dean. Aber doch nicht dieser Peter. Ich gehe mal zur Toilette. Haltet den Platz für mich frei.«

Ich wartete, bis sie verschwunden war, dann beugte ich

mich zu Hanna. »Was hat sie denn gegen Pierre? Weißt du das?«

Hanna hob die Schultern. »Das ist so. Schon ewig. Der muss sich mal furchtbar danebenbenommen haben, sie will aber nicht darüber reden. Das ginge keinen etwas an, hat sie gesagt.«

Kopfschüttelnd zog Ines ihren Stuhl näher an den Tisch. »Geheimniskrämerei. Das ist doch …«

»Das ist doch das Stichwort«, unterbrach sie meine Mutter. »Geheimnis. Also, was ist hier los?«

Wir schwiegen. Meine Mutter starrte uns an. Bis eine von uns aufgab, in diesem Fall war es Gesa. Sie hatte einfach keine Nerven.

»Christine soll für die Zeitschrift, für die sie arbeitet, einen Artikel schreiben. Thema ist eine Frau, die Ungewöhnliches geschafft hat, dafür hat sie sich Marleen ausgesucht. Und damit alles richtig recherchiert ist, arbeitet sie jetzt für … ein paar Tage an Marleens Stelle.«

»Und wo ist Marleen?«

»Sie hat ihren Urlaub verlängert.« Ines griff in die Schale mit den Erdnüssen. »Sie war ganz begeistert. Und den Artikel aus der ›Inselzeitung‹ darfst du nicht ernst nehmen, Gisbert von Meyer ist völlig bekloppt. Und in Christine verknallt.«

Meine Mutter blieb skeptisch. »Er wohnt bei Adelheid. Die hat doch keine bekloppten Mieter.«

»Ach, Mama!« Ines lächelte sie an und ihre Skepsis weg. »Jetzt sei mal locker. Das ist so schön, dass du jetzt hier bist, mit uns und mit Hanna und Kalli. Letztes Jahr hatte Christine Urlaub mit Papa, und jetzt machen wir Urlaub mit dir.«

Ich schluckte trocken und fragte mich, ob Ines eigentlich in jedem Moment wusste, was sie so sagte.

»Wir haben immer noch nicht bestellt. Ich verstehe nicht, warum Pierre nicht mal zu uns kommt. Ines, was willst du trinken?«

Statt zu antworten blickte sie auf eine Liste, die auch mir jetzt erst auffiel, obwohl sie offenbar die ganze Zeit auf dem Tisch gelegen hatte. Meine Schwester nahm sie in die Hand und las laut vor: »Toskanisches Olivenhähnchen, Paella, Hühnchen raffiniert, Hähnchenbeine nach englischer Art, Hannas Hühnersuppe, Reis mit Huhn und Krabben ... Was bitte ist das?«

Hanna nickte beifällig. »Das geht auch noch weiter, wir haben schon elf Gerichte zur Auswahl. Das ist wirklich was anderes als Nudeln mit Sauce.«

Ich wollte nicht wissen, was sich meine Mutter unter »Toskanischem Olivenhähnchen« oder der Betitelung »raffiniert« vorstellte, ich fragte bloß: »Warum denn immer nur Huhn?«

»Weil Hannas Truhe voll ist.« Adelheid setzte sich wieder auf ihren Platz. »Haben wir denn immer noch nichts zu trinken? Ruf doch mal jemand nach dem Aushilfskellner, hat der keine Augen im Kopf? So verdient Marleen mit der Bar auch nichts. Wenn das Theda wüsste.«

Ich ging zum Tresen, um endlich zu bestellen. Hanna rief mir freundlich hinterher: »Geflügelwochen bei ›Eisfrost‹. Kalli und ich essen das ja im Leben nicht auf. Da können wir das viel besser hier verbraten und auch noch Marleens Geld sparen. Gut, oder?«

Adelheid hatte sich nach dem Glas Sekt auf den Weg gemacht. Charlotte und Hanna redeten so schön über alte Zeiten und bestellten noch eine Runde. Sobald Adelheid weg war, kam Pierre auch an den Tisch.

»So, meine Damen. Jetzt habe ich mal einen Moment Zeit, Sie anständig zu begrüßen, es war ja so eine Hektik gerade eben.«

Meine Mutter zwinkerte ihm verschwörerisch zu. »Ja klar, Hektik. Aber macht ja nichts, dann unterhalten wir uns eben jetzt noch einen Moment.«

»Ja«, Hanna klopfte auf den Stuhl, den Adelheid freigemacht hatte, »kommen Sie, junger Mann, setzen Sie sich einen Moment. Ihr Kollege kann Sie ja kurz mal vertreten.«

Pierre sah sich nach Jurek um, der inzwischen hinter dem Tresen stand. Dann wandte er sich zurück und strahlte Hanna und meine Mutter an.

»Aber gerne doch, jetzt hole ich mir auch mal ein Gläschen Saft und für Sie noch mal dasselbe, und dann stoßen wir an. Darauf, dass das Team immer größer wird.«

Ines nutzte sofort die Gelegenheit und stand auf. »Ja, wir gehen schnell rüber und helfen Hans-Jörg beim Aufräumen. Der muss ja auch mal nach Hause. Bleibt ihr ruhig hier sitzen.«

Meine Mutter nickte und sah Pierre nach. »Ja, macht nur. Der Hans-Jörg ist ja ganz reizend. Wir kommen dann morgen früh, nicht wahr, Hanna? Heute haben wir doch keine Lust mehr. Oder?«

»Um Himmels willen«, winkte sie ab. »Küche aufräumen kann ich auch zu Hause. Ihr seid doch genügend Leute. Nein, nein, eure Mutter und ich feiern noch ein bisschen Wiedersehen, und wir sehen uns morgen. Schönen Abend noch.«

Beide drehten sich weg, als Pierre zurückkam. Gesa, Ines und ich beeilten uns, die Bar zu verlassen. An der Tür hörten wir Gelächter, anscheinend hatte Pierre eine Charmeoffensive gestartet, die auf begeistertes Publikum stieß. Adelheids Vorbehalte Pierre gegenüber waren verhallt.

An der frischen Luft atmete ich tief durch und wartete auf die anderen beiden.

»Das ist ja ganz glimpflich abgelaufen.«

Ines nickte zufrieden. »Das wird alles gar nicht so wild. Und wenn Adelheid das Trio komplettiert, kann doch nicht so richtig viel schiefgehen.«

»Toskanisches Olivenhähnchen.« Gesa hatte sich noch einen Rest Skepsis bewahrt. »Mal sehen. Sagt mal, braucht ihr mich noch? Ich müsste dringend an meinen Schreibtisch. Ich habe in den letzten zwei Wochen überhaupt nichts fürs Studium getan.«

Sofort hatte ich ein schlechtes Gewissen. »Tut mir leid, nein, geh ruhig nach Hause. Küche aufräumen kann ich.«

»Das braucht dir doch nicht leidzutun«, antwortete Gesa und winkte ab, »du hast ja in Dubai keinen Ärger gemacht.«

»Nicht so laut!« Ich sah mich um. »Was heißt denn ›Ärger gemacht‹? Wie meinst du das?«

Gesa sah mich geduldig an. »Christine, denk mal nach. Marleen wird da seit fast einer Woche festgehalten. Kühlke redet nur von irgendwelchen Akten, die er nicht bekommt. Du glaubst doch nicht ernsthaft, dass es da um eine Lappalie geht?«

Ein unangenehmes Gefühl durchfuhr mich. »Das ist dummes Zeug. Was soll Marleen denn gemacht haben? Es geht um irgendein Missverständnis. Eine Verwechslung. Eine fehlendes Dokument, was weiß ich?«

»Prinzip Hoffnung.« Ines schob uns weiter. »Gesa, hör auf zu unken, meine Schwester neigt sowieso zu Katastrophenszenarien. Gehen wir mal davon aus, dass in den nächsten Tagen der Anruf kommt, in dem Marleen mitteilt, dass sich alles aufgeklärt hat. Und jetzt erlösen wir Hans-Jörg und putzen die Küche. Gute Nacht, Gesa.«

»Nacht.«

Sie lächelte mir versöhnlich zu und verschwand um die Ecke. Ines und ich setzten schweigend unseren Weg fort.

»Glaubst du auch, dass da was Schlimmes passiert ist?«, sagte ich leise kurz vor der Tür.

Nachdenklich starrte Ines auf die Türklinke. »Eigentlich nicht«, sagte sie schließlich, »aber wenn, können wir auch nichts tun. Nur abwarten. Zumindest werden wir irgendwann wissen, was genau los ist.«

Irgendwann, dachte ich, und mir wurde ein bisschen übel.

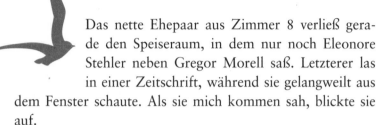

Das nette Ehepaar aus Zimmer 8 verließ gerade den Speiseraum, in dem nur noch Eleonore Stehler neben Gregor Morell saß. Letzterer las in einer Zeitschrift, während sie gelangweilt aus dem Fenster schaute. Als sie mich kommen sah, blickte sie auf.

»Wir hätten gern Karten für das Konzert am Samstag. Können Sie uns die besorgen oder müssen wir das selbst machen?«

»Guten Abend.« Ich lächelte so breit wie ich konnte. »Das können wir gern tun. Möchten Sie bestimmte Karten?«

»Ich will überhaupt nicht in dieses bekloppte Konzert.« Der Mann, der nicht ihr Sohn war, blickte mürrisch über den Rand seiner Zeitschrift. »Ich hasse Jazz.«

Ich lächelte noch breiter. Frau Stehler sah erst mich und dann ihn giftig an.

»Du kannst ruhig mal etwas für deinen kulturellen Horizont tun.«

Mir taten schon die Mundwinkel weh. »Also, welche Karten?«

Eleonore bekam ganz schmale Augen. »Gute, natürlich. Und das Essen war heute wieder so etwas von einfallslos und langweilig. Wir werden bei der Abreise über den Preis reden müssen, es ist ja wohl unmöglich und …«

Bevor sie sich hineinsteigern konnte, kam meine Schwester mit einem Tablett.

»Guten Abend.« Sie hatte einen Teil der Litanei mitbekommen. »Ab morgen ist das Essen garantiert nicht mehr langweilig. Wir haben Verstärkung in der Küche bekommen.«

»Das wurde aber auch Zeit.« Immer noch schmaläugig warf Eleonore Stehler ihre Serviette neben ihren Teller. »Das kann man ja wohl erwarten. Was ist jetzt? Kommst du mit hoch, Gregor? Ich möchte noch duschen und dann auf einen Drink ins ›Conversationshaus‹.« Sie stand auf und sah auf ihren Begleiter herab. Während er sich langsam erhob, sagte sie, ohne uns eines Blickes zu würdigen: »Sie denken an die Karten?« Dann verließen sie hintereinander den Raum. Sie natürlich voraus. Er ging hinterher und drehte sich noch nach meiner Schwester um. Ein unangenehmer Typ, ich hätte mich schütteln können.

»Was für eine Ziege!« Ich stellte die Teller auf das Tablett. »Ist Hans-Jörg schon weg?«

»Ja.« Ines räumte den zweiten Tisch ab. »Er wird aber langsam zutraulich. Er hat einen Zettel geschrieben. ›Bin fertig mit Kochen. Tschüss‹. Sag mal, hast du zufällig eine Kopfschmerztablette?«

Ich hob den Blick. Sie war sehr blass und drückte zwei Finger an ihre Schläfe.

»Im Badezimmer. In meiner Schminktasche. Ist es so schlimm?«

Sie nickte. »Ja. Ich kann überhaupt nicht mehr gerade gucken. Das ging vorhin schon los, jetzt wird es immer stärker.«

Ich stellte das Tablett zur Seite und nahm ihr die Teller aus der Hand.

»Ich kann das hier auch allein machen. Geh hoch, nimm eine Tablette und leg dich hin. Du siehst furchtbar aus.«

»Danke.« Ines bemühte sich zu lächeln, ließ sich aber widerspruchslos alles aus der Hand nehmen. »Bis später.«

Sie ging tatsächlich sofort, es musste ihr wirklich schlecht gehen. Langsam ließ ich mich auf den Stuhl sinken und stützte mein Kinn auf die Hand. Bei all diesen Ausfällen sollte ich vermutlich froh sein, dass meine Mutter und Hanna angerückt waren. Aber dauernd zu überlegen, was wir erzählen konnten und was nicht, wurde unheimlich anstrengend. Kein Wunder, dass Ines Kopfschmerzen bekam. So viel konnte man ja gar nicht denken.

Das Klingeln an der Rezeption riss mich aus meinen Gedanken. Vielleicht wollten meine Mutter und Hanna doch noch helfen, dann müsste ich wieder erklären, warum meine Schwester jetzt Kopfschmerzen hatte. Ich hoffte, es war nur ein Gast. Ich stand schnell auf und ging durch den Flur.

»Hallo, haallooo!« In diesem Fall wäre mir meine Mutter doch lieber gewesen. »Ist denn hier niemand?«

»Gisbert, bist du noch bei Trost? Brüll doch hier nicht so herum. Wie siehst du denn aus? Willst du heiraten?«

Er trug einen hellblauen Anzug, ein hellblaues Hemd, eine dunkelblaue Lederkrawatte und weiße Schuhe. Zufrieden blickte er an sich herunter und strahlte mich an.

»Stimmt, du kennst mich ja nur im Freizeitlook. Heute Abend habe ich aber einen offiziellen Termin. Ich treffe gleich Guntram Bernd.«

Erwartungsvoll schaute er mich an. Stumm guckte ich zurück. Gisbert holte Luft.

»*Den* Guntram Bernd. Na?«

»Muss ich den kennen?«

Erschüttert lehnte er sich an die Wand. »Du kennst den *berühmten* Guntram Bernd nicht?«

Dieser Mann war schlimmer als meine Mutter und schlimmer als Kopfschmerzen.

»Gisbert, ich habe keine Zeit für Ratespielchen. Was willst du?«

Er streckte seinen Rücken durch und erklärte mit dozierender Stimme: »Guntram Bernd ist ein berühmter, was sag ich, weltberühmter Kommissar. Er hat Tausende von Kriminellen aus dem Verkehr gezogen, Morde aufgeklärt, Entführungen vereitelt, Erpressungen gestoppt, Leichen gefunden, Waffen …«

»Gisbert, was willst du?«

»Waffen identifiziert. Er ist ein Held der Verbrechens-bekämpfung. Er hat ein Buch geschrieben, das stellt er am Sonntag hier vor.«

Ich verlagerte mein Gewicht aufs rechte Bein. »Und?«

»Ich bin der begleitende Journalist. Ich schreibe einen Bericht über ihn, über die Buchpräsentation, über seine brutalsten Fälle und …«, er senkte seine Stimme, »er hilft mir natürlich auch bei der Recherche zu meinem Roman. Ich habe es dir ja gesagt, oder? Dass ich einen Enthüllungsroman schreibe?«

»Ja, ja. Das hast du gesagt.«

»Von ihm kann ich natürlich lernen. Also, wie man richtig recherchiert und so.«

Gisbert hatte vor lauter Aufregung Flecken im Gesicht und machte überhaupt keine Anstalten, das Gespräch zu Ende zu bringen.

»Er ist da ja ein Fachmann. Jetzt kommt er gleich mit der letzten Fähre. Ich treffe ihn auf ein Getränk, heute schon, und dann begleite ich ihn in den nächsten Tagen. Ein ganz wichtiger Mann. Und eine große Persönlichkeit. Und dabei sehr charmant.«

Ich hatte die Bilder der unaufgeräumten Küche im Kopf und gähnte, ohne die Hand vorzuhalten.

»Interessant, Gisbert. Dann wünsche ich dir einen netten Abend. Also, ich muss mal wieder …«

»Christine, ich …« Sein Griff um mein Handgelenk verhinderte meinen Abgang. »Ich habe ein Problem.«

Jetzt war er nervös. Ich befreite mich aus seinen schwitzigen Fingern und wischte meine Hand an der Jeans ab.

»Dann sag es. Ich habe keine Zeit.«

»Das Zimmer.« Er flüsterte, ich konnte ihn kaum verstehen.

»Was?«

»Ich brauche ein Zimmer für ihn.« Nach zweimaligem

Räuspern sprach er etwas lauter. »Ich sollte ihm ein Zimmer buchen und habe es vergessen. Der ›Seesteg‹ und das ›Haus am Meer‹ sind ausgebucht. In einer halben Stunde ist er da. Du musst mir helfen.«

Nach einem langen durchdringenden Blick ging ich langsam um den Tisch herum und tat so, als würde ich im Reservierungsbuch blättern. Sehr ausführlich. Gisbert schwitzte und sah umständlich auf die Uhr. Schließlich zog ich eine Schublade auf, kramte ein bisschen herum, zog eine zweite auf und entnahm ihr einen Block.

»Du hast Glück, Gisbert.« Ich riss einen Meldeschein ab. »Zimmer 11. Ich habe etwas gut bei dir.«

»Natürlich.« Erleichtert presste er seine Hand aufs Herz. »Alles, was du willst. Danke, du hast mir das Leben gerettet. Und meine Karriere.«

»Schon klar. Und du hörst ab sofort auf mit dieser blöden Geheimnisnummer. Keine Artikel mehr über uns, keine Fotos, gar nichts, ist das klar?«

Sein Blick fixierte meine Hand, die das Formular hielt.

»Ob das klar ist?«

Unentschlossen kaute er auf seiner Unterlippe, ich zog die Schublade wieder auf.

»Geht klar, Christine«, hastig hielt er seine Hand auf. »Ich schreibe nichts mehr über dich. Aber es ist schade, so viele Leser …«

»Gisbert!«

Er ließ die Schultern sinken. »Ist gut. Ich mache es nicht mehr.«

Lächelnd schob ich ihm den Meldeschein und einen Kugelschreiber über den Tisch und machte mich auf den Weg zurück in die Küche.

»Den Schein kannst du liegen lassen, den kann Herr Bernd auch später ausfüllen. Tschüss, Gisbert.«

Immer noch gut gelaunt räumte ich die letzte Spülmaschine aus. Alles in allem war es doch ein erfolgreicher Abend gewesen. Unser Küchenproblem hatte sich endgültig gelöst. Die extravaganten Kochkünste meiner Mutter würden durch Hanna und Adelheid vermutlich im Zaum gehalten. Während ich mit sehr viel Seifenlauge den Küchenboden wischte, hatte ich mir vorgenommen, mich für das Kochen nicht mehr verantwortlich zu fühlen. Sie waren zu dritt und hatten auch noch Hans-Jörg, da konnte ich mir doch den Luxus leisten, nichts damit zu tun haben zu wollen. Wenn das Essen schlecht war, waren die anderen schuld. Wunderbar.

Und ich hatte Gisbert von Meyer im Griff. Keine albernen Artikel mehr, keine Unruhe. Stattdessen könnte er ja mal umsonst wirklich gute Werbung machen. Darüber würde ich nachdenken.

»Entschuldigung?« Die männliche Stimme kam aus dem Flur. »Darf ich kurz stören?«

Ich kniete gerade vor der offenen Spülmaschine, um nach einem Teelöffel zu fischen, der aus dem Besteckkorb gefallen war. Als ich mich schnell aufrichtete und umdrehte, wurde mir schwindelig. Mit leichten Sehstörungen sah ich den Mann an, der in der Tür stand.

»Ich suche die Dame von der Rezeption. Wissen Sie, wo ich sie finde?«

Ich kniff die Augen ein paarmal zusammen, um wieder klar gucken zu können.

»Was brauchen Sie denn?«

Er kam ein Stück näher. »Mein Name ist Hansen. Wir sind heute angereist, Zimmer 16 und 18. Meine Mutter hat ihren Schlüssel im Zimmer liegen gelassen, in der 16, und die Tür zugeknallt. Jetzt kommen wir nicht mehr rein.«

Die mysteriöse Frau Hansen, die mich angeblich kannte. Ich wischte meine nassen Schaumfinger an einem Handtuch ab.

»Ich hole den Universalschlüssel. Kleinen Moment.«

»Das ist nett. Vielen Dank.«

Mein Kreislauf hatte sich beruhigt, ich musterte ihn unauffällig. Irgendwie kam er mir bekannt vor. Er trat zur Seite, um mich vorbeizulassen. Als wir dicht nebeneinander standen, beugte er sich plötzlich vor.

»Christine?«

Ich blieb stehen. Es waren die Augen. Und das Lächeln. Und das Herzklopfen, das beides auslöste. Sofort kam meine Erinnerung zurück.

»Tom. Tom Hansen. Ich glaube es nicht.«

Erstaunt griff er nach meinem Arm. »Das gibt es doch gar nicht. Was machst du denn hier? Ich fasse es nicht. Das ist doch nicht wahr. Das ist unglaublich.«

Mein Sehvermögen kehrte vollständig zurück, dafür versagte meine Sprache. Ich musterte ihn nur stumm und fühlte seine Hand auf meinem Arm. Tom stammelte auch noch ein »Was und Wie«, und dann schwieg er. Sekundenlang. Minutenlang.

Das einzige Geräusch war das Ticken der Küchenuhr. Und mein Herzschlag. Und irgendwann die Klingel an der Rezeption. Und die Stimme von Gisbert von Meyer: »Christine? Ich bringe einen neuen Gast!«

»Ja.« Meine Stimme war rau und leise.

»Christine!«

»Ja, doch!« Ohne den Blick von Tom zu wenden, brüllte ich zurück. Tom zuckte zusammen und ließ mich los.

»Ich muss eben mal zur Rezeption, kommst du mit?«

Er nickte nur und folgte mir durch den Flur. Gisbert von Meyer redete aufgeregt auf einen hochgewachsenen, grauhaarigen Herrn ein, während er unablässig auf die Messingklingel eindrosch. Als der neue Gast uns sah, brachte er Gisbert mit einer kleinen Handbewegung augenblicklich zur Ruhe.

»Guten Abend«, sagte er lächelnd und mit sonorer Stimme. »Mein Name ist Guntram Bernd, Herr von Meyer hat ein Zimmer für mich reserviert.«

»Herzlich willkommen«, antwortete ich, nicht ohne Gisbert mit einem giftigen Blick zu durchschießen. »Hatten Sie eine gute Anreise? Sie haben Zimmer 11, im ersten Stock, am Ende des Ganges links. Frühstück gibt es ab 7.30 Uhr, hier vorn im Gastraum. Diesen Meldeschein können Sie mir morgen früh ausgefüllt zurückgeben. Ich wünsche Ihnen einen angenehmen Aufenthalt.«

»Danke.« Er nahm mir Schlüssel und Schein aus der Hand und sah sich suchend um.

»Rechts vorbei, da vorn ist die Treppe.«

Er nickte mir zu und wandte sich an Gisbert, der unverhohlen Tom anstarrte. »Herr von Meyer, ich brauche einen kleinen Moment. Warten Sie hier auf mich oder gehen Sie schon in die Bar?«

Tom erwiderte Gisberts Blick irritiert und trat ein Stück zurück. »Ähm, Christine? Der Generalschlüssel?«

Guntram Bernd wartete auf Gisberts Antwort, Tom auf meine. Ich antwortete zuerst: »Entschuldigung, Tom, ich komme sofort mit hoch.«

Gisbert öffnete seinen Mund, schloss ihn wieder und drehte sich zu Guntram Bernd.

»Hier. Ich warte hier.«

Ich ließ dem neuen Gast den Vortritt, dann ging ich, gefolgt von der ersten Liebe meines Lebens, in den ersten Stock, um Frau Hansen die Tür aufzuschließen.

Der Klingelton meines Handys riss mich aus dem Schlaf. Orientierungslos tastete ich nach dem Telefon. Bevor ich es finden konnte, verstummte das Signal. Wach war ich trotzdem. Ich setzte mich auf und sah auf die Uhr. Es war halb sechs. Auf dem Display stand Johanns Nummer, ich drückte auf die grüne Taste und hatte seine Stimme im Ohr.

»Guten Morgen. Du musst doch sowieso gleich aufstehen, oder? Ich kann dich tagsüber ja so schlecht erreichen.«

»Hallo.« Umständlich zog ich das Kopfkissen hoch und stopfte es mir in den Rücken. »Der Wecker hätte tatsächlich gleich geklingelt. Auf die halbe Stunde kommt es jetzt auch nicht mehr an. Ich bin nur noch nicht ganz wach.«

»Wie geht es dir denn?« Johanns Stimme klang besorgt. »Hast du was von Marleen gehört?«

»Nichts Neues.«

Verschlafen versuchte ich, den gestrigen Tag zusammenzufassen, ich erzählte von meiner Mutter, von Hanna und Adelheid, erwähnte das »Toskanische Olivenhähnchen« und Guntram Bernd. Nur Tom ließ ich aus, ich wusste selbst nicht genau, warum.

»Und dann hat Gesa gemutmaßt, dass Marleen wohl doch richtige Probleme hat. Weil Kühlke nichts Neues hört. Glaubst du das auch?«

Johann überlegte nicht lange. »Keine Ahnung. Das wird sich bestimmt irgendwann herausstellen.«

Ich bekam schon wieder schlechte Laune. Was war das denn für eine Reaktion?

»Es interessiert dich nicht besonders, oder?«

Schon sein Räuspern klang genervt. »Christine, du neigst zum Dramatisieren, ich kann doch nicht wissen, was mit Marleen los ist. Vermutlich klärt sich alles ganz banal auf. Und es kann doch nicht so schlimm sein, ein paar Tage eine kleine Pension zu schmeißen. Ihr seid ja mindestens zu siebt. Das klingt bei dir immer alles nach Weltkatastrophe.«

Mein Magen zog sich zusammen. Zu viele schlechte Gedanken und Schwingungen. Ich atmete tief durch die Nase ein und durch den Mund wieder aus. Keine Szene, keine Tränen, das verbot ich mir. Nicht um diese Uhrzeit und nicht am Telefon.

Johann schwieg und wartete ab. Ich schwieg auch.

Dann sagte er: »Kommt da noch was?«

»Wieso?«

Er lachte leise. »Jetzt sei nicht so empfindlich. Es passieren doch auch bestimmt nette Dinge, erzähl die doch mal.«

Sollte ich ihm brühwarm berichten, dass ich meine erste Liebe nach dreißig Jahren wieder getroffen hatte? Das würde nach Retourkutsche klingen. Und außerdem war ich mir noch nicht sicher, wie ich das selbst fand. Vermutlich käme da auch nur eine falsche Antwort. Stattdessen schluckte ich und antwortete betont sachlich: »Lass uns lieber aufhören. Ich will nicht streiten, und unser Dienst geht gleich los. Wir können ja heute Abend telefonieren.«

Johann atmete hörbar aus. »Wir haben ein Treffen der Vertriebsleiter hier. Das geht lange. Wenn es nicht zu spät wird, kann ich dich ja anrufen, ansonsten hören wir uns wieder morgen früh, okay? Ich glaube aber, es wird spät.«

»Macht doch nichts.« Ich beeilte mich mit meiner Antwort. »Dann sprechen wir morgen. Ich will auch nicht so spät ins Bett.«

Wieso war ich eigentlich erleichtert, dass Johann heute keine Zeit mehr zum Telefonieren hatte? Ich starrte auf mein Handy, das ich immer noch in der Hand hielt, und merkte, dass mir die Tränen hochstiegen. Ich ärgerte mich schon wieder. Über ihn, über die Situation, über dieses Gespräch. Aber was viel schlimmer war: Die Beziehung mit Johann machte mich immer öfter traurig. Und das wollte ich nicht.

Als ich in Marleens Küche kam, hörte ich Ines' Wecker läuten und öffnete leise ihre Tür.

»Morgen. Was macht dein Kopf?«

Sie hob ihn kurz und sah mich mit einem geöffneten Auge an.

»Weiß ich noch nicht. Geht, glaube ich.« Sie ließ ihn wieder sinken und öffnete beide Augen. »Mit wem hast du geredet?«

»Mit Johann.«

»Der Schwedenhappen.« Ines warf die Bettdecke zur Seite und streckte ihre Beine in die Luft. »Und? Wann kommt er?«

»Mal sehen. Vielleicht übernächstes Wochenende. Machst du jetzt Frühgymnastik?«

Sie ließ die Beine fallen und stützte sich auf den Arm. »Nein. Blutzufuhr für den Kopf. Wann warst du denn gestern fertig?«

»Um neun.«

Ich trat ans Fenster und blickte nach draußen. Auf dem Weg zur Promenade lief ein einsamer Jogger. Er sah von hier aus wie Tom. Ich beugte mich nach vorn, um ihn erkennen zu können. Plötzlich stand Ines hinter mir.

»Was ist da? Ach, das ist doch der Sohn. Dessen Mutter dich kennt.«

»Tom Hansen.« Meine Blicke folgten ihm, bis er hinter der Biegung verschwand. Erst danach drehte ich mich zu meiner Schwester um. »Ich bin mit ihm zur Schule gegangen. Wir haben uns gestern in der Küche getroffen. Seine Mutter hatte sich ausgesperrt.«

»Echt?« Ines schob mich zur Seite. »Jetzt ist er weg. Aus der Schule? Das ist ja witzig. Wie alt wart ihr denn da?«

»Ich war sechzehn.« Ich brauchte nicht zu überlegen. »Und er war zwei Klassen über mir.«

»Den Namen habe ich noch nie gehört.« Ines ging zum Schrank. »Ich kann mich jedenfalls nicht erinnern.«

»Du warst neun. Dein Interesse an meinem Liebesleben war nicht besonders ausgeprägt.«

»Liebesleben?« Ines ließ die Jeans, die sie in der Hand hatte, sinken. »Du mit dem? Erzähl mal. Jetzt wird es hier ja richtig spannend.«

»Ach, ich …«

Ein ohrenbetäubender Lärm zerriss die Stille. Wir fuhren beide zusammen, hörten etwas dumpf aufschlagen und Glas splittern.

»Was war das denn?«

Ohne nachzudenken rannte ich die Treppe runter in die Pension. Meine Schwester folgte mir.

»Es riecht aber nicht nach Feuer«, brüllte sie, noch bevor wir unten waren. Im Gastraum war nichts, im Flur irrten nur die ersten erschrockenen Gäste umher.

»Was ist los?«

Guntram Bernd stand im Bademantel in seiner Zimmertür.

»Keine Ahnung«, rief Ines ihm zu, »bestimmt nichts Schlimmes.«

»Seien Sie vorsichtig.«

Wir hatten keine Zeit. Ich war als Erste an der Küche und riss die Tür auf. Ich erwartete, einen explodierten Gasherd oder ein zerschossenes Fenster vorzufinden. Der Anblick, der sich mir bot, war ähnlich. Der Fußboden war übersät von zersplittertem Glas. Überall lagen Scherben.

»Wow!« Schwer atmend war Ines hinter mir stehen geblieben. »Was ist denn hier passiert?«

»Der Schrank.« Ich ging vorsichtig über den Scherbenteppich bis zu den Überresten des Wandschranks. Es war ein großer Hängeschrank gewesen, in dem das gesamte Frühstücksgeschirr und alle Gläser verstaut gewesen waren. Aus mir unerklärlichen Gründen war er einfach von der Wand gefallen. So wie es hier aussah, war nicht ein einziges Teil heil geblieben.

Ines musterte die Löcher in der Wand. »Den hat es richtig rausgerissen.« Sie schüttelte ratlos den Kopf. »Entweder war das Pfusch, oder es war zu viel drin.«

»Um Himmels willen.« Die beiden Frauen aus Zimmer 9 standen in der Tür. »Ist jemand verletzt? Wir wollten nur mal gucken, was hier so gescheppert hat.«

»Nur Porzellanleichen.« Ines schob mit dem Fuß halbe Tassen zur Seite. »Der Frühstücksraum ist Gott sei Dank schon eingedeckt. Alles in Ordnung. Danke, aber vielleicht können Sie die anderen Gäste, die noch auf dem Flur stehen, beruhigen. Bis später.«

Die beiden zogen wieder ab. Ines sah an sich hinunter und dann mich an, bevor sie anfing zu lachen.

»Was ist denn an diesem Chaos komisch?«

»Wir hätten uns anziehen sollen.«

Betreten musterte ich unser Outfit. Diese Schlafanzüge waren zwar äußerst bequem, wir hatten sie aber vor etwa zehn Jahren von unserer Mutter zu Weihnachten bekommen. Beide dasselbe Model, Ines hatte es in Blau-Weiß, ich in Rot-Weiß kariert. Und so waren wir an den Gästen vorbeigerannt. Sie hatten vermutlich gedacht, sie hätten eine Erscheinung. Ich zuckte lässig mit den Schultern.

»Na und? Das war ein Notfall. Es hätte ja auch brennen können. Und jetzt müssen wir hier erst mal aufräumen.«

Plötzlich hörte ich eine Tür schlagen und jemand in ein Taschentuch schnäuzen. Ich stellte mich hinter die Küchentür und flüsterte: »Ich gehe gleich hoch und ziehe mich an.« Als die Schritte verklungen waren, bewegte ich mich vorsichtig über die Scherben. Ines folgte mir.

»Wir waren bei deinem frühen Liebesleben unterbrochen worden. Übrigens: Scherben bringen Glück.«

Ich band mir gerade die Schnürsenkel der Turnschuhe zu, als ich Tumult auf der Treppe hörte.

»Christine? Christine! Schnell! Wo bist du denn?«

Ines ging bereits zur Tür. »Warum ist der bloß immer so hektisch?«

Gisbert von Meyer schoss völlig aufgelöst in den Flur. »Es wurde eingebrochen. Alles kurz und klein geschlagen. Ich habe schon die Polizei angerufen. Kommt schnell runter. Aber wir haben einen großen Ermittler im Haus, wir werden das aufklären. Ach Gott, die ganze Küche ist verwüstet.«

Ich stand langsam auf und stopfte mein T-Shirt in die Jeans. »Es ist bereits aufgeklärt, Gisbert, du kannst die Polizei wieder abbestellen.«

»Was?«

»Es war der Wandschrank.« Ines ging an ihm vorbei. »Der ist hin. Wir haben schon geguckt. Keine Gefahr mehr. Kommst du, Christine? Es ist gleich sieben.« Schnell machte sie sich auf den Weg nach unten.

»Was machst du überhaupt so früh hier?« Ich schob Gisbert zur Tür, bevor er neugierig in alle Zimmer gucken konnte.

»Ich wollte sichergehen, dass Herr Bernd alles hat, was er braucht. Und …«

»Gisbert!« So oft wie an diesem Tag hatte meine Schwester noch nie frühmorgens gebrüllt. »Die Polizei ist da. Klär du das mal.«

Polizist Bonke kannte mich noch vom letzten Sommer.

»Sie sind doch eine Freundin von Frau de Vries, nicht wahr? Wo ist sie denn überhaupt?«

Ich zeigte ihm und seinem Kollegen den abgestürzten Schrank, dann bot ich ihnen eine Tasse Kaffee an, die sie dankend annahmen.

Gisbert von Meyer hatte nur dümmlich gegrinst und war dann unter einem fadenscheinigen Vorwand auf sein Moped gestiegen. Ich sollte Guntram Bernd ausrichten, dass er um halb neun wieder hier wäre. Er müsste nur schnell eine wichtige Unterlage besorgen.

»Ja, ja, der von Meyer«, sagte Bonke und schaute ihm nach. »Er ist immer so schnell aufgeregt, aber wenigstens trägt er stets einen Helm beim Mopedfahren. Vorbildlich. Aber was hat er gesagt? Guntram Bernd ist hier? *Der* Guntram Bernd? Ist er jemandem auf der Spur?«

»Nein.« Ich wippte etwas ungeduldig von Bein zu Bein, weil ich befürchtete, dass Adelheid jeden Moment kommen würde. Ihre Reaktion bei diesem Anblick konnte ich mir lebhaft vorstellen. »Herr Bernd ist pensioniert und hat ein Buch geschrieben. Das stellt er hier vor. So, meine Herren, ich müsste jetzt mal ...«

»Ich habe das Buch doch schon längst gelesen. Aber die Katze lässt das Mausen nicht.« Bonke rührte noch mehr Milch in seinen Kaffee. »Einmal Ermittler, immer Ermittler. Ich habe ihn mal auf einem Polizeifest kennengelernt. Doller Mann. Wo ist denn Marleen de Vries im Urlaub?«

»Christine! Ines! Gesa!« Adelheid war unbemerkt durch die Hintertür gekommen und brüllte aus der Küche.

»Entschuldigen Sie mich«, ich rannte sofort los und kam gleichzeitig mit Gesa und meiner Schwester in der Küche an. Adelheid stand entsetzt im Scherbenhaufen und starrte uns an.

»Wie habt ihr das denn hingekriegt? Und was will die Polizei hier?«

»Der Hängeschrank ist runtergekracht.«

Ines hatte bereits einen Besen und mehrere Eimer geholt.

»Das sehe ich selbst«, fuhr Adelheid sie an. »Was habt ihr denn da alles hineingestellt? Der hängt seit dreißig Jahren. Kaum kreuzt ihr auf, fällt er ab. Und was macht Bonke hier?«

»Den hat Gisbert alarmiert«, erklärte ich ihr. »Der Herr von Meyer gerät ja schnell in Panik.«

»Das ist keine Panik, das ist vernünftig.« Adelheid atmete

schon wieder flacher. »Lieber einmal mehr die Polizei rufen als einmal zu wenig. Sag ich immer. Habt ihr Bonke denn gesagt, dass nichts los ist? Sonst will er hier noch frühstücken. Das macht keinen guten Eindruck auf die Gäste. Gesa, geh mal hin und wimmele ihn ab.«

»Warum denn ich? Ich war doch gar nicht dabei.«

»Gesa, bitte!« Adelheid ließ keinen Widerspruch zu. »Habt ihr auf die Uhr geguckt? Gleich sind die ersten Gäste beim Frühstück. Also los!«

Gegen halb elf kippte ich den letzten Eimer mit Scherben in den Müllcontainer. Mir tat der Rücken weh, vier Pflaster verzierten meine Hand, und ich fragte mich gerade, wo eigentlich meine Mutter steckte, als sie zusammen mit Hanna laut redend auf den Hof kam.

»Guten Morgen, Kind. Haben wir was verpasst?«

»Nein, Mama.« Ich stellte den leeren Eimer auf den Boden. »Alles wie immer. Habt ihr gut geschlafen?«

»Sehr gut«, antwortete sie zufrieden. »Ganz ausgezeichnet. Wir sind auch erst um zwei Uhr ins Bett gegangen, dafür haben wir aber den Speiseplan für die ganze Woche fertig. Weißt du, ich habe mir überlegt, wenn Marleen früher kommt, können Hanna und ich trotzdem die Küche führen. Wir haben jetzt schon so viel Energie aufgewandt, es wäre ja schade, wenn das alles umsonst wäre. Und es ist doch mal was anderes. Nicht wahr?«

Hanna lächelte und hob den Mülltonnendeckel. »Was schmeißt du denn da weg? Das ist doch Thedas gutes Geschirr.«

»Das war ihr gutes Geschirr.« Ich drehte mich zu ihr um. »Marleen mochte es sowieso nie leiden. Dunkelblau ist doch gar nicht mehr in. Und wir hatten leider ein kleines Problem mit dem Wandschrank.«

»Aber deshalb muss man es ja nicht gleich entsorgen.« Hanna schüttelte den Kopf und fischte eine Tasse aus der Tonne. »So schönes Geschirr. Da ist doch nur die Glasur ein bisschen angekratzt. Das muss man wirklich nicht gleich in den Müll werfen. Wo bleibt eigentlich Kalli? Er wollte sofort losfahren. Ach, da ist er ja.«

Kalli fuhr sehr langsam mit seinem Fahrrad auf den Hof. Langsam, weil er einen voll beladenen Fahrradanhänger hinter sich herzog. Er stieg ab und wischte sich den Schweiß von der Stirn.

»Meine Güte, ist der schwer zu ziehen. Guten Morgen, Christine, kannst du mir beim Abladen helfen?«

Entsetzt zählte ich die Isoliertüten, die sich auf dem Hänger stapelten. Es waren mindestens dreißig.

»Jetzt sagt bitte nicht, dass das alles Huhn ist.«

Ich griff nach der obersten und schaute hinein. Es war Huhn.

»Unten liegen zweimal Pommes.« Meine Mutter winkte Adelheid zu, die gerade aus der Tür trat. »Und eine Tüte Brokkoli. Hallo, Adelheid, wir haben alles mitgebracht, wir können gleich loslegen.«

»Ines hat sich jetzt auch noch geschnitten. Sie hat zwei Tischdecken eingesaut.« Vorwurfsvoll sah Adelheid mich an und wandte sich an meine Mutter. »Deine Töchter haben den Hängeschrank dermaßen überladen, dass er von der Wand gefallen ist. Das ganze Geschirr ist zerdeppert und alles voller Scherben. Nach wie vor.«

»Ach so.« Meine Mutter guckte auch noch einmal in die Mülltonne. »So schön war das aber wirklich nicht. Guck mal, Hanna, der Teller hier ist noch gut. Und die Tasse hier, ach nein, die hat keinen Henkel. Ist der Schrank einfach so runtergefallen? Wer hängt den denn jetzt wieder auf? Schade, dass Papa nicht hier ist, der könnte sich sonst gleich nützlich machen. Oder, Christine?«

Ich gab keine Antwort und wartete auch Adelheids nächsten Kommentar nicht ab, sondern ging zurück in die Küche, wo Gesa meiner Schwester gerade den Zeigefinger verpflasterte.

»Die Kochtruppe ist soeben eingetroffen«, teilte ich mit und goss mir einen Kaffee aus der Thermoskanne ein. »Zusammen mit Kalli und drei Zentnern Huhn.«

»Schön.« Ines betrachtete ihren Finger und stand auf. »Danke, Gesa. Wir müssen schon wieder durchfegen, hier liegen immer noch Scherben rum.«

»Dann sagt Hans-Jörg, er soll beim Kochen die Schuhe anlassen. Barfuß ist es zu gefährlich.« Ich schwenkte die Tasse, um die Milch zu verteilen. »Da ist er ja. Morgen, Hans-Jörg.«

Er stand im Türrahmen, sah verwirrt erst auf uns und dann auf die leere Wand.

»Wo ist denn der Schrank? Und wieso soll ich barfuß kochen?«

»Das war ein Scherz.«

Ich fühlte mich plötzlich sehr müde. Es machte die Sache nicht besser, dass meine Mutter, gefolgt von Adelheid, Hanna, Kalli und den Tüten voller Huhn in die Küche kam und sagte: »Ines, Kind, hast du dich geschnitten? Lass mal sehen.«

Ich verkniff mir den Satz, dass ich mich viermal geschnitten hatte. Schließlich war ich die Ältere.

Später saß ich in einem der bequemen Sessel in der »Milchbar«, trank einen Kaffee und starrte aufs Meer. Ich hatte die Flucht ergriffen, als Kalli mit sorgenvollem Blick die Wand inspizierte und mit dem Finger über die ausgerissenen Löcher fuhr.

»Da muss ich aber größere Dübel nehmen. Habt ihr eine Bohrmaschine hier, oder soll ich mein eigenes Werkzeug schnell holen?«

»Du willst ja wohl hier nicht bohren, während wir kochen?« Hanna warf ihrem Mann nur einen kurzen Blick zu, während sie die Hühnerteile sortierte. »Das kommt gar nicht infrage, das kannst du nachher machen. Frag doch Christine, ob du was anderes helfen kannst.«

»Hanna, ich muss ganz dringend zur Bank und ein paar Besorgungen machen. Ihr beschäftigt Kalli schon, bis später.«

Zum Glück kommentierte niemand meinen Abgang.

»Störe ich dich?« Toms Stimme riss mich aus meinen Gedanken, ich fuhr herum.

»Oh, hallo, nein, du störst mich nicht. Setz dich doch.«

Er blieb stehen. »Dann hole ich mir auch einen Kaffee. Soll ich dir noch einen mitbringen?«

»Ja, gern.«

Es war egal, ich würde jetzt länger bleiben als ich ursprünglich gedacht hatte. Ines und Gesa waren ja da.

Am Abend vorher war es nicht mehr zu einem ausführlichen Gespräch zwischen Tom und mir gekommen. Nachdem Gisbert von Meyer endlich mit Guntram Bernd verschwunden war, tauchte das nette Ehepaar aus Bremen auf. Der Mann hatte einen Hexenschuss, also musste ich in Marleens Zettelkasten die Nummer eines Arztes suchen, ein Taxi bestellen und warten, bis die beiden wieder da waren. In der Zwischenzeit war Tom nach oben gegangen, und ich wollte nicht mehr an seiner Zimmertür klopfen.

Mit einem Tablett steuerte er jetzt auf mich zu. »Das ist ja ein tolles Lokal«, sagte er und setzte sich neben mich. »Und dass du auch noch zufällig hier bist ...«

»Danke«, antwortete ich und nahm meinen Kaffee vom Tablett. »Ich bin vor der Hektik in der Küche geflohen. Wahrscheinlich klingelt gleich mein Handy, und meine Schwester fragt, wo ich bleibe. Bist du das erste Mal auf Norderney?«

»Ja.« Tom streckte seine langen Beine aus und richtete den Blick auf die Brandung. »Und ich bin ganz begeistert. Meine Mutter ist 75 geworden, wir haben ihr die Reise geschenkt. Sie war als Kind ein paarmal hier im Erholungsheim, und je älter sie wird, desto häufiger redet sie davon.«

»Das ist ja eine schöne Idee.«

»Ich weiß nicht.« Verlegen lächelnd sah Tom mich an. »Gestern Abend hat sie gesagt, sie hätte überhaupt keine Ahnung, was sie hier soll. Sie wäre viel lieber nach Mallorca geflogen. Und in diesem blöden Erholungsheim hätte es abends immer Hagebuttentee gegeben. Sie hasst Hagebuttentee.«

»Oh.« Ich setzte mich etwas damenhafter hin. In der Lounge der »Milchbar« geriet man in die Gefahr, sich in die Sessel zu flegeln, und schließlich war ich keine sechzehn mehr. »Freut sie sich denn gar nicht?«

Tom lachte trocken. »Freuen? Keine Ahnung. Sie sagt nicht viel dazu. Ich weiß ja nicht, wie deine Mutter so ist, aber meine wird zunehmend schwierig.«

»Was meinst du damit?«

Er atmete tief durch. »Sie lebt seit zehn Jahren allein, seit mein Vater gestorben ist. Und sie hat mittlerweile ausgesprochen egozentrische Züge entwickelt. So richtig einfach ist unser Verhältnis im Moment nicht. Ach, komm«, er rutschte auf seinem Sessel nach vorne, sodass er mich ansehen konnte, »lass uns das Thema wechseln. Erzähl doch mal: Was hast du in den letzten dreißig Jahren gemacht?«

Ich musste lachen. »Chronologisch oder nach Themen geordnet?«

Bevor er antworten konnte, klingelte mein Handy. Es war Ines.

»Sag mal, wo steckst du eigentlich? Mama und Hanna kochen Hühnersuppe, als würden wir morgen eine Massenspeisung veranstalten. Gisbert von Meyer hängt hier herum, weil ihm sein Autor abhandengekommen ist. Pierre sitzt in der Küche und isst, dazu hat Mama ihn gezwungen, deshalb ist Adelheid jetzt sauer und mäht Rasen, und Kalli hat eine halbe Stunde von der Rezeption aus mit Papa telefoniert. Gesa hat ihn dabei erwischt. Ich drehe gleich durch.«

»Ich komme«, antwortete ich mechanisch, ohne den Blick von Tom abzuwenden. »Bin in zehn Minuten da.« Bedauernd stellte ich die fast volle Tasse zurück aufs Tablett. »Ich muss los. Bei uns brennt mal wieder die Hütte. Wir holen die Berichterstattung nach, ja?«

Er stand auf und wartete, bis ich mein Handy in der Tasche verstaut und meine Jacke angezogen hatte.

»Versprochen?«

Ich nickte. »Klar. Bis später.«

Als ich mit langen Schritten zur Pension zurücklief, fiel mir ein, dass ich überhaupt keine Ahnung hatte, ob Tom eine Ehefrau und Kinder hatte. Eigentlich wollte ich das im Moment auch gar nicht wissen. Ich war mir nur nicht sicher, warum.

Eine warme Wolke von Hühnersuppe waberte mir entgegen, als ich die Küchentür öffnete. Es war eine Waschküche aus Huhn. Pierre saß in einem ärmellosen gelben Shirt am Tisch, vor ihm standen drei Schälchen, aus denen er abwechselnd probierte. Sein Gesicht war hochrot, seine Haare angeklatscht und der Blick konzentriert.

»Hallo, Christine. Magst du mir mal sagen, welche Suppe du am besten findest?«

Mir wurde schon beim Gedanken daran schlecht. Mit drei Schritten war ich am Fenster und riss beide Flügel sperrangelweit auf.

»Christine.« Mit beschlagener Brille und einem Kochlöffel in der Hand drehte sich Hanna zu mir um. »Das zieht doch. Charlotte, sag deinem Kind, dass sie hier nicht so viel Unruhe machen soll. Ich kann mich gar nicht konzentrieren.«

»Mhm.« Meine Mutter sah mich nur kurz an, um sich sofort wieder auf ihren Probierlöffel zu konzentrieren. »Hier, Hanna, ich habe noch mehr Maggi genommen, so kommt das hin. Christine, mach das Fenster zu, es zieht.«

»Ihr erstickt doch hier in eurem Hühnerdunst.« Die Küchentür hatte ich extra offen gelassen, jetzt wehte wenigstens ein Hauch frischer Luft durch. »Wie weit seid ihr denn?«

»Wenn uns nicht dauernd jemand stören würde ...« Meine Mutter schnupperte an einer von Marleens Gewürzdosen. »Sag mal, Hans-Jörg, hast du irgendeine Ahnung, was das hier sein könnte?«

Hans-Jörg kam gerade mit einem Sack Zwiebeln in die Küche. »Das kann ich von hier aus nicht sehen, da müsste ich mal riechen.«

»Ja, dann komm!«

Sehr langsam ging er auf meine Mutter zu und hielt die Nase in die Dose.

»Majoran.« Dann setzte er sich Pierre gegenüber und fragte: »Hilfst du eigentlich auch mit?«

Meine Mutter schnupperte noch einmal und sah ihn verblüfft an. »Das ist Majoran? Das riecht aber komisch. Hanna, weißt du, wo das überall reinkommt?«

Pierre wischte sich den Schweiß von der Stirn und schob die Schüsseln zur Seite.

»Nein, Hans-Jörg, ich habe einen anderen Job, ich sollte nur mal probieren. Übrigens, Charlotte, die mittlere, ohne das rote Zeug, die ist am besten.«

Ich ließ das Fenster offen und folgte Pierre hinaus. Dabei verkniff ich mir die Frage, was für ein rotes Zeug meine Mutter in eine Hühnersuppe streute.

Auf dem Hof atmete ich tief durch. Pierre war stehen geblieben und drehte sich zu mir um.

»Du, Charlotte und Hanna sind wirklich ausgesprochen reizende Personen.«

»Was?« Ich hatte mit allen möglichen Kommentaren gerechnet, nur mit diesem nicht. »Ich dachte, ich müsste dich retten.«

Erstaunt sah er mich an. »Nein, nein. Deine Mutter hat gesagt, ich solle doch hier ruhig Mittag essen. Ich habe ihr erzählt, dass ich das bei Marleen immer mache. Aber solange

Adelheid ... also, das geht jetzt nicht. Und da hat Charlotte gesagt, das wäre wohl das Mindeste. Und ich könnte auch gleich alle neuen Rezepte probieren. Die beiden sind richtig kreativ, was?«

»Kreativ?«

Das konnte auch nur ein schwuler Barkeeper so schönreden. In diesem Moment bog Toms Mutter mit zwei schweren Tüten um die Ecke. Ich verschluckte alle weiteren Sätze und legte dem neuen Busenfreund meiner Mutter nur schnell die Hand auf den Arm.

»Bestimmt. Ich muss noch etwas erledigen, wir sehen uns nach dem Essen in der Bar, oder? Also, bis später.«

Ich ließ ihn stehen und lief auf Frau Hansen zu, in der sicheren Erwartung einer sehr sentimentalen Begrüßung.

»Hallo, Frau Hansen, jetzt treffen wir uns endlich.«

Toms Mutter ließ ihre Tüten sinken und sah mich fragend an.

»Guten Tag, ich weiß jetzt nicht ...?«

Ich streckte ihr meine Hand entgegen. »Christine. Ich bin Christine Schmidt. Sie haben doch meiner Schwester schon gesagt, dass Sie mich kennen. Ich war früher mal kurz die Freundin Ihres Sohnes.«

»Ach so, ja.« Ihre Stirn krauste sich, dann blickte sie mich erleichtert an. »Natürlich. Stimmt. Christiane. Genau.«

»Christine«, verbesserte ich sie sanft.

»Ja. Habe ich doch gesagt. Ich bin nicht blöde.« Energisch griff sie wieder zu ihren Tüten. »Ich war einkaufen. Haben Sie sich meinen Sohn mal genau angesehen? Der trägt diesen Pullover seit ungefähr zehn Jahren. Diesen dunkelblauen Sack, ich kann den nicht mehr sehen. Ich habe ihm zwei neue gekauft. Seit Beate ihn verlassen hat, hat er den dauernd an. Vielleicht hat sie ihn auch genau deswegen verlassen. Wegen so eines alten Pullovers. Glauben Sie das?«

»Ähm ...«

»Sehen Sie.« Triumphierend strahlte sie mich an. »Jetzt hat er zwei neue. Aber lassen Sie bloß die Finger von ihm. Er lebt schon zu lange allein, langsam wird er komisch.«

»Ich hatte auch gar nicht vor ...«

»Ich weiß. Das sagen sie alle.« Frau Hansen nickte und ging an mir vorbei. »Sie sollten es nur wissen. Bis später.«

Verwirrt sah ich ihr nach. Da hatte ich doch mehr Informationen bekommen, als ich eigentlich haben wollte: Beate hatte ihn verlassen, er wurde komisch und Mutti kaufte ihm Pullover. Frau Hansen hatte denselben Gesichtsausdruck wie mein Vater, wenn er meinte, recht zu haben. Der arme Tom.

Am Ende der Strandstraße blieb ich stehen und überlegte, ob ich an der Promenade entlang direkt zur Pension zurückgehen oder kurz in die Boutique schauen sollte, vor der ich mich gerade befand. Hier hatte ich mir letztes Jahr für mein erstes Treffen mit Johann ein sündhaft teures Kleid gekauft. Zum einen war Johann aber nicht hier, und zum zweiten hatte ich überhaupt kein Geld übrig, schon gar nicht für Läden dieser Preisklasse. Bedauernd blickte ich ins Schaufenster und sah Eleonore Stehler, die sich in einem kurzen bunten Kleid vor dem Spiegel drehte. Ich trat einen Schritt näher an die Scheibe. Die gute Eleonore war eindeutig zu alt für dieses Kleid, Größe 36 hin oder her. Trotzdem war ich mir sicher, dass sie es kaufen würde. Sie fand ja auch den jugendlichen Liebhaber passend. Erst in diesem Moment fiel mir auf, dass mir jemand aus dem Laden zuwinkte: Gregor Morell stand an der Seite und hatte mich anscheinend schon die ganze Zeit beobachtet. Ich hob betont lässig die Hand und drehte mich weg. Wahrscheinlich hatte er jeden meiner Gedanken von meinem Gesichtsausdruck ablesen können. Ich steuerte die Strandpromenade an, zum Shoppen hatte ich weder Zeit noch Geld. Diese Probleme kannte Eleonore Stehler anscheinend nicht.

Hanna und meine Mutter saßen mit Kaffeetassen in der Hand auf der Bank im Hof und steckten ihre Köpfe zusammen. Als sie mich bemerkten, fuhren sie auseinander und schauten mich an.

»Ist irgendetwas?«

Ich blieb vor ihnen stehen. Sie trugen beide weiße Kittel, ich fragte mich, wo sie die herhatten. Meine Mutter hatte immer einen ausgesprochen guten Geschmack bei ihrer Kleidung. Was sie jetzt dazu brachte, in diesem Kittel zu kochen, war mir schleierhaft.

»Wie seht ihr überhaupt aus?«

»Wie die Profis.« Hanna blickte an sich hinunter. »Hans-Jörg hat gesagt, er kann nicht arbeiten, wenn so viele Leute in bunten Blusen in der Küche stehen. Ihm wird ganz schwindelig. Deshalb hat er die Kittel besorgt. Das ist doch praktisch. Und die Gäste wissen, dass wir zum Personal gehören.«

»Ach so.« Ich betrachtete meine Mutter, die sehr zufrieden und gut gelaunt wirkte. »Und sonst?«

»Kind, alles fein. Wir sind so weit fertig und machen jetzt Kaffeepause.« Meine Mutter strahlte mich an. »Wir haben Ines übrigens ins ›Badehaus‹ geschickt. Sie geht ja gern in die Sauna. Wir haben hier alles im Griff, da muss sie doch nicht so viel arbeiten. Sie hat Urlaub.«

Ich schluckte eine Antwort runter. Typisch Ines, sie hätte mich auch fragen können, ob ich mitwollte. Auf der anderen Seite hatte ich hier aber einen Auftrag. Wenn Marleen wüsste, was in ihrer Küche los war, würde sie sowieso ohnmächtig werden. Ich verdrängte die aufkommenden Gedanken und sagte: »Ich gehe mal gucken, was Hans-Jörg so macht.«

Die Küche sah weniger chaotisch aus, als ich befürchtet hatte. Hans-Jörg stand am Herd und schmeckte ab. Als er mich bemerkte, zuckte er zusammen.

»Ich … ähm, ich probiere nur, ich mach gar nichts.«

»Du *sollst* was machen.«

Ich öffnete die Backofentür und betrachtete das Blech voller Hähnchenschenkel.

Hans-Jörg folgte meinem Blick. »Das soll ›Toskanisches Olivenhähnchen‹ sein.«

»Wo sind denn da die Oliven? Das sind doch nur gegrillte Hühnerbeine.«

»Charlotte mag keine Oliven. Und Hanna hatte so viele Hähnchenschenkel. Salbei und Majoran mochten die Damen nicht riechen, deshalb haben sie die anderen Kräuter aus dem Rezept ebenfalls weggelassen. Von Paprika kriegt dein Vater ja immer Sodbrennen, also fehlt er auch.«

»Mein Vater ist doch gar nicht da.« Ich ließ die Backofentür wieder zufallen und wandte mich den anderen Töpfen zu. »Na ja. Aber der Rest sieht gut aus. Hast du das abgeschmeckt?«

Hans-Jörg nickte. »Deine Mutter nimmt nur Salz und Maggi. Und Hanna kann nicht schmecken, wenn es zu heiß ist. Aber ansonsten sind sie sehr nett.«

Ich tippte mit dem Zeigefinger auf seine Brust. »Hans-Jörg, ich appelliere an deine Kochehre. Es geht nichts raus, was du nicht abgeschmeckt hast, ja? Versprich es mir, bitte. Ich habe keine Lust, mich endlos bei den Gästen entschuldigen zu müssen.« Sofort fiel mir Eleonore Stehler ein und gleich danach noch etwas anderes. Suchend sah ich mich um. »Sag mal, was gibt es denn für die Vegetarier?«

Meine Mutter kam mit Hanna wieder zurück und hatte meine Frage gehört.

»Wieso Vegetarier?«

»Mama, wir haben auch Gäste, die kein Fleisch essen. Frau Stehler zum Beispiel, die sowieso dauernd meckert. Was bekommen die denn?«

»Kein Fleisch.« Kopfschüttelnd verschränkte Hanna die Arme vor der Brust. »Das ist auch so eine neumodische Marotte. Aber sie können die Suppe essen, das ist ja nur Huhn, und wir haben es ganz klein geschnitten. Das schmeckt man gar nicht.«

Ich lächelte sie angestrengt an. »Hans-Jörg, machst du bitte noch Pasta mit Gemüse dazu? Mama, du musst jetzt nichts sagen. Ihr könnt ja eigentlich Schluss für heute machen. Oder?«

»Das wollten wir auch.« Meine Mutter zog den Kittel aus und hängte ihn an den Haken hinter der Tür. »Wir machen jetzt nämlich einen schönen Spaziergang und gehen heute Abend zu einer Lesung. Mit Adelheid zusammen. Da müssen wir uns vorher aber noch aufrüschen.«

»Genau.« Hannas Kittel hing schon am zweiten Haken. »Zu diesem Guntram Bernd. Adelheid hat ja so von dem Buch geschwärmt, die hat das schon gelesen. Lauter Verbrechen, Morde und Erpressungsgeschichten. Muss ganz schön sein.«

Adelheid liebte also Verbrechen. Und Morde. Und Erpressungen. Das hätte ich ihr jetzt nicht unbedingt zugetraut. Ich hatte sie mehr der Liebesromanfraktion zugeordnet.

»Dann wünsche ich euch viel Spaß.«

»Danke, Christine. Bis morgen.«

Bevor ich noch etwas hinzufügen konnte, waren sie schon um die Ecke.

Mit rosigem Gesicht und feuchten Haaren tauchte meine Schwester wieder auf. Sie ließ ihre Saunatasche im Flur fallen und kam in die Küche.

»Das war super, Christine, du hättest mitkommen sollen.«

Ich half Hans-Jörg beim Gemüseputzen und hob nur kurz den Kopf.

»Du hättest mich fragen können.«

»Hallo, Hans-Jörg, ihr kocht ja immer noch. Ich dachte, Mama und Hanna hätten alles fertig. Ich habe sie auf dem Heimweg getroffen.«

»Mama und Hanna haben den Sinn der fleischlosen Küche nicht so richtig verstanden. Sie haben mir erklärt, unsere Vegetarier können durchaus die Suppe essen. Sie halten sehr klein geschnittenes Huhn für eine Art Gemüse und haben deshalb nichts anderes gemacht. Also brauchen wir noch ein vegetarisches Gericht. Du kannst mitschnippeln, dann soll Gesa, wenn sie gleich kommt, die Tische eindecken. Wir müssen uns ein bisschen beeilen.«

»Wieso sind die Tische noch nicht fertig? Und was ist das für eine Tasche, die im Flur steht? Da fällt doch jeder drüber.«

Adelheid stand in dunkelblauem Hosenanzug und weißer Bluse in der Tür und musterte uns missbilligend. Ines drehte sich erstaunt zu ihr um.

»Was machst du denn hier? Ihr wolltet doch zur Lesung.«

»Es ist erst halb sechs. Ich wollte nur mal gucken, ob hier alles läuft. Hanna und Charlotte sind ja schon weg.«

Sie sah irgendwie anders aus. Hans-Jörg schaute sie mit großen Augen an. Adelheid ließ ihre Blicke über die Arbeitsplatten schweifen, dann sagte sie: »Die Tasche muss weg« und verließ die Küche genauso schnell, wie sie gekommen war.

»Sie meint deine Saunatasche, Ines.« Ich griff nach der nächsten Karotte. »Und dann kannst du bitte mitmachen. Gemüse für Frau Stehler. Was wollte Adelheid jetzt eigentlich genau?«

»Keine Ahnung.« Ines ignorierte ihre Tasche, nahm sich aber ein Gemüsemesser und setzte sich. »Ich habe Frau Stehler und ihren Mann gerade gesehen. Sie schleppten ungefähr fünfzehn Tüten über den Hof, also, er dreizehn und sie zwei. Die Dame hat anscheinend ordentlich zugeschlagen. Sollen da wirklich Gurken rein? Das ist ja widerlich.«

»Das sind Zucchini.« Ich schob meiner Schwester die restlichen Karotten zu. »Und Morell ist nicht ihr Mann, das ist ihr jugendlicher Liebhaber. Zusammen nehmen die den Ehemann nur aus. Ein grauenvolles Paar.«

»Niemals schlecht über Gäste sprechen.« Gesa rauschte plötzlich in die Küche. »Sie könnten hinter der Tür stehen.«

»Tun sie das?«

Erschrocken spähte ich in den Flur, Gesa lachte.

»Nein, da steht nur eine Tasche im Weg. Habt ihr Adelheid

eben gesehen? Total aufgedonnert. Und mit Lippenstift. Ich habe sie kaum erkannt.«

»Sie geht mit meiner Mutter und Hanna zur Lesung von Guntram Bernd. Was sie hier noch macht, wissen wir nicht.«

»Na gut, ich fange mal mit den Tischen an. Ach je, Gisbert von Meyer kommt gerade. Christine, setz dich aufrecht hin.«

Gisbert rannte Gesa fast um. ›Tag, Gesa. Hallo, Christine, Ines. Wo ist denn Herr Bernd?«

Ich spülte mein Messer ab und wischte mir die Hände an der Jeans trocken. »Ich habe ihn nicht gesehen. Warte, Gesa, ich helfe dir.«

Gisbert ließ sich auf einen Stuhl fallen und raufte sich theatralisch die Haare.

»Gott, bin ich nervös wegen dieser Lesung.«

»Du liest doch gar nicht.« Ines reichte Hans-Jörg die letzte Gemüseschale. »Du sollst doch nur den Artikel schreiben.«

»Ach«, unwirsch winkte er ab, »du hast ja keine Ahnung, wie das ist, wenn man alles so hautnah verfolgt. Übrigens, Christine, wie weit bist du denn mit deiner Geschichte?«

Täuschte ich mich oder hatte er wirklich einen komischen Gesichtsausdruck?

»Das läuft«, entgegnete ich ruhig. »Ich habe schon ordentlich Material gesammelt. Aber entschuldige, ich muss jetzt Gesa helfen.«

Beim Hinausgehen hoffte ich, dass Ines sich nicht von diesem Wichtigtuer aufs Glatteis führen ließ. Aber er konnte eigentlich nichts ahnen, so klug war er nicht.

Erst als sich Adelheid mit dem Satz: »Den Rest schafft ihr ja wohl allein«, um kurz vor halb acht auf den Weg zum »Conversationshaus« machte, in dem die Lesung stattfand, entlud sich bei Gesa und Ines der Lachkrampf. Ich betrachtete die beiden, die sich an der Fensterbank krümmten, und fragte mich, ob sie jetzt vollends den Verstand verloren hätten. Ich hatte den Küchendienst übernommen und war gar nicht im Gastraum gewesen. Gesa wischte sich stöhnend die Tränen weg und drehte sich zu mir um.

»Sie hat Guntram Bernd eine Topfblume auf den Tisch gestellt. Und sie hat mit Kreidestimme zu ihm gesagt, welch eine Ehre es für sie wäre, ihn bedienen zu dürfen.«

»Wer? Adelheid?« Gesa musste sich verhört haben. Aber sie fuhr fort.

»Und wenn er irgendwelche Wünsche habe, das Essen betreffend – das hat sie wortwörtlich gesagt: das Essen betreffend –, dann könne er sich jederzeit an sie wenden, sie sei eine gute Köchin, das habe auch ihr verstorbener Mann immer gesagt.«

»Und was hat er gesagt?«

»Er hat sich bedankt und gesagt, dass diese Suppe sehr originell sei, aber er sei pflegeleicht beim Thema Essen. Hauptsache warm.«

Gesa prustete wieder los, mittlerweile war Ines wieder zu Atem gekommen.

»Sie hatte Lippenstift am Zahn, und ihr Gesicht war knallrot. Christine, du kannst es dir gar nicht vorstellen, dieser Dragoner war dermaßen weichgespült. Nur als Gisbert von Meyer sich dazusetzen wollte, da hat sie ihren Schraubgriff angewandt. ›Mein Lieber‹, hat sie gesagt, ›das Essen ist nur für die Hausgäste, warte du doch an der Rezeption.‹ Er dackelte sofort ab.«

»Und dann?«

Gesa tauschte einen Blick mit Ines und fing an zu kichern.

»Sie ist dann noch mal zu Herrn Bernd hingegangen und hat gesäuselt, dass sie eine große Verehrerin seiner Bücher sei. Er hat sie daraufhin zu seiner Lesung eingeladen. Sie hat geantwortet, dass sie selbstverständlich schon eine Karte habe. Aber wenn er ihr das Buch signieren könne, dann würde er sie glücklich machen.«

»Ihr übertreibt doch.« Ich konnte mir Adelheid nicht als Groupie vorstellen.

»Nein«, widersprach Ines immer noch lachend, »es war genau so. Sie haben auch noch irgendetwas von ›später ein Glas Wein trinken‹ geredet, aber da musste ich weg, sonst wäre ich förmlich geplatzt. Und die ganze Zeit der Lippenstift am Zahn ...« Ihre Selbstbeherrschung war schon wieder dahin.

Um das Ganze in geordnete Bahnen zu lenken, ließ ich Spülwasser einlaufen und sagte: »Sobald ihr wieder normal seid, könntet ihr bitte das restliche Geschirr aus dem Gastraum holen. Ich würde auch ganz gern mal Feierabend haben.«

Die arbeitsame Ruhe wurde nur noch ab und zu von leisem Gekicher unterbrochen und erst als die Küchentür geöffnet wurde, hielten wir inne.

»Hier wird ja noch richtig gearbeitet.« Jurek blieb an der Tür stehen und schaute sich um. »Ich wollte fragen, ob ihr Lust auf ein Feierabendbier habt. Ich habe heute meinen freien Tag. Vielleicht in der ›Milchbar‹?«

Er hatte zwar »ihr« gesagt, sah aber nur Gesa an. Die lächelte vor sich hin und rieb kräftig mit einem Lappen an der Spüle herum. Ines folgte seinem Blick, grinste und antwortete: »Ach, das ist Pech, aber Christine und ich wollten heute Fußball gucken. Werder Bremen. Geht ihr doch allein. Wir sind gleich fertig.«

»Ihr wollt ernsthaft Fußball schauen? Das ist ein Witz, oder?«

Meine Schwester und ich verstanden Gesas Frage überhaupt nicht. Wir sahen uns Fußballspiele an, seit wir Kinder waren. Frühkindliche Prägung, die Sportschau war die einzige Sendung, die am Samstagabend während des Abendessens laufen durfte. Damit waren wir groß geworden. Wir blickten Gesa nur schweigend an.

»Wie auch immer«, Gesa warf uns einen unsicheren Blick

zu, dann legte sie die nassen Geschirrhandtücher in einen Korb. »Na gut. Also, ich hätte schon Lust, noch etwas zu trinken.«

Jurek strahlte sie an. »Schön. Gehen wir dann?«

Die beiden zogen ab, und meine Schwester sagte: »Jurek ist in Gesa verknallt. Süß.«

»Sag ich doch. Sonst würde er ja nicht dauernd in der Küche herumhängen.«

»Da bin ich mal gespannt, ob was daraus wird. Und jetzt komm, in zehn Minuten ist Anpfiff.«

Ich schloss das Fenster und griff nach dem Korb mit den schmutzigen Handtüchern.

»Also los. Und vergiss deine Saunatasche nicht im Flur.«

Ines und ich saßen nebeneinander auf dem Sofa der Ferienwohnung, unsere Beine lagen parallel auf dem Couchtisch vor uns, in der Hand hatte jede ein Glas Weißwein, und es stand in einem sehr langweiligen Spiel 0:0. Meine Gedanken schweiften immer wieder ab.

Ich stellte mir vor, was Marleen wohl gerade machen würde und wie es ihr wohl ginge. Mittlerweile war ich ganz geübt, meine Sorgen und Spekulationen zu verdrängen. Sie kamen aber trotzdem ab und zu hoch. Ich zwang mich, an etwas anderes zu denken. Meine Mutter und Hanna hatten mithilfe von Hans-Jörg und Adelheid die Küche gut hinbekommen. Zwei der Gerichte heute Abend hatte ich nicht identifizieren können, Hans-Jörg hatte gesagt, sie sähen komisch aus. Es wäre eine Art Hühner-Mousse, er habe aber noch Gewürze dran getan. Eleonore Stehler hatte natürlich nur die Nase gerümpft, die Nudeln aber trotzdem gegessen. Ihr Freund hatte zu Ines gesagt, dass es ihm geschmeckt habe. Ich fand den Blick merkwürdig, den er ihr zugeworfen hatte, als er an der Küche vorbeikam. Aber das war der Mann ja sowieso.

Auf dem Spielfeld passierte immer noch nicht viel. Ich atmete tief durch. Ines drehte den Kopf zu mir.

»Wieso stöhnst du so?«

»Ich stöhne nicht. Ich finde einfach das Spiel wahnsinnig langweilig.«

»Ist es auch.« Ines trank einen Schluck und stellte mit angewidertem Gesicht das Glas auf den Tisch. »Dieser Wein ist furchtbar. Der wird auch beim dritten Schluck nicht besser. Haben wir eigentlich Bier?«

»Nur, wenn du welches gekauft hast.«

Jetzt stöhnte Ines. Für einen Moment verfolgte sie wieder das Geschehen auf dem Bildschirm. Dann fragte sie: »Hast du dich jetzt mal mit Tom Hansen unterhalten?«

»Nur kurz.« Ich hatte im Laufe des Tages gar nicht mehr an ihn gedacht. »Heute Mittag, bevor du anriefst. Keine zehn Minuten.«

»Und? Wie war er so? Nach dreißig Jahren?«

Der Ball ging meterweit über das Tor. Die ersten Zuschauer pfiffen. Ines gähnte. Und ich hatte Toms Gesicht vor Augen. Mittlerweile war er fast ganz grauhaarig, es stand ihm.

»Ich finde, er hat die gleiche Frisur wie George Clooney. Was meinst du?«

Ines sah mich skeptisch an. »Die Haarfarbe vielleicht. Aber sonst? Erzähl doch mal.«

Ich streckte meine Beine nach unten aus und legte sie dann wieder auf den Tisch.

»Was soll ich erzählen, es war ja viel zu wenig Zeit. Anscheinend ist er auch Single und …«

»Wieso auch?« Meine Schwester sah mich scharf an. »Du bist doch kein Single, du hast seit über einem Jahr wieder eine feste Beziehung.«

»Beziehung?« Ich schnaubte kurz. »Klar. Ich in Hamburg oder jetzt hier, Johann in Schweden. Ein Mann, der dauernd freie Wochenenden verschiebt, das ist wirklich eine ganz tolle feste Beziehung.«

Der Schiedsrichter pfiff zur Halbzeit, und Ines stellte den Ton leiser.

»Merkst du nicht selbst, dass du ziemlich oft Beziehungsdramen hast?«

»Was?« Ich fuhr hoch. »Das ist doch Blödsinn. Als ob du das überhaupt mitbekommen würdest.«

Ines probierte wieder den Wein, der anscheinend immer noch nicht besser wurde.

»Ich habe alle deine Dramen mitbekommen, ob ich wollte oder nicht. Wenn du früher Liebeskummer hattest, musste ich bei Georg im Zimmer schlafen. Ich kann mich an mindestens drei Mal erinnern.«

»Du spinnst, dann war ich vielleicht krank.«

Meinen Einwurf ignorierend, fuhr sie mit ihrer Aufzählung fort: »Nach deiner Scheidung von Bernd hast du bei mir gewohnt, während des Stresses mit Richard hast du mich nachts immer angerufen, nach der Pleite mit Sven sind wir zusammen nach Amrum gefahren. Du hast ununterbrochen auf ihn geschimpft, und jetzt haben wir den Schwedenhappen. Kannst du nicht einfach mal eine völlig normale Beziehung führen? Oder so wie ich schlichtweg mal eine Zeitlang alleine bleiben?«

Meine Schwester war seit zwei Jahren überzeugte Solistin. Sie lehnte das Wort »Single« ab, fühlte sich äußerst wohl in ihrer Haut und pflegte ihren Freundeskreis und ihre Hobbys. Ines lebte in einer kleinen, aber sehr charmanten Wohnung, und manchmal hatte ich sie schon um ihre Unabhängigkeit beneidet.

Jetzt sah ich sie ziemlich schockiert an.

»Bin ich wirklich so schlimm?«

Ines hob die Schultern. »Was heißt schlimm? Ich finde das etwas anstrengend. Und manchmal tust du mir leid. Ich habe auch nicht mehr das Gefühl, dass Johann die Liebe deines Lebens ist. Dafür bist du zu oft zu schlecht gelaunt.«

Die Liebe meines Lebens? Ich hatte schon öfter gedacht, dass ich sie gefunden hätte. Beim ersten Mal war mir das in den Armen von Tom passiert. Genützt hatte es aber nichts.

Und im Moment wusste ich sowieso nicht mehr, was ich eigentlich dachte oder wollte. Es war ja nicht nur Johann, der mich zum Grübeln brachte. Es war auch meine Wohnung in Hamburg, aus der ich ausziehen wollte, es war meine Jobsituation, die sich ändern musste, und jetzt kamen auch noch Norderney und Marleen hinzu. Wie sollte ich denn da einen klaren Gedanken fassen?

»Wenn ich ganz ehrlich bin, habe ich einfach keinen Mut, etwas zu verändern. In drei Jahren werde ich fünfzig. Irgendwann ist die Chance, noch einen Partner zu finden, vorbei.«

Ines griff zur Fernbedienung, doch anstatt lauter zu machen, stellte sie das Gerät aus.

»Das ist jetzt aber nicht dein Ernst, dass du in einer unglücklichen Beziehung bleibst, weil du Angst hast, allein zu leben? Und denkst, dass du bis zu deinem Lebensende nie wieder jemanden kennenlernst? Christine, das ist krank. Und lächerlich. Und total falsch.«

Ich war selbst erschrocken, ich hatte es für mich noch nie so klar formuliert. Aber schon irgendwie gefühlt. Ines legte die Fernbedienung auf den Tisch und stand mit Schwung auf.

»Du guckst ganz unglücklich. Und das Spiel ist sowieso langweilig, wir können uns das Ergebnis genauso gut nachher im Bildschirmtext ansehen. Jetzt gehen wir in die Bar, trinken mit Pierre noch einen bunten Cocktail und reden über alberne Dinge. Dann rüttelt sich dein Hirn vielleicht zurecht. Es ist ja nicht auszuhalten, dass du so einen Blödsinn denkst. Vergiss mal deine Sorgen.«

»Du machst dir alles immer so einfach.«

»Nein.« Ines stand schon und warf mir meinen Pullover zu. »Im Moment mache ich es *dir* einfach. Jetzt komm.«

Bereits als wir die Bar betraten, hatte ich mir vorgenommen, es mir auch einfach zu machen. Pierre, in weißen Jeans und schwarzem, tailliertem Hemd, winkte uns ekstatisch zu. Das ging doch schon mal gut los.

»Endlich bekannte Gesichter«, stöhnte er übertrieben. »Den ganzen Abend kommen fremde Gäste. Okay, ich kenne drei oder vier vom Sehen, aber die anderen? Ich kann mich mit niemandem unterhalten, es ist furchtbar. Ihr Süßen, was wollt ihr trinken?«

»Alles außer Weißwein«, antwortete meine Schwester sofort. »Am liebsten hätte ich ein Bier. Wieso hast du Probleme mit fremden Leuten?«

»Ich habe keine Probleme, nur redet niemand mit mir. Und dann ist es sooo langweilig. Chrissi, soll ich dir was Schönes mixen?«

»Unbedingt«, antwortete Ines an meiner Stelle, »mix ihr etwas, was die Stimmung hebt.«

Pierre nickte zufrieden. »Barkeeper sind wie Friseure, ihr Frauen sollt uns einfach vertrauen, wir wissen am besten, was gut für euch ist.«

Er drehte sich zum Regal um, griff nach mehreren Flaschen, jonglierte mit einem Shaker und hatte in rasender Geschwindigkeit eine schöne orangerote Flüssigkeit in ein Glas gegossen, das er mir, verziert mit Obst und Papierschirmchen, hinstellte.

»Zum Wohl. Und ein Bierchen. Ihr Lieben, wie schön, dass ihr hier seid.« Er hob sein Glas mit Apfelsaftschorle und strahlte uns an. »Auf die Friseure und Barkeeper dieser Welt und dass sie nie danebenliegen mögen.«

Vorsichtig nippte ich an dem Cocktail, er schmeckte großartig.

»Und?« Pierre sah mich erwartungsvoll an.

»Du kennst mich mindestens so genau wie mein Friseur. Wunderbar.«

»Ich wusste es doch.« Er zapfte ein weiteres Bier und ließ dabei seinen Blick durch die Bar schweifen. Dann beugte er sich wieder zu uns. »Eure Mutter ist ja so was von zauberhaft. Wir haben uns heute Mittag total nett unterhalten. Also, dass sie auf Sylt alles stehen und liegen lässt, um ihren Töchtern zu helfen, das finde ich ja ganz süß. Auf die Idee käme meine Mutter nie im Leben.«

»Manchmal wünschte ich, meine käme auch nicht drauf.«
Ich saugte voller Hingabe am Strohhalm. »Wenigstens ist sie
allein gekommen. Sie ist ja wirklich pflegeleicht, mein Vater
ist da ein ganz anderes Kaliber.«

Ines klopfte dreimal auf den Tresen. »Er ist ja nicht mitgekommen. Wir haben einfach Glück, dass Walter und Inge
jetzt auf Sylt wohnen. Inge ist die Schwester meines Vaters, die
kann sich um ihn kümmern, ohne Mama ist der gute Heinz
nämlich völlig aufgeschmissen.«

Pierre legte seine Hand auf Ines' Finger. »Der Tresen ist
nicht aus Holz. Denkt nicht, dass ich an so etwas glaube, ich
sage es nur so zur Information.«

Er stellte mehrere Gläser auf ein Tablett, ging mit Hüftschwung um den Tresen herum und bediente eine Gruppe
seiner fremden Gäste. Ines beobachtete ihn dabei und schüttelte den Kopf.

»Ich verstehe gar nicht, dass er die fremd findet. Er redet
doch ohne Punkt und Komma mit ihnen.«

Gut gelaunt kehrte er zurück. »Die wohnen in der ›Strand-
distel‹ und kommen aus Düsseldorf. Zwei Brüder mit ihren
Frauen. Die Brüder sind schnuckelig. Da könnt ihr euch doch
dazusetzen.«

Er kicherte über seinen eigenen nicht besonders guten Witz.
Ich schlürfte die Reste aus dem Glas und schob es Pierre entgegen.

»Ich möchte genau das Gleiche noch einmal.«

»Sehr gerne.« Während er nach den Zutaten griff, blickte er
über meine Schulter hinweg zur Tür. Plötzlich senkte er seine
Stimme.

»Oh, da kommt der smarte Typ wieder. Nicht umdrehen,
du siehst ihn gleich. Er war gestern schon mal hier, der gefällt
mir gut. Ich weiß nur noch nicht, wo er wohnt.«

Ines drehte sich trotzdem kurz um. »Bei uns«, sagte sie,
»machst du mir bitte noch ein Bier?«

Pierres Mund stand noch immer offen, als Tom schon neben mir am Tresen ankam.

»Das ist ja eine nette Überraschung. Hallo, Christine.«

Ich war nur leicht zusammengezuckt. »Ach, hallo. Tom, das ist meine Schwester Ines, aber ihr kennt euch ja schon, und Pierre.«

Tom lächelte Ines an und nickte Pierre zu. »Hi. Ich hätte gern ein Bier. Ich gehe mir nur schnell die Hände waschen. Bis gleich.«

Ich sah ihm hinterher und bemerkte, dass er schon wieder diesen dunkelblauen Pullover unter dem Jackett trug. Wobei das Jackett sehr chic war.

»Pierre, der Herr möchte ein Bier.«

Ines zog die einzelnen Silben lang, um den verblüfften Barkeeper wieder auf die Erde zu holen. Er schloss den Mund und schob ein Glas unter den Zapfhahn.

»Der sieht ein bisschen aus wie George Clooney, oder?«

»Höchstens die Frisur«, entgegnete Ines und nahm ihm das erste Bier ab.

In seiner Begeisterung ignorierte Pierre ihren Kommentar. »Aber sag mal, Christine, da hast du ja eine ganz schnelle Eroberung gemacht. Ich denke, du bist mit einem Schweden zusammen?«

»Johann arbeitet im Moment nur in Schweden«, erklärte ich und wartete auf meinen zweiten Cocktail. »Und Tom Hansen kenne ich noch von früher, wir waren auf derselben Schule, und jetzt macht er hier Urlaub mit seiner Mutter.«

»Wie süß.« Pierre schnitt verzückt Orangenschnitze. »Und er sieht wirklich gut aus. Nur diesen Pullover sollte man ihm mal ausziehen. Auch wenn es im September kalt ist auf Norderney. Also, Chrissi, für dich ist er nichts?«

Ines schüttelte den Kopf und stöhnte leise. Pierre drehte sich zu ihr um.

»Was gibt es denn da zu stöhnen? Ich kann doch mal

fragen. Wahrscheinlich ist er sowieso nicht schwul, ich habe da immer so ein Pech. Was ist eigentlich mit dir, meine Liebe? Hast du Interesse?«

Ich blickte erstaunt von Pierre zu Ines. Die schüttelte nur gelassen den Kopf.

»Nein, der ist mir zu alt. Und ich hatte noch nie denselben Männergeschmack wie meine Schwester.«

»Wie angenehm.« Pierre grinste und zapfte Toms Bier zu Ende. »Dann gab es da wenigstens nie Streit. Aber willst du nicht auch mal wieder was fürs Herz?«

Ines winkte ab. »Lass mir mal mein entspanntes Leben als Solistin. Ich finde das ganz wunderbar so. Nicht wahr, Christine?«

Tom hatte die letzten Worte anscheinend mitbekommen. Er griff dankend zu seinem Bier und rückte einen Hocker näher zu meinem.

»Ach, du bist Solistin? Ist das dasselbe wie Single?«

Er sah mich mit einem sehr intensiven Blick an, ich bekam einen trockenen Hals und musste mich räuspern.

Pierre schob ein Schälchen Nüsse zwischen uns und krähte munter: »Unsere Christine doch nicht! Solche Frauen bleiben nicht übrig. Bist du ... Ich darf doch einfach ›du‹ sagen, oder? Wir duzen uns hier immer alle. Also, bist du allein mit deiner Mutter hier?«

Tom wandte langsam seinen Blick von mir und antwortete: »Ja. Mein Vater ist seit zehn Jahren tot, und meine Frau hat mich sitzenlassen.«

»Oh«, Pierre beugte sich vor, »das tut mir leid, also, dass dein Vater tot ist. Furchtbar. Christine, hier bitte: ›Sex on the beach‹.«

Es war völlig bescheuert, dass ich wegen eines albernen Getränkenamens rot anlief. Noch bescheuerter war, dass sich Pierre vor Vergnügen fast über den Tresen schmiss und Ines sich an ihrem Bier so sehr verschluckte, dass sie vor lauter

Husten gar nicht mehr reden konnte. Auch nicht, als Adelheid plötzlich vor uns stand. In Begleitung von Guntram Bernd sagte sie mit roten Lippen und einem roten Schneidezahn: »Ein Gegacker wie im Hühnerstall. Peter, wir möchten einen schönen Rotwein, hörst du, einen schönen, nicht den, der wegmuss. An den Tisch in der Ecke, bitte. Und ein bisschen Knabberzeug. Ines, jetzt trink doch mal einen Schluck.«

Ich setzte mich sofort gerade hin. »Ist die Lesung schon vorb...?« Kurz vor der letzten Silbe bekam ich Schluckauf.

»Nein.« Adelheids Ton war neutral. »Herr Bernd und ich sind früher gegangen. Das fiel überhaupt nicht auf. Also, Christine! Natürlich ist die Lesung vorbei, sonst wäre der Autor ja wohl nicht hier. Es war ein wirklicher Erfolg. Ihr hättet auch hingehen sollen. Herr Bernd war großartig.«

Da war sie wieder, die Kreide in der Stimme. Guntram Bernd verbeugte sich charmant.

»Ich danke Ihnen. Gehen wir an den Tisch?«

Er reichte ihr den Arm, Ines fing aufs Neue an zu husten, während Adelheid am Arm des Autors hoch erhobenen Hauptes die Bar durchquerte.

Pierre sah uns verwundert an. »Sie trägt Lippenstift. Sie trägt tatsächlich Lippenstift. Und sie hat mit mir gesprochen. Wer um alles in der Welt ist dieser Guntram Bernd? Der Messias?«

»Ein pensionierter Kriminalkommissar, der drei Kriminalromane und jetzt ein Sachbuch geschrieben hat. Sehr erfolgreich.«

Überrascht drehte ich mich zu Tom. »Warst du auch auf der Lesung?«

»Nein.« Tom folgte den beiden mit seinem Blick. »Ich habe mal einen Artikel über ihn geschrieben. Vor einem Jahr ungefähr. Aber er hat im Moment ja nur Augen für die Dame an seiner Seite.«

»Die Dame.« Pierre blies die Wangen auf. »Na ja. Aber

was für einen Artikel denn? Machst du auch so etwas wie Christine?«

»Pierre, mix mir doch bitte noch so einen Cocktail.« Ich hatte nun wirklich nicht mehr die Konzentration, auch noch Tom diese Geschichte zu erklären. Und erst recht nicht mit Pierres Zaubergetränken im Blut. »Außerdem guckt Adelheid hierher und fragt sich bestimmt, wo denn der Wein bleibt.«

»Wieso? Was machst ...?«

Tom stockte. Er hatte seine Hand auf meinen Arm gelegt, was von Pierre mit hochgezogenen Augenbrauen beobachtet, aber nicht kommentiert wurde, weil in diesem Moment die Tür aufging und Eleonore Stehler und Gregor Morell laut redend in die Bar platzten.

»Es ist mir egal, mein Lieber. Du kannst dich ja wohl noch eine halbe Stunde zusammenreißen. Ich brauche jetzt einen Drink.«

»Eleonore, du hast schon genug getrunken. Was willst du denn noch in dieser spießigen Bar?«

»Sei ruhig und komm mit.« Ohne uns eines Blickes zu würdigen, rauschte sie am Tresen vorbei und rannte beinahe Pierre über den Haufen, der gerade von Adelheids Tisch zurückkehrte. »Passen Sie doch auf, wo Sie hinlaufen«, zischte sie ihn an, um dann zwei Sessel an der Wand anzusteuern.

Ihr jugendlicher Liebhaber folgte ihr langsam. Als er auf unserer Höhe war, drehte er seinen Kopf und nickte Ines zu. Ich vergaß zu atmen, er ging weiter, und ich fragte meine Schwester: »Was war das denn?«

»Er hat mich gegrüßt.« Sie trank ungerührt weiter.

»Christine, jetzt erzähl mal, was machst du beruflich? Schreibst du?«

Ich hatte Tom ganz vergessen, irgendetwas war anscheinend in diesem Cocktail drin. Vielleicht brauchte man überhaupt keinen Sex mehr, wenn man genügend »Sex on the beach« trank, vielleicht brauchte man keine Männer mehr, hatte nie mehr Beziehungsprobleme, musste nie mehr auf jemanden warten, war nie mehr auf jemanden wütend. Was war das für ein tolles Getränk? Ich kicherte leise und merkte erst dann, dass Tom, Pierre und meine Schwester mich irritiert ansahen.

»Alles in Ordnung?« Tom legte schon wieder seine Hand auf meinen Arm.

»Natürlich.« Ich fühlte mich überhaupt nicht so betrunken, wie ich mich anhörte. »Ich kann diese Frau Stehler nicht leiden. Die ist mindestens acht Jahre älter als ich und hält sich einen Liebhaber, der ihr Sohn sein könnte. Und sie ist keine nette Person.«

»Er könnte nicht ihr Sohn sein, er ist nur zwölf Jahre jünger.« Ines griff in die Schale mit den Nüssen. »Und seit wann bist du so moralisch?«

»Und woher weißt du das?«

»Meldezettel.« Sie wandte sich an Tom. »Entschuldige, wir kümmern uns gar nicht um dich. Sag mal, wieso warst du nicht auf der Lesung, wenn du Guntram Bernd kennst?«

»Ich musste mit meiner Mutter in ein Gospelkonzert.« Er lächelte etwas gequält. »Sie konnte alle Stücke mitsingen. Ich hasse Gospels.«

Schon wieder kamen neue Gäste. Pierre rotierte regelrecht hinter seinem Tresen, trotzdem entging ihm keine Silbe unseres Gesprächs.

»Deine Mutter hat mir vorhin ihren Lieblingsgospel vorgesungen. Sie hat eine sehr schöne Stimme. Und so laut.«

Er ging wieder mit seinem Tablett voller Gläser durch den Raum. Mein Blick fiel zunächst auf Adelheid und Guntram Bernd, die sich intensiv unterhielten, dann auf Eleonore, die ihrem jungen Lustknaben gerade wütend auf den Arm schlug. Vielleicht sollte sie auch lieber »Sex on the beach« trinken.

Als Pierre zurückkam, fragte Tom: »Wo hat meine Mutter dir denn vorgesungen?«

»Hier. So gegen sechs, als ich alles vorbereitet habe. Sie kam rein, bestellte einen Portwein und fragte mich, ob ich auch in das Konzert ginge. Und dann sang sie.«

Mittlerweile trank ich Wasser. Deshalb konnte ich wohl auch Toms Gesichtsausdruck deuten. Er hatte anscheinend ein Problem mit seiner Portwein trinkenden und singenden Mutter. Ich konnte das sogar verstehen.

Pierre war sensibel. Er stellte ein neues Bier vor Tom und sagte beruhigend: »Sie war reizend. Wir haben sehr gelacht.«

Ines war bereits seit einiger Zeit auf der Toilette verschwunden. Die Bar wurde langsam voller und lauter, meine Cocktails hatten in der Zwischenzeit die Hirnzellen erreicht, die für zufriedene Gedankenleere verantwortlich waren. Ich konnte Eleonore Stehler allein am Tisch sitzen sehen, anscheinend war ihr der Galan abhandengekommen. Dafür war Adelheid am Nebentisch regelrecht in Fahrt und himmelte ihren Lieblingsautor mit befeuertem Gesichtsausdruck an.

Ich spürte Toms Schulter an meiner, er saß sehr eng neben mir, obwohl er sich mit einem Gast am Nachbartisch unterhielt, den ich nicht kannte. Seine Nähe erinnerte mich an mein Herzklopfen und an meine Seelenqualen vor dreißig Jahren. An mein erstes Mal, das ich mit Tom erlebt hatte, an drei weitere glückselige Wochen, bevor er mich wie aus heiterem Himmel plötzlich nicht mehr beachtete.

Johann hatte sich heute nicht gemeldet. Konnte er jetzt auch nicht mehr, mein Handy lag auf der Fernsehzeitschrift in der Wohnung, schließlich hatte ich wieder einmal den ganzen Abend auf ein Zeichen von ihm gewartet. Wie so oft.

Ines kam von der Toilette zurück, es musste eine richtig lange Schlange gegeben haben. Sie war blass und unterbrach meine wabernden Gedanken.

»Ich will los. Kommst du mit?«

Tom verstärkte den Druck seiner Schulter. Es war mir nicht unangenehm, ich fand es nur seltsam. Und ich befürchtete, umzufallen, wenn ich so plötzlich den sicheren Barhocker und Toms Schulter verlassen würde. Die Cocktails waren bestimmt auch schon in meinen Knien angelangt. Also blieb ich sitzen und lächelte meine Schwester an.

»Spaßbremse.«

Sie ging, ich blieb, Tom drückte weiterhin an meine Schulter, ich ärgerte mich über Johann, langsam wurde mir schlecht. Als Tom nach einer halben Stunde zur Toilette ging, winkte ich Pierre zu und wankte über den Hof nach Haus.

Ines saß auf der Küchenfensterbank und rauchte. Dieser Anblick machte mich fast wieder nüchtern, sie rauchte nur in Notfällen.

»Was ist passiert?« Ich merkte selbst, dass ich ein bisschen lallte.

»Nichts.« Ines sah mich nur kurz an, dann starrte sie wieder in den Garten. »Du hast morgen einen dicken Kopf, nimm lieber jetzt schon Alka Selzer.«

»Nacht.« Mir war schwindelig, und ich wollte auch nichts Schlimmes mehr hören. »Ich kann nicht mehr.«

Als ich im Bett lag und darauf wartete, dass sich nicht mehr alles drehen würde, hörte ich Eleonore Stehler auf dem Hof zetern: »Wo bist du denn gewesen? Ich sitze da wie eine Blöde und warte auf dich.«

Es klopfte, ich hielt die Augen geschlossen, hörte Ines murmeln und dann Toms Stimme: »Ich würde aber gern noch mit ihr reden.«

Und das Handy klingelte. Ich wusste nicht, ob alles gleichzeitig passierte oder hintereinander. Nach dem dritten Klingeln war ich eingeschlafen.

Der Puls an meiner Schläfe gab den Takt vor für die Kopfschmerzen. Und das Kind, das auf Rollerblades über den Hof fuhr, erhöhte die Frequenz. Ich fragte mich, wem dieses Kind gehörte und ob es nicht woanders Krach machten könnte. Es konnte aber genauso gut Tom sein, er wirkte ja sehr sportlich. Ich kniff die Augen fester zusammen, erinnerte mich jetzt an den gestrigen Abend, an Toms Schulter, an die vielen Cocktails, Ines rauchend am Fenster, die Stimmen kurz vor dem Einschlafen. Ich stöhnte leise, mein Kopf drohte zu platzen und plötzlich flog die Tür auf.

»Christine, steh auf, wir haben verschlafen!« Ines stand mit zerwühlten Haaren vor meinem Bett und riss die Decke weg. »Es ist kurz vor acht, ich habe den Wecker falsch gestellt. Gesa hat gerade angerufen.«

»Wer fährt denn da schon Inliner?« Ich hatte das Gefühl, dass mein Kopf schief auf dem Hals saß. »Man sollte das verbieten.«

»Niemand.« Sie stand schon wieder im Flur. »Das war ein Koffer. Und ich dachte, wir hätten heute keine Anreise. Jetzt komm.«

In diesem Moment begriff ich erst, was für ein Problem wir hatten. Vor mir tauchte das Bild des Frühstücksraumes auf, das leere Buffet, die empörten Gäste, das Stimmengemurmel, die aufgebrachte Stimmung und vorneweg Eleonore Stehler, die nun endlich abreisen würde, nicht ohne eine gepfefferte Beschwerde an den Fremdenverkehrsverein zu schreiben. Aufs Neue verfluchte ich Marleens Idee, nach Dubai zu fliegen.

Sie hätte sich doch mit Björn auch ein paar schöne Tage auf Hiddensee machen können.

Ich nahm zwei Kopfschmerztabletten, brauchte vier Minuten für Zähne putzen, Gesicht waschen und Haare glätten, zog dieselben Klamotten wie am Vorabend an und rannte Ines hinterher in das uns erwartende Chaos.

Als wir außer Atem eintrafen, fanden wir *kein* Chaos vor. Durchs Fenster sahen wir schon, dass die meisten Gäste entspannt an ihren Tischen saßen. Das Buffet war schön dekoriert, auf den Wärmeplatten standen genügend Schüsseln, jeder Tisch hatte eine Thermoskanne bekommen, alles war in Ordnung.

Ines und ich sahen uns erstaunt an, anscheinend hatten wir Gesa gnadenlos unterschätzt. Bevor wir den Flur betreten konnten, kam sie uns schon entgegen. Sie blieb stehen, deutete mit dem Kopf in Richtung Küche.

»Eine gute und eine schlechte Nachricht. Welche wollt ihr zuerst hören?«

»Die gute.«

»Adelheid war heute Morgen schon vor mir da. Sie will den Frühstücksdienst jetzt auch noch übernehmen. Das macht sie gerne, hat sie gesagt. Zumindest bis Marleen wieder hier ist.«

Ines grinste. »Guntram Bernd. Sie traut uns nicht zu, dass wir ihn vernünftig bedienen.«

»Weshalb in aller Welt ...?« Ich war viel zu verdutzt, um einen zusammenhängenden Satz formulieren zu können.

»Und was ist die schlechte Nachricht?«

»Ihr habt Besuch.« Gesa legte den Kopf schief und grinste. »Ich gehe mal eine rauchen. Eine Notfallzigarette habe ich nämlich noch gefunden.« Sie ging an uns vorbei in den Garten. »Toi, toi, toi.«

Ich massierte meine Schläfe, langsam verschwanden die Kopfschmerzen. »Wahrscheinlich hockt Gisbert in der Küche und will uns seinen Artikel zur Lesung zeigen. Das ist doch kein Grund zu rauchen. Ich schmeiße ihn gleich raus.«

Entschlossen drückte ich die Küchentür auf und blieb wie erstarrt stehen. Ines hielt hinter mir die Luft an. Nach einer endlosen Schrecksekunde atmete meine Schwester aus. »Wie kommst du denn hierher?«

Mein Vater ließ sein Marmeladenbrötchen sinken und strahlte uns an. »Mit der Fähre um 6.30 Uhr. Die war voller Monteure, sehr nette Jungs, eine lustige Überfahrt. Und? Wie läuft es ohne Marleen? Wo ist sie denn nun wirklich?«

Ich wusste nicht, wie viele Gehirnzellen durch Pierres Drinks bei mir gestern vernichtet worden waren, aber anscheinend waren es diejenigen gewesen, die normalerweise für schnelle Reaktionen zuständig sind. Deshalb schwieg ich und starrte Heinz nur an.

Ines ging einen Schritt auf ihn zu. »Und wo ist Mama?«

»Bei Hanna und Kalli.« Mein Vater grinste. »Das hat sie mir zumindest bei ihrer Abfahrt gesagt. Meint ihr, sie hat mich angelogen und wohnt mit ihrem Liebhaber im ›Seesteg‹?«

»Papa«, Ines wurde viel schneller ungeduldig als ich. Das Pech der Spätgeborenen. »Ich habe gefragt, wo sie *jetzt* ist. Die haben dich doch von der Fähre abgeholt, oder nicht?«

»Schrei mich bitte nicht an.« Heinz bestrich langsam seine zweite Brötchenhälfte mit Butter. »Mama weiß gar nicht, dass ich hier bin. Hanna auch nicht. Ich bin übrigens mit dem Bus gekommen. Vom Hafen bis zum Damenpfad. Ich kenne mich ja aus, mich muss niemand mehr abholen. Vielleicht kann mich aber eine von euch nach dem Frühstück zu Kalli und Hanna fahren. Dann brauch ich nicht noch mal den Bus.«

»Da seid ihr ja endlich.« Adelheid kam aus dem Frühstücksraum, stemmte ihre Hände in die Hüften und musterte uns von Kopf bis Fuß. »Also, wenn ich nicht zufällig vorbeigekommen wäre, hätte Gesa hier allein gestanden. Wie habt ihr euch das bloß gedacht? Und euer Vater muss mit dem Koffer in den Bus steigen. Also, wirklich.« Sie trug schon wieder Lippenstift. Diesmal nur auf den Lippen.

Passend zu Adelheids Tirade machte mein Vater ein trauriges Gesicht. Das konnte Ines überhaupt nicht leiden. »Jetzt ist aber gut. Papa, du hast doch niemandem gesagt, dass du kommst. Soll ich das ahnen, oder was? Und am besten auch noch die Ankunftszeit in den Knochen fühlen? Du hättest anrufen können. Der Wecker hat nicht geklingelt, das kann ja mal passieren.«

»Es kann, meine Liebe«, Adelheid füllte eine Teekanne nach, »es darf aber nicht. Kümmert euch jetzt mal um euren Vater. Ich trinke noch eine Tasse Tee mit Guntram. Den Rest hat Gesa im Griff. Wo ist die eigentlich? Heinz, ich sage es dir, sie sind wie ein Sack Flöhe. Es wird Zeit, dass Marleen zurückkommt. In der blauen Kanne ist noch Kaffee.«

Sie verließ die Küche mit Teekanne und Hüftschwung.

Guntram? Das ging ja flott. Ich tapste langsam auf den Tisch zu und ließ mich auf einen Stuhl sinken.

Mein Vater sah mich an. »Na?«

»Na?« Ich hatte eine kratzige Stimme.

»Wie hast du das überhaupt geschafft, die erste Fähre zu nehmen? Du bist doch wohl nicht mit dem Auto von Sylt aus durchgefahren?« Ines stellte mir einen gefüllten Kaffeebecher hin und zog sich einen Hocker an den Tisch.

»Nein. Kann ich auch noch einen Kaffee haben? Ich habe in Norddeich übernachtet. Im Hotel. Bis dahin bin ich gestern mit dem Zug gefahren.« .

»Du? Alleine?« Ich sah ihn ungläubig an. Mein Vater ließ seinen Koffer normalerweise von meiner Mutter packen. Reisen machte er gar nicht oder nur in organisierten Gruppen. Er hasste Hotels, weil er sich beständig darum sorgte, ob sie auch sauber und sicher waren. Und jetzt das.

»Onkel Walter hat mir die Zugfahrkarte gekauft und die

Verbindung rausgesucht. Das kann er ja. Und Kalli kennt den Besitzer von dem Hotel. Die singen zusammen bei den ›Döntje Singers‹. Er hat ihn angerufen.«

»Und wer hat dir den Koffer gepackt?« Ines schenkte seine Tasse voll.

»Das kann ich ja wohl selbst.« Entrüstet sah er seine jüngste Tochter an. »Du tust immer so, als wäre ich senil. Koffer packen, ich bitte dich. Ich habe schon Koffer gepackt, als du noch nicht wusstest, dass du jemals zur Welt kommen würdest.«

»Oder hat Tante Inge dir geholfen?« Wenn Ines in diesem Ton weiter mit ihm reden würde, gäbe es bald Streit. Ich blickte meine Schwester warnend an.

»Inge.« Heinz funkelte Ines an. »Ich sollte bei Inge und Walter essen, solange Mama hier ist, das war so abgesprochen. Nur: Inge kocht mittags überhaupt nicht. Die essen abends warm, danach kann ich aber nicht schlafen. Die ist so stur, nun gut, das war sie schon immer. Kleine Schwester, pah, wenn man sie einmal braucht, lässt sie einen hängen. Inge packt mir den Koffer, da lachen ja die Hühner.«

»Aber du …«

»Ines, lass es jetzt.« Ich hatte zu viel Schädelbrummen für einen Vater-Tochter-Streit. Ines schloss den Mund, und mein Vater nahm dankbar meine Hand. »Du kennst das ja auch, diesen Ärger mit den kleinen Schwestern, nicht wahr?«

Meine Schwester feuerte einen bösen Blick auf uns und ging mit den Worten: »Und Pierre hat noch gesagt, dass der Tresen nicht aus Holz ist. Ich gehe mit Gesa eine rauchen.«

»Ines, seit wann …?«

»Papa, lass du es bitte auch. Ich fahre dich jetzt zu Kalli und Hanna«, sagte ich.

Während ich den Koffer ins Auto lud, warf mein Vater einen kurzen Blick in den Frühstücksraum und durch das Fenster der noch geschlossenen Bar. Mit den Händen in der Jackentasche und zufriedenem Gesicht kam er zurück. »Das sieht ja alles sehr gut aus«, sagte er, »genau wie beim letzten Mal, ich kenne mich gleich wieder aus. Sehr schön.«

Als er langsam zum Auto schlenderte, trat Eleonore Stehler aus der Tür. Sie entdeckte mich, ging mit schnellen Schritten und schlechter Laune auf mich zu. »Wo ist Ihre Schwester?«

Mein Vater war stehen geblieben und beobachtete uns aus der Entfernung. Ich drehte mich mit dem Rücken zu ihm und antwortete betont sachlich: »Ich weiß es nicht. Kann ich Ihnen weiterhelfen?«

Eleonore Stehler baute sich drohend vor mir auf. »Sagen Sie ihr …«

»Guten Tag, ich bin der Vater, gibt es ein Problem?« Heinz hatte noch genügend Vater-Gene im Körper, um zu merken, wenn die Küken in die Bredouille gerieten. Er stand plötzlich neben mir und lächelte Eleonore Stehler gefährlich freundlich zu. »Sie suchen meine Jüngste?«

Verdutzt starrte Eleonore ihn an. »Bitte?«

»Sie wollen etwas von Ines?« Er hatte es gesagt, als würde er mit einer Schwerhörigen sprechen. »Vielleicht können wir das regeln?« Er lächelte immer noch. Seine Augen nicht.

Eleonore Stehler sah unschlüssig von ihm zu mir. Sie trat einen Schritt zurück und schüttelte den Kopf. »Es hat Zeit.«

»Gut.« Heinz nickte und ging zum Auto. »Christine, kommst du? Ich möchte los.«

Bevor ich mich umdrehen konnte, um ihm zu folgen, griff Eleonore meinen Arm und zischte: »Sagen Sie Ihrer Schwester, sie soll Herrn Morell in Ruhe lassen.« Abrupt ließ sie mich los und verschwand wieder im Haus. Ich blickte ihr mit offenem Mund hinterher. Ines und der jugendliche Liebhaber? Wie betrunken war die Dame denn gestern gewesen? Das war ja völlig absurd.

Als ich mich ins Auto neben meinen Vater setzte, steckte er gerade den Gurt ein. »Eine böse Frau«, sagte er leise. »Sie hat so ein gemeines Kinn.«

»Papa, sie ist ein Gast.« Mein Leben lang hatte ich die schnellen Urteile meines Vaters gehasst, aber manchmal hatte er einfach das richtige Gespür.

»Wirklich eine böse Frau. Was hat Ines denn angestellt?«

»Nichts, Papa.« Ich musste fast lachen. »Garantiert nichts. Frau Stehler hat tatsächlich ein gemeines Kinn. Aber sag's nicht weiter.«

Die Küchengardine bewegte sich, als ich vor dem Haus von Kalli und Hanna hielt, und fünf Sekunden später ging die Haustür auf.

Ein aufgeregter Kalli, der den Zeigefinger auf die Lippen presste, stand in der Tür und trat von einem Bein aufs andere. »Sie wissen noch nichts«, raunte er uns zu, während er Heinz unbeholfen umarmte und ihm mit der Hand unentwegt auf den Rücken schlug. »Das soll doch eine Überraschung sein.«

»Wieso ist die Tür denn auf? Es zieht wie Hecht.« Hannas Stimme schallte durchs Haus, bevor sie selbst im Flur auftauchte und uns entsetzt anguckte. »Großer Gott. Ist was passiert?« Sie trat einen Schritt zurück und starrte meinen Vater an. »Wo kommst du denn jetzt her?«

»Vom Frühstück.« Er strahlte sie an und breitete die Arme aus. »Deine Freundin Adelheid hat mir sogar ein Ei gekocht. Gut, dass wir auf deinem Geburtstag damals Brüderschaft getrunken haben. Die hat mich gleich erkannt, die Adelheid, so eine patente Frau. Mensch, Hanna, wir haben uns ja ewig nicht gesehen.«

Bevor sie in seinen Armen versank, fand sie noch die Zeit, ihren Kopf zu drehen und »Charlotte« zu rufen.

Ich hatte mich entspannt ans Treppengeländer gelehnt und wartete jetzt die Reaktion meiner Mutter ab. Sie würde gelassen sein, das war sie immer. Auch heute.

»Heinz«, sagte sie bloß und lächelte mir kurz zu. »Hast du auch die Hintertür abgeschlossen?«

Eine Stunde später kam ich in die Pension zurück. Ines saß vor ihrem Laptop in der Rezeption. Ich ließ mich in den Sessel vor dem Tisch fallen und streckte meine Beine aus. »Mama hat sich überhaupt nicht gewundert, dass er plötzlich auf der Matte stand.«

»Das glaube ich.« Ohne den Blick vom Bildschirm zu nehmen, griff sie nach einem Rechnungsformular. »Sie ist seit fast fünfzig Jahren mit ihm verheiratet, da wundert sie nichts mehr.«

»Was machst du da eigentlich?« Ich beugte mich vor, um besser sehen zu können.

»Ich schreibe die Rechnung für Ehepaar Berger aus Zimmer 10. Sie reisen heute ab. Dann haben wir drei Zimmer frei. Reservierungen habe ich nicht mehr gefunden. Aber sag es nicht laut, sonst kommt Papa noch auf die Idee, hier zu wohnen.«

»Bloß nicht.« Ich wollte es mir nicht einmal vorstellen. »Ich werde sowieso mit Kalli reden. Er soll mit Papa Strandwanderungen oder Fahrradtouren machen, egal was.«

Ines rollte mit dem Stuhl ein Stück zurück und legte die Hand auf den Drucker. »Jetzt druck schon! Wieso ist Papa überhaupt gekommen? Hat er sich so sehr mit Inge gestritten, dass er wegmusste?«

»Auch.« Ich sah wieder sein aufgebrachtes Gesicht vor mir. »Inge hat sich geweigert, seine Rundumversorgung zu übernehmen. Er hat vorgestern seine schmutzige Wäsche hingebracht, sie hat gesagt, er sei ja wohl nicht bei Trost. Er hätte nur Langeweile, aber garantiert genug saubere Wäsche. Sie sei nicht seine Betreuerin. Natürlich war er beleidigt. Anschließend hat er Kalli angerufen, um sich bei Mama zu beschweren. Die war aber nicht da. Stattdessen hat Kalli ihm erzählt, dass es hier auch nicht besser sei. Weil wir alle ein bisschen überfordert seien, müsse die arme Adelheid in ihrem Alter sämtliche Rasenflächen mähen, und dauernd fielen irgendwelche Schränke von der Wand. So viel Geschirr kaputt.

Und ihm sei nicht klar, wie das alles ohne Mama und Hanna gehen sollte.«

»Das hat er so gesagt?« Ines hatte mir entgeistert zugehört. »Jurek ist doch unser Hausmeister. Weiß er das nicht?«

»Natürlich weiß er das. Aber er findet es einfach unmöglich, dass Adelheid Rasen gemäht hat. Das sei doch Männersache. Ich glaube, Kalli sind Hanna und Mama im Doppelpack zu anstrengend. Sein Gleichgewicht fehlt, er hätte Papa sowieso angerufen, ob nun wegen des Wandschranks oder wegen anderer Dinge. Hauptsache, Heinz würde kommen. Jetzt hat er es ja geschafft.«

Ines schüttelte den Kopf und schob die Rechnung in den Umschlag. Ich beobachtete sie und stellte die Frage, die ich schon seit vorhin im Kopf hatte: »Was hattest du denn gestern Abend mit Gregor Morell?«

»Nichts.« Ihre Antwort kam so schnell, dass ich hellhörig wurde. »Wieso?«

»Weil Eleonore Stehler mich vorhin im Hof angesprochen oder besser angezischt hat. Du sollst ihn in Ruhe lassen.«

»Und? Was hast du gesagt?« Mit unbeteiligtem Gesichtsausdruck hielt sie meinem Blick stand.

»Mir fiel überhaupt nichts ein. Zumal Papa auch noch dazukam und sie bedrohlich anguckte. Hinterher hat er gesagt, sie hätte ein gemeines Kinn. Aber was war denn nun wirklich?«

Meine Schwester erhob sich und schob den Stuhl zurück. »Frau Stehler war ziemlich angetrunken und hat da wohl etwas missverstanden. Weder du noch Papa, noch sonst wer muss sich Gedanken machen. Ich gehe jetzt mal in die Küche, das Frühstück ist gleich vorbei. Kommst du mit?«

Sie ging voraus, ich folgte ihr langsam und hatte irgendwie ein komisches Gefühl.

Nur noch ein Tisch im Frühstücksraum war besetzt. Ich versuchte, mir nichts anmerken zu lassen, und nickte freundlich.

»Guten Morgen, Herr Bernd.«

Adelheid drehte sich sofort zu mir um. »Du kannst den Rest stehen lassen, Christine, ich mache das dann. Guntram und ich wollen noch in Ruhe eine Tasse Tee trinken.«

»Natürlich.« Ich biss mir auf die Unterlippe und ging zurück in die Küche, wo Gesa und Ines die Reste vom Frühstücksbuffet wegräumten. Ich nahm eine der geblümten Tassen und goss einen Kaffee ein. »Wo kommt das Geschirr eigentlich her?«

»Das hat Jurek gestern Abend noch von Adelheid geholt. Das ist ihr altes Pensionsgeschirr. Früher hat sie doch auch vermietet. Und sie wirft ja nichts weg.« Gesa polierte eine Platte. »Sitzt sie immer noch bei Herrn Bernd am Tisch?«

»Ja. Aber sie sagt schon ›Guntram‹.«

Ines grinste. »Sie trägt auch wieder Lippenstift. Wo ist Jurek eigentlich? Der wollte doch den Schrank reparieren. Gesa? Was hast du mit ihm gestern angestellt?«

Statt zu antworten, polierte sie schneller. Meine Schwester nahm ihr die Platte aus der Hand.

»Jetzt erzähl schon. Bevor Hanna und Charlotte hier anrücken.«

»Ines, lass sie doch.«

Ich hatte im Moment keine Lust, mir Liebesgeschichten anzuhören. Mir war gerade eingefallen, dass mein Handy immer noch auf der Fernsehzeitschrift lag, inzwischen wohl mit leerem Akku. Falls Johann versucht hatte, mich zu erreichen, hatte er Pech gehabt. Oder ich, je nachdem.

»Sind denn jetzt alle Gäste beim Frühstück gewesen?« Ich hatte Tom und seine Mutter noch gar nicht gesehen.

Gesa nickte. »Ja. Das heißt, alle bis auf Frau Hansen. Die wollte auf ihrem Zimmer frühstücken, ihr Sohn war allein. Er hat nach dir gefragt.«

»Ach ja«, Ines fuhr hoch. »Der hat gestern noch bei uns geklopft, also eigentlich heute Morgen. Da wollte er auch schon mit dir reden. Ich habe ihm gesagt, du wärst im Bett. Und außerdem betrunken.«

Demnach hatte ich das doch nicht geträumt. »Das hättest du auch anders formulieren können.« Ich wich Gesas neugierigem Blick aus und stellte die leere Kaffeetasse in die Spüle. »Wo ist bitte die Einkaufsliste, die Hanna gestern geschrieben hat? Die lag doch hier.«

»Auf der Fensterbank.« Adelheid kam mit dem restlichen Geschirr in die Küche und stellte das Tablett ab. »Eine von euch muss jetzt auch los. Gesa, hast du den Korb mit den Handtüchern auf die Treppe gestellt?«

Im Flur klingelte das Telefon. Adelheid sagte: »Ich gehe schon«, meldete sich und kam nach einer kleinen Pause zurück.

»Für dich.« Misstrauisch sah sie mich an. »Es ist schon wieder dieser Anwalt. Kann mir mal jemand …«

»Danke, Adelheid«, ich nahm ihr das Telefon ab und hielt es ans Ohr. »Ganz kleinen Moment, ich gehe ins Büro.« Als ich eingetreten war, schloss ich hinter mir die Tür.

»Guten Morgen, Herr Kühlke.«

»Morgen, Frau Schmidt. Ja, also, ich habe einige Neuigkeiten.«

Seine Stimme klang neutral. Ich verspürte einen Anflug von Erleichterung und lehnte mich an den Schreibtisch.

»Na endlich. Das ist ja gut. Wann kommen sie denn jetzt?«

Er zögerte einen kleinen Moment. Dann sagte er: »Sitzen Sie?«

»Nein.«

»Dann machen Sie das lieber.«

Etwas an seinem Tonfall zwang mich dazu, mich langsam auf Marleens Schreibtischstuhl sinken zu lassen.

»So, ich sitze. Also?«

Ralf Kühlke räusperte sich. Nach einer kleinen Pause sagte er: »Es ist alles ein paar Nummern größer als ich dachte. Frau de Vries ist angeklagt, zusammen mit ihrem Begleiter in der Öffentlichkeit durch sittenwidriges Verhalten und unerlaubten Genuss von Alkohol aufgefallen zu sein. Es gab eine Anzeige.«

Im ersten Moment stellte ich mir Marleen und Björn vor, wie sie kichernd und johlend angeschickert durch die Straßen rannten und Leute erschreckten. Aber das war eigentlich nicht ihre Art. Und selbst wenn, verstand ich nicht, was daran so dramatisch sein sollte. Ich setzte mich entspannter hin und fragte: »Und weiter?«

»Wenn sie verurteilt werden, bedeutet das zehn bis fünfzehn Jahre Gefängnis.«

Mein Gehirn weigerte sich, diese Information zu verarbeiten. Ich starrte auf den Schreibtisch, auf dem noch Notizen mit Marleens Handschrift lagen. Das konnte so nicht stimmen. Es ging gar nicht.

»Frau Schmidt?«

»Ja?«

»Haben Sie verstanden, was ich gesagt habe?«

»Ja. Ich meine, nein. Also, das ist in meinen Augen Unsinn. Man kommt doch nicht wegen Alkoholtrinkens ins Gefängnis. Kann die Übersetzung falsch sein?«

Ralf Kühlke sprach jetzt sehr sanft und langsam. »Ich weiß, dass das erst mal ein Schock für Sie sein muss. Aber wir sollten einen kühlen Kopf bewahren. Es ist so, dass Frau de

Vries und Herr Bruhn angeblich vor Augenzeugen erhebliche Mengen Alkohol getrunken haben und es im Anschluss zu sexuellen Handlungen kam. Das Ganze ist an einem öffentlichen Strand passiert. Solch ein Verhalten ist in Dubai eine Straftat. Nicht nur eine Straftat, das ist mit das Schlimmste, was man machen kann.«

Marleen hatte mit Björn betrunken Sex am Strand? Meine Freundin Marleen? Ich hätte ihr alle Freuden der Welt gegönnt, aber ich konnte es mir nicht vorstellen. Den Sex schon, aber nicht am Strand vor allen Leuten. Und auch nicht in alkoholisiertem Zustand. Das war einfach nicht Marleens Art.

»Ich glaube das nicht. Das muss ein Missverständnis sein, eine Verwechslung, was weiß ich? Wie geht es denn jetzt weiter?«

Der Anwalt atmete tief ein. »Wir müssen erst mal abwarten. Ich habe regelmäßigen Kontakt mit dem Kollegen in Dubai und mit der deutschen Botschaft. Alle tun, was sie können. Aber es geht ja auch um Herrn Bruhn.«

»Was ist denn mit Björn? Vertreten Sie ihn auch? Wie geht eigentlich seine Familie mit der Situation um? Hat er überhaupt eine Familie? Wissen Sie, ich habe ihn erst einmal kurz gesehen, als Marleen mit ihm in Hamburg war, da waren wir zusammen essen. Ich weiß aber nicht, ob …«

Ich plapperte vor mich hin, als könnte ich die Geschichte kleinreden. Kühlke unterbrach mich: »Das ist das andere Problem. Kennen Sie Herrn Bruhn? Wissen Sie, was er macht?«

»Er ist seit einem halben Jahr der Freund meiner besten Freundin. Und er lebt getrennt von seiner Frau, sie sind aber noch nicht geschieden. Deshalb hat Marleen auch niemandem erzählt, dass sie mit ihm liiert ist.«

»Er ist Chef der ›Nord-Magazin‹-Gruppe. Können Sie sich vorstellen, was die Presse macht, wenn die Geschichte publik wird?«

Ich war froh, dass ich saß. An dieser Stelle wäre ich sonst

ohnmächtig geworden. Die ›Nord-Magazin‹-Gruppe war einer der größten norddeutschen Zeitungsverlage. Sie hatte verschiedene Tageszeitungen, aber auch Magazine, Buchverlage und Radiosender. Die Inhaber waren zwei Brüder, die als öffentlichkeitsscheu galten. Trotzdem waren sie prominent und vor allen Dingen richtig wohlhabend. Dass Marleens neue Liebe genau *der* Björn war, das hatte ich doch nicht wissen können.

Während ich diese Nachricht noch verdaute, fuhr Ralf Kühlke fort: »Ich habe auch Kontakt mit David Bruhn, dem Bruder. Er hat mir erlaubt, mit Ihnen offen zu sprechen, weil wir wirklich alle aufpassen müssen. Die eine Sache ist die Presseberichterstattung. Gerade die Konkurrenz wird sich die Finger danach lecken, aus diesem Vorfall sofort eine Sex-and-crime-Story zu machen. Mit allen möglichen schmutzigen Verdachtsmomenten und intimen Details. Egal was wirklich passiert ist, Ihrer Freundin und Herrn Bruhn wird die Geschichte für die nächsten Jahre anhaften. Ich muss Ihnen nicht sagen, was das bedeutet. Die andere Gefahr ist Erpressung. Es geht hier um viel Geld, und es gibt eine Menge Menschen, die Informationen oder Fotos für große Summen verkaufen.«

Mich durchzuckte die Erkenntnis, dass auch Gernegroß-Journalisten wie Gisbert von Meyer äußerst unangenehm werden könnten. Er war sensationslüstern und würde, um anerkannt zu werden, über manche Leiche gehen.

»Herr Kühlke, mir ist schlecht. Sagen Sie mir, was ich machen soll. Ich habe nämlich im Moment überhaupt keine Ahnung.«

Er behielt nach wie vor die Fassung, was mich beruhigte, aber es war ja auch nicht seine Freundin, die mit einem millionenschweren, sehr bekannten, erpressbaren und in Scheidung lebenden Zeitungsmogul im Knast saß, weil sie angeblich betrunken übereinander hergefallen waren. Im Sand. Und vor Publikum.

»Das Einzige, was Sie im Moment machen müssen: absolutes Stillschweigen bewahren. Kein Wort zu Dritten.«

»Aber meine Schwester und eine von Marleens Mitarbeiterinnen wissen doch schon einiges. Die beiden muss ich auf dem Laufenden halten.«

»Da kann man nichts mehr machen. Weihen Sie darüber hinaus niemanden mehr ein. Alle, die bisher informiert sind, müssen verschwiegen sein. Absolut. Das ist sehr wichtig. Ansonsten wimmeln Sie alle Fragen ab, sagen Sie, dass Sie nichts wüssten, bauen Sie Ihre gute Geschichte für die Abwesenheit von Frau de Vries weiter aus.«

Vor lauter Entsetzen schossen mir die Tränen in die Augen. Es war ein einziger Alptraum.

»Wie soll ich denn fünfzehn Jahre Abwesenheit gut erklären?« Jetzt brach auch noch meine Stimme.

Ralf Kühlke hatte ein Lächeln in der Stimme. »So weit wird es wohl nicht kommen. Aber wenn die Anklage aufrechterhalten wird, muss Ihre Freundin eine Gerichtsverhandlung über sich ergehen lassen. Und bis zum Prozessbeginn kann es unter Umständen sogar Monate dauern. Na ja, das sehen wir dann. In den meisten Fällen erfolgt durch die diplomatischen Verhandlungen einfach eine Ausweisung. Früher oder später.«

Früher oder später? Der hatte wohl die Ruhe weg. Ich wischte die Tränen mit dem Ärmel ab.

»Kopf hoch, Frau Schmidt.« Kühlkes Stimme war immer noch abgeklärt. »Das wird schon. Sie haben das doch bislang auch gut hingekriegt. Ich melde mich wieder. Also, alles Gute und wirklich: Kein Wort zu irgendjemandem. Bis bald.«

Ich krächzte ein verheultes »Danke« in den Hörer, legte auf und vergrub mein Gesicht in den Händen.

Ausgerechnet in dem Moment hörte ich Gisbert von Meyers Motorroller auf dem Hof.

Und die Stimme meines Vaters: »Mensch, Gisbert, du alter Reporter, schon wieder auf der Jagd nach Skandalen?«

Wie betäubt und nur unter Aufwendung aller Kräfte schaffte ich es, meine Mutter und Hanna zu begrüßen. Ich stand vor ihnen, sah ihre Münder auf- und zugehen, ohne wirklich zu verstehen, was sie mir alles erzählten. Als Adelheid auch noch dazukam und fragte: »War was?«, antwortete ich lässig: »Nö.« Ich floh in den Gastraum. Hektisch riss ich die Schublade der Anrichte auf und fing an, Bestecke zu polieren, in der Hoffnung, die monotone Arbeit würde meine Nerven beruhigen.

Sie tat es nicht, stattdessen kamen mir immer mehr beunruhigende Gedanken: War Tom nicht Journalist? Bei welcher Zeitung eigentlich? Hatte vielleicht schon irgendjemand einen Verdacht und ihn deshalb hierher geschickt? War er so abgebrüht, dass er seine Mutter zur Tarnung mitbrachte? Ich wischte die Vorstellung weg. Tom hatte gesagt, dass er die Reise seiner Mutter zum Geburtstag im Juli geschenkt hatte. Da war Marleen doch noch gar nicht in Dubai gewesen. Aber was war mit Guntram Bernd? Wieso schleppte Gisbert von Meyer ihn hier plötzlich an? Ein versierter Kriminalist, der sich besonders gut mit Erpressung und Entführung auskannte. Der ein Meister der Recherche war. Und jetzt zufällig hier ein Zimmer hatte. Das war doch etwas komisch.

Gregor Morell kam mir auf einmal ebenfalls verdächtig vor. Er war Fotograf. Was hatte Kühlke gesagt? »Es gibt eine Menge Menschen, die Informationen oder Fotos für große Summen verkaufen.« Was wollte ein junger, gut aussehender Typ, wenn auch arrogant und unsympathisch, mit einer so viel älteren Geliebten in einer Pension auf Norderney? Vielleicht befeuerten ihn ganz andere Gründe, sich hier umzusehen. Vermutlich hatten die Blicke, die er Ines zugeworfen hatte, auch etwas mit seiner Mission zu tun. Er brauchte Informationen. Ich musste Ines fragen, irgendetwas musste er gestern Abend im Schilde geführt haben. Und das war jetzt keine Privatsache mehr.

Ich ließ das polierte Messer in die Schublade fallen und holte tief Luft. Es gab zwei Möglichkeiten: Entweder gab es eine Verschwörung, oder ich befand mich am Beginn einer Paranoia. Auf jeden Fall war es höchste Zeit, mit Ines und Gesa zu sprechen. Diese Geschichte konnte ich wirklich nicht mehr allein stemmen.

Auf dem Weg in die Küche kam mir Tom entgegen. Er blieb sofort stehen und sah mir entgegen.

»Ich habe dich schon gesucht. Du warst gestern Abend so plötzlich verschwunden, ich habe mir Sorgen gemacht. Ist alles in Ordnung?«

Mit größter Anstrengung lächelte ich ihn an. »Hallo, Tom. Du, ich war nur müde und hatte ein bisschen zu viel getrunken.«

Ob alles in Ordnung war? Hätte ich so laut schreien können, wie ich wollte, hätte er seine Frage bereut. Aber ich schrie nicht, ich lächelte weiter und sagte: »Im Moment ist es schlecht, wir haben gerade viel zu tun. Aber wir sehen uns später, ja?«

Meine Mundwinkel taten schon weh, er hielt mich am Ärmel fest. »Christine, können wir, ähm, also, hättest du Lust, heute Abend mit mir essen zu gehen? Ich habe da einen guten Italiener entdeckt, ›Sergio‹, in der Strandstraße. Wie wär's? Wir reden über alte Zeiten und was damals alles schiefgegangen ist. Und über Fehler, die man nie mehr machen würde. Ja?«

Warum können solche Dinge nicht passieren, wenn sie zu den Umständen passen? Warum ausgerechnet an einem der schwärzesten Tage meines Lebens? Ich hatte im Moment überhaupt keine Zeit für Herzgedanken und Sentimentalitäten. Keine einzige Minute. So schön es gewesen wäre. Also sah ich zu Tom hoch und legte ihm kurz und entschuldigend die Hand auf die Brust.

»Heute geht's nicht, aber wir machen das die nächsten Tage. Okay?«

Ich ignorierte sein enttäuschtes Gesicht und schob mich an ihm vorbei in die Küche. Im Moment war ich nicht in der Lage, mich so zu verhalten, wie ich es gerne gewollt hätte. Meine Mutter drehte sich zu mir um.

»Warst du noch nicht einkaufen? Wir suchen überall das Suppengrün.«

Ich hatte es vergessen. Die letzte Aktion, bevor Kühlke den Tag zum Einstürzen gebracht hatte, war die Suche nach Hannas Einkaufszettel gewesen. Es schien mir Jahre her.

»Entschuldigung, dazu bin ich noch gar nicht gekommen.«

»Christine.« Meine Mutter sah mich tadelnd an. »Was ist denn mit dir los? Du warst immer so zuverlässig. Seit Johann in Schweden ist, hängst du durch und vergisst alles. Langsam solltest du dich mal zusammenreißen. Wo kriegen wir jetzt so schnell Suppengrün her? Und wir brauchen auch noch Rosinen. Es gibt heute schwedische Hühnersuppe.« Sie lachte und klopfte Hanna auf den Rücken. »Vielleicht vergeht bei Christine die Sehnsucht, wenn sie die nachher isst.«

Vermutlich wäre mir nicht nur die Sehnsucht vergangen, wenn ich sie denn im Moment gehabt hätte. Aber ich hatte andere Probleme als die grauenhafte Kombination von Huhn mit Rosinen. Und sonstigen Schwedenhappen.

»Wo sind Gesa und Ines?«

»Was ist jetzt mit Suppengrün?« Hanna fand ihr Problem wichtiger. Sie hatte ja keine Ahnung. »Eine von euch muss jetzt schnell los. Hans-Jörg brauchen wir hier. Und das Suppengrün auch. Also, bitte.«

»Was ist denn das für ein Ton?« Mein Vater stand auf einmal neben mir. »Gibt es hier Streit? Christine, du bist ganz blass. Das ist mir heute Morgen schon aufgefallen. Du siehst nicht gut aus. Was hast du?«

»Papa, ich …«

»Deine Tochter soll nur einkaufen fahren. Ich weiß nicht, wo das Problem ist.« Hanna wurde sichtlich ungeduldig. »Hans-Jörg, stell mal die Flamme kleiner, das kocht ja gleich über. Also, ihr seht doch, dass wir hier nicht wegkönnen.«

»Das können wir erledigen.« Heinz blickte von mir zu Hanna und wieder zurück. »Kalli und ich wissen sowieso nicht, was wir jetzt tun sollen. Gib mir mal Geld und einen Einkaufszettel, dann gehen wir sofort los.«

»Nehmt die Räder, damit ihr schneller wieder hier seid.« Meine Mutter reichte Heinz einen Einkaufskorb und die Geldbörse. »Der Zettel ist drin. Denkt dran: guckt richtig hin, nicht dass die euch so gammeliges Gemüse andrehen.«

Mein Vater schwang den Korb. »Als ob das jemand wagen würde. Ich schaue mir die Waren beim Einkaufen immer genau an.«

»Aber bitte nicht so lange.« Hanna öffnete das Fenster und rief: »Kalli, hol die Räder, ihr fahrt schnell zum Supermarkt.«

Ich trat unauffällig den Rückzug an und machte mich auf die Suche nach Gesa und Ines.

Sie saßen im Strandkorb und teilten sich eine Zigarette. Ich zog mir einen Hocker näher heran und fragte: »Für welchen Notfall ist die?«

»Eleonore Stehler.« Meine Schwester blies einen Rauchkringel in die Luft. »Die hat wirklich einen Knall. Sie hat mich auch noch mal angesprochen. Angeblich hätte ich ihren Freund angebaggert. Als wenn …«

»Darüber reden wir später«, unterbrach ich sie und nahm ihr die Zigarette aus der Hand. »Wir haben ein viel größeres

Problem. Lasst uns mal zu Gesa nach Hause gehen, ich will hier draußen nicht damit anfangen.«

»Was ist denn los?« Gesa wartete, bis ich gezogen und ihr die Zigarette zurückgegeben hatte. »Mach es doch nicht so spannend.«

»Erzähle ich alles gleich. Nur nicht hier. Ihr geht vor, ich komme nach. Und passt auf, dass Adelheid nicht mitbekommt, wo wir sind.«

Später saßen Ines und Gesa regungslos vor mir und rangen nach Luft und Worten. Eine Zeitlang schwiegen wir vor uns hin, dann sagte Gesa: »Und jetzt sollen wir das alles noch weiterspinnen? Das ist nicht dein Ernst.«

»Doch.« Das Geschehen hatte nichts von seinem Schrecken verloren, ich hatte mich nur langsam an die Tatsache gewöhnt, dass wir ein riesiges Problem hatten. »Es gibt keine andere Möglichkeit. Die einzige Hoffnung besteht darin, dass sich die Sache als Missverständnis entpuppt und Marleen und Björn schnell ausgewiesen werden. Aber bis dahin müssen wir so tun, als gäbe es einen ganz banalen Grund, weshalb Marleen ihren Urlaub verlängert hat.«

Meine Schwester sah mich skeptisch an. »Glaubst du wirklich, dass es ein Missverständnis ist? So etwas kann man doch nicht falsch verstehen. Oder sich ausdenken. Und warum auch?«

»Was weiß ich?« Unwirsch winkte ich ab. »Marleen würde sich nicht so verhalten. Sie ist keine zwanzig mehr. Ich bin mir sicher, dass es eine andere Erklärung gibt.«

»Das denkst du ja nur, weil du selbst so kontrolliert bist und dir so etwas nie passieren würde. Vielleicht ist Marleen da ganz anders.«

»Was hat das denn mit mir zu tun? Außerdem weißt du doch gar nicht, was ich ...«

»Mädels, bitte.« Gesa fiel mir ungeduldig ins Wort. »Das

spielt überhaupt keine Rolle. Was machen wir jetzt? Und vor allen Dingen: Was machen wir, wenn die ganze Geschichte länger dauert? Ich muss Anfang Oktober wieder in Oldenburg sein, dann enden die Semesterferien. Das sind noch zweieinhalb Wochen. Wie lange könnt ihr bleiben?«

»Ich habe bis zum 28. Urlaub, also noch eine Woche.« Ines überlegte kurz. »Verlängern kann ich nicht. Aber Christine kann bleiben. Oder?«

Auf einmal waren die Umstände, keinen richtigen Job, keine schöne Wohnung und keinen Mann zu Hause zu haben, hilfreich. »Natürlich kann ich bleiben. Aber ich schaffe das doch nicht allein.«

»Aber Charlotte, Heinz, Hanna …«

»Heinz und Charlotte.« Ich sah Gesa lange an. »Das glaubst du ja wohl selbst nicht, dass das länger als zwei Wochen gut geht? Mein Vater ist gestern erst angekommen, warte mal ab, bis der sich warmgelaufen hat. Ich rechne stündlich mit einem seiner Alleingänge. Denk mal an den letzten Sommer, da hättest du ihn auch erschlagen können. Und wenn ich meine Mutter und Hanna ohne Hans-Jörg kochen lasse, kommt das Gesundheitsamt. Und er hat auch nur drei Wochen Urlaub.«

»Aber das ist ein Notfall. Und sie haben Zeit.«

»Vergiss es.« Ines schlug sich auf meine Seite. »Dann schließen wir die Pension lieber. Das ist wahrscheinlich die einzige Lösung. Solange wir hier sind, machen wir weiter wie bisher und an meinem letzten Tag reden wir mit Adelheid. Vielleicht könnte sie ja den Betrieb fulltime übernehmen.«

»Dann müssen wir ihr aber sagen, was passiert ist.« Ich hatte meine Zweifel, ob das im Sinne von Björn und Marleen war. »Wir sollen mit niemandem darüber sprechen.«

Ines verschränkte die Finger im Nacken und schloss kurz die Augen.

»Es hilft nichts«, sagte sie schließlich, »Wir können das

nicht planen. Wir müssen abwarten, was bis Ende nächster Woche passiert. Und dann sehen wir weiter.«

Dieses Mal war ich für die Angewohnheit meiner Schwester, unangenehme Dinge einfach zu verschieben, dankbar.

Wir lösten unser konspiratives Treffen nach einem Blick zur Uhr auf, versuchten, uns gegenseitig aufzumuntern, und verließen Gesas kleine Wohnung ungesehen.

Zurück in der Pension ging Gesa direkt nach oben, um die Zimmer der abgereisten Gäste zu putzen. Ines murmelte etwas von »Rezeption«, und ich begab mich in die Höhle des Löwen. Wie ich erwartet hatte, saßen mein Vater und Kalli am Küchentisch und probierten, was die Gattinnen fabriziert hatten.

»Da bist du ja.« Mein Vater hatte einen Suppenteller vor sich, auf dessen Rand sich massenweise Rosinen aneinanderreihten. »Du musst mal diese Suppe kosten. Die Rosinen kann man beiseitelegen, der Rest schmeckt gut. Aber es macht viel Arbeit beim Essen, dieses schwedische Zeug.«

Siedend heiß fiel mir ein, dass ich Johann anrufen wollte. Oder zumindest mein Handy holen und aufladen musste. Das würde ich gleich tun. Sobald ich Zeit hätte. Erst mal setzte ich mich neben meinen Vater.

»Du kannst die Rosinen auch mitessen, Heinz.« Meine Mutter rollte kleine Hackbällchen. »Du musst ja nicht darauf kauen. Einfach schlucken. Christine, du bist immer noch blass. Wo ist eigentlich deine Schwester?«

Ich musterte skeptisch das, was Kalli gerade probierte. Es sah aus wie Labskaus. Nur rosa.

»An der Rezeption. Wie wollt ihr eure Kreation nennen? Und wo ist Hans-Jörg?«

»Schwedisches Buffet. Und Hans-Jörg soll Rollmops kaufen, ihr wart ja nicht auffindbar. Deshalb haben wir den Jungen noch mal losgeschickt. Aber der nette Gisbert von Meyer fährt ihn auf dem Moped, dann geht das schneller.«

»Aha.« Mir wurde schon vom Anblick der Farbe schlecht. »Wie habt ihr das denn so rosa gefärbt?«

»Keine Ahnung.« Hanna und meine Mutter folgten meinem Blick. »Es wurde von selbst so. Schmeckt trotzdem.«

Das Knattern auf dem Hof kündigte die Ankunft des Rollmopses an. Heinz beugte sich vor und sah aus dem Fenster.

»Gisbert hat dem Jungen sogar einen Helm aufgesetzt. Gut so.«

Der Junge hatte auch noch den Abdruck des Helms auf der Stirn, als er in die Küche kam. Er rieb sich die Furche.

»Tag, Christine, also, wir müssen noch mal richtig einkaufen fahren, das ist nicht gut, wenn dauernd etwas fehlt, wir brauchen ganz viele Sachen, ich habe auch schon einen Zettel geschrieben, und wir …«

»Ja, Hans-Jörg.« Ich nickte ihm beruhigend zu. »Wir fahren nachher mit dem Auto los.«

»Nachher kann ich nicht, lieber morgen früh, und dann müssen wir auch noch …«

»Gut, Hans-Jörg, dann morgen früh. Wie du willst. Hallo, Gisbert.«

Gisbert von Meyer wedelte mit einer Ausgabe der ›Inselzeitung‹.

»Habt ihr schon gelesen? Ich will ja nichts sagen, aber dieser Artikel ist mir wirklich wieder gelungen. Ich bin gespannt, was der große Autor dazu sagen wird, aber was soll er sagen? Außer ›Danke‹?«

Er warf die Zeitung auf den Tisch und sah uns auffordernd an.

Mein Vater schob seinen mit Rosinen bekränzten Teller vorsichtig zur Seite, glättete die Zeitung auf dem Tisch und suchte die Stelle.

»Seite 9.« Gisbert nahm eine Rosine vom Teller und steckte sie in den Mund. Sein Gesicht verzog sich. »Kann es sein, dass die nach Huhn schmeckt?«

»Schwedisch«, sagte Hanna, nahm den Teller weg und schob Gisbert einen Stuhl zu. »Setz dich hin. Leute, die in der Küche stehen, machen mich nervös. Tasse Kaffee?«

»Gern.« Gisbert nahm Platz, und ich dachte, dass es *mich* nervös machte, wenn er sich setzte. Jetzt würde er bleiben.

»Aha.« Mein Vater hatte die Stelle gefunden, holte seine Brille aus der Jackentasche und las laut vor:

Starautor auf der Insel – wirklich nur zur Lesung?
Der berühmte Kriminalist Guntram Bernd gab sich gestern Abend die Ehre, im »Conversationshaus« Auszüge aus seinem Werk ›Die dunkle Seite des Menschen – Leben im Schatten des Verbrechens‹ zu lesen. Der weiße Saal war so gut wie ausverkauft, gebannt hörten die Besucher von Morden, Familiengeheimnissen, Erpressungen, Totschlag, Entführungen und was es sonst noch auf dem großen Markt des Lebens gibt. Mit sonorer Stimme, die klugen Augen hinter der Lesebrille verborgen, fesselte er das Publikum mit Szenen, bei denen man froh ist, sie nicht selbst erlebt zu haben. Blut, Gefängnis, Hass, Eifersucht, Lügen, Intrigen und Brutalität, nichts ist Guntram Bernd in seiner jahrzehntelangen beruflichen Tätigkeit fremd geblieben. Nach der Veranstaltung signierte er geduldig. Wie unsere Redaktion herausgefunden hat, wird Guntram Bernd seinen Aufenthalt um ein paar Tage verlängern. Es ist ihm zu wünschen, dass es sich hierbei um ein rein privates Vergnügen handelt. Hat man aber dem Vortrag konzentriert gelauscht, muss man sich fragen, ob so ein Mann tatsächlich einfach nur Ferien machen kann. Besonders bei Sätzen wie: »Ich werde nie aufhören, meine Kräfte in die Aufdeckung von Geheimnissen zu stecken.« Oder »Jeder Mensch hat eine dunkle Seite, ob Freund, ob Freundin, egal wie gut man meint, sie zu kennen. Manche Menschen finden diese dunklen Seiten aber heraus und können so Schlimmeres verhindern.« Wir behalten die Inselgeheimnisse im Auge. *GvM*

»Christine, nun hol doch mal richtig Luft, du fiepst so.« Mein Vater sah mich an, während er die Zeitung zusammenfaltete. »Hast du dich wieder erkältet? Das klingt ja fürchterlich.«

»Hals.« Ich strengte mich an, wieder regelmäßig zu atmen. Ich hatte doch keine Paranoia.

Dass ein erfahrener Kommissar etwas von »Freundin, egal wie gut man meint, sie zu kennen« faselte, konnte wirklich kein Zufall sein. Blieb nur die Frage, wer ihn beauftragt hatte. Für wen er hier schnüffelte. Ich musste nachher Ines und Gesa warnen, sie wussten nichts von meinen verschiedenen Verdachtsmomenten, ich hatte sie vorhin nicht noch mehr verunsichern wollen. Aber Guntram Bernd war keinesfalls zufällig hier. Die Lesung war vermutlich nur ein Vorwand.

»Christine?«

»Was?«

Gisbert hatte mich etwas gefragt, und alle beobachteten mich. Alle bis auf meine Mutter. Die rollte unentwegt Hack-bällchen und sah dabei aus dem Fenster.

»Ach, da kommt Pierre.« Sie klopfte an die Scheibe und gab ihm ein Zeichen. »Er kann doch hier auch etwas essen. Er ist ja so nett.«

Gisbert warf ihr einen irritierten Blick zu, dann fragte er mich noch mal: »Wie du den Artikel fandest, wollte ich wissen. Gerade unter dem Aspekt, dass du Kollegin bist.«

»Ein bisschen schwülstig vielleicht.« Ich stand wie beiläufig auf. »Papa, kennst du eigentlich Pierre schon? Unseren Barkeeper?«

Mein Vater schüttelte den Kopf, dann überlegte er kurz. »Du, wegen deinem Artikel, da wollte ich auch noch mal mit dir reden. Du hast gar nicht gesagt, wie lange du Marleen hier vertrittst. Und du arbeitest jetzt ja in der Pension, wann kommst du denn zum Schreiben?«

»Ach, das geht schon.« Ich war noch nie so erleichtert gewesen, Pierre zu sehen, der in diesem Moment die Küche betrat. »Guck mal, Papa, das ist unser Lieblingsbarkeeper Pierre. Pierre, das ist mein Vater, Heinz.«

Gisbert von Meyer guckte mich immer noch beleidigt an. Er wartete die Begrüßung ab, dann stand er auf und rammte Pierre wie aus Versehen den Helm in die Hüfte.

»Tut mir so leid, Peter.«

Pierre schaute mit mildem Lächeln auf ihn herab, Gisbert war mindestens einen Kopf kleiner.

»Macht doch nichts. Das passiert schon mal, wenn man immer so nervös ist.«

»Pah.« Der Starjournalist griff zu seiner Zeitung und stülpte den Helm auf. »Ich muss los, ich habe zu tun. Übrigens, Peter, falls du meinen Artikel noch nicht gelesen hast: Ich bin mir ziemlich sicher, dass Guntram Bernd hier so manchem dunklen Geheimnis auf die Spur kommt. Zieh dich warm an.«

Verständnislos hatte mein Vater den Schlagabtausch verfolgt. »Was meinst du damit, Gisbert? Und wieso ›Peter‹?«

Gisberts Stimme klang hohl, weil sie aus dem Helm kam. »Das erzähle ich mal in einer ruhigen Minute. Aber in dieser Pension hat sich leider vieles verändert, seit du das letzte Mal hier warst. Du wirst dich noch wundern. Danke für den Kaffee. Wiedersehen.«

Alle schwiegen, bis auf dem Hof das Moped losknatterte. Dann wandte sich mein Vater mit ernstem Gesicht an mich.

»Christine, was meint er? Was ist denn eigentlich los?«

Selbst meine Mutter und Hanna hielten in ihrer Arbeit inne. Hilfesuchend sah ich Pierre an, der zwar keine Ahnung hatte, aber schnell reagierte.

»Gisbert von Meyer ist in Christine verliebt. Und sie hat ihm eine Abfuhr erteilt. Mich kann er nicht leiden, weil er in der Bar ganz normal bezahlen muss, obwohl er *die Presse* ist. Aber sonst ist alles normal. Und Sie, Heinz? Ihre reizende Gattin hat erzählt, dass Sie sich so gut mit deutschen Schlagern auskennen. Ich liebe Schlager. Wir spielen jeden Mittwoch in der Bar einen ganzen Abend nur deutsche Schlager. Heute ist es mal wieder so weit. Haben Sie nicht Lust, zu kommen? Cindy und Bert und Bierchen und Salzstangen?«

Nach einem ganz kurzen Zögern und einem abschließenden Blick auf mich lächelte Heinz Pierre an.

»Wir duzen uns ja wohl. Sehr gerne. Nicht wahr, Charlotte? Da sind wir doch dabei. Dann setz dich mal hin, meine Frau hat dich ja zum Essen geholt. Es gibt was Schwedisches, ich hoffe, du magst Rosinen.«

Aufatmend und mit leisen Schritten verließ ich rückwärts die Küche. Das war knapp gewesen, ab jetzt bräuchte ich noch viel stärkere Nerven.

Ich brüllte sofort los, als kalte Finger mein Handgelenk umschlossen.

»Entschuldige«, Tom zog seinen Arm zurück, »ich wollte dich nicht erschrecken.«

»Hast du aber. Ich meine, nein, also, ich war so in Gedanken.« Ich umklammerte mein Handy und ließ es wieder in der Jackentasche verschwinden. »Ich wollte auch nicht schreien, tut mir leid.« Wir standen vor dem Eingang zur Rezeption.

»Schon gut.« Tom lächelte mich an. »Hast du Lust, mit mir einen kleinen Spaziergang zu machen?«

Nach dem Küchendurcheinander war ich zu Ines gegangen, um ihr Gisberts Theorien und Papas misstrauische Fragen zu schildern. Meine Schwester blieb gelassen.

»Von Meyer ist einfach ein Wichtigtuer. Der ahnt doch nichts, der bläst sich nur auf. Und Papa müssen wir ablenken, das schaffe ich schon. Locker bleiben, Christine, das ist das Wichtigste. Ach übrigens, ich habe dir dein Handy mitgebracht, du musst es mal abhören, alle fünf Minuten ruft die Mailbox an.«

Ich nahm es in die Hand und las auf dem Display: »24 Anrufe«. Der Akku war zwar fast, aber noch nicht ganz leer. Auf der Anruferliste stand immer wieder Johann, ich wählte die Nummer der Mailbox und hörte seine Stimme in vielfachen Varianten: »Meine Güte, wo steckst du denn die ganze Zeit? Macht ihr da eine Party nach der anderen oder was ist los? Bis später.« – »Ich bin's noch mal. Ruf mich bitte an.« – »Ich habe zwar keine Ahnung, warum du nicht an dein Handy gehst, aber dann ist es eben so. Schade.« – »Christine, das kann doch nicht wahr sein. Geh endlich ran.« – »Hallo? ... Schon wieder geht keiner ran. Also, so viel könnt ihr doch auch nicht zu tun haben. Melde dich so schnell wie möglich.« Und so weiter.

Meine Schwester hatte mich beim Abhören beobachtet. Als ich das Handy sinken ließ, sagte sie: »Geh einfach mal ein Stück am Meer entlang. Zum Sortieren. Und ruf ihn an.«

Ich lächelte sie tapfer an und ging raus, um Johann anzurufen. Natürlich sprang jetzt seine Mailbox an. Bevor ich eine Nachricht hinterlassen konnte, hatte Tom mich eingeholt und meine Hand umklammert.

Jetzt liefen wir nebeneinander die Promenade entlang. Der Himmel war bewölkt, meine Gedanken auch. Ich musste unbedingt herausfinden, was genau Tom beruflich machte. Vermutlich war er Journalist, wichtig war, von welcher Sorte. Ich musste die Frage gut formulieren, er sollte ja nicht misstrauisch werden.

»Und?« Er gab sich nicht viel Mühe mit der Formulierung.

»Was und?« Von der Seite sah ich zu ihm hoch. Er sah George Clooney doch ein bisschen ähnlich. Vor allem, wenn er so schräg runterguckte. So wie jetzt. Wenn nicht alles andere so schwierig gewesen wäre, hätte ich Herzklopfen bekommen. Aber alles andere war schwierig.

»Was hast du denn in den letzten Jahren so gemacht?« Eine schöne Stimme hatte er auch noch immer. »Hast du geheiratet? Hast du Kinder?«

»Nein.« Ich gab meiner Stimme Festigkeit. »Ich habe keine Kinder. Aber schon mal geheiratet. Die Ehe hat aber nicht gut funktioniert, deshalb bin ich geschieden. Ich wohne jetzt in Hamburg, in einer Wohnung, aus der ich spätestens nächstes Jahr rausmuss, weil das Haus saniert werden soll. Ich arbeite im Moment freiberuflich für eine Frauenzeitschrift, nachdem mein letzter Job im Verlag wegrationalisiert wurde, mein ...«

Ich schluckte, das waren vielleicht zu viele Informationen. »Es ist im Moment nicht meine beste Zeit.«

Das war eindeutig zu wenig Information. Aber geschmeichelt.

»Und du? Was machst du so beruflich?«

Ich fand meine Frage gelungen und wartete gespannt auf die Antwort.

»Ich bin Journalist. Beruflich läuft es gut, mein Privatleben ist ein Desaster. Ich bin seit zwei Jahren getrennt, arbeite zu viel und fahre jetzt auch noch mit Mutti in die Ferien. Ist doch traurig, oder?«

»Sei froh, dass du Mutti noch hast.«

Was ritt mich eigentlich, solch einen Satz zu formulieren? Tom guckte mich an und sagte: »Was ist denn mit deinen Eltern?«

»Och, alles gut.« Ich versuchte es anders.

»Journalist also? Bist du angestellt oder musst du dir auch ständig selbst Aufträge besorgen?«

»Ich bin seit über zehn Jahren beim ›Augenblick‹.«

Ich zuckte nur leicht zusammen. Also ein Nachrichtenmagazin, kein Sensationsjournalismus.

»Und für welche Rubriken schreibst du so?«

Tom ging etwas langsamer und kniff seine Augen zusammen. »Ich leite das Ressort ›Politik und Gesellschaft‹ … Sag mal, ist das da hinten meine Mutter?«

Tom beschleunigte seine Schritte, nach einem kurzen Moment beeilte ich mich auch.

Auf der Höhe der Kurklinik saß Frau Hansen auf einer Bank und blickte entspannt aufs Meer. Neben ihr stand ein Fahrrad. Als wir die Bank erreichten und vor ihr stehen blieben, blickte sie hoch und lächelte.

»Na, ihr beiden. Seid ihr wieder zusammen?«

Ich würde nie wieder behaupten, dass mein Vater indiskret sei.

Tom zeigte sich nicht verwundert, er setzte sich neben sie und fragte: »Mutti, was ist das denn für ein Fahrrad?«

Erstaunt sah sie ihn an. »Meins. Das kennst du doch. Schließlich haben wir es zusammen gekauft.«

Er atmete tief ein und schob seinen Arm unter ihren. »Das hast du wohl verwechselt. Guck mal, dein Fahrrad steht bei dir zu Hause im Keller. Wir haben doch gar keine Räder mitgenommen, weil wir uns hier welche leihen wollten.«

Ihr Gesichtsausdruck wurde einen Moment unsicher. Dann zog sie ihren Arm weg.

»Das ist völlig egal. Du bist genauso so humorlos wie dein Vater. Man kann sich ja mal irren. Es sieht wirklich genauso aus wie meins. Und es war nicht abgeschlossen.«

Geduldig strich Tom seiner Mutter über die Hand. »Weißt du denn noch, wo es stand?«

»Natürlich. Ich bin ja nicht verkalkt.«

Irgendetwas in ihren Augen und an seiner Reaktion schnürte mir den Hals zu. Tom hatte vermutlich im Moment andere Probleme, als sich unter einem Vorwand bei uns einzuschleichen. Ich ging vor beiden in die Hocke und sagte leise: »Ich muss wieder zurück. Wir sehen uns später, okay?«

Tom nickte mir resigniert zu. Seine Mutter beugte sich vor, griff nach meinem Kragen und zog leicht daran.

»Weißt du was, Christine? Ich bin froh, dass ihr wieder zusammen gekommen seid. Diese blöde Beate konnte ich nie leiden.«

Das Handy erlöste mich auf dem Rückweg von meinen Gedanken. Ich blieb stehen und zog es aus der Jacke.

»Hallo, Johann.«

»Du kennst mich noch? Das ist ja eine Überraschung. Ich versuche seit gestern Nachmittag, dich zu erreichen. Aber das ist ja unmöglich.«

Gestern Nachmittag hatte ich sogar noch an ihn gedacht.

Da gehörte er zu den Dingen in meinem Leben, die ich für Probleme gehalten hatte. So schnell war alles relativiert worden.

»Das tut mir leid. Aber hier ist so viel passiert, dass ich nicht mal Zeit zum Telefonieren hatte.«

»Wieso? Was denn?«

Der Glückliche hatte doch nicht den Hauch einer Ahnung, was hier abging. Und ich durfte ihm nichts sagen. Ich wollte es auch nicht, zumindest nicht am Telefon. Falls es abgehört wurde. Jetzt bekam ich schon wieder Paranoia.

»Christine? Bist du noch dran?«

»Ja. Übrigens, meine Eltern sind gekommen. Du kennst sie ja. Wo sie sind, wird es unruhig.«

»Das ist aber kein Grund, nicht anzurufen.«

»Natürlich nicht. Und ich ...«

Ein schriller Ton unterbrach meinen Versuch, die Stimmung zu retten. Damit war zu rechnen gewesen, der Akku hatte schließlich lange genug durchgehalten. Manchmal gaben technische Geräte auch im richtigen Moment den Geist auf.

Dankbar schob ich das völlig funktionsunfähige Gerät in die Tasche und marschierte mit langen Schritten auf die Pension zu.

»Was hast du denn vor?«

Meine Schwester hatte so verblüfft gefragt, dass ich mich sofort umdrehte. Mein Vater trug eine dunkelblaue Hose, ein schwarzes Hemd, eine grüne Windjacke und eine rote Krawatte.

»Ich gehe zum Schlagerabend in die Bar.« Er zog seinen uralten Kamm aus der Hosentasche und fuhr sich dreimal durch das schüttere Haar. »Mama, Kalli und Hanna sind schon drüben. Ich soll euch fragen, ob ihr mitwollt.«

»Zum Schlagerabend?« Ich überlegte, seit wann er diesen Kamm schon besaß. Er kämmte sich mit diesem Ding, seit ich in der Grundschule war. Immer auf dieselbe Art und Weise. »Ich kriege Pickel bei Costa Cordalis. Das lasse ich lieber.«

»Die spielen doch nicht nur Costa Cordalis. Ich habe mir vorhin die CDs angeschaut. Christine, Pierre hat wirklich alles: Bernhard Brink, Udo Jürgens, Howard Carpendale, die ganze Palette. Kommt ruhig mit, das wird bestimmt schön.«

Kopfschüttelnd wandte ich mich wieder der Arbeitsplatte zu und scheuerte weiter. Überall klebten Rosinen.

Mein Vater gab nicht auf. »Und du, Ines? Du kannst ja mitkommen. Christine kann den Rest doch locker sauber machen.«

»Nein danke.« Ines antwortete wie aus der Pistole geschossen. »Das Aufräumen ist das kleinere Übel.«

»Ich verstehe euch nicht.« Heinz rückte seine Krawatte zurecht und sah uns beleidigt an. »Ihr tut so, als gebe es nichts Wichtigeres, als diese Küche sauber zu machen. In eurem Alter sind wir oft tanzen gegangen oder auch mal in eine Bar. Wir haben es uns gut gehen lassen. Ihr wälzt dauernd nur Probleme.«

Ines lachte kurz auf. »Früher hast du es umgedreht erzählt. Du wirst alt.«

»Was?« Entrüstet guckte er sie an. »Wie meinst du das denn?«

»Früher hast du dich aufgeregt, wenn wir abends losgezogen sind. ›Nur Vergnügen im Kopf‹, hast du gesagt, ›immer nur Spaß haben. In deinem Alter bin ich jeden Morgen fünfzehn Kilometer mit dem Fahrrad zur Schule gefahren und abends habe ich noch für die Nachbarn Holz gehackt.‹«

»Das stimmt doch gar nicht«, widersprach er beleidigt. »Das habe ich nie zu dir gesagt.«

»Nein.« Ines blieb freundlich. »Das hast du zu Christine gesagt. Ich habe es aber gehört. Stimmt's, Christine?«

»Es waren zwölf.« Ich wrang den Lappen aus und hängte ihn über den Rand der Spüle. »Er ist zwölf Kilometer zur Schule gefahren.«

»Also …« Mein Vater überlegte kurz. »Habe ich das wirklich gesagt? Dann gab es dafür bestimmt auch einen Grund. Du hattest eine Fünf in Mathe. Lange. Und du hattest keinen guten Umgang. Und du bist die Älteste. Da hat man als Vater auch Angst. Und im Übrigen hat dir das nicht geschadet. Oder?«

Mein Schweigen nahm er als Zustimmung.

»Siehst du, Ines? Aber erst mal anklagen. Was ist jetzt? Kommt ihr nun mit?«

»Nein!«

Wir riefen es wie aus einem Munde, er zuckte zusammen und wandte sich zur Tür. »Dann nicht. Aber beschwert euch nicht, wenn in eurem Leben nichts passiert, und behauptet nicht, dass ich mich nicht um euch gekümmert hätte. Bis morgen.«

Ines sah ihm durchs Fenster nach und schüttelte den Kopf.

»Manchmal macht er mich wild. Dass du so ruhig bleiben kannst, verstehe ich nicht.«

Ich trocknete meine Hände ab. »Früher durfte ich nicht widersprechen, heute muss ich nicht mehr. Das ist alles. Und es ist sehr friedlich so. Wir ändern ihn nicht mehr.«

Ines drehte sich wieder um. »Schade eigentlich. Was ist jetzt? Willst du noch etwas Spaßiges unternehmen oder werfen wir uns auf Marleens Couch?«

»Ich hole einen Rotwein aus dem Keller. Und mach hier das Licht aus.«

Während ich die Kellertreppe nach unten stieg, dachte ich darüber nach, wie ich meiner Schwester entlocken sollte, was jetzt mit Gregor Morell war. Sie neigte dazu, aus ihrem Privatleben ein Geheimnis zu machen. Aber wir hatten schon genug der Heimlichkeiten, ich würde sie einfach ganz direkt fragen.

Ines beobachtete mich nachdenklich, während ich die Flasche öffnete.

»Du siehst ziemlich unglücklich aus.«

Ich hielt den Korkenzieher fest und sah hoch. »Unglücklich? Ich habe das Gefühl, die Welt bricht gerade über uns zusammen. Im Moment ist mir das alles zu viel.«

Meine Schwester musterte mich weiter. »Hast du dir inzwischen Gedanken darüber gemacht, was jetzt mit dir und Johann passieren soll?«

»Mit Johann? Was soll mit ihm passieren?«

Sie hielt mir ihr Glas hin, ich drehte weiter. »Nicht mit ihm. Mit euch.«

Mit Schwung zog ich den Korken. »Ich weiß es nicht. Was war denn gestern mit dir und Gregor Morell?«

Meine Schwester nahm mir den Korken aus der Hand und roch daran. Jetzt war ich sicher, dass irgendetwas gewesen war. Als ob meine Schwester eine Ahnung gehabt hätte, wie ein Korken riechen sollte. Sie trank ja viel lieber Bier.

»Wir haben uns unterhalten.« Ines legte den Korken auf den Tisch. »Und jetzt mal im Ernst: Ihr zieht doch nicht wirklich zusammen, oder?«

Verwundert schüttelte ich den Kopf. Was sollte jetzt so eine dämliche Frage? Ich überlegte, warum sie sie stellte. Sicherlich bloß zur Ablenkung. Bevor ich etwas sagen konnte, hakte Ines nach.

»So richtig glücklich bist du nicht mehr mit ihm.«

Ich schenkte sehr langsam den Wein ein, um Zeit zu gewinnen. Ines verfolgte jede meiner Bewegungen.

»Du musst nicht darüber reden, wenn du nicht willst.«

Es war kein Manöver. Ihrem Gesicht sah ich an, dass sie sich wirklich Gedanken machte. Ich wollte das nicht. Ich wollte nicht, dass sie sich Gedanken machte, und ebenso wenig, dass meine Eltern sich Gedanken machten, ich wollte vor allen Dingen nicht, dass ich mir selbst Gedanken machte. Weil ich dann etwas entscheiden müsste. Oder mir erst mal über Dinge klar werden sollte. Aber das ging gar nicht. Marleen und Björn hatten ein viel größeres Problem.

»Wir haben für solche Gespräche überhaupt keine Zeit.« Ich verkorkte die Flasche und nahm mein Glas in die Hand. »Prost, Marleen. Ich hoffe, sie sind gut zu dir.«

Abwartend hielt Ines ihr Glas hoch. Sie trank nicht mit, sondern sagte: »Natürlich haben wir Zeit für solche Gespräche. Wir sind zusammen in dieser Wohnung, es ist noch früh, wir müssen erst morgen wieder zum Frühstücksdienst, und Papa und Mama singen deutsche Schlager. Also?«

»Ich mache mir wirklich Sorgen um Marleen.«

»Ich weiß.« Jetzt probierte Ines den Wein. »Mit Recht. Aber du kannst im Moment nichts ändern. Stattdessen kannst du versuchen, das Beste aus dieser Situation zu machen. Also, dir zum Beispiel mal Gedanken über dich zu machen.«

»Ach, Ines. Bitte.« Mein Bein war eingeschlafen, ich setzte mich gerade hin. »Was für Gedanken soll ich mir machen?

Johann ist in Schweden, ich bin hier, das ist im Moment keine gute Voraussetzung für eine Beziehung. Ich denke darüber nach, wenn er wieder da ist.«

Meine Schwester schwenkte ihr Glas und sah hinein, als ob sie die Antwort auf alles dort finden könnte. Anscheinend hatte sie Erfolg gehabt.

»Ihr passt überhaupt nicht zusammen.«

Schon früher hatte ich mich über ihre Art, Ansichten wie absolute Wahrheiten zu verkünden, maßlos aufgeregt.

»Was soll das jetzt? Du hast seit Jahren keine Beziehung mehr gehabt, aber kannst alles beurteilen? Das ist doch totaler Blödsinn.«

Ines lächelte mich an und schwenkte weiter. »Siehst du, wenn du sauer wirst, ist da etwas dran.«

Ich streckte mein aufgewachtes Bein wieder aus. »Ich bin nicht sauer. Ich finde nur, es geht dich nichts an.«

»Weil ich deine kleine Schwester bin? Oder weil du nicht zugeben willst, dass du wieder mal eine Sache weitermachst, nur weil du irgendwann mal damit angefangen hast?«

»Du redest dummes Zeug.«

»Tue ich nicht.« Ines musterte mich interessiert. »Ich fange nur langsam an zu begreifen, wie du tickst. Soll ich es dir sagen?«

Ich ergab mich. »Das tust du doch sowieso gleich.«

Sie nahm es als Aufforderung. »Serielle Monogamie.«

Ihre Stimme klang triumphierend. Meine Schwester war verrückt geworden. Ich sah sie irritiert an.

»Wo hast du denn das gelesen? Weißt du überhaupt, was das ist?«

Sie legte den Kopf schief und musterte mich freundlich. »Dauernd einen Mann an der Seite, dem man unbedingt treu ist. Seit du von zu Hause ausgezogen bist, hattest du immer eine Beziehung. Okay, nach deiner Scheidung war vielleicht mal ein knappes Jahr Pause, aber da hattest du auch genug mit den ganzen Veränderungen zu tun. Ansonsten gab es immer einen Mann in deinem Leben.«

»Stimmt gar nicht.« Mein Protest kam ziemlich lahm und leise, ich ahnte bereits, dass sie recht hatte. Wenigstens ein bisschen.

»Doch.« Ines ahnte es auch. »Du würdest nie eine langweilige Beziehung beenden. Du willst nun mal nicht allein sein. Du machst einfach weiter und wartest auf bessere Zeiten. Aber Johann ist fade. Und du wirst es langsam auch, merkst du das nicht?«

Statt zu antworten, trank ich. Was sollte ich auch zu diesem Unsinn sagen?

Ines griff zur Flasche, zog den Korken und schenkte uns Wein nach.

»Du bist so damit beschäftigt, deine triste Beziehung aufrechtzuerhalten, dass du dich überhaupt nicht umguckst. Du kümmerst dich nicht um einen Job, nicht um eine neue Wohnung, nicht um dein Leben, nur weil Johann im Moment in Schweden ist und keine Zeit hat. *Du* bist aber nicht in Schweden. Und wenn Marleen nicht in diese blöde Situation geraten wäre, hättest du deinen Hintern auch nicht hochgekriegt, um mit mir irgendwohin zu fahren. Ich finde das total bescheuert.«

»Bist du fertig?«

»Noch nicht ganz.« Ines zog ein Bein an. »Ich glaube, es liegt an deinem Kontrollwahn. Wie man mit einem Mann lebt, weißt du, wie man es ohne ihn macht, nicht. Und das verursacht dir Unbehagen. Dabei kannst du das. Das hast du doch nach deiner Scheidung auch hinbekommen.«

Ich fand, sie ging zu weit. Alleinlebende Frauen neigten dazu, andere Frauen zum Alleinleben zu überreden. Ob sie wollten oder nicht.

»Ines, du hast keine Ahnung. Nur weil du im Moment keine Lust hast, dich zu verlieben, mache ich alles falsch, oder was?

Das ist Hausfrauenpsychologie, wie sie sonst nur Papa betreibt. Völlig idiotisch.«

»Wer sagt denn, dass ich keine Lust habe, mich zu verlieben?« Sie machte eine kleine Pause. »Und was hat das damit zu tun, dass du eine Beziehung führst, die dir überhaupt nicht mehr guttut? Du könntest wenigstens einmal darüber nachdenken.«

Kopfschüttelnd griff ich zu meinem Glas. Vielleicht hätte ich doch lieber zum Schlagerabend in die Bar gehen sollen. Dieses Gespräch war fast so dämlich wie die Schlagertexte von Roland Kaiser.

»Ines, du kannst das überhaupt nicht beurteilen.«

Ich hatte keine Energie mehr, diese Unterhaltung fortzusetzen. Über Johann und mich wollte ich mir frühestens Gedanken machen, wenn er am Wochenende kommen würde. Und auch dann nur, wenn es wieder schwierig würde.

»Ich kenne dich, seit ich auf der Welt bin.« Meine Schwester setzte sich gerade hin. »Ich habe viel mehr mitgekriegt als du denkst. Und ich glaube, dass es dir sehr guttäte, wenn du deine überflüssige Kontrolle und Selbstverpflichtung für eine Zeitlang an den Nagel hängen würdest. Meine Güte, Christine, manchmal denke ich, du bist nicht nur sieben Jahre älter als ich, sondern lebst in einer anderen Generation.«

Es langte mir gründlich, ich stand auf. »Ines, ich habe null Bock, jetzt mit dir über Johann zu reden. Ich gehe Zähne putzen.«

Meine Schwester hatte noch nie schnell aufgegeben. »Wir reden auch nicht über Johann, sondern über dich. Sei einfach ein bisschen lässiger und spontaner.«

Ich stand immer noch an derselben Stelle. »Du bist die Jüngere. Vielleicht hattest du es auch leichter. Du durftest doch immer alles.«

Ines verdrehte die Augen. »Das ist *deine* Erinnerung. Gut, vielleicht waren Mama und Papa bei mir nicht mehr so streng, aber doch nicht, weil sie mich lieber mochten, sondern nur, weil sie mürbe waren. Sie hatten bei mir einfach keine Kraft mehr, wieder von vorn anzufangen. Dafür haben sie bei jeder Kleinigkeit gesagt: ›Guck dir Christine an, die kann das auch.‹ Du hast keine Ahnung, wie mir das auf den Geist ging. Und von deinen Klamotten, die ich auftragen musste, will ich gar nicht erst anfangen. Am schlimmsten war dieser gelbe Anorak. Ich hasse heute noch Gelb.«

Ich verstand nicht, was sie zu diesem Ausbruch bewegt hatte. Ebenso wenig interessierte es mich.

»Wir sind erwachsen. Jetzt fang nicht mit diesen alten Geschichten an.«

»Du hast angefangen. Von wegen, ich hätte es immer leichter. Das ist komplett falsch. Ich habe dich darum beneidet, dass du die Ältere warst. Ich war der Volltrottel vom Dienst. Ihr musstet auf mich aufpassen und seid sauer gewesen, und ich wurde gar nicht gefragt.«

»Du wolltest ja immer mit. Ich ging mit einer Freundin in den Ferien zum Strand und musste dich dauernd mitnehmen.«

»Du hast mich aber nicht mitgenommen.« Ines sah mich mit einem Gesichtsausdruck an, den sie schon mit acht hatte. »Ihr habt mir erzählt, wir spielen Winnetous Schwester und habt mich an den Wäschepfahl gebunden.«

Ich konnte mich nicht daran erinnern. »Wenigstens haben wir mit dir gespielt.«

»Ihr habt mich stehen gelassen und seid allein zum Strand stolziert. Ich wartete da fast eine Stunde. Bis Tante Inge kam.«

Jetzt fiel es mir wieder ein. Wir hatten Ines vergessen. Dafür bekam ich eine Woche Hausarrest. Mitten in den Ferien. Ich verbiss mir das Grinsen.

»Es ist fünfunddreißig Jahre her. Ich entschuldige mich dafür. Und jetzt gehe ich ins Bett. Gute Nacht.«

»Christine?«

Ich hielt an der Tür an. »Was denn noch?«

»Du hast mich vorhin gefragt, was mit Gregor Morell war.«

»Und?«

»Er hat mich geküsst.«

Sehr langsam drehte ich mich um und starrte sie an.

»Was hat er? Und dann?«

Meine Schwester lächelte mich an. »Ich habe zurückgeküsst. Es war schön. Wann hattest du das letzte Mal so ein Gefühl?«

Mir wurde ganz komisch. »Du hast Gregor Morell geküsst? Bist du völlig bescheuert? Der ist mit seiner Geliebten hier. Die ihn wahrscheinlich aushält. Bist du noch ganz bei Trost?«

Ines blieb gelassen und friedlich. »Es ist nicht so, wie es aussieht. Das hat er mir gesagt. Und sei bitte nicht so furchtbar moralisch. Es ist ja nichts weiter passiert, du musst dich gar nicht aufregen.«

»Ich rege mich aber auf. Das kann doch nicht dein Ernst sein. Gregor Morell. Hast du mal überlegt, was der noch hier machen könnte? Er ist Fotoreporter. Vielleicht ist er wegen Marleen hier. Vielleicht will er Fotos machen und die verkaufen. ›Die Pension der Sextouristin‹, ich sehe es schon vor mir. Ich hoffe, du hast ihm wenigstens nichts erzählt.«

»Also bitte.« Ines knallte ihr Glas auf den Tisch. »Du mit deinem Verfolgungswahn. Ich hätte besser nichts gesagt. Mit dir kann man überhaupt nicht reden. Geh lieber Zähne putzen. Gute Nacht.«

Sie riss eine Zeitschrift vom Tisch und tat so, als würde sie lesen. Ich starrte sie immer noch an, leider fiel mir kein passender Satz ein. Ich war einfach nur sauer auf meine Schwester. Sie sollte es wissen, deshalb drehte ich mich hektisch um, verließ den Raum und schlug die Tür zu. So laut ich konnte.

Ich hatte seit Ewigkeiten nicht mehr gejoggt, jetzt wusste ich auch, warum. Schwer atmend blieb ich stehen und stützte meine Hände auf die Oberschenkel. Ich hatte das Gefühl, mein Brustkorb würde jeden Moment explodieren.

Die ganze Nacht hatte ich wirres Zeug geträumt. Johann und Eleonore Stehler hatten ein schwedisches Restaurant eröffnet, Gregor Morell war mit meiner Schwester auf Hiddensee, Tom wohnte plötzlich bei meinen Eltern, ich war Kandidatin bei einer Fernsehshow, verstand keine einzige Frage, weil der Quizmaster nicht deutsch sprach, und Adelheid hatte Pierre an einen Wäschepfahl gebunden und sich geweigert, ihn freizulassen.

Ich wartete, bis das Atmen nicht mehr so wehtat und ging dann langsam, aber wenigstens aufrecht weiter. Allmählich wurde es hell, es war vielleicht halb sieben, aber ich war schon vor etwa einer Stunde aufgewacht und meinen Gedanken regelrecht davongelaufen. Im Gehen holten sie mich wieder ein.

Ines hatte sich gestern Abend richtig in Rage geredet, es war blöd von mir gewesen, einfach ins Bett zu gehen. Ich hätte das Gespräch nicht so schnell abbrechen dürfen, sondern mit ihr in Ruhe sprechen müssen. Jetzt würde sie nichts mehr erzählen, zumindest nichts mehr von Gregor Morell. Aber geküsst? Wie war das bloß passiert? Und wann? Und wieso hatte ich davon nichts mitbekommen? Hatte es überhaupt jemand bemerkt?

Lauter Fragen, die ich nach meiner gestrigen Reaktion nicht mehr stellen konnte. Ich ärgerte mich über mich selbst.

Auf der anderen Seite hatte sie sich in der Tat zu weit vorgewagt. Sie hatte Johann von Anfang an langweilig gefunden, obwohl sie ihn nicht besonders gut kannte. Sie vertrat die Meinung, dass er nur meine schlechten Seiten ans Licht brachte. Angeblich gab ich mich ständig schlecht gelaunt, antriebslos, unlustig, ungesellig und humorlos, seit ich mit ihm zusammen war.

Mit zusammengebissenen Zähnen trabte ich langsam wieder an. Lieber Schmerzen in der Brust als diese wirren Gedanken im Kopf.

Ich hatte fast das Ende der Mühlenstraße erreicht und lief links in die Benekestraße, als ich an der Kreuzung Jurek erkannte. Er fuhr mit dem Fahrrad auf mich zu.

»Christine?« Erstaunt hielt er an. »Machst du das jeden Morgen?«

»Um Himmels willen.« Mühsam rang ich nach Luft und stemmte dabei meine Hände ins Kreuz. »Nur in Notfällen. Ich konnte nicht schlafen. Wie spät haben wir es überhaupt?«

Er warf einen Blick auf seine Uhr. »Viertel vor sieben.«

»Dann muss ich mich beeilen. Ich will noch duschen. Bis später.«

Beim Loslaufen drehte ich mich um. Vor lauter Luftholen hatte ich vergessen zu fragen, was er um diese Uhrzeit hier wollte. Mit letzter Kraft schleppte ich mich auf den Hof und direkt vor Adelheids Füße.

»Wie siehst du denn aus?« Ihr Blick wanderte über meine uralte Jogginghose, die ausgetretenen Turnschuhe, die gelbe Windjacke und meine angeklatschten Haare.

»Nimm dir genügend Zeit zum Duschen, ich habe schon mit dem Frühstück angefangen.«

»Warum bist du so früh hier?«

»Guntram frühstückt gerne zeitig.«

»Aha.«

»Was heißt hier ›aha‹?« Missbilligend sah sie mich an. »Er ist Gast. Er kann frühstücken, wann er will.«

»Ich sag ja gar nichts.« Lächelnd ging ich an ihr vorbei. »Übrigens, Adelheid, du hast Lippenstift am Zahn. Bis gleich.«

Meine Schwester kam gerade aus dem Bad, als ich die Wohnungstür aufschloss. Ich hatte bereits auf der Treppe überlegt, was ich machen sollte, um die ungute Stimmung nach der gestrigen Diskussion aufzuhellen.

»Ich hätte gleich einen Suchtrupp losgeschickt«, sagte Ines, während sie mit einem Handtuch ihre Haare trockenrubbelte. »Sag bloß, du bist gelaufen? Brauchst du jetzt ein Sauerstoffzelt?«

Erleichtert knotete ich meine Schuhbänder auf. »Ich habe überhaupt keine Kondition mehr.« Ich kickte die Schuhe von den Füßen und sah sie an. »Wegen gestern Abend, ich ...«

»Vergiss es.« Ines warf das Handtuch auf den Badezimmerschrank und ging in ihr Zimmer. »Ich kann keinen Rotwein vertragen. Ich fange dann immer an zu diskutieren. Heute Abend trinke ich Bier. Dein Gesicht sieht übrigens aus, als würdest du gleich explodieren.«

Sie verschwand im Zimmer, ich blickte ihr nach und war wieder einmal dankbar, dass meine Schwester nie nachtragend war. Ich hingegen schon, über den Kuss von Gregor Morell würden wir noch mal in Ruhe reden müssen.

Im Frühstücksraum war bereits alles fertig, als ich eine halbe Stunde später eintraf. Adelheid drehte in der Küche den Deckel einer Thermoskanne zu.

»Wo ist Ines denn jetzt wieder hin? Ihr könnt erst mal einen Kaffee trinken. Drüben ist alles fertig.«

Erstaunt sah ich sie an. Sie bemerkte meinen Blick und verfiel sofort in ihren gewohnt schroffen Tonfall.

»Oder wollt ihr den Gästen drüben im Weg stehen? Kaffee findet ihr auf dem Tisch. Du kannst Gesa Bescheid sagen, sie ist unten.«

Ich nahm mir vor, demnächst ein Buch von Guntram Bernd zu lesen. Der Mann musste ein Zauberer sein.

Gesa stand regungslos vor der Tür zum Frühstücksraum und zuckte zusammen, als ich sie ansprach. Als sie sich umdrehte, erschrak ich. Sie war blass und hatte dunkle Augenringe.

»Was hast du denn gemacht? Du siehst aus, als hättest du ...«

Schlagartig wurde mir klar, woher Jurek heute Morgen gekommen war. Gesa wohnte in der Tannenstraße, er war aus dieser Richtung gekommen. Dabei hatte ich gedacht, Gesa hätte einen Freund in Oldenburg.

»Als hätte ich was?« Sie riss sich so augenscheinlich zusammen, dass sie mir fast leidtat.

»... nicht geschlafen«, beendete ich meinen Satz und lächelte sie verschwörerisch an. »Ich habe Jurek heute Morgen getroffen. War es denn nett?«

Gesa schaute mich mit kleinen müden Augen an, seufzte und schob die Hände in ihre Jeanstasche.

»Nett? So kann man das auch nennen. Aber ich bin so brutal müde, dass ich gar nicht denken kann.«

»Geht das denn schon länger?«

»Was?«

»Das mit dir und Jurek? Und wie macht ihr das, wenn du in zwei Wochen weg bist?«

Verständnislos warf Gesa mir einen kurzen Blick zu, bevor sie die Küchentür öffnete.

»Christine, das war jetzt nicht die Nacht der Nächte. Wir sind ein bisschen versackt, gestern Abend, und dann hat es sich so ergeben. Ich weiß im Moment noch nicht einmal, ob es sich wiederholt. Und jetzt brauche ich einen Kaffee. Was ist? Kommst du mit?«

Nachdenklich folgte ich ihr in die Küche und fragte mich, ob ich tatsächlich so spießig war, wie ich mich gerade fühlte.

Wir hatten die zweite Tasse Kaffee noch nicht ganz aus-getrunken, als Adelheid in die Küche kam, ihren Kittel auszog und sich mit den Händen das Haar sortierte.

»So«, sagte sie, »den Rest macht ihr bitte. Ich gehe.«

»Jetzt schon?«, fragte Gesa und richtete ihren Blick auf die Wanduhr. »Es ist halb neun.«

»Na und?« Adelheid kramte aus ihrer blauen Einkaufs-tasche einen kleinen Spiegel und ihren Lippenstift hervor. »Ich will mit Guntram Bernd zum Leuchtturm wandern. Recherche.« Sie lächelte geheimnisvoll und spitzte die Lippen vor dem Spiegel. »Ich habe ja wohl auch ein Anrecht auf Pri-vatleben.«

Wir beobachteten schweigend, wie sie sich unbeholfen die Lippen nachzog, den Stift und den Spiegel wieder wegpackte und uns ansah. Das Rot auf der Unterlippe war intensiver als das auf der Oberlippe. Dafür war nichts am Zahn.

»Natürlich«, beeilte ich mich zu sagen. »Viel Spaß und bis morgen.«

»Morgen?« Sie schüttelte unwirsch den Kopf. »Ich komme natürlich heute Abend wieder. Zum Essen. Denk dran, dass eine von euch mit Hans-Jörg zum Einkaufen fahren muss. Und sag mal, Gesa, kriegst du eine Erkältung oder wieso siehst du so schlecht aus?«

Statt einer Antwort hob Gesa nur kurz die Schultern.

»Dann geh ins Bett. Nicht dass du hier die Gäste und die anderen ansteckst. Noch mehr Ausfälle können wir uns nicht leisten. Apropos: Habt ihr was von Marleen gehört? Kommt sie dieses Wochenende wieder oder wie lange soll der Zirkus so weitergehen?«

»Ich kann sie nicht erreichen. Beim letzten Telefonat hat sie gesagt, ihr Handy macht so eigenartige Geräusche, das hat wohl seinen Geist endgültig aufgegeben.«

Mittlerweile gingen mir die Lügen flott von den Lippen. Ines nickte mir anerkennend zu.

»Sie kann auch über das Festnetz anrufen. In Dubai muss es doch Telefonzellen geben.« Ich fand, dass Adelheid etwas Lauerndes im Blick hatte.

Betont lässig hob ich die Schultern und fragte mich, worüber sie sich mit Guntram Bernd unterhalten hatte.

»Wie auch immer.« Entschlossen band sich Adelheid ein buntes Tuch um und zog ihre Jacke an. »Ihr könnt am besten gleich mit den Zimmern anfangen. Gesa, vielleicht schaffst du es ja doch. Eine Erkältung ist nichts Schlimmes. Also, bis später.«

Sie rauschte an uns vorbei, und wir drei sahen uns an. Meine Schwester schob ihre Tasse von sich und stand auf.

»Ich hoffe nicht, dass sie dem Starautor irgendetwas über Marleens Wegbleiben erzählt. Nicht, dass der auf dumme Gedanken kommt und anfängt, nachzuforschen.«

»Was sollte er schon herausbekommen?« Gesa streckte sich und gähnte. »Wir wissen ja selbst nicht, was los ist.«

Ich rückte jetzt doch damit heraus: »Kann es nicht sein, dass er überhaupt nur deswegen hier ist? Dass die Lesung lediglich ein Vorwand war? Jetzt hat er auch noch um eine Woche verlängert. Ich finde das sehr seltsam.«

»Was findest du seltsam?« Meine Mutter hatte das Talent, sich so leise anzuschleichen, dass man nie wusste, wie viel sie gehört hatte. »Guten Morgen. Habt ihr noch eine Tasse Kaffee für uns?«

Forschend sah sie uns an. »Worüber habt ihr gerade gesprochen?«

»Wer ist denn ›uns‹?« Ines nahm zwei Tassen aus dem Schrank und sah dabei aus dem Fenster. »Ach Gott, Papa ist ja auch schon da. Was ist mit Hanna?«

»Die kommt später. Sie will noch zu ›Solaro‹, das ist dieses große Geschäft in der Strandstraße, und lustige Servietten kaufen.«

»Wofür das denn?«

Meine Mutter setzte sich an den Tisch. »Für heute Abend. Wir machen ein Siebzigerjahre-Buffet, das haben wir uns gestern beim Tanzen überlegt. Wir haben vielleicht gelacht. Und hier sind ja nur so langweilige weiße Servietten, das muss alles ein bisschen peppiger sein. Luftballons hatte Hanna noch im Keller.«

Mehr wollte ich gar nicht wissen. Die grobe Vorstellung von Mett-Igeln, Silberzwiebeln und Schinken-Spargel-Röllchen reichte mir. Toast Hawaii konnte meine Mutter auch.

»Guten Morgen, hier ist ja schon ordentlich was los.«

Mein Vater hängte seine Schirmmütze über Adelheids Kittel an den Haken, legte die Hände auf die Lehne meines Stuhls und wackelte ein bisschen daran.

»Stehst du dann bitte auf, Christine? Kalli kommt ja auch gleich. Oder seid ihr noch nicht fertig mit eurer Pause.«

»Doch.« Ich erhob mich langsam und schob ihm den Stuhl hin. »Ich warte nur eben auf Hans-Jörg, dann fahre ich mit ihm einkaufen.« Erleichtert hörte ich ihn in diesem Moment im Flur pfeifen. »Da ist er. Ich bin weg.«

»Christine?« Mein Vater hielt mich am Arm fest. »Ich muss dich noch was fragen.«

Ich wollte nicht von ihm gefragt werden. »Können wir das nicht nachher … Hallo, Hans-Jörg, ich komme gleich.«

»Nein.« Entschlossen sah mein Vater mich an. »Du weißt ja, dass ich Geheimnisse hasse.«

Ines hielt hörbar den Atem an. Ich schluckte trocken und versuchte, ein interessiertes Gesicht zu machen.

»Das weiß ich. Und weiter?«

»Hier ist doch was im Busch. Das spüre ich. Ich verlange eine Erklärung. Kalli hat auch schon gesagt, dass wir die finden müssen.«

Ines atmete wieder aus, beugte sich wie beiläufig zu meinem Vater und gab mir einen kleinen Aufschub.

»Was meinst du denn? Was müsst ihr finden?«

»Na, die Erklärung. Das kann doch so nicht weitergehen.«
Meine Schwester sah kurz hoch, ich war also dran.

»Welche Erklärung? Ich verstehe kein Wort.«

Gesa saß wie angewurzelt da. Jetzt starrte mein Vater sie an. Sie machte eindeutig das schlechteste Pokergesicht. Wie in Zeitlupe klappte sie den Mund erst auf, dann wieder zu, schließlich sagte sie: »Wer hat es euch denn gesagt?«

Ines und ich feuerten böse Blicke auf sie ab, was von meiner Mutter erstaunt beobachtet wurde.

»Wieso guckt ihr eigentlich so komisch? Interessiert euch nicht, was da los ist?«

»Genau.« Mein Vater schüttelte den Kopf. »Ihr seid so mit euch selbst beschäftigt, dass kein Platz für eure Mitmenschen ist. Du bist da ganz anders, Gesa, das merke ich schon.«

Hans-Jörg stand immer noch in der Tür und mischte sich ein: »Könnt ihr das nicht nachher besprechen? Wir müssen doch jetzt einkaufen gehen, und ich habe so viel auf dem Zettel, und es ist gleich neun, und wir …«

»Ja, Hans-Jörg, ich komme.« Ich drehte mich wieder um. »Das kann ich euch jetzt nicht so schnell erklären. Und Ines und Gesa müssen mit den Zimmern anfangen, sonst werden wir nie fertig und …«

»Pierre hat es uns selbst erzählt.« Meine Mutter hatte ihre Stimme erhoben. »Aber er hat nicht gesagt, warum.«

Das brachte mich aus dem Konzept. »Wieso Pierre?«

Gesa und Ines waren genauso verdutzt. Meine Schwester fragte zuerst: »Was hat er gesagt?«

»Na, das mit Adelheid.« Mein Vater wurde ungeduldig. »Was denn sonst?«

Ines atmete erleichtert durch. »Ach so. Das mit Adelheid. Was ist mit ihr?«

»Also ehrlich.« Hilfesuchend richtete er den Blick auf seine Frau. »Das wollen wir ja gerade herausfinden. Pierre war ihr Mieter, und jetzt spricht sie nicht mehr mit ihm. Und er nicht mehr mit ihr. Da ist bestimmt irgendetwas Schreckliches passiert. Darum muss man sich schleunigst kümmern.«

»Pierre will nicht über Adelheid reden. Sie ist keine nette Frau, hat er gesagt.« Hans-Jörg war immerhin Pierres Nachbar, da konnte er auch einen Beitrag leisten. »Und sie redet schlecht über ihn. Aber ich finde sie nett.«

»Siehst du.« Heinz fuchtelte mit dem Zeigefinger. »Kalli findet sie auch nett. Und ich finde Pierre sympathisch. Aber anscheinend gibt es da ein Geheimnis in der Vergangenheit, das man aufdecken muss. Sie müssen sich doch mal versöhnen. So schlimm kann es nicht gewesen sein, egal was passiert ist. Also, ihr wisst auch nichts?«

»Nein.« Unsere Erleichterung war fast greifbar. Ich legte kurz meine Hand auf die Schulter meines Vaters. »Vielleicht findet ihr ja was raus. Ich muss jetzt los. Bis später.«

Gesa und Ines folgten mir in den Hof. Während ich das Auto aufschloss, sahen wir uns an.

»Das war knapp«, sagte meine Schwester, und mit einem Blick zu Gesa: »Du musst dich konzentrieren. Wenn du so wie gerade eben guckst, kann dich wirklich jeder aushorchen. Denkt dran: Klappe halten.«

Gesa guckte uns schuldbewusst an. »Ich bin so müde. Aber wenigstens haben Heinz, Kalli und Charlotte jetzt eine Aufgabe, um die sie sich kümmern können. Das lenkt ab.«

Ich hob kurz die Augenbrauen. »Na gut. Also, bis später.«

Die Einfahrt zum Hof sah anders aus, als wir vom Einkaufen zurückkamen. Ich trat so abrupt auf die Bremse, dass der Motor ausging und Hans-Jörg, der sich schon abgeschnallt hatte, fast mit dem Gesicht an die Scheibe knallte.

»Was ist denn hier passiert?«

Entsetzt starrte ich auf die Buchsbaumhecke, die nur noch einen knappen Meter hoch war. Dafür konnte man jetzt eine Wasserwaage oben drauflegen. Marleen würde einen Anfall kriegen. Aus zwei Meter Sichtschutz war eine englische Beeteinrahmung geworden. Die abrasierten Reste lagen aufgetürmt vor der Garage, natürlich so, dass man das Tor nicht aufbekam, ohne das Zeug beiseitegeräumt zu haben.

»Das sieht sehr ordentlich aus.« Hans-Jörg schnallte sich wieder an. »Viel heller.«

»Ordentlich?« Fassungslos startete ich den Wagen, um ihn fünf Meter näher an die Garage zu manövrieren. »Marleen wird ausflippen. Da hat doch irgendeine Gartenbaufirma eine Adresse verwechselt. Der Idiot, der das gemacht hat, kann was erleben.«

Wütend parkte ich das Auto, stieg aus und ging mit langen Schritten ins Haus.

»Ines?«

Keine Antwort.

»Gesa?«

In der Küche saßen Hanna und meine Mutter am Tisch, hörten Radio und wickelten Dosenspargel in gekochten Schinken. Als ich die Tür aufstieß, sahen sie erschrocken hoch.

»Knall doch nicht so mit den Türen. Man kann auch leise reinkommen.«

»Habt ihr mitbekommen, welche Firma das war?«

Hanna guckte verständnislos. »Firma?«

»Da draußen.« Ungeduldig wartete ich auf die Antwort. »Ihr müsst die doch gesehen haben.«

»Wir haben niemanden gesehen.« Meine Mutter schob sich eine Scheibe Schinken in den Mund und kaute. »Wir haben gar keine Zeit, nach draußen zu gucken. Du hast ja überhaupt keine Ahnung, wie viel Arbeit die Siebzigerjahre machen. Habt ihr Pumpernickel bekommen?«

»Ist alles noch im Auto. Wo sind denn Ines und Gesa? Irgendjemand muss was mitbekommen haben.« Ich war schon wieder halb draußen.

»Im Garten.« Hanna öffnete die nächste Spargeldose. »Und wenn du rausgehst, nimm mal zwei Flaschen Bier für deinen Vater und Kalli mit. Die haben bestimmt Durst nach der ganzen Arbeit.«

Von einer bösen Vorahnung erfüllt, blieb ich stehen und drehte mich sehr langsam um.

»Was für eine Arbeit?«

Unbekümmert sah meine Mutter mich an. »Wir haben sie rausgeschickt. Sie saßen uns wirklich nur im Weg rum. Wir haben ihnen vorgeschlagen, mal zu gucken, ob es im Garten etwas zu tun gibt. Ein bisschen Unkraut jäten oder so.«

»Unkraut oder so?« Vollkommen erledigt lehnte ich mich an den Türrahmen. »Mama! Hast du mal rausgeguckt? Sie haben die ganze Hecke abrasiert. Es sieht furchtbar aus.«

Meine Mutter stand umständlich auf und ging ans Fenster. »Tatsächlich. Hanna, das war kein Motorrad, das war eine Kettensäge. Es ist wirklich ein bisschen viel runtergekommen. Na ja, wächst auch wieder nach. Wo ist nun bitte schön das Pumpernickel?«

Ich ließ sie stehen und ging nach draußen. Auf der Bank

hinter der Rezeption saßen Ines und Gesa und teilten sich eine Zigarette. Meine Schwester hielt sie mir entgegen.

»Willst du mal ziehen? Wir haben es zu spät bemerkt. Drei Minuten nachdem die Säge anging, war die halbe Hecke schon weg.«

Ich nahm ihr die Zigarette aus der Hand. »Wenn das mit den Notfällen so weitergeht, bin ich in einer Woche Kettenraucherin. Wo sind sie jetzt? Ich werde sie umbringen müssen.«

»Im Strandkorb.« Gesa deutete hinter das Haus. »Sie unterhalten sich mit einem Mann, keine Ahnung, wer das ist, vermutlich ein Bekannter von Kalli. Sie sind übrigens bestens gelaunt.«

»Nicht mehr lange.« Ich zog noch einmal und gab meiner Schwester die Zigarette zurück. »Könnt ihr bitte Hans-Jörg beim Ausladen helfen? Das ganze Auto ist voll. Er sitzt bestimmt noch drin und wartet auf eine Anweisung. Ich habe jetzt nicht die Nerven.«

Ines drückte den Zigarettenstummel sorgfältig in einem leeren Blumentopf aus und stand auf.

»Komm, Gesa, Kinderbetreuung ist mir immer noch lieber, als die Rentner fertigzumachen. Viel Erfolg, Christine. Bis später.«

Mein Vater saß neben Kalli im Strandkorb, beide trugen Blaumänner und hatten Zweige im Haar und auf den Klamotten. Ihnen gegenüber saß ein Mann, den ich noch nie gesehen hatte, der mich im Moment auch nicht sonderlich interessierte und auf dessen Vorstellung ich nicht warten konnte. Dazu war ich zu ärgerlich. Er sah mir aufmerksam entgegen, ich nickte ihm nur knapp zu und baute mich vor dem Strandkorb auf.

»Was ist eigentlich in euch gefahren? Das ist Beschädigung fremden Eigentums. Seid ihr nicht bei Trost?«

»Kind.« Mein Vater wischte ein Buchsbaumblättchen von

der Stirn und lächelte mich an. »Du bist ja vom Einkaufen zurück. Darf ich vorstellen? Das ist …«

»Nein.« Seine gute Laune machte mich noch ärgerlicher. »Das Stichwort ist Buchsbaumhecke. Also?«

»Heinz, ich habe dir doch gesagt, dass wir den Grünabfall nicht vor die Garage stapeln sollten.« Kalli wandte den Blick von seinem Busenfreund ab und sah mich beschwichtigend an. »Wir räumen das gleich weg. Das musst du nicht selbst machen.«

Ich schnappte nach Luft. »Es geht nicht darum, wo der Abfall *liegt*, sondern dass es ihn überhaupt *gibt*. Ihr könnt nicht Marleens Hecke zerstören.«

Bildete ich es mir ein oder war der Bekannte von Kalli tatsächlich zusammengezuckt? Wenigstens hatte er ein schlechtes Gewissen. Im Gegensatz zu meinem Vater.

»Zerstört! Das ist wie Kraut und Rüben gewesen. Keine klare Linie in der Beschneidung. Außerdem konnte man da nicht drüber weggucken. Man sah doch nichts.«

»Papa, das war ja auch ein Sichtschutz. Der war über Jahre gewachsen, und ihr …«

Mir fiel keine Formulierung ein, die unfreundlich genug gewesen wäre.

»Entschuldigen Sie.« Der Besucher hatte meine Atempause genutzt und sich erhoben. »Ich möchte nicht länger stören. Und ich muss weiter. Vielen Dank für das Wasser und noch einen schönen Tag.« Er nickte meinen beiden Lieblingsrentnern zu und ging langsam über den Rasen zum Gartentor.

»Einen schönen Aufenthalt noch«, rief Kalli ihm hinterher, mein Vater hob zum Abschied die Hand.

Fragend sah ich die beiden an. »Wer war das denn?«

»Ich wollte ihn dir ja vorstellen, aber für gute Manieren hattest du keine Zeit«, antwortete mein Vater beleidigt. »Ein Gast. Den Namen habe ich vergessen. Hast du ihn dir gemerkt, Kalli?«

»Er hat so schnell gesprochen. Keine Ahnung.«

Ich bekam ein ungutes Gefühl. »Aber er wohnt doch gar nicht bei uns.«

»Habe ich ja auch nicht behauptet.« Mein Vater hielt die Hand über die Augen und sah ihm nach. »Er wohnt im ›Seesteg‹. Er hat sich nach Marleen erkundigt, vielleicht mietet er beim nächsten Mal hier ein Zimmer.«

Mein ungutes Gefühl verstärkte sich. »Was wollte er denn wissen?«

»Alles Mögliche.« Kalli zupfte sich Blätter vom Ärmel und ließ sie in den Strandkorb rieseln. »Wo sie ist, wann sie wiederkommt, ob wir ihren Freund kennen, aber ich wusste gar nicht, dass sie einen Freund hat. Was hat sie denn für einen Freund? Und seit wann?«

»Weiß ich nicht.« Ich ließ mich langsam auf den Stuhl sinken, den der Unbekannte frei gemacht hatte. »Was habt ihr geantwortet?«

Mein Vater blickte mich streng an. »Was sollen wir schon antworten? Uns erzählt ja niemand etwas. Wir hatten vage Arabien im Kopf. Und Kalli hat etwas von einer Terrorismusmesse angedeutet. Gibt es so was wirklich?«

Ich musste einen Moment nachdenken. Dann fiel es mir wieder ein.

»Tourismusmesse. Da wollte sie noch hin, ja. Wieso wollte der Typ das denn alles wissen?«

»Bevor wir fragen konnten, bist du gekommen und hast uns angebrüllt.« Heinz erhob sich aus dem Strandkorb und sah Kalli auffordernd an. »Komm, wir räumen mal das Grünzeug auf den Kompost. Bevor meine Tochter noch länger beleidigt ist.«

Er schlurfte mit hängenden Schultern davon.

Kalli verharrte einen Moment, dann sagte er: »Der Herr stand vor der Hecke und wollte sich das Haus ansehen. Auf Zehenspitzen. Daraufhin haben wir gedacht: ›So ein schönes

Haus, und man sieht nichts, weil die Hecke so hoch gewuchert ist.‹ Wir haben es wirklich nur gut gemeint. Und Marleen freut sich bestimmt, wenn sie wiederkommt.«

Er konnte unglaublich zerknirscht und schuldbewusst gucken. Und er war so naiv.

»Ihr habt ihn aber nicht gefragt, was er wollte? Und warum er das Haus ausspioniert hat?«

»Er hat nicht spioniert. Er hat nur mal geguckt. Das ist ein ganz netter Mann, du musst nicht immer so misstrauisch sein. Nach dir hat er übrigens auch gefragt. So, und jetzt räumen wir mal die Garage frei.«

Ich blieb matt sitzen und überlegte, wo Ines die Notfallzigaretten verstaut hatte. Kühlke hatte mich extra vor der Presse gewarnt, aber vor lauter Ärger über die Alleingänge meines Vaters hatte ich jegliche Vorsicht verloren. Da saß ein fremder Mann mitten im Garten, und ich regte mich über eine Buchsbaumhecke auf.

»Hast du sie so schnell verscharrt?«

Die Stimme meiner Schwester riss mich aus meinen Gedanken. Ich schreckte auf und sah zu ihr hoch.

»Was?«

Ines ließ sich in den Strandkorb fallen. »Keine Spur von den Heckenmördern. Wo hast du sie so schnell hingeschafft?« Sie kicherte über ihren eigenen Witz, hörte aber sofort auf, als sie mein Gesicht sah. »Was ist los?«

»Der Typ, der hier saß, war kein Bekannter von Kalli.«

»Nicht? Wer war das dann?«

»Ich weiß es nicht.« Nachdenklich betrachtete ich meine Schwester. »Kalli sagt, er hätte versucht, über die Hecke ins Haus zu schauen. Aber die Hecke wäre zu hoch gewesen, obwohl er auf Zehenspitzen gestanden hätte. Deshalb kam den beiden überhaupt erst die Idee zum Kahlschlag. Ich habe den Mann noch nie gesehen. Angeblich wohnt er im ›Seesteg‹ und hat sich nach Marleen und ihrem Freund erkundigt.«

»Ach, du Schande.« Selbst meine lässige Schwester war erschrocken. »Was haben die beiden ihm bloß erzählt? Und wer kann das sein?«

»Wenn ich das wüsste.« Ich starrte über die Rasenfläche, als hätte er seinen Namen dort eingemäht. »Im schlimmsten Fall kommt er von irgendeinem Sensationsblatt und schnüffelt hier herum. Papa und Kalli können ihm nicht viel erzählt haben, sie wissen ja nichts.«

»Na und?« Ines guckte mich schief an. »Dann denken sie sich was aus.«

Sie starrte einen Moment auf ihre Füße. Dann hob sie langsam den Kopf.

»Wir müssen sie besser im Griff haben. Wir geben uns alle Mühe, nichts durchsickern zu lassen, und Papa und Kalli erzählen dem Erstbesten wilde Geschichten.«

Mir brach der Schweiß aus, ob hormonell oder aus Angst, konnte ich nicht unterscheiden. Mit belegter Stimme versuchte ich, uns beide zu beruhigen.

»Sie hatten nicht viel Zeit, wilde Geschichten zu erzählen. Ich glaube auch nicht, dass sie es machen würden. Sie haben doch keine Ahnung, was hier wirklich los ist.«

»Hoffentlich.« Ines hatte plötzlich auch eine Falte über der Nase. »Ich weiß nur nicht, ob …«

»Christine?« Die Stimme meiner Mutter schallte durch den Garten zu uns. Ich stand auf und brüllte zurück: »Ja? Was ist?«

»Dosenananas! Für Toast Hawaii.«

Mit gesenkter Stimme fragte ich Ines: »Was soll mir das jetzt sagen?«

Dann rief ich: »Ja und? Soll ich da jetzt einen ganzen Satz draus machen?«

Ines drückte sich noch tiefer in den Strandkorb. »Ich bin nicht hier.«

»Du musst noch mal los. Dosenananas kaufen. Hier sind keine.«

Charlotte war vom Zaun so schnell verschwunden wie sie aufgetaucht war. Ines streckte den Kopf wieder aus dem Strandkorb und schüttelte den Kopf.

»Ich weiß gar nicht, ob es noch Dosenananas gibt. Die isst doch kein Mensch mehr.«

»Doch«, ergeben setzte ich mich in Bewegung. »Mama und Hanna. Und mit Glück auch heute Abend die Gäste. Ich fahre mit dem Rad, ich muss mich mal bewegen. Bis später.«

Als ich durch den Habenpad radelte, entdeckte ich vor mir einen Jogger, der mir bekannt vorkam. Ich trat schneller in die Pedale, um zu ihm aufzuschließen. Bevor er rechts zur Seeseite abbiegen konnte, pfiff ich ihm hinterher. Immer noch trabend, drehte er sich zu mir um und blieb schließlich stehen. Ich hatte ihn erreicht.

»Hallo, Tom.«

Er wischte sich mit seinem Ärmel den Schweiß von der Stirn und lächelte.

»Das ist ja schön. Willst du zum Hafen?«

Ich deutete nach links zum Supermarkt. »Die Küche braucht Dosenananas. Sozusagen ein Notfall. Und du? Was macht deine Mutter?«

»Sie hat sich nach dem Frühstück aufs Bett gelegt und liest jetzt Liebesromane. Das macht sie immer so. Auch im Urlaub. Deshalb kann ich in Ruhe joggen gehen.«

Mir fiel wieder die Situation mit dem Fahrrad ein. »Es ist nicht so ganz leicht, oder?«

Er lächelte tapfer. »Wann sind Mütter schon einfach? Wir wollten doch mal zu dem Italiener essen gehen. Wie sieht es denn heute Abend bei dir aus?«

»Das geht.« Ich hatte ohne nachzudenken geantwortet. Es wurde einfach mal Zeit, an etwas anderes zu denken. »Wenn du willst, dann gerne.«

»Gut.« Er nickte zufrieden und zog den Reißverschluss seiner Jacke höher. »Dann bestelle ich einen Tisch, wenn ich zurücklaufe. Ich freue mich. Um acht?«

»Gern.«

»Bis später.«

Tom legte mir kurz zwei Finger auf den Arm, wandte sich zum Meer und setzte sich wieder in Bewegung.

Ich sah ihm mit einem warmen Gefühl im Bauch nach. Er freute sich! Solche Töne hatte ich schon länger nicht gehört. Ich freute mich irgendwie auch.

Mit acht Dosen Ananas auf dem Gepäckträger fuhr ich langsam zurück. Ich wollte gar nicht ausrechnen, wie viel Toast Hawaii man daraus machen konnte. Andererseits hatten wir immer noch Unmengen Huhn im Angebot. Mir fiel ein, dass ich »Hühnchen Bombay« auf einer Liste gelesen hatte. Meine Mutter hielt Ananas für indisch. Es sollte mir egal sein, Hans-Jörg bekam Geld fürs Verhindern.

Apropos verhindern: Ich musste herausbekommen, wer der Mann aus dem Garten war und was mein Vater und Kalli ihm genau erzählt hatten. Fragen könnte ich sie nicht noch einmal, sonst würden sie ahnen, dass irgendetwas passiert war. Dann gäbe es vermutlich kein Halten mehr, im schlimmsten Fall würde mein Vater vorschlagen, eine Befreiungsaktion in Dubai zu planen. Was hieß »planen«? Er würde es einfach durchziehen. Spontan.

Ich fuhr bereits durch den Damenpfad, ein kleines Stück weiter war der »Seesteg«. Eine Möglichkeit wäre, hineinzugehen und den Fremden zu fragen, was er bei uns gewollt hatte. Das war der auffälligste Weg. Zumal ich noch nicht einmal seinen Namen kannte. Eine andere Idee war, unter dem Vorwand, er hätte etwas im Strandkorb liegen lassen, nach ihm zu suchen. Allerdings hatte ich außer acht Obstkonserven und meiner Geldbörse nichts bei mir, was man vergessen haben könnte. Ob mir die Hausdame glauben würde, dass einer ihrer Gäste Dosenananas verloren hätte, bezweifelte ich. Ich musste mir etwas anderes überlegen.

Auf der Höhe des »Seestegs« radelte ich so langsam, dass ich fast umkippte. Von dem Mann war weit und breit nichts zu sehen. Also trat ich wieder kräftiger, um in Schwung zu kommen. Ich hatte auch keine Zeit, Nachforschungen zu betreiben, vermutlich hielten die fehlenden Dosenananas bereits den gesamten Kochbetrieb auf.

Die sterblichen Überreste der einst so stolzen Buchsbaumhecke waren tatsächlich weggeräumt, sodass ich das Garagentor öffnen und das Fahrrad hineinschieben konnte.

Bevor ich die Hintertür erreicht hatte, trabte Tom mit hochrotem Kopf in den Hof.

»Du bist aber schnell.« Ich ließ die schwere Tasche auf den Boden sinken und wartete einen Moment, bis er vor mir stand. »Das war ja Streckenrekord.«

Er lehnte sich an die Wand und rang nach Luft.

»Nur die letzten Meter«, stieß er hervor, »der Rest war ganz gemütlich. Zum Schluss musste ich sprinten.«

»Ehrgeiz?« Ich hob die Tasche wieder hoch.

»Nein.« Er grinste mich verlegen an. »Flucht. Ich habe meinen obersten Chef auf der Promenade gesehen. Dem wollte ich jetzt nicht begegnen.«

»Ist der so doof?«

Langsam ging ich an ihm vorbei zur Tür. Tom folgte mir mit seinem Blick.

»Eigentlich nicht. Aber er muss mich ja hier nicht beim Joggen sehen.«

Ich blieb erneut stehen. »Wieso? Das ist doch nichts Schlimmes.«

»Ich habe eigentlich keinen Urlaub. Das braucht ja niemand merken. So, ich muss unter die Dusche. Also, bis heute Abend.«

Er verschwand im Haupteingang, und ich machte meinen Mund wieder zu. Was meinte er damit, dass er keinen Urlaub hatte? Aber er war doch mit seiner Mutter hier? Das sollte er mir bei »Sergio« erklären. Und ab jetzt würde ich etwas misstrauischer sein.

Ich lieferte meine Dosen in der Küche ab, bekam kein Dankeschön, hatte es im Grunde auch nicht erwartet und ging wieder. Im Flur stieß ich fast mit Adelheid zusammen, die mit geröteten Wangen gerade hereinkam.

»Hallo, Adelheid, war es schön am Leuchtturm?«

»Ja.« Sie nickte zufrieden und zog ihre Jacke aus. »Sehr schön. Du solltest auch mal ein bisschen an die Luft gehen, du siehst schlecht aus.«

»Danke.«

Meine Antwort ignorierend, schob sie sich an mir vorbei, legte ihre Hand auf die Küchentürklinke und sagte: »Was machst du jetzt?«

»Ich …«

»Gut. Dann bring doch Herrn Bernd eine Kanne Kaffee auf sein Zimmer. Er muss arbeiten, das fällt ihm mit einer schönen Tasse Kaffee bestimmt leichter. Und leg ein bisschen Gebäck dazu.«

»Gerne doch. Ich kann mir nichts Schöneres vorstellen.«

Ich folgte ihr in die Küche, wo sie, ganz anders als ich vorhin, begeistert empfangen wurde.

Adelheid hatte es sich nicht nehmen lassen, das Tablett selbst herzurichten. Ich hatte damit gerechnet, dass sie noch mit der Blumenschere bewaffnet in den Garten gehen würde, um Marleens Rosen abzuschneiden. Aber sie hatte sich mit der herzförmigen Ausrichtung der Kekse begnügt. So ausgeprägt war ihre romantische Ader nun doch nicht.

Sehr vorsichtig, um die Keksbotschaft nicht durcheinanderzuschütteln, stieg ich die Treppe zu Guntram Bernds Zimmer hoch. Vor der Tür musste ich umgreifen, um klopfen zu können. Bevor ich das geschafft hatte, hörte ich seine Stimme.

Die Tür war nur angelehnt. Meine erhobene Hand verharrte vor dem Klopfen.

»Also, sobald du etwas über ihn herausgefunden hast, meldest du dich. Ich habe hier alle möglichen Leute gefragt, aber anscheinend weiß niemand etwas über ihn. Nach ihr habe ich jetzt nicht mehr gefragt, das Personal kennt sie natürlich, aber viel mehr bekommt man nicht heraus.«

Ich hielt die Luft an und konzentrierte mich darauf, das Tablett gerade zu halten.

»Ich hatte von Anfang an ein komisches Gefühl. Die Geschichten, die sie erzählt, stimmen doch hinten und vorne nicht. Das habe ich im Gespür.«

Meine Hand verkrampfte sich. Der Teelöffel klirrte leise auf der Untertasse. Nicht fallen lassen, dachte ich, bloß nicht fallen lassen. Ich hörte Guntram Bernds Schritte im Zimmer. Seine Stimme war jetzt weiter weg. Ich atmete vorsichtig aus.

»Verbleiben wir so. Du meldest dich, ja? Bis bald, tschüss.«

Ich hatte es gewusst. Es war alles Tarnung: die Lesung, die Wanderungen mit Adelheid, alles. Er schnüffelte herum, ich fragte mich nur, in wessen Auftrag. Und er machte sich an Adelheid heran, um unauffällig Informationen über Marleen und Björn zu bekommen. Da konnte er lange wandern, sie wusste nichts. Zumindest nichts von Björn.

Die arme Adelheid. Entschlossen griff ich das Tablett wieder mit beiden Händen und schüttelte die in Herzform drapierten Kekse zu einem Haufen. Er hatte es nicht verdient.

»Herr Bernd?«

Seine Schritte kamen zur Tür. »Ja?«

»Ich bringe Ihnen Kaffee. Bitte.«

Ohne ein Lächeln streckte ich ihm das Tablett mit beiden Händen entgegen. Angenehm überrascht stand er in der offenen Tür und nahm es mir ab.

»Das ist ja eine sehr nette Idee, auch wenn ich es nicht bestellt habe. Vielen Dank.«

Wie konnte er mir nur so freundlich und gerade in die Augen sehen? Es war nicht zu fassen.

»Schon gut.« Ich drehte mich auf dem Absatz um und ging zur Treppe. »Erfolgreiches Arbeiten.«

Dieser blöde Hund. Ich musste sofort mit Gesa und Ines reden. Der Starautor würde ab jetzt auf Granit beißen.

Meine Schwester war mit Gesa zusammen zum Supermarkt gefahren. Ich hatte die falschen Cocktailkirschen gekauft. Das war zumindest das, was meine Mutter mir knapp mitteilte, als ich in die Küche kam. Was an Cocktailkirschen falsch sein konnte und warum man zu zweit neue besorgen musste, erklärte sie mir nicht.

Ich versuchte, meine Aufregung über das, was ich gerade vor Guntram Bernds Zimmer gehört hatte, in den Griff zu kriegen, und marschierte in die Rezeption. Vielleicht konnte ich da irgendetwas abheften. Büroarbeiten beruhigten mich.

Natürlich war der Schreibtisch aufgeräumt, schließlich hatte Ines ihn zu ihrem Aufgabenbereich gemacht. Sie hatte zwar eine gewisse Nachlässigkeit, was Taschen, Jacken und Schuhe anging, ihre Schreibtische sahen aber immer aus wie aus einem Katalog für Bürohersteller. Nichts lag schief und alles glänzte.

Frustriert ließ ich mich auf den Stuhl fallen und rollte ein bisschen hin und her. Ich überlegte, ob ich Kühlke anrufen sollte, um ihm die neueste Entwicklung zu schildern. Aber was würde das nützen? Er könnte mir nicht helfen, sondern würde nur noch mal eindringlich betonen, wie wichtig es sei, Stillschweigen zu bewahren. Das wusste ich selbst.

Wenn ich sehr dicht ans Fenster rollte, konnte ich den Eingang der Bar sehen. Sie war noch geschlossen, frühestens in zwei Stunden würde Pierre hier eintrudeln. Dabei sehnte ich mich bereits jetzt nach einem Gute-Laune-Getränk. Ich rollte zurück, dann wieder vor, dann wieder zurück. Bei der nächsten Runde blickte ich erneut auf die Bar und – auf den Mann im Garten.

Der Stuhl knallte ohne mich an den Schreibtisch. Ich brauchte keine fünf Sekunden, bis ich um das Haus herumgelaufen war.

»Hallo! Suchen Sie jemanden?«

Der Mann nahm Hände und Gesicht von der Scheibe und ging ein Stück zurück. Er schien nicht einmal ein schlechtes Gewissen zu haben.

»Ist die Bar noch geschlossen?«

Ich war jetzt dicht vor ihm. »Sonst wäre die Tür offen. Ist sie aber nicht. Was wollen Sie?«

»Ich wollte gern ein Bier trinken.« Entwaffnend lächelte er mich an. »Kennen Sie das nicht? Man läuft so durch die Gegend, und plötzlich bekommt man einen stechenden Durst und könnte für ein Bier töten.«

»Das kenne ich nicht.« Ich versuchte, ihn unauffällig zu mustern. Er war groß, schlank, hatte blondes kurzes Haar, das bereits mit Grau durchzogen war, und war insgesamt ziemlich gut aussehend. »Also, Durst schon, ich würde nur nicht töten. Sie waren doch vorhin schon einmal da, oder?« Ich hoffte, dass die Frage harmlos genug klingen würde, und versuchte genauso zu gucken.

Er nickte. »Ja. Ich wusste nicht, ob Sie mich überhaupt registriert hatten, Sie waren ja ordentlich in Fahrt.«

»Ja.«

Ungeduldig kaute ich auf meiner Unterlippe. Ich hatte nicht die Absicht, den Grund seiner Anwesenheit aus ihm herauszuprügeln, aber ich musste wissen, warum und in wessen Auftrag er hier um die Häuser schlich. Während ich noch angestrengt überlegte, wie ich das anstellen sollte, ging er in die Offensive.

»Arbeiten Sie in der Pension?«

»Ja. Wieso?«

Er trat einen Schritt näher an mich heran und senkte seine Stimme.

»Dann kennen Sie doch bestimmt Christine Schmidt?«

Mir fiel fast der Unterkiefer runter. »Warum?«

»Ach, nur so.« Sein Gesichtsausdruck wurde unsicher. »Ich habe gehört, dass sie hier arbeitet. Aber die beiden Gärtner haben den Namen noch nie gehört. War einer von beiden nicht Ihr Vater?«

»Ja. Der mit der Mütze.« Ich musterte ihn kurz und wischte dann meine Unsicherheit beiseite. »Heinz Schmidt. Ich bin Christine.«

Erleichtert atmete er aus. »Gott sei Dank. Die beiden haben Stein und Bein geschworen, dass dieser Name hier noch nie aufgetaucht wäre, ich war schon völlig verunsichert. Warum macht Ihr Vater das?«

Achselzuckend sagte ich: »Mein Vater macht manchmal Dinge, die ich nicht verstehe. Wer sind Sie denn? Und was wollen Sie?«

»Entschuldigung.« Wenn er lächelte, hatte er Grübchen. »Ich bin David Bruhn.«

Er hätte mir auch ein Brett auf den Kopf hauen können. Der Boden wankte, und mir blieb die Luft weg.

»Sie sind …«

Ich konnte nur krächzen und ihn entsetzt anstarren. Anscheinend hielt er mich für blöd, deshalb schob er die Erklärung hinterher: »Ich bin der Bruder von Björn. Ihren Namen habe ich von Ralf Kühlke. Und ich wollte mit Ihnen reden.«

Mit letzter Kraft suchte ich nach Worten. »Wir strengen uns so an, dass nichts herauskommt, und Sie tauchen hier einfach auf. Sind Sie irre?«

Verwirrt schüttelte er den Kopf. »Nein, Sie verstehen das falsch. Ich habe niemandem etwas erzählt. Ich hatte keine Lust mehr, zu Hause hilflos herumzusitzen und nur zu warten.

Ich hatte gehofft, dass es hier einfacher würde, auch weil ich mal mit einem anderen Betroffenen reden wollte.«

Ärgerlich starrte ich ihn an. »Ich hoffe, Sie haben sich eine gute Geschichte für Ihren Besuch einfallen lassen. Was um alles in der Welt haben Sie denn meinem Vater erzählt, warum Sie mich suchen?«

»Ich wusste ja nicht, dass es Ihr Vater ist.« Seine Verlegenheit ließ mich Böses ahnen. »Ich habe ihm gesagt, wir hätten uns übers Internet kennengelernt. In einem Chat. Und dass ich Sie gerne einmal sehen wollte.«

»Um Himmels willen.« Noch mehr Lügen. Und die Aussicht auf ein baldiges Vier-Augen-Gespräch mit meinem Vater, der mich auf die Gefahren den Internets und auf mein zerrüttetes Privatleben hinweisen würde. »Besten Dank auch. Das war wirklich sehr clever.«

Zerknirscht sah er mich an. »Mir fiel so schnell nichts Besseres ein. Können wir nicht in Ruhe reden? Ralf Kühlke sagte, Ihre Schwester und eine Mitarbeiterin wüssten ebenfalls Bescheid. Vielleicht setzen wir uns mal zusammen?«

Ich warf einen Blick zum Haus und auf den Weg, um mich zu vergewissern, dass uns niemand sah. Die Luft war rein.

»Ich rede mit Ines, das ist meine Schwester, und Gesa. Vielleicht können wir uns morgen Abend treffen. Wie kann ich Sie denn erreichen?«

David Bruhn suchte in seiner Jackentasche nach Stift und Papier. Auf die Rückseite einer Quittung kritzelte er seine Handynummer und gab sie mir.

»Okay.« Nachdenklich betrachtete ich den Zettel. Er hatte bei »Deckena« Pommes gegessen. Mit Ketchup. »Ich rufe Sie an. Aber tun Sie mir den Gefallen und bleiben Sie von der Pension weg. Wir haben hier mindestens sechs Augenpaare, die sofort alles registrieren. Und ich habe keine Lust mehr, mir eine Lüge nach der anderen auszudenken.«

»Alles klar.« Erleichtert steckte er den Kugelschreiber weg.

»Jetzt habe ich Sie ja gefunden. Und ich freue mich darüber. Also, bis später.«

Ich sah ihm nach, als er mit langen Schritten den Weg zur Promenade hinunterlief. Er war bereits der Zweite, der sich meinetwegen freute. Vielleicht gar nicht so übel, dass er hier war. Nun konnten wir gemeinsam die Verantwortung tragen.

Ines und Gesa waren zurück, ich erkannte die Stimme meiner Schwester, als ich am geöffneten Küchenfenster vorbeikam.

»Ich mag die Dinger nicht. Reine Chemie.«

»Du hast keine Ahnung.« Meine Mutter stand direkt am Fenster und sah mich. »Da bist du ja endlich, beeile dich, wir brauchen Hilfe.«

Ich war erst an der Küchentür, als Hanna mir bereits ein Paket knallbunter Plastikstäbchen in die Hand drückte.

»Hier. Du kannst gleich anfangen, 150 Käsespieße. Unten Käse, dann Weintraube, wieder Käse, zum Schluss eine Kirsche. Ines schneidet Käsewürfel.«

Meine Schwester schnitt schon, hob aber fragend den Kopf.

»War was?«

Mit einem warnenden Blick auf meine Mutter und Hanna nickte ich kurz und sagte: »Nö. Gehen wir nachher mal ein Stück spazieren?«

»Erst wenn ihr fertig seid.« Der Ton meiner Mutter ließ keinen Widerspruch zu. »Und Gesa, leg die Cocktailkirschen einfach hin. Ines soll sie ja nicht essen. Ines, deine Würfel werden immer größer, aus dem hier kannst du zwei machen.«

Ich setzte mich zwischen Gesa und Ines an den Tisch und riss die Tüte mit den Plastikstäbchen auf.

»Wo ist denn der Rest der Truppe?«

»Papa und Kalli gucken Kallis Schallplatten durch.« Ines schob sich einen zu groß geratenen Käsewürfel in den Mund. »Und Jurek und Hans-Jörg holen eine Anlage und die Boxen.« Letzteres kam sehr undeutlich.

Erstaunt drehte ich mich zu meiner Mutter um. »Wozu das denn?«

»Wir machen ein bisschen Atmosphäre.« Sie sah mich zufrieden an. »Das Buffet alleine wäre doch langweilig. Wir haben schon alles fein geschmückt, und die Männer legen zum Essen schöne Platten auf. Original Siebziger. Das wird wie früher auf unseren Partys. Das gleiche Essen, die gleiche Musik, nur mehr Falten.«

»Und mehr Bauch und weniger Haare.« Hanna lachte. »Adelheid hat noch zwei Packungen Glitzerkonfetti zu Hause, die holt sie gerade.«

»Hoffentlich kann man das Zeug einfach wegsaugen.« Gesa beugte sich über die Schale mit den Weintrauben und zupfte die Stängel ab. »Ich habe keine Lust, diese Glitzerteilchen morgen mit der Hand vom Fußboden zu pulen.«

Mir fiel kein einziger Kommentar dazu ein. Kaum überließ ich die Küche meiner Mutter und Hanna, machten sie ein riesiges Tamtam um das Abendessen. Glitzerkonfetti und Schlager, ich wollte mir überhaupt nicht vorstellen, was Marleen sagen würde. Nur eines verstand ich nicht:

»Und das findet Adelheid gut?«

»Ja, natürlich.« Meine Mutter schnitt Ananasringe klein. »Sie ist richtig begeistert. Herr Bernd tanzt nämlich für sein Leben gern, außerdem will sie Pierre mal zeigen, wie man eine richtige Schlagerparty organisiert. Gestern Abend in der Bar gab es ja nicht einmal Salzstangen, nur Musik und Getränke.«

»Mama.« Ines war auch ein bisschen irritiert. »Wir reden eigentlich von einem Abendessen. Die Gäste haben Halbpension. Sie wollen doch keine Party. Was macht ihr denn, wenn jemand diese Musik nicht mag?«

»Das gibt es nicht.« Mein Vater hatte die letzte Frage gehört und beantwortete sie beim Hereinkommen. »Kalli hat so tolle Platten, da ist für jeden etwas dabei.«

Er griff sich einen fertigen Käsespieß und setzte sich damit auf die Fensterbank.

»Den meisten Gästen haben wir es schon heute Mittag gesagt, alle freuen sich. Ihr müsst ja nicht mitmachen.«

»Das fehlt auch noch.« Ich produzierte inzwischen routiniert meine Häppchen und stellte ein kirschgekröntes Gebilde nach dem anderen auf die silberne Platte. »Außerdem bin ich zum Essen verabredet.«

Wie aus der Pistole geschossen fragte mein Vater: »Mit wem?«

Ohne ihn anzusehen, antwortete ich sehr freundlich: »Mit Tom Hansen. Ich bin mit ihm früher zur Schule gegangen, habe ich doch erzählt. Wir wollen zum Italiener.«

»Was sagt eigentlich Johann zu deinem, wie sagt man: Lotterleben?«

Diese Frage schlug ein wie eine Bombe. Alle außer mir hielten inne und starrten erst meinen Vater und dann mich an. Ich spießte in aller Ruhe weiter.

»Heinz.« Meine Mutter sagte als Erste etwas dazu. »Christine, was meint er?«

Ich schwieg, er hatte garantiert noch mehr auf Lager. Und richtig.

»Ich habe neulich in der Zeitung gelesen, dass sie in einem Waldstück in der Nähe von Neumünster eine zerstückelte Leiche gefunden haben. Als sie sie wieder zusammengesetzt hatten, das können die heute nämlich, stellte sich heraus, dass es sich um eine Frau handelte, die in ihrer Freizeit Internetbekanntschaften pflegte. Die schrieb sich immer mit fremden Männern. Und einer von denen war verrückt und hat sie nach ihrem Treffen zerhackt. So.«

»Sag mal«, Hanna schnippelte weiter, »was liest du bloß immer für Zeitungen? Ich denke, sie kennt den Hansen aus der Schule. Oder, Christine?«

Ich nickte. »Richtig.«

»Ja, den.« Mein Vater betrachtete mich mit schmalen Augen. »Aber es gibt ja hier noch mehr Männer, die plötzlich nach Christine fragen. Ich war aber auf Zack und habe nichts verraten. Seit wann machst du denn im Internet solche Geschichten?«

Ines und Gesa guckten verständnislos zwischen mir und meinem Vater hin und her.

»Papa.« Entschlossen rammte ich den nächsten Spieß in einen Käsewürfel. »Gewöhne dir doch mal an, sofort und ganz schlicht zu fragen. Der Typ hat mich verwechselt. ›Christine Schmidt‹ ist ja wirklich ein Allerweltsname. Diejenige, die er sucht, wohnt im ›Germania‹. Er war vorhin noch einmal hier und hat das richtiggestellt.«

»Was hast du gegen den Namen?« Empört stand Heinz auf und griff sich noch einen Käsespieß. »Der klingt sehr schön. Wir haben uns deinen Namen lange und gut überlegt.«

»Und was ist jetzt mit dem Internet?« Ines hatte immer noch keinen Zusammenhang entdeckt. »Wer zerhackt dich denn jetzt?«

»Ines.« Meine Mutter warf ihr einen Lappen an den Kopf. »Rede doch nicht so. Nachher passiert ihr was, und du hast ein schlechtes Gewissen, weil du so leichtfertig darüber gesprochen hast.«

Meine Schwester und ich sahen uns lange an. Mit meiner sanftesten Stimme sagte ich: »Ich führe kein Lotterleben, ich mache keine Bekanntschaften im Internet, und es hat auch niemand versucht, mich zu zerhacken. Alles ist gut. Papa hat ein bisschen was durcheinandergebracht. Schneide du bitte Käsewürfel, ich habe hier noch hundert Stäbchen.«

Bei Spieß 117 kehrte Adelheid zurück. Erstaunt sah sie sich um.

»Ihr seid ja schon fast fertig. Sehr gut. Wo sind Charlotte und Gesa abgeblieben?«

Ich deutete in die Richtung des Gastraumes. »Sie decken die Tische. Bleibst du jetzt hier? Ines und ich müssten dringend in die Rezeption und Reservierungen bestätigen. Vielleicht könntest du die letzten Spieße machen?«

Ich trat meiner Schwester unauffällig gegen den Knöchel, manchmal stellte sie Fragen, bevor sie nachdachte. Sie hatte verstanden.

»Ja, Adelheid, das wäre ganz nett. Wir sitzen seit fast zwei Stunden vor den Cocktailkirschen.«

»Natürlich. Ich bringe den beiden nur schnell das Konfetti. Ihr könnt schon gehen. Bis später.«

Ohne ihr mitzuteilen, dass wir nur unter Gewaltandrohung an der illustren Schlagersause teilnehmen würden, zog ich meine Schwester an der Hand nach draußen, um sie endlich auf den neuesten Stand zu bringen. Die Ahnungslose hatte weder etwas von Guntram Bernds falschem Spiel noch von der Ankunft unseres angeblichen Verbündeten mitbekommen.

Wir hatten die Jalousie in der Rezeption heruntergelassen und uns zur Tarnung nebeneinander hinter dem Computer verschanzt. Leise, schnell und chronologisch hatte ich Ines die Ereignisse dieses Tages zusammengefasst. An einigen Stellen hatte sie die Luft angehalten, an anderen nur große Augen gemacht. Als ich geendet hatte, sank sie im Schreibtischstuhl zurück und begann, mit ihm hin und her zu fahren.

»Guntram Bernd.« Nachdenklich rollte sie immer schneller, bis meine Hand auf der Armlehne sie stoppte. »Bist du dir sicher, dass er in dem Telefonat über Marleen und Björn geredet hat?«

»Natürlich.« Ich ließ meine Hand, wo sie war, dieses Rollen machte mich nervös. »Ich habe doch genug gehört. Eindeutig.«

»Das ist ziemlich ungünstig.« Sie nagte an ihrer Unterlippe.

»Der hat so viele Kontakte. Hoffentlich hat er Gisbert von Meyer nicht eingeweiht.«

Diesen grauenvollen Gedanken hatte ich bislang verdrängt, gequält stöhnte ich auf.

»Bitte nicht.«

»Das können wir nur hoffen. Wie ist denn David Bruhn?«

Ich sah aus dem Fenster zu der Stelle, wo ich ihn vorhin gesehen hatte.

»Ganz nett, glaube ich. Beim Weintraubenstechen ist mir wieder eingefallen, dass Kühlke erzählt hat, welch eine Katastrophe es für die Bruhns wäre, wenn es Gerüchte und Pressemeldungen über Björn gäbe. Sie sind die Inhaber einer großen Verlagsgruppe. Habe ich doch erzählt.«

»›Nord-Magazin‹.« Ines nickte. »Stimmt. Welche Zeitungen gehören eigentlich zu dieser Gruppe?«

»Das weiß ich nicht. Aber ist jetzt auch egal. Ich habe schon überlegt, ob er nicht in Wirklichkeit hier ist, um uns zu überprüfen. Ob wir dichthalten. Könnte ja sein, oder?«

»Ich an seiner Stelle würde das tun.« Meine Schwester war schon wieder ganz entspannt. »Aber vielleicht ist es gar nicht so dumm, dass er jetzt hier ist. So kann er auch mal mitdenken und überlegen, was wir erzählen sollen. Vor allen Dingen, wenn wir wieder nach Hause müssen. Ich hoffe, er hat genug Fantasie. Wir rufen ihn morgen an und treffen uns mit ihm bei uns oben. Danach sehen wir weiter.«

Sie warf einen Blick auf die Uhr und dann auf mich. »Wolltest du nicht essen gehen? Also, du solltest eigentlich auch noch duschen. Du hast Käse im Haar und an den Ohren.«

Ich griff an mein Ohr und erwischte sofort einen Käsekrümel. »Das hätte ich jetzt fast vergessen. Meinst du nicht, dass sie uns beim Essen noch brauchen?«

Ines verschränkte ihre Finger im Nacken und deutete zur Tür. »Geh ruhig rüber, ich mache das schon. Es gibt sowieso nichts im Fernsehen. Viel Spaß mit den alten Zeiten.«

»Danke.«

Als ich mich auf dem Weg noch einmal umdrehte, sah ich meine Schwester in unveränderter Stellung nachdenklich an die Wand starren. Später würden wir uns wieder gemeinsam allen Herausforderungen dieser Welt stellen, aber nun knurrte mein Magen, und ich benötigte dringend eine Auszeit.

Durch das Duschpeeling war meine Haut ganz weich geworden. Während ich mich mit meiner teuersten Körperlotion eincremte und überlegte, ob ich das schwarze Kleid mit dem tiefen Ausschnitt oder lieber die violette enge Bluse zur schwarzen Hose anziehen sollte, fing es an zu regnen. Ich schraubte den Deckel auf den Cremetiegel und sah aus dem Fenster. Es goss sogar wie aus Kübeln. Und genau diese Tatsache kühlte mein Gehirn und meinen Hormonhaushalt wieder ab.

Was machte ich hier eigentlich? Meine beste Freundin saß in einem arabischen Gefängnis, die Lügengeschichten in der Pension drohten aus dem Ruder zu laufen, ein bekannter Kriminalkommissar a. D. war uns auf der Spur, mein Lebensgefährte in Schweden hatte nicht die geringste Ahnung, was für ein Film hier gerade lief und dass ich unsere Beziehung immer mehr anzweifelte, und ich cremte mir das Dekolleté ein und rüschte mich auf, nur weil ich mit einem alten Schulfreund zum Essen verabredet war.

Ich warf mir einen Bademantel über und ging ins Wohnzimmer, um mein Handy zu suchen. Es war noch Zeit, ich würde Johann jetzt einige Details erzählen, seine Stimme würde mich beruhigen, und ich könnte ihm endlich mal sagen, dass er mir fehlte. Und ihn bitten, am Wochenende wirklich zu kommen. Während ich seine Nummer im Adressverzeichnis suchte, schob sich Toms Gesicht in meinen Kopf und daraus folgend der Anflug eines schlechten Gewissens. Ich schüttelte mich, als würden sich die Gedanken dadurch auflösen. Das war ja alles Quatsch und dreißig Jahre her. Ich würde gleich in Jeans und

Pulli schlüpfen, und Schluss. Was hatte Ines neulich gesagt? Serielle Monogamie. Genau, treu bis zum Anschlag. Ich entspannte mich lächelnd und zählte die Freizeichen mit. Drei, vier, dann eine Stimme: »Gunilla Hagestroem.«

Irritiert drückte ich den roten Kopf und hörte auf zu lächeln. Ich hatte die gespeicherte Nummer genommen, ich konnte mich nicht verwählt haben. Entschlossen benutzte ich die Wahlwiederholung. Jetzt sprang eine Mobilbox an. Es war Johanns Stimme. Und ich verwarf den Gedanken an Jeans und Pulli.

»Violett steht dir.« Tom hatte mir meine tropfnasse Jacke abgenommen, die er jetzt an die Garderobe hängte. »Das ist aber auch ein Scheißwetter.«

»Ja.«

Ich blieb neben ihm stehen und wartete, bis er seinen ebenso nassen Mantel ausgezogen hatte. Er trug wieder diesen dunkelblauen Pullover, ich hätte mir das Aufbrezeln sparen können. Zumal diese Bluse sehr eng war, und ich mich jetzt schon unwohl darin fühlte.

Der Kellner führte uns zu einem Tisch am Fenster und legte uns die Speisekarten vor. Was er sagte, drang überhaupt nicht zu mir durch, stattdessen hatte ich immer noch eine andere Stimme im Ohr: »Gunilla Hagestroem«. Schlampe.

»Christine?«

Ich fuhr hoch, der Kellner und Tom sahen mich beide fragend an.

»Wie bitte?«

»Ob du auch einen Prosecco möchtest? Oder lieber einen anderen Aperitif?«

»Wein.« Es gab keinen Grund, sich hier mädchenhaft zu benehmen. »Ich nehme gleich einen halben Liter Regaliali.«

Erstens war ich kein Mädchen mehr, zweitens war das mit Tom ewig lange her, und drittens würde ich niemals an fremde

Handys gehen. Auch wenn zwischen diesen Dingen kein einziger Zusammenhang bestand, ich fühlte mich im Recht.

Der Kellner zog ab, und Tom beugte sich vor. »Ist mit dir alles in Ordnung?«

»Sicher.« Ich konnte so lässig sein, wenn ich wollte.

Sein Gesicht war besorgt. Durch die Feuchtigkeit kringelten sich seine Haare, eine Locke fiel ihm in die Stirn, was mich rührte.

Ich hatte damals seine langen schwarzen Locken toll gefunden. Er war zwei Klassen über mir und unerreichbar, der schöne Tom Hansen, der mit den dunklen Augen und der gebräunten Haut aussah wie ein Italiener. Alle Mädchen meiner Klasse waren in ihn verliebt. Tom leitete die Schülerzeitung, er war der beste Leichtathlet der Schule, hatte die coolsten Klamotten, das schönste Lächeln und keine Freundin. Meine damalige beste Freundin Frauke und ich hingen stundenlang am Marktplatz herum, in dessen Nähe er wohnte, aufgeregt und begierig, wenigstens einen kurzen Blick auf ihn zu werfen, falls er zufällig mit dem Fahrrad vorbeifuhr. Ich hatte von keinem Menschen so häufig geträumt, wie von Tom. Vorher nicht und auch nicht später.

Der Wein kam, Tom hatte denselben bestellt, wir tranken, und ich starrte ihn so lange an, bis er anfing zu lachen.

»Was ist los mit dir? Du siehst aus, als hättest du ein Gespenst gesehen.«

Gehört, dachte ich und hob mein Glas.

»Prost. Auf einen schönen Abend. Toll, dass es heute geklappt hat.« Meine Stimme war zu laut, ich senkte sie. »Mir fällt gerade dein gelbes Rennrad ein.«

»Grün.« Toms Augen versanken in meinen. »Hellgrün. Man könnte auch Gelbgrün sagen. Aber richtig gelb war es nicht.« Er machte eine kleine Pause, dann sagte er: »Und ich erinnere mich, dass du einen dunkelroten Parka hattest. Mit so einer Fellbordüre an der Kapuze.«

Er irrte. Mein Parka war, wie die aller anderen, olivgrün. Nur Frauke hatte einen anderen gehabt. Frauke hatte den dunkelroten. Aber ich wollte nicht kleinlich sein. Nicht jetzt. Also lächelte ich und trank weiter.

Als der Kellner zurückkam, um die Bestellung aufzunehmen, wählte ich eine Pizza. Nicht weil ich Lust darauf gehabt hätte, sondern weil mir so schnell nichts anderes einfiel.

»Pizza?« Über den Rand der Karte runzelte Tom die Stirn. »Möchtest du nicht etwas Edleres? Ich nehme den Steinbeißer.«

Er klappte die Karte zu, ich folgte ihm und blieb bei der Pizza. Ich hatte sowieso keinen Hunger.

Es war warm bei »Sergio«, langsam machte ich mir Gedanken, ob man auf violetten, etwas zu engen Blusen Schweißflecken erkennen könnte. Tom hatte es leichter, er zog plötzlich seinen dunkelblauen Pullover aus und legte ihn sorgfältig neben sich. Darunter trug er ein weißes Hemd, tailliert, man sah ihm an, dass er jeden Tag joggte. Ich fragte mich, warum er teure Hemden kaufte, und das war zweifelsohne ein teures, um sie anschließend mit diesem alten Pullover zu verhüllen. Johann trug fast nie Pullover. Er war immer so angezogen, als ob er gleich zu einem Geschäftsessen musste. Karrieretyp eben. Tom war anders.

Er hatte meine musternden Blicke bemerkt und ordnete den steifen Kragen.

»Meine Mutter hat für mich eingekauft. Drei Hemden, zwei Pullover. Sie wird es nie lassen, sich in mein Leben einzumischen. Geht es dir mit deiner Mutter genauso?«

»Nein. Das ist bei uns anders verteilt. Meine Mutter hat sich um die Gardinen und die Bettwäsche meines Bruders gekümmert, zumindest solange er allein gelebt hat.« Ich machte eine kleine Pause. »Mein Leben, das ist der Job meines Vaters.«

»Und deine Schwester?«

»Die hat einen Freifahrtschein. Die Gnade der späten Geburt. Ines kann machen, was sie will, und anziehen, was sie will.«

Tom nickte und seufzte. »Ich habe es so oft verflucht, der Ältere zu sein. Mein Bruder ist fünf Jahre jünger, hat in Berlin studiert und ist gleich dort geblieben. Er kommt nur zum Geburtstag meiner Mutter und zu Weihnachten vorbei, den Rest des Jahres habe ich sie am Hals. Aber alles, was mein Bruder macht, ist super.«

»Und trotzdem fährst du mit deiner Mutter in den Urlaub. Das finde ich sehr nett.«

»Eigentlich war das etwas anders geplant.« Er winkte dem Kellner zu und deutete auf die leere Weinkaraffe. »Du trinkst doch auch noch ein Glas, oder?«

Er wartete mein Nicken gar nicht ab, sondern bestellte nach. »Eigentlich wollte mein Bruder mit ihr fahren, nur ist er dummerweise beim Tennisspielen umgeknickt und hat sich den Knöchel gebrochen. Deshalb bin ich eingesprungen. Das hat sie zwar enttäuscht, sie wäre schon lieber mit ihrem charmanten Jüngsten gefahren, aber das ging ja nun nicht. Leider, die zwei hätten sich auch viel besser verstanden.«

Wein und Mitleid drängten mich dazu, meine Hand auf seine zu legen.

»Worüber gibt es denn Streit?«

Sein Blick verdüsterte sich. »Du hast es doch mitbekommen, diese Sache mit dem Fahrrad. Sie hat es tatsächlich vor einer Pension in der Heinrichstraße geklaut. Als wir da ankamen, war auch die Polizei schon da.«

»Also komm«, wiegelte ich ab. »Sie hat es ja nicht wirklich geklaut, sie hat es nur verwechselt.«

»Das ist im Ergebnis dasselbe. Aber das ist auch nur ein Beispiel. Sie wird so vergesslich, und mich macht das wütend. Im Gegensatz zu meinem Bruder, der kann sich über die Geschichten immer totlachen. Ich finde es nicht komisch.«

»Meine Großmutter bestellte jeden Mittwoch bei einem

Feinkosthändler zehn Schwarzwälder Kirschtorten für die Konfirmation meiner Mutter. Sie wollte sie liefern lassen.«

Mein schwacher Trost kam nicht richtig bei ihm an, er fragte nach: »Ja, und?«

»Als sie das erste Mal bestellt hat, wurden die zehn Torten geliefert. Aber meine Mutter war damals schon vierundfünfzig. Zum Glück konnte sie es beweisen. Danach wurde die Bestellung wenigstens nicht mehr ausgeführt. Nur noch entgegengenommen. Sie kannten uns bereits.«

Tom lächelte schief. »So weit ist sie noch nicht. Sie verwechselt Namen und Ereignisse, sie sagt ungehemmt, was sie denkt, manchmal ist das richtig peinlich. Und sie wird unglaublich egozentrisch.«

»Egozentrisch ist mein Vater jetzt schon. Meine Mutter eigentlich auch. Sie haben das Recht darauf, finde ich, sie haben in ihrem Leben genug für andere gemacht. Überlege doch mal, sie haben erst ihre Kinder großgezogen und danach noch ihre Eltern gepflegt. Jetzt haben sie es geschafft. Und jetzt sind sie dran.«

Das würde ich übrigens nie im Beisein meines Vaters wiederholen. Wer weiß, was er daraus machen würde.

Tom legte nun seine Hand auf meine. Ob es der Wein, die Wärme oder das Elternthema war, wusste ich nicht. Aber er erschien mir plötzlich wieder sehr jung, und ich fand ihn aufs Neue unglaublich cool. Als er die Hand auch noch ergriff und meinen Handrücken kurz küsste, hatte ich weiche Knie. Obwohl ich saß.

Das Essen kam, und so erübrigte sich eine Reaktion. Der Kellner schenkte Wein nach und nahm die leere Karaffe mit. Tom fing an zu essen und legte nach einem kleinen Moment des Schweigens das Besteck zur Seite.

»Du bist eine kluge Frau. Auch wenn du mir damals das Herz gebrochen hast.«

Vor Überraschung verschluckte ich mich an einem Stück

Pizzarand und brauchte ein paar Sekunden, um den Hustenanfall in den Griff zu kriegen. Mit Tränen in den Augen sah ich ihn an.

»Ich dir?« Ich musste etwas trinken, um die letzten Krümel aus der Luftröhre zu spülen. »Das ist ja wohl nicht dein Ernst. Du hast dreimal mit mir geschlafen und mich danach nicht wieder angeguckt.«

An der Reaktion der Gäste am Nachbartisch merkte ich, dass ich schon wieder zu laut redete. Ich senkte meine Stimme.

»Ich war krank vor Liebeskummer, und du hast dich nicht gemeldet. Ich habe überhaupt nicht verstanden, warum.«

Jetzt war Tom überrascht. »Ich habe immer wieder bei euch angerufen und immer hieß es, du wolltest mich nicht sprechen. Und dann hat mir Jutta erzählt, du wärst jetzt mit Jens zusammen.«

»Welche Jutta? Und mit welchem Jens?«

Ich fragte mich, wer mehr durcheinanderbrachte, Tom oder seine Mutter?

»Jutta … ähm, auf den Nachnamen komme ich nicht mehr. Die war in deiner Klasse, glaube ich. Und Jens Dings, wie hieß der noch? So ein Blonder.«

Langsam erhärtete sich mein Verdacht, dass Tom sich auch nicht mehr richtig an mich erinnern konnte.

»Ich war nie mit einem Jens zusammen, in meiner Klasse gab es keine Jutta, und ich hatte übrigens auch nie einen dunkelroten Parka. Schon gar nicht mit Fell. Meiner war olivgrün.«

Schnell griff ich nach meinem Weinglas und trank es aus. Als ich es mit Schwung wieder hinstellen wollte, brach der Stiel ab. Vorsichtig legte ich den Rest des Glases auf die Seite und stand auf.

»Kannst du mir bitte ein neues Glas bestellen? Ich gehe mal zum Klo.«

Ich ließ ihn mit offenem Mund sitzen und wankte den Gang entlang zu den Toiletten.

Nachdem ich einige Liter kaltes Wasser über meine Handgelenke laufen gelassen hatte und einmal mit dem Puderquast über mein Gesicht gefahren war, strich ich die violette Bluse glatt, öffnete einen Knopf mehr und hob das Kinn, bevor ich wieder zum Tisch zurückging.

Es gab noch zwei Dinge zu erledigen: Erstens musste ich herausfinden, warum ein Journalist vom ›Augenblick‹ gerade jetzt bei Marleen gebucht hatte und sich vor seinem Chef versteckte. Wenn er keinen Urlaub hatte, wieso war er denn hier? Alte Liebe und Zufall hin oder her, Tom arbeitete für ein Magazin. Und ich durfte mich keinesfalls verplappern.

Zweitens war es eine Unverschämtheit, dass er sich nicht mehr richtig gut an mich erinnerte. Als wenn ich so eine farblose Maus gewesen wäre. Er war der erste Mann meines Lebens, er sollte wenigstens bei den Tatsachen bleiben. Auch in Details. Ich würde mich rächen. Jetzt sollte er sich mal verlieben, und ich würde ihn vergessen. Nur damit er wusste, wie es sich anfühlte.

Als ich an den Tisch zurückkehrte, waren die Teller abgeräumt und die Gläser gefüllt. Tom sah mir aufmerksam entgegen.

»Alles in Ordnung? Du warst so lange weg.«

Ich hob die Augenbrauen. »Selbst wenn, dann sagt man das nicht. Natürlich ist alles in Ordnung.«

»Wie lange machst du eigentlich hier die Vertretung für deine Freundin?«

»Noch zwei Wochen.« Meine Antwort erfolgte prompt, ich hatte sie mir schon auf dem Klo überlegt. »Dann kommt Marleen zurück.«

Ich suchte nach einer Regung in seinem Gesicht, aber er nickte nur.

»Und danach bist du wieder in Hamburg?«

»Ja.« Ich griff doch zum Weinglas, obwohl ich mir vor dem Spiegel vorgenommen hatte, ab jetzt Wasser zu trinken. »Wieso?«

Er schob seinen Oberkörper nach vorn und stützte das Kinn auf die Hand. »Dann können wir uns ja mal sehen.«

Irgendetwas in seiner Stimme verursachte Gänsehaut. Im Gegenzug trank ich das Glas leer. Als ich den Kopf schräg legte, wurde mir schwindelig.

»Natürlich nur, wenn du willst.« Tom hatte sehr lange Wimpern, seine Lippen glänzten vom Wein, die widerspenstige Locke hing immer noch in die Stirn, und er schaute mich unverwandt an. »Es wäre schön.«

Wenn er mich jetzt fragen würde, ob ich mit ihm schliefe, würde ich sofort Ja sagen. Aber er fragte nicht, stattdessen bestellte er neuen Wein.

Was hatte ich überhaupt für Gedanken? Spätestens jetzt wurde mir klar, dass ich bereits ziemlich betrunken war. Anstatt mich mit Marleen, Guntram Bernd, meinen Eltern oder Johann zu befassen, betrank ich mich mit einem Mann, in den ich vor dreißig Jahren furchtbar verliebt gewesen war, der sich an mich aber nur schwach erinnern konnte, und wollte sogar mit ihm ins Bett. Was war nur los? Meine Schwester knutschte mit dem blödesten Gast, und ich gab meine serielle Monogamie auf. Alles wegen Gunilla Hagestroem. Und weil Marleen nie nach Hiddensee fuhr.

Ich versuchte, diesem Gedankenknäuel zu entfliehen und mich auf das zu konzentrieren, was Tom gerade erzählte. Allerdings hatte ich den Anfang verpasst.

»… und dann rief sie mich eines Nachts an und hatte eine Frauenstimme am Telefon.«

Elektrisiert fuhr ich hoch. »Wer?«

»Na, Beate eben. Und Katrin war ans Telefon gegangen.«

Vorhin fand ich seine Augen glänzend, jetzt waren sie eher

glasig. Und er hatte »Beadde« gesagt. Und »Telfon«. Zum Glück war ich nicht allein betrunken. Deshalb nickte ich zufrieden.

»Das ist mir auch schon passiert. Genau so. Echt blöd.«

Tom nickte langsam und bekümmert. »Aber ich hatte ihr gesagt, dass sie mit mir nach Hamburg kommen soll. Sie wollte nicht. Sie wollte in Köln bleiben. Ja, und Katrin war auch dauernd abends alleine. Das ist einfach so passiert.«

Ich tätschelte lächelnd seine Hand. »Man geht aber nicht an ein fremdes Telefon.«

»Sie hat mich verlassen.«

»Katrin?«

Traurig sah Tom mich an. »Beate. Ich habe einen einzigen Pullover behalten. Den hier. Aus vierzehn Jahren. Den hat sie mir mal gestrickt. Mehr nicht.«

»Der ist aber nicht schön.« Meine Zunge war jetzt sehr schwer, Tom hatte mich nicht richtig verstanden.

»Doch, sie ist schön. Sie ist jetzt aber weg. Christine?«

Er führte sein Glas umständlich zum Mund und trank. Ich hielt nach wie vor seine Hand.

»Ja?«

»Würdest du was mit mir anfangen?« Er sah überhaupt nicht mehr aus wie George Clooney. Nur noch wie Tom.

»Jetzt sofort?«

»Warum denn nicht? Dein Freund ist doch auch weg. Und wir sind hier.«

Er schloss nach diesem Angebot die Augen und lächelte betrunken vor sich hin.

Ich dachte kurz an die Schlampe Gunilla und bemühte mich, die Rechnung zu ordern, ohne allzu sehr zu lallen.

Zehn Minuten später torkelten wir mit Rückenwind auf der Promenade nach Hause. Wir bemerkten nicht einmal, dass es immer noch in Strömen regnete.

Die Stimme meiner Schwester weckte mich: »Christine, hast du den Wecker ... Oh, Entschuldigung.« Die Tür klappte wieder zu.

Ich wollte mich aufsetzen, konnte mich aber nicht bewegen. Eine Zentnerlast drückte mich in die Matratze. Langsam öffnete ich die Augen und sah etwas Dunkelblaues. Und dahinter etwas Graues. Sofort war ich wach. Mit aller Kraft schob ich Toms Arm, der mich umschlungen hielt, zur Seite und zog mein Bein aus Toms Beinschere heraus.

»Hey.« Ich schüttelte ihn erst sanft, dann energisch. »Tom, wach auf.«

Ein leises Grunzen signalisierte wenigstens, dass er die Nacht überlebt hatte.

»Tom. Beweg dich doch mal.«

Mein Bein war eingeschlafen, ich setzte mich auf die Bettdecke und schüttelte es vorsichtig aus. Eine leichte Panik überfiel mich. Wie waren wir denn hier gelandet? So etwas nannte man wohl Filmriss. Schwerfällig rappelte sich meine erste Liebe hoch und stützte sich auf. An Toms verdattertem Gesichtsausdruck erkannte ich, dass wir beide gleichermaßen betrunken gewesen waren.

»Morgen«, brachte er mühsam heraus. »Das war ja dann wohl eine wilde Nacht.«

Ich hatte einen kleinen Bewusstseinsvorsprung. »Wild nicht, eher warm.«

»Wie?« Er konnte nur krächzen.

Betont langsam zupfte ich dunkelblaue Wollfäden von meiner violetten, zu engen und jetzt völlig verknautschten Bluse.

»Beates Pullover war zwischen uns. Du musst ordentlich geschwitzt haben in dem Ding.«

Mein Blick wanderte durch das Zimmer. »Dafür haben wir die Schuhe an der Tür ausgezogen.«

Sie standen sogar wie ausgerichtet nebeneinander.

Tom hatte sich aufgesetzt und hielt seinen Kopf. »Sag mal, was war das bitte für ein Abend. Habe ich mich danebenbenommen?«

Beim Aufstehen ging es mir nicht so schlecht, wie ich erwartet hatte.

»Ich glaube nicht. Ich weiß nur noch, dass wir uns gegenseitig alle unsere Liebesgeschichten erzählt haben. Aber wir haben uns noch nicht mal geküsst. Glaube ich.«

Tom schüttelte den Kopf. »Eine Schande. Dass wir uns nicht geküsst haben, meine ich. Wie spät ist das denn?«

Meine Uhr lag auf dem Tisch. »Viertel nach sieben. Ich muss rüber. Wir sehen uns ja gleich beim Frühstück.«

Als er an der Tür stand, küsste er mich flüchtig auf die Wange und sagte: »Wir haben doch auch darüber gesprochen, wie wir damals zusammengekommen sind, oder?«

Ich nickte.

Erleichtert sagte er: »An den Teil des Abends kann ich mich noch erinnern. Das war auf der Klassenfahrt nach Braunschweig, nicht?«

Es wurde nicht besser. Ich musste die langweiligste Freundin gewesen sein, die er je gehabt hatte. Zum dritten Mal innerhalb von zwölf Stunden legte ich ihm die Hand auf den Arm.

»Ich war noch nie in Braunschweig. Ich war auch nie in deiner Klasse oder Parallelklasse, sondern zwei Jahre unter dir. Du hast mich mit deinem gelben Rennrad vor der Turnhalle über den Haufen gefahren. Und mich anschließend zum Arzt gebracht. Und dann zu einer Cola eingeladen.«

»Mehr grün«, antwortete er und tippte mir zum Abschied auf die Nase. »Ich hatte nie ein gelbes Rennrad. Bis später.«

Als ich die Tür hinter ihm schloss, kam Ines aus dem Badezimmer.

»Guck mal an.« Sie lehnte sich grinsend an den Türrahmen. »Das ging ja schnell mit der Wiederbelebung. War es schön?«

»Du brauchst gar nicht so zu schauen.«

Ich ging an ihr vorbei in die kleine Küche und sah erfreut, dass sie Kaffee gekocht hatte. Sie folgte mir und nahm zwei Becher aus dem Regal.

»Jetzt erzähl doch mal.«

»Da gibt es nicht viel zu sagen. Wir hatten zusammen ungefähr fünf Promille und sind beim sentimentalen Geschwätz in einen bleiernen Schlaf gefallen. Im Gegensatz zu dir habe ich noch nicht einmal geknutscht.«

Ines reichte mir ungerührt einen Kaffeebecher. »Aber es hört sich doch nach einem fidelen Abend an.«

»Fidel?« Ich pustete in die heiße Tasse und plötzlich fiel mir wieder ein, wie der Abend begonnen hatte. »Bevor ich losgegangen bin, habe ich Johann angerufen. Eine Frau hat abgenommen. Gunilla Hagestroem. Super, oder?«

Sofort bekam ich wieder schlechte Laune. Ines lehnte sich an die Spüle und musterte mich nachdenklich.

»Ich bin heute Morgen in dein Zimmer gekommen, und da lagst du mit einem anderen Mann im Bett.«

»Wir waren angezogen.« Immer noch ärgerlich hob ich den Kopf. »Da war ja nichts.«

»Ach, war Frau Hagestroem nackt am Telefon?« Die Ironie troff aus jedem Wort. »Oder wo ist dein Problem?«

Gereizt schwenkte ich den Kaffee, ein paar Tropfen schwappten raus und landeten auf meiner Bluse.

»Wieso geht eine fremde Frau an Johanns Telefon? Und als ich noch einmal angerufen habe, sprang die Mobilbox an. Das ist doch seltsam.«

»Ach, Christine.« Seufzend stellte Ines ihre Tasse auf den Tisch. »Du bist immer so schnell mit deinen Schlüssen und

Meinungen. Nur *du* machst nie etwas falsch. Das nervt. Außerdem solltest du dich noch umziehen, deine Bluse ist fleckig. Und wir müssen rüber.«

Erstaunt sah ich ihr nach. Früher hätte sie sich nie getraut, ihre große Schwester so zu kritisieren. Irgendetwas passierte hier mit uns.

Ich musste nicht nur eine andere Bluse anziehen, sondern vorher auch noch duschen, um die Spuren des missglückten Jugendliebe-Comebacks zu vertuschen. Deshalb kam ich schon wieder eine halbe Stunde später als meine Schwester und Gesa. Sie hatten bereits die Hälfte des Buffets angerichtet. Ich lief schnell in die Küche, um weitere Platten und Schüsseln zu holen.

»Dass zwei Schwestern so unterschiedlich sein können.« Adelheid stand hinter der Tür, ich hatte sie gar nicht gesehen. »Die eine kommt morgens gut gelaunt und ausgeschlafen hier an, die andere kriegt den Hintern nicht aus dem Bett und rennt hinterher.«

»Ines kam früher schon nie hoch und …«, bevor ich den Satz vervollständigt hatte, bemerkte ich, dass Adelheid es natürlich genau umgekehrt gemeint hatte.

»… und heute ist es irgendwie anders«, beendete ich die Erklärung etwas lahm, griff nach dem Obstsalat und der Käseplatte und ging in den Frühstücksraum.

Meine vorbildliche Schwester rückte gerade die Brotkörbe zurecht, Gesa hantierte mit Thermoskannen, sie drehte sich zu mir um.

»Du bist ja auch schon da. Wie war das? Der frühe Vogel …«

»Der frühe Vogel kann mich mal.« Ich stellte den Obstsalat auf den Tisch. »Ich mag Würmer nicht leiden. Übrigens: Guten Morgen, Gesa, hast du gut geschlafen?«

Sie grinste. »Guten Morgen, Christine. Ja, vielen Dank,

habe ich. Ich hoffe, du – oder besser: ihr auch? Du brauchst jetzt nichts zu sagen, wir haben euch gestern Nacht auf der Promenade gesehen.«

»Wer ist ›wir‹?« Ich lächelte sie freundlich an.

»Jurek und ich. Ihr seid so getorkelt, dass wir sicher waren, dass ihr gleich ins Trudeln kommen und kopfüber ins Wasser stolpern würdet. Jurek hatte schon seine Jacke aufgeknöpft, um euch schneller retten zu können.«

»Was habt ihr denn um die Zeit auf der Promenade gemacht? Mit aufgeknöpfter Jacke?«

Gesa grinste immer noch. »Wir kamen von einer legendären Schlagerparty und brauchten ein bisschen Wind um die Ohren.«

»›Legendär‹ ist das richtige Wort.« Adelheid stand mit weiteren Thermoskannen in der Tür. »Das war ein ganz gelungenes Fest. Aber kein Grund für euch, hier herumzustehen. Ist schon alles da, oder was? Also bitte, bewegt euch.«

Wir folgten ihr in gebührendem Abstand. Im Flur kam uns Eleonore Stehler entgegen. Ihr Lächeln fror sofort ein, als sie meine Schwester sah.

»Grünen Tee für mich.«

Sie verschwand im Frühstücksraum, eine Wolke teuren Parfüms blieb. Ines' Gesichtsausdruck war neutral, ich verkniff mir einen Kommentar. Gesa musste ja nicht wissen, dass meine Schwester mit einem wirklich unmöglichen und unpassenden Gast herumgemacht hatte.

»Die Dame hat gestern Abend auf dem Tisch getanzt.« Sicherheitshalber hatte Gesa einen Moment mit dieser Mitteilung gewartet. »Sie war völlig losgelöst.«

»Frau Stehler? Das ist nicht dein Ernst.« Ungläubig blieb ich vor der Küchentür stehen. »Warst du etwa den ganzen Abend lang dabei?«

»Aber sicher.« Gesa hob stolz den Kopf. »Im Gegensatz zu euch nehme ich meine Aufgabe sehr ernst. Nachdem sich sowohl Adelheid als auch Hanna und Heinz lauthals darüber unterhalten haben, dass sie dieses Abendessen und die anschließende Gästeunterhaltung völlig allein organisieren mussten, und alles nur, weil Marleens Haltung zu anständiger Arbeit in Arabien wohl ins Meer gespült ...«

»Was?«

Erschrocken deutete ich in die Küche, wo Adelheid herumfuhrwerkte. Gesa beruhigte mich.

»War nicht so ernst gemeint. Aber ich habe gedacht, ich helfe doch wenigstens beim Aufräumen. Das war vielleicht eine Siebzigerjahre-Party, unglaublich. Selbst Hans-Jörg hat Peter Maffay gesungen. Hat Pierre ihm beigebracht.«

»Wieso Pierre?« Ich bückte mich und hob ein paar Teilchen Glitzerkonfetti vom Boden auf. »Seid ihr nach dem Buffet alle in die Bar gegangen?«

»Nein.« Gesa drückte sich an Adelheid vorbei und ging in die Küche zum Kühlschrank. »Die Party war doch im Gastraum. Bis Mitternacht. Dein Vater hat Pierre rübergeholt, die Bar hatte ja schon zu.«

Adelheid hatte ein leises »Für mich völlig unverständlich«, geknurrt, aber es nicht weiter ausgeführt.

Die ganze Zeit über hatte meine Schwester nichts gesagt, jetzt grinste sie.

»Adelheid, hast du nicht mitbekommen, dass es meinen Vater wahnsinnig umtreibt, ob du mit Pierre irgendetwas hast und weshalb ihr nicht miteinander sprecht?«

»Ich habe nichts mit Pierre.« Adelheid hatte sich blitzschnell umgedreht und funkelte Ines empört an. »Jetzt geht es ja wohl los. Und es hat sich niemand, hört ihr, wirklich niemand in meine Privatangelegenheit einzumischen, ist das klar?«

»Ach so, es ist eine Privatangelegenheit?«

Gesas Stimme war zuckersüß und Adelheid so sauer, dass ich kurz befürchtete, Adelheid würde Gesa eine scheuern. Guntram Bernds Stimme bewirkte die Deeskalation.

»Einen wunderschönen guten Morgen, die Damen. Ob ich etwas Kaffee haben könnte?«

»Guntram!« So schnell, wie der Frost in Adelheids Gesicht gestiegen war, taute er wieder ab. »Hast du gut geschlafen? Geh schon an deinen Tisch, ich bringe dir sofort alles.«

Jetzt fiel mir schlagartig Eleonore Stehler mit ihrem Wunsch nach grünem Tee wieder ein. Ich wunderte mich, dass sie sich bislang gar nicht beschwert hatte.

Nur ein paar Minuten später lief ich mit der Teekanne in den Gastraum. Frau Stehler saß noch allein am Tisch, trug eine große Sonnenbrille und starrte bewegungslos vor sich hin.

»Frau Stehler?« Ich stellte die Kanne vorsichtig ab und sah sie von der Seite an. »Ist alles in Ordnung?«

»Was?« Wie ertappt blickte sie hoch und riss sich die Sonnenbrille von der Nase. »Natürlich. Haben Sie den Tee selbst gepflückt oder warum hat das so lange gedauert?« Sie nahm ihr Handy vom Tisch, drückte kurz auf die Tasten und bellte: »Wo bleibst du denn?« Dann klappte sie es zu, ließ es sinken und fragte: »Ist noch was?«

Bevor ich etwas sagen konnte, fiel mir auf, dass am Nebentisch Guntram Bernd dem Gespräch sehr interessiert gefolgt war. Sein Gesichtsausdruck war nicht zu deuten, ich wunderte mich nur über seine angespannte Körperhaltung. Als er meinen Blick bemerkte, lächelte er mich unsicher an.

»Das mit Eleonore Stehler war doch ein Witz, oder?«

Ich wartete auf Gesas Antwort, während wir über den Kurplatz liefen. Wir hatten die Küche nach dem Frühstücksdienst den wahren Künstlern überlassen. Hans-Jörg, Hanna und meine Mutter hatten in Ermangelung eines originellen Namens für das heutige Buffet beschlossen, dass sie sich einfach während des Kochens inspirieren lassen wollten. Wovon auch immer, wir wussten es nicht. Aus Angst vor dem Ergebnis hatte ich entschieden, für drei Stunden ins »Badehaus« zu gehen und etwas für meine Seele und gegen meine kalten Füße zu tun.

Gesa hatte mich gefragt, ob ich etwas dagegen hätte, wenn sie mitkäme. Ich konnte nicht gut Nein sagen. Ines hatte keine Lust, sie war ja auch erst in der Sauna gewesen, also gingen Gesa und ich jetzt nebeneinander auf das »Badehaus« zu.

»Wieso ein Witz?« Gesa stellte sich vor mir in die Schlange an der Kasse. »Eleonore Stehler hat auf dem Tisch getanzt. Beim Schlager ›Du hast mich tausend Mal belogen‹ oder so ähnlich. Sie hat sich vier Becher Bowle in den Hals gekippt und dann ging's ab.«

»Bowle gab es auch?«

Verwundert hatte ich die Eintrittskarten bezahlt und folgte Gesa zu den Umkleidekabinen.

»Ja. Ananas-Pfirsich-Bowle. War ein voller Erfolg. Pierre fand die sehr gelungen. Und das als Barkeeper, Charlotte war ganz stolz. Irgendwer hatte zu viel Ananas gekauft, das hatte sich danach erledigt.«

Ich beschloss, zunächst bei 90 Grad zu schwitzen und mir anschließend von Gesa den Abend brühwarm und in allen Einzelheiten beschreiben zu lassen.

Gesa war innerhalb weniger Sekunden auf der bequemen Liege im Ruheraum eingeschlafen. Entweder hatte sie die Schilderung des gestrigen Abends so fertiggemacht oder sie war einfach keine 90 Grad gewöhnt. Während sie also, eingerollt in eine Decke, selig vor sich hin schlief, versuchte mein Gehirn, aus dem gerade Gehörten Bilder zu entwickeln.

Nach anfänglichen Irritationen war das Buffet anscheinend zu einem großen kulinarischen Event erklärt worden. Entscheidend für die relativ schnell ansteigende Stimmung war natürlich der Star-Autor Guntram Bernd, der sich kaum einkriegte vor lauter Begeisterung über diese perfekte Retrospektive der deutschen kalten Küche. Er postulierte das in einer Rede, um die ihn Adelheid, Hanna und Charlotte gebeten hatten. Anschließend hatten Heinz und Kalli Platten aufgelegt, und damit kam die Stimmung wohl relativ schnell zum Kochen. Ob es an der Musikauswahl oder am Geheimrezept für die harmlos aussehende Bowle lag, hatte Gesa nicht ausmachen können, sie hatte aber auch dieses grün-gelbe Getränk nicht probiert. Bis auf Gregor Morell und Eleonore Stehler hatte kein einziger Gast nach dem Essen den Gastraum verlassen, stattdessen hatte die Bowlenkelle rotiert. Gesa und Ines, die in der Küche währenddessen aufgeräumt hatten, waren völlig verdutzt, als sie nach einer relativ kurzen Zeit in den Gastraum zurückkamen und die ersten Paare schon Foxtrott tanzten. Später schaute noch Jurek vorbei, und zu Gesas Überraschung kehrte Eleonore Stehler wieder zurück. Allein und sichtbar beschickert. Sie hatte Hannas Angebot zur Bowle angenommen und war der Einladung Guntram Bernds gefolgt, sich an seinen Tisch zu setzen. Adelheid hatte nur die Augenbrauen hochgezogen, sich aber einen Kommentar verkniffen, schließlich war Frau Stehler ein Gast. Wenn auch ein angetrunkener. Erst, als Frau Stehler später wackelig auf den Tisch stieg, um zu tanzen, griff Adelheid ein. Adelheids Angebot, ihr beim Gang auf ihr Zimmer behilflich zu sein, lehnte Eleonore Stehler mit einer unwirschen Geste ab, nahm jedoch dasselbe Angebot von Guntram Bernd an.

Inzwischen war auch Pierre gekommen, der sich gewundert hatte, dass bei ihm nichts und bei uns so viel los war. Heinz hatte ihn begeistert empfangen. Als schließlich Gisbert von Meyer aufgetaucht war, hatten Gesa und Jurek beschlossen, das gesellige Treiben zu verlassen.

Meine Frage, was Eleonore Stehler dann gemacht und was Ines dazu gesagt hätte, ging in Gesas entspannten Atemzügen unter. Ich betrachtete sie noch eine Weile und beschloss, sie schlafen zu lassen und den nächsten Saunagang allein zu machen.

Die Sauna war leer, als ich sie betrat und mich auf die mittlere Bank setzte. Irgendwo und vor Jahren hatte ich einmal einen Fragebogen gelesen, in dem man beantworten sollte, welchen Menschen man niemals in einer Sauna treffen wollte.

Als die Tür plötzlich aufging, wusste ich, wie meine Antwort lauten würde: Gisbert von Meyer.

Leider hatte ich diesen Fragebogen nie beantwortet, und leider hätte mir das jetzt auch nicht weitergeholfen. Mit einem um die Hüfte gewickelten weißen Handtuch, auf dem seine Initialen eingestickt waren, stand er vor mir und riss die Augen auf. Ich war mir nicht sicher, für wen von uns der Schock größer war, hatte allerdings den Vorteil, dass ich bereits im Dunkeln saß, während er sich noch einen Platz suchen musste.

»Hallo, Gisbert.«

»Ähm, Christine? Ja, hallo. Auch in der Sauna, was?«

Er stapfte unbeholfen die Saunatreppen hinauf und ließ sich

auf die Bank, die im rechten Winkel zu meinem Platz war, fallen. Ich zog die Beine hoch und umfing meine Knie mit den Armen, ich hoffte, dass das eine Stellung war, in der er so wenig wie möglich erkennen konnte. Meine Überlegungen waren völlig überflüssig. Er war so damit beschäftigt, wegzugucken, dass ich vor ihm hätte auf- und abspringen können, ohne dass er irgendetwas gesehen hätte.

Also sagte ich nur: »Ich habe gehört, ihr hattet gestern einen lustigen Abend?«

»Ja.« Er presste die Antwort mehr heraus als er sie sagte. Bereits nach zwei Minuten rann der erste Schweißbach seine Schläfe hinunter. »Also, was heißt ›lustig‹? Ich war mehr beruflich unterwegs.«

Er hatte so ein Hecheln in der Stimme, anscheinend war der innovative Sensationsreporter doch verklemmter als ich gedacht hatte. Ich lächelte im Dunkeln und beschloss, ihn zu quälen.

»Wieso denn beruflich, Gisbert?«

»Wegen Recherche.« Er hustete trocken und wischte sich das feine Haar aus der Stirn.

»Aha.« Ich streckte ein Bein wieder aus. »Was hast du denn recherchiert?«

Sein Blick klebte an der Sanduhr, die neben der Tür hing. Ich überlegte kurz, ob ich einfach aufstehen und sie umdrehen sollte, aber vermutlich würde er dann angesichts meines nackten Hinterns ohnmächtig werden, und auf dieses Theater konnte ich verzichten.

»Der Autor.«

Jetzt sprach er auch noch ins Handtuch, mit dem er sich das Gesicht abgewischt hatte und das ihn vor der Welt schützen sollte.

Ich hakte brutal nach: »Was meinst du damit? Du hast doch schon einen Artikel geschrieben. Jetzt ist Guntram Bernd privat hier, der hat nichts mehr mit dir zu tun. Oder? Gisbert?«

Er würde gleich einen Krampf im Augenmuskel bekommen, so sehr zwang er seinen Blick in die mir abgewandte Richtung. »Doch. Es gibt noch andere Dinge.«

»Welche denn?« Ich hätte ihn natürlich auch in Ruhe lassen können, damit er sich einfach hätte entspannen und seine Augen schließen können. Aber nein, das gönnte ich ihm nicht.

»Tja, das ist wohl das Los der Sensationsreporter«, plauderte ich leichthin. »Immer im Dienst. Kannst du eigentlich hier abschalten? Oder mache ich dich irgendwie nervös?«

Wieder drückte er sein Handtuch ins Gesicht.

»Nein«, antwortete er. Ich glaubte ihm kein Wort. »Du machst mich nicht nervös. Mich macht der Fall nervös, für den ich gerade recherchiere. Gestern Abend bin ich ein ganzes Stück weiter gekommen. Aber ich habe Skrupel, meine Ergebnisse zu veröffentlichen. Es wird einen Skandal geben. Durch mich.«

Mein anfängliches Lächeln war etwas brüchig geworden. Ich atmete ruhig weiter und sagte mir, dass Gisbert von Meyer das Synonym für haltlose Übertreibung war. Vermutlich war das schon wieder heiße Luft. 90 Grad heiße Luft.

Er deutete mein Schweigen als Bewunderung. »Das ist der Unterschied zwischen dir und mir. Du benutzt Marleens Abwesenheit für eine nette kleine Geschichte, während ich versuche, Sodom und Gomorrha Einhalt zu gebieten. Aber die Öffentlichkeit muss Bescheid wissen. Ich verstehe nicht, dass du so ruhig bleibst, es betrifft dich doch auch.«

Ich war froh, dass er unverändert auf die Sanduhr starrte und mein Gesicht nicht sehen konnte. Betont harmlos fragte ich: »Was für eine Geschichte meinst du?«

Er blickte ganz kurz zu mir und sofort wieder weg. »Nicht hier. Komm nachher in die Redaktion, dann zeige ich dir etwas. Vielleicht hast du auch noch einige Antworten für mich.«

Während ich versuchte, lässig aufzustehen und mir dabei mein Handtuch um die Brust wickelte, sagte ich: »Ich muss raus, fröhliches Schwitzen weiterhin.«

Die Saunatür klappte hinter mir zu. Ich bekam einen nervösen Schweißausbruch.

Schwer atmend stand ich nach der kalten Dusche einen Moment an der Luft und überlegte fieberhaft, woher Gisbert von Meyer was wissen konnte. Ich würde auf jeden Fall nachher in die Redaktion gehen und hoffte nur, so entspannt und abgebrüht zu sein, dass ich alles glaubhaft erklären könnte.

»Hier bist du.« Noch etwas verschlafen stand Gesa plötzlich hinter mir. »Ich habe dich überall gesucht. Warst du schon das zweite Mal drin?«

»Ja.« Langsam drehte ich mich um. Ich hatte beschlossen, noch niemandem etwas von Gisberts Schnüffeleien zu erzählen, bevor ich nicht gesehen hatte, was er mir zeigen wollte. »Sag mal, Gesa, wenn du sagen müsstest, wen du niemals in der Sauna treffen wolltest, wer fiele dir dann ein?«

Nach ziemlich kurzer Überlegung war Gesa auf dieselbe Person gekommen. Allerdings brauchten wir uns nicht großartig bemühen, ihm aus dem Weg zu gehen, von ihm war weit und breit nichts mehr zu sehen.

»Du hast aber nicht die Saunatür verriegelt, oder?« Gesa spähte auf unserem Weg in den Liegeraum durch die Gänge. »Vielleicht sitzt er ja noch so auf seiner Bank, wie du ihn verlassen hast.«

»Dann hat er sich verflüssigt. Nein, der ist geflohen. Er war sowieso nicht richtig locker. Übrigens, was machst du im Anschluss an die Sauna? Kommst du mit zurück?«

»Nein.« Gesa schüttelte den Kopf. »Ich gehe zu Jurek und rede mit ihm.«

»Worüber?«

»Darüber, dass er nicht denken soll, wir hätten eine Beziehung. Gestern Abend tat er so, ich habe aber keine Lust dazu. Er ist ein bisschen naiv, der Gute.«

Ich ließ mich gemächlich auf eine Liege sinken und meine Duschlatschen von den Füßen fallen.

»Aber du hast doch was mit ihm angefangen. Er ist richtig verknallt.«

»Eben.« Gesa legte sich lang und schob ein gerolltes Handtuch unter den Kopf. »Das ist es ja. Das war ganz nett, neulich. Und Punkt.«

Nachdenklich betrachtete ich sie. »Und warum hast du erst mitgemacht?«

»Christine.« Der Blick, mit dem sie mich musterte, war fast mitleidig. »Man macht wirklich nicht alles im Leben mit Absicht. Das ist langweilig. Ich fand ihn ganz süß, aber bei näherem Hinsehen ist er doch mehr Hausmeister. Und ich gehe in zwei Wochen wieder an die Uni. So viel Gefühl, dass so etwas halten könnte, gibt es nicht. Das solltest du durchaus wissen. Und man kann auch einfach nur mal Spaß haben.«

Sie schloss die Augen, und ich verzichtete darauf, weiter nachzubohren. Anscheinend war meine Sicht auf Männer, Frauen und die Liebe völlig antiquiert.

Zwei Stunden später trennte ich mich in der Bülowallee von Gesa, schulterte meine schwere Saunatasche und schlug langsam den Weg zum Büro des ersten Reporters am Ort ein. Ich hatte kurz überlegt, meine Sachen erst zurückzubringen, mich aber dagegen entschieden. Mir war nichts eingefallen, was ich als Grund für einen erneuten Aufbruch hätte nennen können. Die Gefahr, dass ich väterliche Begleitung bekäme, war zu groß.

Kurz vor meinem Ziel kam mir David Bruhn entgegen. An ihn hatte ich überhaupt nicht mehr gedacht, überrascht blieb ich stehen. Er trug einen dicken Packen Zeitungen unter dem Arm und wirkte angestrengt.

»Sie sehen aus, als wenn Sie abreisen würden.«

Ich setzte die Tasche auf den Boden. »Das kann ich ja wohl schlecht.«

Er stand jetzt vor mir, ich hatte gestern gar nicht registriert, wie groß er war.

Und wie gut aussehend.

»Richtig. Sie sind ja auch nicht zum Spaß hier. Kann ich Ihnen tragen helfen? Ich gehe sowieso zurück ins Hotel, das ist doch auch Ihre Richtung.«

Und wie höflich.

»Danke.« Das Gewicht der nassen Handtücher ignorierend, hievte ich die Tasche wieder hoch. »Ich muss noch etwas erledigen.«

Wenn Gisbert von Meyer und seine Andeutungen wirklich etwas mit Marleen zu tun haben sollten, musste ich sowieso David Bruhn informieren. Aber das wollte ich jetzt noch nicht. Stattdessen tippte ich auf seine Zeitungen.

»Da haben Sie ja was zu tun. Gibt es eine, die Sie nicht gekauft haben?«

Er blieb ernst. »Ich suche in jeder Zeitung eine Meldung, in der die Begriffe ›Dubai‹ und ›Verschleppung‹ oder sonst etwas auftauchen. Wenn ich nichts finde, bin ich erst erleichtert und dann enttäuscht. Dieses Warten macht mich ganz verrückt. Sie haben auch nichts Neues gehört, oder?« Seine Frage klang fast resigniert.

»Nein.« Es war keine Lüge, ich hatte nichts Neues gehört, nur in meinem Kopf waren immer mehr Verschwörungstheorien und Vermutungen entstanden. »Sobald ich etwas Konkretes weiß, sage ich es Ihnen. Wir wollten uns doch sowieso heute Abend treffen, ich habe meiner Schwester schon Bescheid gegeben. Bleibt es dabei?«

»Ja, gern. Wollen Sie in den ›Seesteg‹ kommen? Ich lade Sie zum Essen ein.«

»Bloß nicht.« Erschrocken winkte ich ab. »Es muss uns ja keiner zusammensitzen sehen. Kommen Sie einfach zu uns.

Um halb neun, dann sind meine Eltern und die Küchenhelfer weg. Sie können hintenherum gehen. Und man kann weder von der Pension noch von der Bar den Eingang sehen.«

»Okay.« Er gab mir die Hand. »Dann bis später.«

Ich blickte ihm kurz nach, dann streckte ich den Rücken durch und machte mich auf in die Höhle des Frettchens.

Schon als ich auf dem engen dunklen Flur stand, hörte ich Gisbert aus einem der Büros.

»Und Sie sind sich ganz sicher, dass er das genau so gesagt hat?«

Er klang aufgeregt, sofort atmete ich flach und blieb stehen. Nach einem kurzen Moment Pause wurde seine Stimme noch lauter: »Das ist ja ein Ding. Meine Güte. Und der heißt Bruhn?«

Mir wurde übel. Gisbert hatte mich noch nicht bemerkt.

»Und das ist der Anwalt? Ach so, der Bruder. Das gibt es ja gar nicht. Und er ist sich bei den Angaben ganz sicher? Also nicht, dass er übertreibt. Dann stehe ich wie ein Blöder da. Ich sehe schon die Leserbriefe, so was kann ich mir nicht leisten. Ich bin bekannt dafür, dass ich sehr genau recherchiere. Aber wenn alles stimmt, dann kommen die ins Guinessbuch. Das melde ich.«

Guinessbuch? Redete er schon von der Länge der Haftzeit in einem solchen Fall? Langsam bewegte ich mich rückwärts zur Tür.

»Also, vielen Dank für den Tipp. Ich rufe da mal an und frage, ob es ein Foto gibt. Das brauche ich. Und dann mal sehen. So, jetzt muss ich weitermachen, ich habe hier einiges zu tun. Schönen Tag noch.«

Er wusste etwas. Ich ließ die Tür extra laut ins Schloss fallen und rief mit meiner muntersten Stimme: »Gisbert? Hallo, Gisbert?«

Sofort schoss er aus dem hintersten Büro. »Hier bin ich.

Willkommen in der Schaltzentrale des Inseljournalismus. Komm rein, Tässchen Kaffee?«

Obwohl mein geschockter Magen noch rebellierte, nickte ich schwach und betrat sein Büro. Gisbert räumte einen Stuhl vor dem Schreibtisch frei und bedeutete mir, Platz zu nehmen. Während er eine Tasse am Waschbecken in der Ecke des Zimmers spülte, versuchte ich, über Kopf den Zettel zu entziffern, den er anscheinend gerade eben vollgekritzelt hatte. Außer dem Namen »Bruhn« konnte ich nichts lesen.

»Sieh dich nur um.« Gisbert schrubbte die Tasse und trocknete sie anschließend mit einem faserigen Handtuch ab. »Du kennst ja Zeitungsredaktionen, wahrscheinlich sieht es bei der ›Femmes‹ ähnlich aus. Kennst du eine Redaktion, kennst du alle.«

Er irrte. So etwas hatte ich, außer in Fernsehreportagen über Messies, noch nie gesehen. Auf jedem Quadratzentimeter türmten sich Papier, Zeitungen, Zeitschriften, Bücher und Notizzettel. Die Regale waren vollgestopft mit Ordnern, an den Haken an einer Wand hingen mindestens zehn Jacken, fünf Regenschirme und diverse Beutel und Taschen. Drei Motorradhelme lagen auf einer Fensterbank, darunter standen verschiedene Paar Schuhe, alles ähnliche Modelle. In den Ecken stapelten sich diverse Werbegeschenke, vom Schuhputzset über Pakete mit Kugelschreibern, von Schirmmützen bis hin zu Autokarten und Wolldecken. Über dem Waschbecken hing ein aufblasbarer Osterhase. Er hatte nicht mehr viel Luft.

Gisbert stellte mir einen Kaffeebecher mit dem Aufdruck »Auricher Weihnachtsmarkt 2003« hin und setzte sich auf seinen Schreibtischstuhl mir gegenüber.

»Und?«, eröffnete er das Gespräch. »Wie war es noch in der Sauna?«

»Gut.« Ich zwang mich, meine Blicke nicht mehr so auffällig streifen zu lassen und griff nach dem Kaffee. »Du warst ja so schnell weg.«

»Ich hatte noch einen wichtigen Termin.« Er warf sich in die Brust und deutete auf den Schreibtisch. »Du siehst ja, was hier los ist.«

Ich betrachtete kurz die aufgeschlagene ›Bunte‹ und dann wieder den daneben liegenden Zettel. Ich musste es herausfinden.

»Schreibst du jetzt auch für die ›Bunte‹?«

»Wie?« Verblüfft starrte er mich an, dann begriff er und lachte albern. »Das wäre schön. Nein, nein, das ist natürlich Recherche, ich muss ja auf dem Laufenden bleiben.«

»Ach so.« Ich gab mir besonders viel Mühe. »Ich dachte schon, weil auf dem Zettel auch das Wort ›Bunte‹ steht.«

Gisbert krauste die Stirn und sah sich unsicher um. Ich hoffte, er hielt mich tatsächlich für so blöd. Er tat es.

»Ach, den Zettel meinst du. Nein, das heißt nicht ›Bunte‹, das heißt ›Bruhn‹. Ich habe halt so eine Künstlerhandschrift.«

Es war eine schwere Geburt.

»Bruhn.« Andächtig wiederholte ich den Namen, der mir schon wieder Übelkeit bescherte. »Ist das etwa Inselprominenz?«

»Das wird Inselprominenz. Und meine Entdeckung. Der Artikel erscheint morgen.«

Zähneknirschend überlegte ich, wie dämlich ich mich denn noch anstellen müsste, damit Gisbert endlich mit der Geschichte herausrückte. Aber er machte es mir schwer. Also war ich wieder dran.

»Und was ist das für eine Geschichte von Herrn Bruhn? Oder darfst du nichts sagen?«

Meine Stimme zitterte, Gisbert sah mich fragend an. Ich räusperte mich, trank einen Schluck vom grauenhaftesten Kaffee, den ich je bekommen hatte, und lächelte mit größter Anstrengung seinen Schöpfer an.

»Darfst du nicht?«

»Ähm, doch, also, wieso soll ich nicht dürfen?«

Kraftlos hob ich nur die Schultern. Gisbert nahm den Zettel in die Hand und fächerte sich damit Luft zu.

»Frau Bruhn.«

Ich zuckte zusammen, der furchtbare Kaffee kam ins Schwappen. »Was?«

»Es geht um Frau Bruhn. Ihr Bruder ist hier Anwalt. Sie ist Vorsitzende im Kleingartenverein. Verwitwet. Sie wird den größten Kürbis in der Geschichte der Insel ernten. Und wenn das alles stimmt, sogar in der Geschichte Ostfrieslands. Vielleicht bringt sie es bis ins Guinessbuch. Ist das nicht super?«

Meine Gesichtszüge entgleisten mir spürbar. Die Welle der Erleichterung versöhnte mich mit dem Kaffee, mit diesem Messiebüro und obendrein mit Gisbert von Meyer. Ich lächelte ihn breit und herzlich an, was ihn wiederum irritierte.

»Ich liebe Kürbissuppe.«

Wenn er mir jetzt vorschlagen würde, gemeinsam eine zu kochen, würde ich annehmen. Ich riss mich zusammen und schob den Kaffeebecher weit von mir.

»Das ist ja eine wirklich interessante Geschichte. Danke für den Kaffee, Gisbert, aber ich muss jetzt los.«

»Nein.« Er sprang auf und stützte seine Arme auf den Tisch. »Ich denke, du wolltest noch etwas sehen. Glaube nicht, dass ich nur über Kürbisse schreibe.«

Ich verkniff mir ein »Leider«, blieb aber zuversichtlich, dass gerade eben die größte Gefahr gebannt worden war. Also lehnte ich mich entspannt an die etwas klebrige Stuhllehne und wartete auf die große Enthüllung. Sie blieb auch nicht aus.

Gisbert wühlte sich durch diverse Stapel und fand endlich, was er suchte. In einer Folie steckten Fotos. Er betrachtete sie mit einem zufriedenen Gesicht, dann sah er mich triumphierend an und hielt mir seine Errungenschaft hin.

»Was sagst du jetzt?«

Beifall heischend wartete er auf meine Reaktion. Ich betrachtete die Fotos zunächst ohne Regung. Eleonore Stehler war zu erkennen. Auf einem Foto stand sie vor einem Porsche und lachte in die Kamera, auf dem anderen stand sie in einem Abendkleid neben einem Mann, den ich noch nie gesehen hatte. Ich ließ die Fotos sinken und hob die Schultern.

»Eleonore Stehler. Ja und?«

Gisbert beugte sich hektisch vor und legte seinen Zeigefinger auf das Gesicht des Mannes.

»Und ihr Mann.«

Er hatte diese drei Wörter ausgestoßen, als hätte er die größte Entdeckung aller Zeiten gemacht. Ich konnte ihm nicht folgen, was er mir ansah. Also ging er in die Knie und arbeitete sich durch den nächsten Stapel, dieses Mal auf dem Fußboden. Er fand wieder, was er suchte, strich einen Zeitungsartikel glatt und schob ihn mir hin.

Er enthielt dasselbe Foto, Eleonore neben dem mir fremden Mann, dieses Mal mit einer Bildunterschrift: »Düsseldorfer Unternehmer Jürgen Stehler mit Gattin Eleonore bei der Eröffnung des neuen Firmensitzes an der ›Kö‹«. Ein gut aussehendes Paar, was auch immer mir das sagen sollte. Ich schob den Artikel zurück.

»Gisbert, was ist denn daran so sensationell?«

Gisbert beugte sich wieder vor und presste die Antwort durch die Zähne.

»Sie ist mit einem anderen Mann hier. Sie ist eine Ehebrecherin.«

Zur Bekräftigung warf er mir ein weiteres Bild zu. Es musste gestern Abend aufgenommen worden sein. Eleonore, vor sich einen Toast Hawaii, neben sich Gregor Morell, der gerade ihren Hals küsste. Dieses Bild sollte sich meine Schwester mal angucken. Dringend. Ich schluckte einen Kommentar runter und behielt den Abzug in der Hand.

»Vielleicht ist Frau Stehler mittlerweile geschieden. Aber das ist doch auch egal. Du betreibst billigen Paparazzi-Journalismus. So was geht dich überhaupt nichts an.«

»Doch.«

Bevor er es begründen konnte, klingelte das Telefon. Er nahm den Hörer ab, nachdem er auf das Display geschaut hatte. Ich ließ das Foto unauffällig in meine Jackentasche gleiten.

»Hallo, Mutti.« Gisbert bedeckte mit der Hand den Hörer und sah mich bedauernd an. »Entschuldige, kann ich eben ...«

Ich stand schon. »Ich muss sowieso los. Also, wir sehen uns.«

»Aber ich wollte dir doch noch ...«

Noch ehe er seinen Satz ausgesprochen hatte, war ich schon an der Tür.

»Tschüss, Gisbert.«

Als ich die Tür zuziehen wollte, hörte ich ihn sagen: »So, Mutti, da bin ich wieder, ich musste schnell meine Freundin verabschieden.«

Ich zog die Tür etwas lauter zu als nötig.

Mitten auf der Bank vor dem Denkmal saß eine Gestalt mit einer Schirmmütze, die mir bekannt vorkam. Ich ging langsam auf meinen Vater zu.

Er bemerkte mich gar nicht, sondern starrte vor sich hin. Erst als ich mich neben ihn setzte, hob er den Kopf.

»Christine. Wo kommst du denn so plötzlich her?«

»Was machst du hier?«

»Ich sitze nur so. Und denke ein bisschen nach.«

»Aha.« Ich beobachtete ihn. Er sah nicht traurig oder krank aus, eher ertappt.

»Wieso bist du allein?«

Mein Vater nahm kurz die Schirmmütze ab, strich sich über das Haar und setzte sie wieder auf.

»Mama und Hanna sind noch am Kochen, Kalli hat einen Massagetermin, und sonst kenne ich ja niemanden. Mit wem soll ich mich denn unterhalten?«

»Papa. Du hast dich beim letzten Mal mit der gesamten Insel verbrüdert. Also: Was machst du hier?«

»Ich sitze.« Mit gespielter Empörung sah er mich an. »Ich bin ein bisschen spazieren gegangen, dann habe ich mir ein Eis gekauft, danach bin ich wieder spazieren gegangen, und jetzt habe ich mich mal einen Moment hingesetzt. Das ist ja wohl nicht ungewöhnlich.«

Es war ungewöhnlich. Zumindest der Platz, an dem er saß. Hätte er auf einer Bank auf der Promenade gesessen und aufs Meer geschaut, wäre ich nicht so skeptisch gewesen. Ich sah mich um und überlegte, was hier in der Nähe sein könnte. Es fiel mir schnell ein: die Seilerstraße, in der Pierre wohnte.

»Warst du bei Pierre?«

»Was soll ich denn wohl bei Pierre?«

Treffer. Immer wenn mein Vater ganz schnell und ziemlich laut antwortete, sagte er nicht ganz die Wahrheit. Außerdem würde er gleich abrupt das Thema wechseln.

»Ach, übrigens, kommt Johann eigentlich irgendwann mal aus Schweden zurück?«

Versenkt. Er log. Und ich überlegte, was mein Vater wohl in Wirklichkeit hier vorhatte.

»Bestimmt, Papa. Auf wen wartest du eigentlich?«

»Ich?« Er sah mich mit gespielter Überraschung an. »Auf wen soll ich denn warten? Nein, nein, wie gesagt, ich bin ein bisschen spazieren gegangen, dann habe ich ein Eis ...«

»Papa! Halte mich nicht für blöd.«

Er zog seinen Kopf ein bisschen ein, überlegte kurz und tastete sich an sein wahres Thema heran.

»Sag mal, du hast dich doch auch schon mit Pierre unterhalten, oder?«

»Ja.«

Unsicher kratzte er sich an der Wange. »Findest du, dass ich gute Menschenkenntnis besitze?«

Das fand ich nicht, hätte es aber nie gesagt. Also schwieg ich und guckte ihn nur abwartend an. Er nahm es als Antwort.

»Genau. Ich kann Menschen wirklich gut beurteilen. Das ging mir schon immer so. Auch mit Pierre. Das ist ein sehr netter junger Mann. Gut erzogen, höflich, gepflegt, mit gutem Musikgeschmack, und er raucht und trinkt nicht. Er hatte eine gute Kinderstube.«

Innerlich trommelte ich vor Ungeduld mit den Fäusten, ich zwang mich, freundlich und geduldig geradeaus zu gucken.

»Ja, Papa, das stimmt. Und wo liegt jetzt dein Problem?«

»Problem?« Er schüttelte traurig den Kopf. »Ich habe kein Problem. Pierre hat eines.«

Das war typisch für meinen Vater. Ich hätte es mir denken können, dass er, der Meister aller Vorurteile, irgendwann auf diesen Gedanken kam. Ich atmete tief durch.

»Du meinst doch bitte nicht die Tatsache, dass er schwul ist?«

Verblüfft hob mein Vater den Kopf. »Ist er das? Aber, Kind, das ist doch heute gar kein Thema mehr. Es gibt schwule Außenminister, Bürgermeister und Schauspieler, da regt sich niemand mehr darüber auf. Dass du ein Problem damit hast, wundert mich. In deinem Alter war ich aber lockerer.«

»Papa, ich habe kein Problem damit. Ich dachte ...«

»Du dachtest! Nein, nein, es geht um ganz andere Dinge.«

Ich habe es immer schon gehasst, dass man meinem Vater wirklich alles aus der Nase ziehen musste.

»Und welche?«

Nach einem skeptischen Blick auf mich antwortete er: »Um Geheimnisse und Verbrechen. Und das hier auf Norderney.«

Einen kurzen Moment ließ ich seine Antwort einfach wirken. Dann schloss ich die Augen und öffnete sie gleich wieder. Mein Vater hielt seinen Blick auf mich gerichtet und wartete neugierig auf meine Reaktion. Ich wurde immer geübter darin, meine Nerven zu behalten. Ich beruhigte mich selbst: Wir hatten über Pierre gesprochen, nicht über Marleen, nicht über David Bruhn, nicht über Dubai, nur über Pierre. Mein Vater war im Moment in einem anderen Film, er sah die »Pilcher«, ich ›Tatort‹. Das konnte er aber nicht wissen.

Ich beugte mich lässig zu ihm. »Was hat Pierre denn für ein Verbrechen begangen? Oder ist das ein Geheimnis?« Und dabei lächelte ich ihn auch noch an.

»Du nimmst mich nicht ernst.« Er rutschte demonstrativ ein Stück zur Seite. »Du bist anscheinend so mit diesem Tom Hansen und deiner Internetbekanntschaft beschäftigt, dass du keinen Blick für die Dinge hast, die wirklich wichtig und dramatisch sind. Bitte, du musst dich auch gar nicht damit abmühen, lass die Welt ins Elend rutschen und geh tanzen.«

Auch wenn man meinen Vater so lange kannte wie ich, blieb seine Logik rätselhaft.

»Papa, ich habe keine Internetbekanntschaft, das habe ich dir bereits gesagt, und mit Tom Hansen bin ich vor dreißig Jahren zur Schule gegangen, das ist auch nicht mehr aktuell. Also, jetzt erzähl schon, was ist los?«

»Pierre und Adelheid.«

»Das ist kein ganzer Satz. Sei so gut und bilde einen.«

»Pierre und Adelheid reden kaum miteinander.«

»Das weiß jeder.«

Mit zusammengekniffenen Augen sah er mich an. »Und warum wohl? Darüber macht sich keiner Gedanken. Pierre hat bei Adelheid gewohnt, als er auf die Insel gekommen ist. Sie waren ganz dicke miteinander, er war wie der Sohn im Haus. Und plötzlich, zack.«

Ich zuckte zusammen, weil er mir zur Bekräftigung auf den Oberschenkel schlug.

»Aua. Was heißt ›zack‹?«

»Aus die Maus. Ende Gelände. Was man so sagt. Es ist etwas passiert, was es zerrüttet hat. Ein Geheimnis. Sie reden beide nicht darüber. Aber es hat mit Geld zu tun. Kalli und ich haben uns ein bisschen umgehört.«

Ich hatte es befürchtet. »Ihr schnüffelt hinter Pierre her? So wie damals hinter Johann?«

»Nein. Anders.« Mein Vater sah mich an. »Übrigens hatte ich nicht ganz unrecht mit meiner Skepsis bei Johann. Glücklich siehst du ja wirklich nicht aus, von wegen große Liebe und so. Du solltest einfach öfter auf mich hören. Ich war von Anfang an nicht besonders begeistert von deiner Wahl. Und jetzt sitzt du in Hamburg und er in Schweden, und man weiß nicht, ob das noch mal ein Happy End gibt und …«

»Papa, lenk nicht ab. Was ist mit Pierre und Adelheid?«

»Er hat sie beklaut.« Heinz machte eine wirkungsvolle Pause. »Er hat sie um eine halbe Million Euro gebracht. Sagt Gisbert.«

Gisbert von Meyer. Es war doch wirklich Verlass auf ihn, wenn es ums Unruhestiften und die Erfindung groben Schwachsinns ging.

»Aha. Sicher, Adelheid sieht auch aus wie eine Multimillionärin. Und natürlich lässt sie dieses Geld überall rumliegen. Da kann man leicht was klauen. Und warum hat sie ihn denn nicht angezeigt? Und sich das Geld zurückgeholt? Und was hat Pierre mit der ganzen Kohle gemacht?«

Aufgeregt rieb sich mein Vater übers Kinn. »Genau das, mein Kind, versuchen Kalli und ich gerade herauszufinden. Ich mag Pierre gern, habe ich ja bereits gesagt. Ich gucke mir schon eine ganze Zeit an, was er so macht. Keine Auffälligkeiten. Er gibt nicht besonders viel Geld aus, er trifft sich nicht mit komischen Leuten, er wohnt ganz bescheiden, ich kann mir nicht vorstellen, dass er so viel Geld haben sollte. Gisbert weiß, dass ich so denke. Aber Gisbert ist auf Adelheids Seite. Sie ist ja seine Vermieterin, und auf Norderney ist das schwierig mit Wohnungen. Also, Christine, was meinst du? Pierre ist ja wohl kein Krimineller. Ich habe doch Menschenkenntnis.«

Langsam stand ich auf und schulterte meine Tasche.

»Papa, genau deshalb finde ich es unmöglich. Du magst Pierre, du hältst ihn für anständig, und trotzdem schnüffelst du ihm hinterher. Frag ihn doch einfach, was da passiert ist. Und mach dich nicht zum Affen, nur weil dieser Inselschreiberling mal wieder einen Verdacht hegt.«

»Zum Affen? Wie redest du eigentlich mit mir? Und im Übrigen habe ich Pierre gefragt, er sagt aber nichts. Und Gisbert von Meyer ist nicht der Einzige mit einem Verdacht. Was glaubst du wohl, warum so ein Kaliber der Kriminalität wie Guntram Bernd hier ist? Na?«

»Weil er eine Lesung hatte.«

Ich kreuzte meine Zehen in den Schuhen. Jetzt bloß vorsichtig sein.

»Nein.« Mein Vater stand auch auf und verschränkte seine Arme vor der Brust. »Weil er eine Spur verfolgt. Das haben wir schon mitbekommen. Er war nämlich mit einer Kamera unterwegs. Und er macht sich dauernd Notizen. Tja, mit wem redet er die ganze Zeit? Na?«

»Mit Adelheid.«

»Ja, bitte.« Triumphierend nickte mein Vater. »So wird da ein Schuh daraus. Und er recherchiert gründlich. Ach übrigens, er hat mich gefragt, wann Marleen wieder da ist. Er müsste dringend mit ihr reden. Wann kommt sie denn jetzt?«

Ein plötzlicher Hustenanfall nahm mir den Atem. Mein Vater schlug mir mit Schwung auf den Rücken.

»Geht's? Meine Güte, hol Luft.«

Im Ernstfall war er dann doch ganz der besorgte Vater. Als ich mit Schweißperlen auf der Stirn langsam wieder zu Luft kam, behielt er seine Hand auf meinem Rücken und fragte: »Soll ich dir was zu trinken kaufen?«

Ich wischte mir die Tränen aus den Augen und schüttelte den Kopf.

»Nein danke, es geht schon. Ich habe mich nur verschluckt. Wo waren wir gerade? Ist ja auch egal, ich gehe dann mal zurück. Bis später.«

Ich ging in Richtung Bismarckstraße und drehte mich an der Ecke kurz um. Mein Vater stand immer noch vor der Bank, schaute mir hinterher und hob langsam seine Hand. Und ich hatte ihn in diesem Moment sehr gern. Auch wenn ich wegen Papa nun dringend mit Pierre reden musste. Nicht, dass es noch mehr Verwicklungen geben würde.

Als ich auf der Höhe der »Milchbar« war, erkannte ich die Gestalt meiner Schwester, die das Lokal gerade betrat. Meine Saunatücher würden weiter auf die Waschmaschine warten müssen, ich schob die Tasche auf die andere Schulter und folgte Ines.

Sie stand noch vor dem Tresen und wartete darauf, nach ihrer Bestellung gefragt zu werden.

»Bestell mir doch einen Kaffee mit.«

Sie zuckte zusammen und drehte sich zu mir um. »Wo kommst du denn her? Ich denke, du bist mit Gesa in der Sauna.«

»War ich auch. Und anschließend bei Gisbert in der Redaktion. Und dann habe ich auch noch Papa getroffen, der auf der Bank am Denkmal sitzt und den Retter für Pierre spielt.«

»Wieso den Retter?« Während sie fragte, las sie die Angebote auf der Tafel.

»Er hat von Gisbert von Meyer gehört, dass Adelheid und Pierre nicht miteinander reden, weil unser Lieblingsbarkeeper unseren Hausdragoner um eine halbe Million Euro betrogen haben soll. Das klärt er jetzt mit Kalli zusammen auf.«

»Da hat er ja allerhand zu tun. Hallo, ich möchte gern einen Kaffee und ein Alsterwasser.«

Während die Bedienung hinter dem Tresen unsere Getränke auf ein Tablett stellte, sah ich mich in der »Milchbar« um. Die bequemen Sessel direkt am Fenster waren noch frei, ich ließ Ines stehen und ging schon hin, um die Plätze zu besetzen.

Als sie mit dem Tablett kam, hatte ich bereits meine Jacke ausgezogen und es mir mit Blick aufs Meer bequem gemacht.

»Wo ist Papa denn jetzt?« Ines ließ sich auf den Sessel neben mir fallen.

»Er verfolgt Pierre und guckt sich genau an, ob es irgendwelche Auffälligkeiten gibt. Bis jetzt ist aber alles normal. Und im Übrigen glaubt er auch, dass Guntram Bernd wegen Pierre hier ist. Weil er sich so mit Adelheid verbündet hat. Vielleicht hat sie ihm ja sogar den Auftrag gegeben.«

»Das ist reinster Blödsinn.« Meine Schwester atmete tief aus. »Wir wissen doch, was Herr Bernd hier recherchiert.

Du hast ja das Telefongespräch mitgehört. Hast du Kühlke erreicht?«

»Ich habe es noch gar nicht versucht. Aber ich habe David Bruhn getroffen, er kommt heute Abend um halb neun bei uns vorbei. Dann reden wir mal in Ruhe mit ihm.«

»Und wieso hast du nicht bei Kühlke angerufen?«

»Ich habe es nicht geschafft.«

Meine Schwester sah mich skeptisch an. »Du hast mal wieder Angst vor schlechten Nachrichten gehabt. Stimmt's? Das ist typisch für dich. Du kannst doch nicht einfach die Augen zumachen und warten, dass es vorbei ist.«

Verblüfft stellte ich meine Tasse auf den Tisch. »Was soll das denn? Ich rufe ihn nachher von zu Hause aus an, ich muss das ja nicht mit dem Handy in der Öffentlichkeit machen. Was ist eigentlich mit dir los?«

Entschlossen drehte sie sich zu mir. »Mir ist das hier alles zu lasch. So wie es aussieht, wird Marleen in der nächsten Zeit nicht zurückkommen. Wenn es wirklich stimmt, dass sie mit Björn Sex am Strand hatte, und das auch noch betrunken, werden die beiden hundertprozentig die nächsten Monate in Haft sitzen, zumindest so lange, bis sie eine Ausweisung bekommen. Und ich finde, dass alles genau danach aussieht. Du tust so, als wäre die Pension ein Ponyhof, den man mit drei Rentnern und vier Aushilfen ganz einfach weiterführen kann. Das ist idiotisch. Die ersten Gäste sind schon sauer gewesen. Ich bitte dich, schwedische Hühnersuppe und Toast Hawaii. Du machst dir Gedanken über Papa und Kalli, beschäftigst Hanna und Mama, regst dich über Johann auf, gehst mit Tom in die Kiste, hast Verschwörungstheorien und nebenbei teilst du mich für alles Mögliche ein. Christine, du musst mal was entscheiden. Marleen hat dir die Verantwortung aus welchen Gründen auch immer übertragen, jetzt mach etwas.«

Zunehmend ärgerlich hatte ich ihren Ausbruch abgewartet. »Bist du fertig?«

»Nein. Aber du kannst zwischendurch ruhig was sagen.«

»Da du ja anscheinend als Einzige den Durchblick hast, kannst du mir bestimmt mitteilen, was ich deiner Meinung nach jetzt machen sollte.«

»Du musst mit Adelheid reden. Sie soll die Pension für ein paar Wochen übernehmen, wenigstens solange Marleens Tante Theda im Urlaub ist. Adelheid muss eingeweiht werden. Dringend. Und Theda später dann auch.«

»Du, wir geben einfach eine Pressekonferenz. Das ist bestimmt ganz im Sinne von Ralf Kühlke und den Bruhns. Dann wissen es alle, und wir können nach Hause fahren. Und es kann uns ja egal sein, wenn in den Zeitungen schlüpfrige Artikel erscheinen, nach denen sich Marleen und Björn umgehend eine neue Identität suchen dürfen, weil sie anschließend kein Bein mehr auf die Erde kriegen. Das ist eine tolle Idee. Respekt.«

Ines hatte mich beobachtet. Als ich fertig war, grinste sie plötzlich.

»Du reagierst übrigens genau so, wie ich es sonst mache. Aber mir wirfst du immer zu wenig Planung, zu wenig Ernsthaftigkeit und zu viel Lässigkeit vor. Witzig, oder?«

Ich klappte den Mund wieder zu. »Bist du jetzt nicht ganz dicht?«

Meine Schwester lehnte sich zurück, streckte ihre Beine aus und schaute aufs Meer.

»Ich wollte nur mal sehen, ob du unsere Baustellen noch alle sortiert bekommst. Ich bringe nämlich langsam einiges durcheinander.«

»Wieso? Nur, weil Papa jetzt das Geheimnis von Adelheid und Pierre lüften will?«

Ines winkte ab. »Geschenkt. Das findet er sowieso nicht raus, so blöd wie das ist.«

»Was ist blöd?« Irgendwie konnte ich diesem Gespräch nicht folgen.

»Der Grund für das Zerwürfnis.« Ines sah mich erstaunt an. »Kennst du ihn nicht?«

»Natürlich nicht.« Jetzt war ich erstaunt. »Der wäre bitte?«

Meine Schwester deutete plötzlich nach draußen. Pierre lief, ganz in Rot gekleidet, mit langen Schritten über die Promenade. Mit einem kleinen Abstand folgte ihm mein Vater, der ab und zu stehen blieb und betont unauffällig aufs Meer blickte.

»Ich hoffe, Pierre entdeckt ihn nicht.« Kopfschüttelnd betrachtete Ines die beiden. »Papa gibt sich solche Mühe. Und so hat er etwas zu tun. Komm, Christine, wir observieren jetzt Papa.«

Während sie aufstand, griff ich nach ihrem Handgelenk. »Warte doch mal, was ist denn mit dem Geheimnis?«

Ines grinste. »Das ist großartig. Ich zeige dir nachher etwas, du wirst staunen. Und nun komm.«

Auf der Bank kurz vor der »Georgshöhe« saß er schließlich. Er hatte die Arme auf die Rückenlehne und den Kopf in den Nacken gelegt. Mit geschlossenen Augen hielt er sein Gesicht in die Herbstsonne. Erst als Ines einen Schatten auf ihn warf, öffnete er die Augen.

»Ihr seid es. Christine, spionierst du mir nach oder ist das Zufall, dass wir uns dauernd treffen?«

»Zufall.« Ich setzte mich rechts neben ihn und lehnte die Saunatasche an die Bank. »Reiner Zufall, Papa. Apropos spionieren – hat der ›man in red‹ dich abgeschüttelt?«

»Der was?« Verwirrt sah er mich an und nahm seine Arme von der Lehne.

»Der Mann in Rot«, übersetzte Ines und nahm links neben ihm Platz. »Gib dir keine Mühe, wir saßen in der ›Milchbar‹ und haben euch beobachtet.«

»Was meinst du mit ›euch‹?« Niemand konnte so harmlos gucken wie Heinz.

»Pierre und dich. Du warst ihm auf den Fersen.«

Mein Vater wusste aber auch, wann der Zeitpunkt erreicht war, an dem man aufgeben sollte.

»Er ist ja so gerannt, da kommt doch kein Mensch hinterher. Ich glaube sowieso, dass Gisbert sich in Pierre irrt. Also, ich halte viel von Pierre. Er hat absolut klare Augen, ist euch das aufgefallen? Er guckt einen ganz gerade an. So schaut niemand, der andere beklaut. Hast du das überhaupt mitgekriegt, Ines? Dass Pierre Adelheid um so viel Geld betrogen haben soll?«

»Ach, Papa.« Ines hakte sich bei ihm unter. »Fall doch nicht immer auf diese Geschichten rein. Gisbert von Meyer ist ein armseliger kleiner Inseljournalist, der sich furchtbar wichtig macht. Glaub ihm kein Wort.«

Heinz tätschelte ihre Hand. »Kind, du musst dich nicht mit solchen Dingen belasten. Habe ich euch eigentlich schon gesagt, wie gut ihr das hier macht? Mit den Gästen und so, richtig prima. Als ob ihr das gelernt hättet.«

Ich starrte ihn an. »Warum sollten wir das denn nicht gut machen? Ich habe hier schon ein paar Mal ausgeholfen.«

»Ja, du.« Mit seinem freien Arm hakte er sich bei mir unter. »Aber deine Schwester, die hat mich überrascht. Als wenn sie nie etwas anderes getan hätte. So nett mit den Gästen ... und wie schnell Ines am Computer ist ... Toll.«

»Ja, toll.« Regungslos wiederholte ich es. »Ich muss mal wieder zurück. Bleibst du hier noch sitzen?«

»Ja.« Er lächelte uns an. »Wir bleiben hier noch sitzen, nicht, Ines? Du kannst deinem alten Vater ruhig mal Gesellschaft leisten. Mama und Hanna sind jedes Mal so komisch, wenn sie kochen. Du, Christine, sind in der Tasche immer noch deine Saunahandtücher drin? Die werden langsam stinken.«

»Sie stinken nicht.« Bedächtig und würdevoll erhob ich mich. »Also dann, viel Spaß noch, bis später.«

»Ja, tschüss«, antwortete er fröhlich. »Ich kümmere mich ein bisschen um meine Jüngste. Nicht wahr, Ines, du bist auch kaputt von der ganzen Arbeit, was?«

Ich verließ die Eintracht mitsamt meiner Saunatasche. Vermutlich würde mein Vater Ines gleich irgendwas erzählen, was ich im Moment noch nicht wissen durfte. Ich hoffte, sie wäre mittlerweile erwachsen genug, um im Anschluss mit mir darüber zu reden.

Gisbert von Meyers Moped stand im Hof. Es gab einfach Tage, in denen der Wurm steckte. Der Küchentisch schien mittlerweile eine zentrale Anlaufstelle geworden zu sein. Gisbert saß am Kopfende, meine Mutter und Hanna links und rechts von ihm. Hans-Jörg schlug Eier in eine Schüssel. Jurek wischte sich gerade mit einem Geschirrhandtuch die Hände ab. Langsam fragte ich mich, wann er seinen Hausmeisterjob eigentlich erledigte.

»Hallo.« Ich ließ meine Tasche fallen und stellte mich hinter meine Mutter. »Was gibt es?«

»Pfannkuchen.« Hans-Jörg erhöhte seine Schlagzahl. »Mit Kompott.«

»Das meinte ich nicht.« Ich hatte mir sowieso vorgenommen, den Speiseplan nicht mehr zu kommentieren. Pfannkuchen, lieber Himmel! »Ich wollte wissen, was es Neues gibt.«

Meine Mutter ließ ein Blatt Papier sinken, das sie gerade las, und sah mich über ihre Brille hinweg an.

»Wir kommen in die Zeitung«, sagte sie stolz. »Gisbert hat so einen netten Artikel geschrieben, nicht wahr, Gisbert, da hebst du mir aber eine Ausgabe auf.«

Ich ahnte nichts Gutes, nahm meiner Mutter das Blatt aus der Hand und las laut vor:

Bowle, Beine, Tanzmusik

Gäbe es einen Tourismuspreis für die originellste Gästebewirtung, das Team vom »Haus Theda« hätte ihn verdient. Mit seiner Kreativität lässt es vergessen, dass es sich hier nur um eine Vertretung handelt. Statt der üblich langweiligen Abendmahlzeiten wird mit Charme und Fantasie das Unmögliche möglich gemacht. Gäste freuen sich über eine kulinarische Retrospektive und finden anschließend bei Foxtrott und flotter Musik zusammen. Sie erleben einen wirklich innovativen Ansatz der Gastgeber. Das Trio der Küche kommt immer wieder auf originelle Ideen und revolutioniert das Wort »Halbpension«. Hut ab und Dank für einen außergewöhnlichen Abend. Wer weiß, wie viele dieser Art noch folgen.

»Mich hat er vergessen.« Hans-Jörg tippte auf ein Foto, das Gisbert mit Tesafilm aufgeklebt hatte. »Das Trio aus der Küche, hier bitte, nur die Frauen, ich bin nicht dabei. Das ist nicht gerecht.«

Ich betrachtete die anderen Bilder. Mein Vater, der mit schiefer Schirmmütze hinter dem Plattenspieler stand und etwas dümmlich in die Kamera grinste, Hanna mit halb geschlossenen Augen und roten Wangen, meine Mutter mit aufgerissenem Mund mitten in einer Lachsalve und schließlich Eleonore, die mit glasigen Augen in die Bowle starrte.

»Gisbert, das sieht wie eine Orgie aus. Du willst doch wohl nicht diese Fotos veröffentlichen? Vergiss es. Ich verklage dich.«

Ohne den Blick von ihm zu wenden, schob ich ihm das Blatt zu. Er nahm es selbstverliebt in die Hand.

»Das kannst du nicht. Außerdem ist dieses Bild von Frau Stehler nur ein Platzhalter. Ich habe ein noch viel besseres, das sie mit ihrem jungen Begleiter zeigt, das kommt rein. Ich lasse die Bombe platzen.«

»Welche Bombe?«

Hanna beugte sich vor, um besser sehen zu können.

»Eleonore Stehler ist eine sehr bekannte Frau.« Wenn Gisbert von Meyer sich so in die Brust warf, sah er aus wie Kermit der Frosch. »Sie ist die Gattin von einem sehr reichen Düsseldorfer Geschäftsmann. Er verdient das Geld, sie macht eins auf Wohltätigkeit, geht zu Galaveranstaltungen, ist mit Prominenten befreundet. Und in Wirklichkeit begeht sie hier bei uns Ehebruch. Das muss die Öffentlichkeit wissen, da hat sie ein Recht drauf.«

»Echt?« Meine Mutter putzte ihre Brille und setzte sie wieder auf. »Ich habe mich schon gewundert, wie die an so einen jungen, gut aussehenden Mann kommt. Na ja, aber wenn sie Geld hat …«

Gisbert nickte. »Ich werde das Foto drucken. Und ich wette,

einen Tag später ruft mich schon ›Bunte‹ oder ›Gala‹ an. Den Enthüllungsbericht muss ich gar nicht selbst schreiben. Aber ich mache das Geschäft.«

Unauffällig fühlte ich in meiner Jackentasche nach dem Sensationsfoto. Es war noch da. Auch wenn es nur ein Abzug war.

»Das wird nicht erscheinen.«

Von allen unbemerkt war Guntram Bernd in die Küche gekommen. Gisbert sprang sofort auf.

»Herr Bernd. Einen schönen guten Tag, wie geht es?«

Guntram Bernd gab keine Antwort, nahm stattdessen das Blatt und die Fotos in die Hand und betrachtete alles. Dann schüttelte er den Kopf und sah Gisbert lange an.

»Herr von Meyer, würden Sie mich auf einen kleinen Spaziergang begleiten?«

Als Gisbert ihm stumm folgte, wich mein einsetzendes Gefühl der Erleichterung einem anderen Gedanken: Gisbert hatte geschrieben, dass es sich nur um eine Vertretung handelte, und sich gefragt, wie lange diese noch dauern würde. Dass Guntram Bernd gegen die Veröffentlichung war, konnte doch nur bedeuten, dass er sich schon mitten in den Ermittlungen befand.

Ich schloss die Tür zum Büro hinter mir ab, bevor ich mich an den Schreibtisch setzte und die Nummer von Ralf Kühlke wählte.

»Ich habe nichts Neues. Wir müssen einfach abwarten, was bei diesem Anhörungstermin herauskommt. Sonst hätte ich mich auch sofort gemeldet.«

Seine Stimme klang wie immer sachlich, wenn auch ein wenig erschöpft.

»Ich habe es mir gedacht.« Ich legte die Zettel mit Marleens Handschrift ordentlich nebeneinander, sodass man jeden lesen konnte. »Aber hier passiert so einiges. David Bruhn ist angekommen, wir treffen uns nachher. Und ich befürchte, dass Guntram Bernd uns auf die Schliche gekommen ist.«

Auf einem Zettel stand der Name »Jurek« mit einem großen Ausrufezeichen, darunter verschiedene Termine. Einer davon war mein Geburtstag, der andere lag drei Wochen später im Dezember.

»Hat er etwas gesagt?«

»Wer?« Verwundert schob ich den Zettel zur Seite. Was hatte Jurek mit meinem Geburtstag zu tun?

»Guntram Bernd.« Kühlke klang ungeduldig. »Was heißt, er kommt Ihnen auf die Schliche?«

Ich drehte den Schreibtischstuhl und sah aus dem Fenster. »Er recherchiert hier. Von dem Telefongespräch habe ich Ihnen ja erzählt. Und jetzt hat er meinen Vater nach Marleen gefragt, ob der wüsste, wann sie wiederkommt. Soll ich ihn einfach darauf ansprechen?«

»Nein.« Der Anwalt überlegte nicht lange. »Ich weiß nicht, in wessen Auftrag er sich umhört, aber er ist kein Journalist. Reden Sie mit David Bruhn darüber. Vielleicht hat der ihn ja beauftragt. Aber es haben sich noch keine Presseleute bei Ihnen gemeldet, oder?«

»Nein. Jedenfalls nicht, dass ich wüsste.« Aber vielleicht waren sie auch heimlich hier gewesen. Möglicherweise gab es unter den Gästen welche. Mir schwirrte der Kopf. Und Kühlke vermochte die Lage offenbar nicht zu verbessern.

»Ich melde mich, sobald ich etwas höre. Und bis dahin machen Sie einfach so weiter. Solange nichts an die Öffentlichkeit dringt, haben Sie alles richtig gemacht. Also dann, halten Sie die Ohren steif.«

Wir legten auf, und ich starrte aus dem Fenster, bis jemand an der Tür rüttelte.

»Moment.«

Als ich die Tür öffnete, stand Pierre vor mir und sah mich gereizt an.

»Wieso schließt du ab? Ich brauche den Kellerschlüssel, gleich kommt der Getränkelieferant.«

Er ging an mir vorbei zum Schreibtisch und zog die Schublade auf. Mit dem Schlüssel in der Hand drehte er sich zu mir um.

»Und wenn du Jurek siehst, kannst du ihm sagen, er möge seinen Hintern mal in die Bar bewegen. Er hängt den ganzen Tag bei euch in der Pension rum, das geht mir mittlerweile echt auf den Geist. So viel kann da auch nicht plötzlich kaputtgehen.«

»Hast du schlechte Laune?«

»Nein.« Er ließ sich auf den Schreibtisch sinken, genau auf Marleens Zettel. »Oder doch. Jeder macht hier, was er will. Kein Mensch hilft in der Bar, dafür trifft sich die halbe Insel drüben in der Küche. Normalerweise sitze ich vor Dienstbeginn in Ruhe mit Marleen am Tisch, wir essen etwas, trinken einen Kaffee, besprechen alles, was wichtig ist, und danach gehe ich rüber. Schön entspannt. Aber jetzt kannst du das ja vergessen. Ein Haufen Leute, alle reden, es gibt noch nicht einmal einen freien Stuhl am Tisch. Und dauernd dieser von Meyer. Ich kriege Krätze, wenn ich den sehe. Der taucht ja wohl jeden Tag hier auf. Und außerdem …« Er machte eine kurze Pause, dann hob er entschlossen den Kopf und guckte mich verärgert an, »… außerdem habe ich das Gefühl, ihr verschweigt mir etwas. Ich wollte nicht damit anfangen, ich dachte zuerst, es geht mich nichts an, aber ich befürchte, dass hier etwas im Busch ist. Und ich habe das Recht zu wissen, was los ist. Also?«

Er war richtig sauer. Und ich mochte ihn. Aber ich hatte Stillschweigen gelobt. Andererseits mussten wir ihn sowieso irgendwann einweihen, spätestens wenn Adelheid und Theda den Betrieb übernehmen sollten. Doch so weit war es ja noch nicht. Ich würde nachher mit David Bruhn darüber sprechen.

Pierre deutete mein Schweigen falsch. »Ich wollte dich nicht anschreien. Ich werde eben langsam ärgerlich. Nicht nur, dass dein Vater mich dauernd beobachtet, nein, auch Kalli fragt mich nach privaten Dingen. Hat er noch nie gemacht, dabei haben wir uns schon öfter gesehen. Jurek wird immer seltsamer, Gisbert von Meyer stellt dämliche Fragen, Gesa und Ines tuscheln. Also, mir reicht's.«

»Was wollte Gisbert denn wissen?«

Aufgeschreckt drückte ich die Tür wieder ins Schloss. Im Moment musste ja niemand ins Büro kommen.

»Ob mir etwas Ungewöhnliches aufgefallen ist, wer hier alles so anruft, ob ich nicht auch den Eindruck hätte, du wärst komisch, und wann Marleen nun wiederkommt. Und ob es sein könnte, dass sie keine Lust mehr hat, die Pension zu führen.«

Dass mein Vater die wilden Vermutungen, die er anstellte, nie für sich behalten konnte, machte mich wahnsinnig. Und dann noch Gisbert von Meyer.

»Und was hast du gesagt?«

»Nichts.« Ungeduldig sah er mich an. »Glaubst du, ich lasse mich über meine Chefin ausfragen? Für wen hältst du mich? Es wäre nur sehr nett, wenn ich mal informiert würde. Auch wenn ich der letzte Ahnungslose bin.«

Jetzt war er beleidigt. Und ich hatte einen Entschluss gefasst. Wir hatten Gesa eingeweiht, wir würden das Gleiche mit Pierre machen müssen.

»Also gut.« Ich setzte mich neben ihn auf den Schreibtisch. »Es gibt ein Problem. Aber außer meiner Schwester, Gesa und mir kennt es niemand.«

»Adelheid auch nicht? Deine Eltern? Gisbert von Meyer?«

»Nein, niemand. Wir wissen nämlich nicht, wann Marleen zurückkommt. Und ich habe ihr versprochen, mit niemandem darüber zu reden. Aber vielleicht musst du auch ins Vertrauen gezogen werden. Es ist folgendermaßen …«

Plötzlich hörten wir herannahende Schritte, dann wurde die Tür aufgerissen, und Jurek platzte ins Büro.

»Ach, da bist du. Ich brauche den Kellerschlüssel, der Getränkelieferant ist da.«

Pierre warf ihm den Schlüsselbund zu. »Hier, ich komme gleich nach.«

Geschickt fing Jurek ihn auf. »Danke. Und Christine, deine Schwester sucht dich. Du sollst sofort in die Rezeption kommen, es ist dringend. Bis später.«

Ich stand schon, wartete kurz, bis Jurek verschwunden war, und drehte mich zu Pierre um.

»Komm doch nachher zu Ines und mir, nach dem Abendessen. Ich habe jetzt keine Lust, zwischen Tür und Angel alles zu erzählen. Okay?«

»Gut.«

Er nickte. Als ich am Fenster vorbei zur Rezeption lief, kauerte er immer noch nachdenklich auf dem Schreibtisch.

Ines saß vor dem offenen Fenster auf der Fensterbank der Rezeption und rauchte. Erschrocken blieb ich in der Tür stehen.

»Was ist passiert?«

»Mach die Tür zu, es zieht sonst rein.« Sie schnipste die Asche raus und blickte mich an. »Setz dich vor den Rechner und lies mal die E-Mail, die Papa geschrieben hat. Aber brüll nicht gleich los.«

Ich sparte mir vorerst die Frage, wie mein Vater dazu komme, sich an diesen Rechner zu setzen, um Mitteilungen zu schreiben. Mit einem unguten Gefühl drehte ich den Bildschirm näher zu mir.

Lieber Johann,
Du wunderst Dich sicher und zu Recht darüber, dass ich Dir eine E-Mail schreibe, aber es ist ja doch die schnellste Art der Kontaktaufnahme, da ich Deine Telefonnummer nicht

besitze und ich meine Tochter aus verständlichen Gründen nicht danach fragen kann. Deine E-Mail-Adresse hingegen hat Jurek hier im Computer gefunden, die ist wohl noch drin, weil Du mal Gast in dieser Pension warst. Ich hoffe ja sehr, dass die stimmt, aber Kalli hat gemeint, dass man E-Mails überall, also auch in Schweden, abrufen kann. Das weiß er von seiner Tochter Katharina, die ist nämlich im Moment in Spanien, und sogar da kommen die E-Mails, die Hanna ihr manchmal schreibt, immer an. Das ist schon doll, was die Technik alles bringt.

Aber ich schweife ab. Ich schreibe Dir, weil ich aus verschiedenen Gründen sehr besorgt bin. Wie soll ich das jetzt schildern? Vielleicht einfach der Reihe nach. Also:

1. Christine pflegt anscheinend Internetbekanntschaften. Ich finde es ja sowieso nicht gut, dass sie allein in dieser Wohnung hockt, da kommt man wohl auf so drollige Gedanken. Jedenfalls ist hier wohl einer dieser Internetmänner aufgetaucht. Äußerst gut aussehend, wenn ich das mal so als Mann sagen darf, und auch noch freundlich. Sie streitet allerdings alles ab, aber als Vater denkt man ja mit.

2. Du weißt bestimmt, dass Frauen niemals ihre erste Liebe vergessen. Christines erste Liebe hat sich hier plötzlich ein Zimmer genommen. Es ist wohl doch offizieller als wir alle wussten, weil er gleich seine Mutter mitgebracht hat. Sie heißt Frau Hansen und hat mir überhaupt alles gesagt, tja, Eltern halten eben zusammen. Tom und Christine waren in ihrer Jugend zusammen, was ich, ehrlich gesagt, gar nicht mitbekommen habe. Aber damals war ich auch noch voll im Berufsleben und hatte wenig Zeit für die Kinder. Frau Hansen hatte wohl viel Zeit, sie hat mir haarklein erzählt, was damals passiert ist, und Du glaubst nicht, wie mich das entsetzt hat: Es ist seinerzeit zum Äußersten gekommen. Und sie, also Frau Hansen, sagt, dass die beiden sich niemals hätten trennen dürfen. Was sind schon dreißig Jahre, hat sie gemeint, wenn man seine Irrtümer erkennt. Der Irrtum hieß wohl Beate.

3. Christine hat so ambitioniert die Verantwortung für diese Pension übernommen, dass wir nicht mehr glauben, sie machte das nur Marleen zuliebe. Durch Zufall haben wir erfahren, dass Pierre, ein weiterer gut aussehender Mann auf dieser Insel, wohl über erhebliche Geldsummen verfügt. Pierre und Christine unterhalten sich auffallend oft. Kalli hat jetzt die Idee gehabt, dass der steinreiche Pierre und die beruflich gescheiterte Christine die Pension übernehmen wollen. Je länger ich darüber nachdenke, desto sicherer werde ich mir.

4. Diese Pension verursacht mir Magenschmerzen. Es gibt einige unklare Verhältnisse, sodass bereits ein berühmter Kriminalist hier ermittelt. Wir wissen zwar noch nichts Genaues, haben aber einige Vermutungen. Wie gesagt, da ist Pierre mit den nicht nachvollziehbaren Finanzen, eventuell ein Streit zwischen Pierre und einer Dame namens Adelheid. Beide nette Personen, die jedoch nicht miteinander reden. Seltsam ist auch ein Fotograf namens Morell, der alle fotografiert und eine Freundin hat, die fast seine Mutter sein könnte, und schlussendlich ein Hausmeister namens Jurek, der so tut, als wäre er nur ein einfacher Angestellter, aber mehrere Sprachen spricht, ganz viel weiß und unserer Meinung nach ebenfalls von einem Geheimnis umgeben ist.

Fazit: Christine, umgeben von drei Männern (mindestens), die sich für sie interessieren, ist mittlerweile in einem Alter, in dem sie nicht mehr auf mich hört. Vielleicht hört sie ja noch auf Dich, deshalb möchte ich Dich bitten, schnellstmöglich nach Norderney zu kommen, um Schlimmeres zu verhindern. Natürlich nur, wenn Dir noch etwas an meiner Tochter liegt, das kann ich ja von hier aus nicht beurteilen.

Ansonsten betrachte diese E-Mail bitte als gegenstandslos und lösche sie. Dann nichts für ungut.
Im anderen Falle hole ich Dich gerne von der Fähre oder vom Flughafen ab.

Väterliche Grüße,
Dein Heinz Schmidt

Ich atmete aus, drehte den Bildschirm wieder in seine Ausgangslage, stand langsam auf, ging zur Tür und wandte mich meiner Schwester zu.

»Jetzt bringe ich ihn wirklich um. Und wage es nicht, mich davon abzuhalten.«

»Das kannst du gerne machen«, antwortete sie und drückte die Zigarette an ihrer Sohle aus. »Aber frage ihn vorher, was er mit ›Jureks Geheimnis‹ meint. Das finde ich nämlich wirklich komisch. Der Rest ist ja typisch Papa.«

»Das ist alles, was du dazu sagst? Er hat Johann geschrieben. Alte Liebe, Internetbekanntschaften, Kriminalisten, Pensionsübernahme. Er ist doch nicht mehr normal! Dieses ewige Einmischen ist nur noch krank.«

»Bei mir macht er es nicht.« Ines schwang sich von der Fensterbank und lächelte mich an. »Folglich liegt es wohl an dir. Jetzt geh, und bring ihn um, aber beeile dich. Nachher kommt David Bruhn, und vorher gibt es noch Abendessen.«

Ich knallte die Tür ins Schloss.

Meine Mutter und Hanna hockten nebeneinander vor dem Backofen und starrten durch die Scheibe. Ansonsten war die Küche leer, ich verstand gar nicht, weshalb Pierre zuvor von einer Übervölkerung der Küche gesprochen hatte.

»Wo ist Papa?«

»Ich begreife nicht, warum das Ding so groß wird.« Meine Mutter klopfte leicht an die Scheibe, als würde sie vor einem Aquarium sitzen.

»Du hast zu viel Backpulver genommen.«

»Ich habe gefragt, wo Papa ist.«

Hanna drehte sich zu mir um. »Hast du schon mal eine Hühnerpastete gemacht? Ging die bei dir auch so auf?«

»Ich habe noch nie Hühnerpastete gemacht. Ich suche meinen Vater.«

»Das ist alles genau nach Rezept.« Meine Mutter erhob sich stöhnend. »Was ist denn das für ein blödes Kochbuch? Was hast du gerade gefragt, Christine?«

Ich fragte mich jetzt, ab wann wir mit den ersten Salmonellenvergiftungen rechnen konnten. Bei der Menge Huhn wurde die Wahrscheinlichkeit doch immer größer.

»Wo ist Papa?« Ich sprach deutlich, ruhig und langsam.

Trotzdem sah meine Mutter mich mit hochgezogenen Augenbrauen an. »Was hast du bloß für eine Laune? Ich weiß nicht, wo er ist. Wir haben auch keine Zeit, uns um jeden und alles zu kümmern. Was willst du denn von ihm?«

Ich konnte ihr das nicht sagen, es würde ihr das Herz brechen.

»Nichts. Wenn er kommt, dann sag ihm ... Ach, ist egal, ich gucke mal im Garten.«

Sie hatte sich schon wieder umgedreht und starrte auf den großen gelben Berg im Backofen.

Bis auf die Nachbarskatze, die sich in der Herbstsonne auf dem Rasen wälzte, war niemand zu sehen. Als ich langsam zum Strandkorb ging, sprang sie auf und folgte mir. Ich schob den Strandkorb in die Sonne und setzte mich hinein, die Katze sprang mir auf den Schoß und schnurrte.

»Na, du dickes Vieh.« Langsam kraulte ich sie, sie gähnte und warf sich auf den Rücken. »Du bekommst nachher Hühnerpastete. Freu dich.«

Das gleichmäßige Schnurren wirkte beruhigend, ich sollte mir dieses Tier vor den Bauch binden, gerade wenn mein Vater in die Nähe kam. Die Sonne schien mir ins Gesicht, die Katze räkelte sich auf meinem Schoß, meine Augen fielen zu. Bis mich eine Stimme aus dieser Idylle riss.

»Hast du ihn schon erschlagen?«

Ich öffnete nur ein Auge und sah zu meiner Schwester hoch.

»Er hat einen eingebauten Warnmelder. Immer wenn es für ihn brenzlig wird, ist er unauffindbar.«

»Rutsch mal ein Stück.«

Sie quetschte sich neben mich, die Katze maunzte, dehnte sich und legte sich anschließend über uns beide. Während Ines vorn und ich hinten streichelten, dachte ich über die E-Mail nach. Wann hatte mein Vater eigentlich mit Frau Hansen gesprochen? Und was meinte er mit »Jureks Geheimnis«?

Ines streckte ihre Beine aus und unterdrückte ein Stöhnen, weil die Katze sich mit den Krallen festhielt.

»Hast du Johann schon angerufen?«

Ich lachte freudlos. »Nein. Ich wüsste auch gar nicht, was ich ihm sagen sollte. Vermutlich nimmt er die Mail sowieso nicht ernst, er kennt doch Papa.«

»Und wenn er kommt?«

»Wieso sollte er kommen?«

Meine Schwester fuhr fort, die Katze hinter den Ohren zu kraulen. »Weil er die Beziehung retten will?«

»Welche Beziehung?« Ich war selbst erschrocken, wie bitter ich klang.

»Ach, Christine!« Die Katze hob den Kopf und sah meine Schwester an. Etwas leiser redete Ines weiter. »Deine Fähigkeit, Dinge auszusitzen, ist wirklich beeindruckend. Wenn du das Ganze nicht mehr willst, dann beende es. Und wenn du es noch willst, dann mach etwas dafür. Aber warte nicht ewig, dass jemand anderes Entscheidungen für dich trifft. Das ist furchtbar.«

»Wieso kritisierst du eigentlich dauernd an mir herum?« Ich warf einen Seitenblick auf Ines, die unverwandt die Katze betrachtete. »Seit wir hier sind, kommentierst du alles. Meine Beziehungen haben dich doch früher nicht interessiert. Und jetzt mischst du dich plötzlich ein. Du wirst Papa immer ähnlicher.«

»Das stimmt nicht.« Ines blieb gelassen. »Ich mische mich nicht in alles ein, ich sage dir nur, was ich denke. Das durfte ich früher ja nie, da war ich für so was entweder zu jung, oder ich hatte angeblich keine Ahnung. Aber jetzt sind wir beide erwachsen, da könntest du dir vielleicht auch mal dieses Große-Schwester-Verhalten abgewöhnen.«

»Das habe ich gar nicht.«

»Doch.« Ines sah mich an. »Das hast du. Nicht immer, aber immer wieder mal. Du darfst alles zu mir sagen, ich aber nichts zu dir. Was hast du mich angezickt, als ich dir von Gregor Morell erzählt habe. Das hätte ich mal dir gegenüber wagen sollen.«

»Aber das ist doch wirklich das Letzte. Ausgerechnet mit dem. Und …«

»Siehst du.« Ines lächelte und strich sich ein Büschel Katzenhaare von den Fingern. »Du regst dich schon wieder auf. Es stimmt übrigens nicht. Ich habe ihn nie geküsst. Er hat versucht, mich auszufragen. Ich weiß nicht, was er ahnt, aber er hat wohl mitbekommen, dass Marleen schon lange wieder hier sein sollte. Ich vermute, er hat mit Gisbert geredet. Jedenfalls hat er mich angebaggert, und so unattraktiv fand ich ihn auch nicht. Ich hatte nur überhaupt keine Lust, darauf einzugehen, aber ich wollte mal testen, ob du ruhig bleiben würdest. Und mich mal meine Dinge einfach machen lässt. Tust du aber nicht.«

Ich klappte den Mund wieder zu.

Meine Schwester zog ihre Beine an, die Katze verlor das Gleichgewicht und sprang mit einem bösen Blick auf den Boden. Ich musterte die Katzenhaare auf meiner Jeans.

»Du hast das nur so gesagt? Um mich zu provozieren?«

»Ja.« Ines stand auf und streckte sich. »Wobei du früher auch noch gepetzt hättest. Von daher gibt es ja immerhin eine Entwicklung.« Sie stützte sich mit einer Hand am Strandkorb ab und neigte sich zu mir. »Verstehe es nicht falsch. Du bist manchmal so stur und moralisch, das hat mich schon immer genervt. Aber auf der anderen Seite macht es auch Spaß, hier mit dir zusammen die Pension zu schmeißen. Wir beide gegen den Rest. Weißt du, wenn man davon absieht, dass du manchmal blöde bist, habe ich dich lieb. Und nach dieser Geschichte hier habe ich sogar die Hoffnung, dass du dich ein bisschen veränderst. So, ich gehe jetzt gucken, was man noch alles aus Huhn herstellen kann. Bis gleich.«

Während meine Schwester über den Rasen zum Haus lief, sprang die Katze wieder auf meinen Schoß und rollte sich zusammen. Ich lehnte den Kopf an die Rückwand und schloss die Augen.

Bei den Vorbereitungen für das Abendessen bemühte ich mich, nichts und niemanden zu kommentieren. Mein Vater und Kalli waren immer noch nicht aufgetaucht, angeblich hatten sie eine Wanderung zum Golfplatz gemacht. Dafür war Jurek da, und zum ersten Mal fiel mir auf, dass er tatsächlich jeden Abend vor Ort gewesen war. Ich hatte es auf seine Verknalltheit geschoben, jetzt stand er aber neben Hans-Jörg und redete leise auf ihn ein. Zu leise, um es verstehen zu können, langsam hatte ich diese Geheimnisse satt.

Als ich die letzten Besteckteile im Gastraum auslegte, stand meine Mutter plötzlich hinter mir.

»Habt ihr euch gestritten?«

»Wer?«

Bei der Frage fiel mir auf, dass sie wirklich jeden meinen könnte: meinen Vater, Johann, Jurek, Ines, Gisbert. Ich war im Moment anscheinend ziemlich streitsüchtig.

»Deine Schwester und du?«

»Nein. Wieso?«

Meine Mutter verschränkte die Arme vor der Brust und sah mich an. »Weil du überhaupt nicht redest.«

»Ich bin nur müde.«

»Wovon bist *du* denn müde?«

Genervt ließ ich das Besteck sinken. »Mama, tu nicht immer so, als würde niemand außer dir arbeiten. Ich stehe hier jeden Tag um halb sieben auf und mache den Frühstücksdienst. Und die Zimmer. Und die Rezeption. Und, ach, ist ja auch egal.«

»Du hast vielleicht eine Laune.« Meine Mutter zog sich einen Stuhl an den Tisch. »Willst du darüber reden?«

»Nein.« Mit Schwung verteilte ich die restlichen Löffel und griff nach dem leeren Besteckkorb. »Will ich nicht. Ich habe mich nicht gestritten, und auch sonst ist alles schön. Seid ihr fertig in der Küche?«

»Es ist wegen Johann, oder? Und wegen Tom. Und weil du dich nicht entscheiden kannst. Du musst das aber lernen, Kind. Du kannst nicht immer darauf warten, dass es dir jemand abnimmt.«

Resigniert sah ich sie an und überlegte, ob meine Entscheidungsunfähigkeit heute Thema im großen Plenum gewesen war. Es war ja nicht auszuhalten.

»Mama, alles ist gut und hat nichts mit Johann zu tun. Und schon gar nichts mit Tom.«

»Das sieht Papa aber anders. Hanna und ich übrigens auch.«

»Ja, gut.« Es hatte keinen Zweck. »Hier fehlen noch Gläser.«

Ich ließ sie sitzen, wo sie war, und floh in die Küche. An Jurek vorbei ging ich zu Ines und küsste sie auf die Wange.

»Du hast was gut bei mir, wenn du Mama ablenkst und dir einen Grund ausdenkst, warum ich ganz plötzlich wegmusste.«

»Okay.« Sie griff nach zwei Salatschüsseln und nickte. »Wir sehen uns um halb neun. Du musst noch etwas zu trinken für David Bruhn und uns mitnehmen, wir haben oben nichts mehr.«

»Alles nach Wunsch«, gelobte ich und küsste sie auf die andere Wange. Dann ging ich durch die Hintertür nach draußen. Hans-Jörg und Jurek blieben irritiert zurück.

 Um Punkt halb neun klingelte es an Marleens Haustür. Im Flur warf ich einen kurzen Blick in den Spiegel, alles war in Ordnung. Mit einem Lächeln öffnete ich die Tür und stand vor meiner Schwester.

»Ich habe den Schlüssel vergessen«, sagte sie und ging an mir vorbei. »Wieso hast du dich denn so aufgedonnert?«

»Das ist doch nicht aufgedonnert.« Ich sah noch einmal in den Spiegel. »Meine Jeans war nur fleckig.«

»Klar, du trägst jeden Tag Kleider. Jetzt, wo du es sagst ...« Ines musterte grinsend mein schwarzes Kleid. »Aber es sieht gut aus. Du hast für dein Alter wirklich noch gute Beine.«

Ich warf einen Turnschuh in ihre Richtung, sie duckte sich weg, und es klingelte erneut. Dieses Mal war es David Bruhn.

Später saß er in gespannter Haltung auf dem Sessel und hörte zu, was Ines und ich bislang erfahren und erlebt hatten. Wir hatten beim Wein beschlossen, uns zu duzen, da wir so etwas wie eine Schicksalsgemeinschaft bildeten. David hatte vorgeschlagen, dass wir uns zunächst gegenseitig auf denselben Wissensstand bringen sollten. Wir fingen an. Ich neige dazu, unsortiert zu erzählen, weshalb meine Schwester mich ab und zu unterbrechen musste, um Zusammenhänge herzustellen oder diese als nicht gegeben zu korrigieren. Als wir fertig waren, lehnte David Bruhn sich nachdenklich zurück. »Also, noch mal: Eure Eltern denken, dass Marleen einfach ihren Urlaub verlängert hat und dass du, Christine, hier einen Artikel für die ›Femmes‹ schreibst, den es aber gar nicht geben wird. Richtig?«

Ich nickte.

»Und sie helfen euch hier, zusammen mit Hanna und Kalli, weil sie nett sind?«

»Und sich sonst langweilen«, ergänzte Ines.

Er dachte kurz nach. »Ist euer Vater, wie soll ich sagen, ein bisschen … zerstreut? Oder durcheinander?«

Wir sahen erst ihn, dann einander an. Meine Schwester schüttelte den Kopf.

»Eigentlich nicht. Wie meinst du das?«

»Na ja«, David Bruhn rieb sich das Kinn. »Als ich heute Mittag zum Hotel zurückging, kam er mir entgegen. Ich habe ihn gegrüßt, daraufhin blieb er stehen und sagte: ›Übrigens, von diesen Internetsachen kann man Computerwürmer kriegen. Die hauen einem das ganze System kaputt. Ich wäre da vorsichtig. Schönen Tag noch.‹ Ich habe ihn nicht ganz verstanden.«

»Ach, das.« Ines verkniff sich ein Grinsen. »Mein Vater ist nicht durcheinander, jedenfalls nicht so. Das ist bei ihm etwas anderes. Das hatte er schon immer. Momentan erforscht er leidenschaftlich, welche Gefahren aus dem Internet auf seine Töchter lauern.«

Die Türklingel verhinderte weitere Ausführungen über den Geisteszustand meines Vaters. Ich ließ Pierre herein, der David neugierig ansah und ihm die Hand gab.

»Ich bin Pierre. Da bin ich aber sehr gespannt, was jetzt in Wirklichkeit los ist.«

»David Bruhn.«

Wir warteten ab, bis Pierre sich ebenfalls gesetzt und Ines ihm ein Glas Rotwein eingeschenkt hatte. Dann machte David den Anfang.

»Mein Bruder Björn hat sich im letzten Herbst von seiner Frau getrennt. Silvester ist er allein nach Norderney gefahren und hat Marleen kennengelernt. Ich bin der Einzige, der von ihr weiß. Björns Scheidung verläuft nicht gerade einvernehmlich, also, eigentlich ist es die reinste Schlammschlacht. Meine Schwägerin Eva will sich nämlich nicht scheiden lassen, sie haben einen Ehevertrag, und durch die Trennung muss sie ihren Lebensstil erheblich ändern. Damit es nicht noch schmutziger wird, haben Marleen und Björn beschlossen, ihre Beziehung zunächst geheim zu halten. Sie sind zusammen im Urlaub, was, wie gesagt, niemand wissen soll.«

»Das heißt, dein Bruder hat die Kohle?« Pierre duzte jeden, den er sympathisch fand.

David zuckte ein bisschen zusammen, vielleicht auch wegen der Formulierung. Er zögerte einen kleinen Moment mit der Antwort.

»Wir haben ein Verlagshaus. Also, mein Bruder und ich. Printmedien und so.«

»Bruhn? David und Björn Bruhn?« Pierre musterte David, plötzlich erhellte sich sein Gesicht. »›Nordmagazin‹. Ihr seid die berühmten Bruhn-Brüder. Hey, euch gehören die meisten Zeitungen und Zeitschriften, die ich so lese. Das ist ja stark. Und unsere Marleen hat sich einen von euch geangelt. Herrlich.« Begeistert schlug er mir auf den Rücken. »Hast du das gewusst, Christine? Wir sitzen hier mit einer echten Berühmtheit. Hach, ich kenne mindestens zwanzig Leute, die mich beneiden werden. Erzähl doch mal, wie ist das so als Verleger. Kennst du die ganze Prominenz, über die bei euch Artikel erscheinen?«

»Pierre, krieg dich mal wieder ein.« Ich schüttelte seine Hand ab, die immer noch auf meiner Schulter lag. »Darum geht es hier nicht. Es geht um Marleen und Björn. Sie sitzen in Dubai im Knast.«

Pierres Kinnlade fiel runter, seine Gesichtsfarbe wechselte von blass zu rot und wieder zurück. Langsam drehte er seinen Kopf zu mir.

»Das ist doch ein Scherz, oder?«

»Nein.« Ines schob ihm sein Glas zu. »Leider nicht.«

»Aber was ist denn das für ein Typ, dieser Björn? Ich habe ihn ja nur einmal gesehen. Ich kenne Marleen wirklich gut, sie würde niemals eine kriminelle Tat begehen, es sei denn, jemand zwingt sie. Und selbst dann ... Nein, auch dann nicht. Da muss sie ja dein Bruder in etwas verwickelt haben und wir ...«

»Der Vorwurf ist, dass die beiden am Strand betrunken Sex hatten.«

Wir zuckten bei Ines' direkter Antwort alle drei zusammen. David machte zumindest den Versuch, es abzumildern.

»Das hat jedenfalls jemand behauptet. Der Rechtsanwalt geht aber auch davon aus, dass man es beweisen muss. Sie sind wenigstens nicht inflagranti erwischt worden.«

»Wow!« Pierres Augen leuchteten. »Sieh mal an, unsere Marleen. Am Strand ...«

Ines versetzte ihm einen kleinen Klaps. »Du begreifst es wohl nicht. Das ist nicht scharf, sondern eine Straftat. Sie sind in Dubai, nicht am Ballermann.«

Irritiert schüttelte Pierre den Kopf. »Und jetzt sitzen sie in Untersuchungshaft?« Er wartete unser Nicken ab und fragte: »Wie soll das weitergehen?«

David berichtete über die bisherigen Bemühungen von Ralf Kühlke. Während er die verschiedenen Telefongespräche schilderte und die wiederkehrenden Mahnungen, nichts an die Öffentlichkeit geraten zu lassen, fiel ihm eine Haarsträhne ins Gesicht. Er hatte eine melodiöse Stimme und einen schönen Mund, ich betrachtete ihn versonnen und gestand mir ein, dass ich einen solchen Mann unter normalen Umständen nie kennengelernt hätte. Mit einem Blick auf Pierre stellte ich fest, dass er anscheinend dasselbe dachte. Ich räusperte mich und sah ihn strafend an.

Er guckte beleidigt zurück.

»Wir haben natürlich jede Menge Konkurrenz, die sich mit Begeisterung auf die Sache stürzen würde.« Anscheinend hatte David nichts von unseren unsachlichen Gedanken mitbekommen, so nüchtern, wie er blieb. »Wir befürchten, dass es schon ein paar Gerüchte und Recherchen gibt, woher auch immer sie kommen. Hast du eine Ahnung, was zum Beispiel Guntram Bernd hier genau macht? Hast du etwas mitbekommen? Könnte der für eine Zeitung ermitteln?«

Pierre dachte kurz nach. »Guntram Bernd hat mich einmal gefragt, ob ich wüsste, was Frau Stehler trinkt. Und ob ich sie näher kenne. Ich habe gedacht, wenn ich die Wahl zwischen Adelheid und Eleonore Stehler hätte, würde ich auch lieber mit der Stehler trinken als mit Adelheid ... Na gut, das geht zu weit. Aber der Freund von der Stehler, dieser Morell, der ist nicht ganz koscher. Jetzt, wo du es sagst. Er hat sich nach Marleen erkundigt. Und nach dem Rest der Belegschaft.«

David beugte sich ein Stück vor. »Wie heißt Morell denn mit Vornamen?«

»Gregor.« Ines antwortete sofort. Ich fuhr mit der Hand in meine Tasche und zog das Foto hervor. »Das ist er.«

David nahm das Bild in die Hand und nickte. »Ich kenne ihn, freier Fotograf, für ein gutes Bild verkauft der seine Mutter, falls er sie noch hat. Und seit wann ist er hier?«

Ines betrachtete das Bild, suchte meinen Blick und grinste.

»Hat Gisbert das gemacht? Morell ist einen Tag nach uns gekommen. Ein unangenehmer Typ, er hat mich vom ersten Tag an ausgefragt.«

Entsetzt starrte ich sie an. »Wie? Vom ersten Tag an? Warum hast du das denn nicht erzählt? Du bist so unvorsichtig.«

Ungerührt schlug meine Schwester ihre Beine übereinander. »Du hattest ja schon deine Paranoia, die wollte ich nicht noch verstärken. Und außerdem werde ich mit so einem Spinner auch allein fertig, ich bin schließlich keine zwölf mehr, nicht wahr, Christine? Ich habe ihm erzählt, dass Marleen im Urlaub krank geworden ist und unter Quarantäne steht. Und dass wir deshalb eingesprungen sind.«

»Das hat er geglaubt?« Pierre sah sie bewundernd an.

»Nein. Aber er hat genauso wenig etwas anderes herausbekommen. Auch wenn er dauernd wieder ankam. Der hat mich richtig angeflirtet, ich fand das ganz witzig, zumal seine arrogante Freundin immer unwirscher wurde. Zu schön war das.«

Meine kleine Schwester wurde berechnend. Ich glaubte es kaum.

»Wie geht es denn jetzt hier weiter?« Pierre hatte mittlerweile die Flut von Neuigkeiten sacken lassen und kam auf das Wesentliche. »Mit der Pension? Und was erzählen wir den Leuten?«

Ich legte ihm beruhigend eine Hand aufs Bein. »Wir werden Adelheid einweihen müssen. Sie soll den Betrieb übernehmen, zumindest so lange, bis Theda kommen kann.«

»Im Leben nicht.« Erschrocken winkte Pierre ab. »Das halte ich nicht aus. Ich kann mir nicht jeden Tag ihre Bemerkungen anhören und dabei friedlich bleiben. Sonst müsst ihr die Verantwortung dafür übernehmen, dass sie nach zwei Wochen erwürgt vor der Waschmaschine liegt. Dann nehme ich lieber unbezahlten Urlaub.«

»Das ist doch albern.« Ich rückte ein Stück von ihm ab. »Was ist bloß zwischen euch? Dieser Kindergarten ist ja furchtbar.«

»Ich will nicht darüber reden.« Abrupt stand er auf. »Und jetzt muss ich los. Jurek ist allein in der Bar. Ihr könnt ja nachher noch auf einen Drink kommen. David?«

Er hatte nachdenklich in sein Glas geschaut. »Dieser Jurek, das ist doch der Hausmeister hier, oder? So ein Dunkelhaariger mit Brille?«

»Ja. Wieso?« Pierre hatte sich wieder gesetzt.

»Er kam mir so bekannt vor.« David rieb sich über die Stirn. »Ich habe ihn gestern schon gesehen, mir fällt bloß nicht ein, woher ich ihn kenne. Aber ich bin mir ganz sicher, dass ich ihn kenne.«

Mein Vater hatte Jurek bereits ein Geheimnis unterstellt, jetzt fing David auch noch damit an. Was hatten plötzlich alle gegen den freundlichen, harmlosen Jurek?

»Er ist seit Mai hier.« Pierre sah nachdenklich aus. »Beim Vorstellungsgespräch war ich nicht dabei, das hat Marleen allein geführt. Deswegen weiß ich kaum etwas über ihn, er ist wahnsinnig zurückhaltend. Wenn ich jemanden dreimal nach etwas frage und immer nur eine ausweichende Antwort bekomme, frage ich einfach nicht mehr. Er spricht nicht über sich, arbeitet aber gut. Und kann alles.«

»Ich komme einfach nicht drauf.« David schüttelte den Kopf. »Und was ist mit Gisbert von Meyer? Könnte der etwas ahnen?«

»Gisbert?« Pierre lachte laut auf. »Sogar wenn er uns hier belauschen würde, käme eine völlig andere Geschichte dabei heraus. Er ist immer dermaßen aufgeregt, dass er die Hälfte von allem verpasst. Und sich deshalb den Rest ausdenken muss. Den kannst du vergessen.«

Mein Handy meldete eine angekommene SMS. Die drei anderen warteten ab, bis ich mein Telefon aus der Tasche gefischt und die Mitteilung gelesen hatte.

Unter dem Blick meiner Schwester, eines schwulen Barkeepers und einem der attraktivsten und interessantesten Männern, die ich in den letzten dreißig Jahren kennengelernt hatte, las ich: »Komme morgen Abend mit der 18.15-Uhr-Fähre an. Bin gespannt, was so bei euch los ist. Johann«

Ich ließ das Handy sinken und sah meine Schwester an.

»Johann kommt.«

Ines kapierte. »Ach du Scheiße.«

»Johann?« David schaute mich fragend an. Er hatte ganz blaue Augen.

»Ihr Freund.« Ich empfand Pierres Stimme als triumphierend und einen Tick zu schrill. »Er ist Schwede.«

Bevor ich etwas richtigstellen konnte, klingelte es an der

Tür. Froh, weil ich mich einen Moment sammeln konnte, stand ich auf und ging durch den Flur. Ich rechnete mit Gesa, riss die Tür auf und starrte Tom an.

»Hallo.« Ich flüsterte. »Du, im Moment ist es schlecht, ich rufe dich …«

Tom unterbrach mich sehr klar und laut.

»Hallo, Christine. Wir müssen noch mal über diese letzte Nacht reden. Ich will dir nicht noch einmal das Herz brechen, aber ich komme einfach nicht von Beate los.«

Er war obendrein ein paar Schritte in den Flur gekommen, sodass ich sicher war, dass alle seine Worte bis ins Wohnzimmer gedrungen waren. Ich zögerte einen Moment zu lange, Tom ging in dieser Zeit an mir vorbei und blieb wie angewurzelt an der Tür stehen.

Und dann hörte ich Davids angenehme Stimme: »Herr Hansen? Was machen Sie denn hier?«

»Herr Bruhn, das ist ja eine Überraschung! Ich, ähm, ich bin da einer Geschichte auf der Spur, dazu kann ich im Moment aber noch nichts weiter sagen.«

Ich stand jetzt neben ihm, sah Pierres verwirrtes, Ines' belustigtes und Davids fragendes Gesicht.

»Das ist Tom Hansen, ein alter Schulfreund, ähm, wir machen eine Recherche über, ähm, alte Schulfreunde«, sagte ich.

Meine Schwester verdrehte die Augen, und Pierre fragte: »Nachts?«

»Auch.« Ich wandte mich mit meinem charmantesten Blick an David. »Wollen wir nachher noch zu Pierre? Auf ein Glas?«

Er lächelte verhalten. »Ein anderes Mal gern. Ich muss jetzt dann ziemlich viel telefonieren. Also, danke für den Wein, schönen Abend noch.«

Er ging, ich sah ihm hinterher, dann Tom an und dachte an Johanns SMS.

»Woher kennst du meinen Chef?« Toms Frage holte mich zurück.

»Wieso deinen Chef?« Während ich die Frage stellte, beantwortete ich sie mir schon selbst. Toms Magazin gehörte also auch zu Bruhns Verlagsgruppe. »Ich, äh, er ist ...«

»Ein Freund von mir«, sprang Pierre mir zur Seite. »Ein sehr enger. So, Mädels, Herr Hansen, ich muss zum Dienst. Also, viel Spaß weiterhin.«

Als er eng an mir vorbeiging, raunte er mir ins Ohr: »Dass du da noch durchkommst, Respekt.«

Die Tür knallte hinter Pierre zu, und Tom sah uns betreten an.

»Ich wollte wirklich nicht stören. Deine Mutter sagte, du wärst hier allein und würdest deinen Artikel schreiben.«

»Apropos.« Ines musterte Tom neugierig. »Bist du hier wirklich hinter einer Geschichte her?«

»Nein.« Verlegen schob er seine Hände in die Jeanstaschen. »Aber das klingt doch besser, wenn man seinen Chef trifft. Der soll ruhig denken, ich wäre immer im Dienst. Na ja, dann will ich nicht länger stören. Also, bis dann.«

Meine Schwester und ich waren endlich mal wieder nur zu zweit. Wir sahen uns an, dann fing sie an zu lachen.

»Tom Hansen. Na ja, du warst ja noch sehr jung. Aber ich habe gesehen, wie du David Bruhn angeguckt hast. Das fand ich sehr offensichtlich. Und ab morgen springt dann auch noch der Schwedenhappen hier herum. Viel Spaß, aber nimm es als Crashkurs, um zu lernen, wie man Entscheidungen trifft.«

»Danke.« Ich ließ mich auf die Sessellehne sinken und griff nach der Rotweinflasche. »Du bist eine wahre Hilfe. Was soll ich denn tun? Als ob das ganze Theater mit der Pension nicht reichte.«

»Wir gucken uns jetzt etwas auf YouTube an.« Meine Schwester lächelte. »Damit schon einmal ein Geheimnis gelöst ist.«

Sie klappte ihren Laptop auf. »Und wenn du das gesehen hast, reden wir über den Rest.«

Die Muscheln knirschten und knackten unter meinen Turnschuhen, während ich am Flutsaum entlangmarschierte. Ich hatte mein Tempo angezogen, auf der Höhe der »Oase« musste ich vor Seitenstechen stehen bleiben. Mit Blick auf die Brandung atmete ich durch die Nase ein und durch den Mund wieder aus, bis sich mein Puls normalisiert hatte. Trotz des Nieselregens war mir warm, ich zog den Reißverschluss der Regenjacke auf und ging langsam weiter.

Es hatte keinen Zweck, ich würde auf dieser Insel nicht weglaufen können, irgendwann war sie zu Ende und fing wieder von vorn an. Es machte auch keinen Sinn, so lange um sie herum zu laufen, bis sich alle Probleme erledigt hätten. So lange könnte ich gar nicht ohne Nahrung und Wasser durchhalten.

Ines hatte mich beobachtet, als ich mir am Abend zuvor die Aufzeichnung von Adelheids großem Fernsehauftritt angesehen hatte. Zunächst wusste ich überhaupt nicht, was diese Quizshow mit den Geheimnissen, die um uns herum waren, zu tun hatte, aber dann kam es:

Adelheid hatte sich souverän und ohne Joker durch alle Fragen bis zu 125 000 Euro geschlagen. Sie hatte ganz erstaunliche Sachen gewusst, ich war schwer beeindruckt. Ob es um die Salzgewinnung aus Meerwasser oder um die Leitfähigkeit von Kupfer ging, sie kannte die richtigen Antworten. Und dann kam die 500 000-Euro-Frage. Sie lautete: »Scarlett O'Hara sieht sich plötzlich einer Katastrophe gegenüber. Was ist passiert? A. Terra brennt, B. Torres brennt, C. Tara brennt, D. Torax brennt.«

Adelheid sah den Quizmaster gelassen an und sagte, dass sie sich nicht sicher sei, aber sie hätte einen sehr guten Freund, der ›Vom Winde verweht‹ in- und auswendig kenne, ihr Telefonjoker, ihr Freund Pierre.

Der Quizmaster ließ die Nummer wählen, Pierre meldete sich, und Adelheid las ihm, immer noch entspannt, die vier Möglichkeiten vor. Sie war sich so sicher, dass er es wissen würde. Ich war fast gerührt. Pierre hatte zwar einen Moment überlegt, dann aber seine Antwort gegeben, die in ungefähr sechs Millionen Haushalte übertragen wurde. Ohne zu zögern wiederholte Adelheid sie. Laut und deutlich sagte sie: »Ich wusste doch, dass er es weiß: Antwort A.« Der Quizmaster fragte sie, ob sie sicher sei. Vermutlich machte er das, um die Spannung zu erhöhen, sie nickte nachdrücklich, und er loggte ein.

Die Antwort war falsch. »Terra« hat nie gebrannt, es brannte nur »Tara«. Pierre hatte es vergeigt. Adelheids Miene war gefroren. Und dann drehte sie ihren Kopf mit der frisch ondulierten Frisur in die Kamera.

»Du Klugscheißer. Von wegen, du hast das Buch mindestens zehn Mal gelesen. Du Rhett Butler für Arme. Peter, ich bin fertig mir dir.«

Der Gesichtsausdruck des Quizmasters im Abspann war sensationell.

Ines hatte das Programm beendet und ihr Laptop zugeklappt.

»Das war's«, hatte sie gesagt. »Das ist der Grund, warum Adelheid ihn nicht leiden kann. Sie findet, dass er sie um den ganz großen Gewinn gebracht hat.«

»Aber sie wusste es doch selbst nicht.«

»Sie war auch nicht der Telefonjoker. Und er ist sauer, weil sie ihm nichts vom Gewinn abgegeben hat, obwohl es so vereinbart gewesen war, weil er vorher mit ihr geübt hatte. Das war der Beginn eines ganz großen Zickenkrieges. Ich habe

Hanna gelöchert, sie hat schließlich den Rest erzählt. Adelheid hat anscheinend allen ein Schweigegelübde abgenommen.«

»Wie bist du auf den Film gekommen?«

»Ich hab gegoogelt. Und YouTube hat alles.«

Ich ging wieder etwas schneller. So viel zu dem furchtbaren Geheimnis, das Adelheid und Pierre verband und dem mein Vater auf der Spur war. Aber dank seiner Beharrlichkeit würde er bestimmt im Laufe der nächsten Zeit darauf kommen. Leider blieben genug andere Rätsel.

Wir hatten immer noch nicht herausgefunden, was Guntram Bernd hier machte. Und warum Gregor Morell nach Marleen gefragt hatte. Und wir hatten auch noch keine Lösung, was mit der Pension geschehen sollte, wenn Ines und Gesa abreisen mussten. Ohne meine Schwester würde ich hier wahnsinnig werden, das wurde mir genau in diesem Moment klar. Es war alles nur auszuhalten, weil sie dabei war. Ich blieb wieder stehen und wartete, bis die panische Hitzewelle nachließ. Der Anblick des Meeres beruhigte mich sonst, diesmal verfehlte er die Wirkung. Er erinnerte mich vielmehr daran, dass Johann am Abend kommen wollte. Auch das noch. Ich freute mich keineswegs.

Eigentlich hätte ich langsam umkehren müssen, um wenigstens ein bisschen beim Abräumen des Frühstücks zu helfen. Vermutlich würde mein Vater immer noch in der Küche sitzen. Allein bei dem Gedanken wurde ich schon wieder wütend.

Am Abend vorher hatte ich ihn nicht mehr gesehen. Wenn er gedacht hatte, durch seine ausgiebige Wandertour würde er um ein Gespräch wegen seiner Mail an Johann herumkommen, hatte er sich getäuscht. Stichwort: Johann. Ich horchte in mich hinein, tatsächlich fühlte ich, außer Ärger auf meinen Vater, nichts. Keine Vorfreude, kein Herzklopfen, schon gar keine Schmetterlinge im Bauch. Höchstens ein paar dicke Raupen, die an den Magenwänden entlangkrochen und mir

Unbehagen verursachten. Ines hatte recht, ich war ein Weltmeister im Aussitzen von Problemen. Oder harmoniesüchtig. Je nachdem. Aber auf keinen Fall ehrlich. Oder erwachsen.

Eigentlich waren Johann und ich nie über das Stadium des Ferienflirts hinausgekommen. Wir hatten uns in einem verrückten Sommer kennengelernt, uns dann ein Jahr lang nur an Wochenenden gesehen, viele Pläne gemacht, aber nicht einen verfolgt, geschweige denn umgesetzt. Und jetzt war er in Schweden, es gab nicht einmal mehr regelmäßige Treffen, sondern nur Telefonate. Keinen Alltag, keine Beständigkeit, bloß noch vorgetäuschte Verbindlichkeit. Und dadurch entstanden Erwartungen, die überhaupt nicht erfüllt werden konnten. Diese Beziehung war am Ende, es sei denn, ich würde nach Schweden ziehen und alles Erdenkliche tun, um sie zu retten. Aber während die Muscheln unter mir knirschten, wurde mir klar, dass ich das eigentlich gar nicht mehr wollte. Dass ich *ihn* gar nicht mehr wollte. Und uns.

Trotzdem war es der ungünstigste Zeitpunkt, den ich mir vorstellen konnte. Wie sollte ich denn in diesem Chaos meinem noch offiziellen Lebensgefährten in Ruhe mitteilen, dass unsere Zeit vorbei war. Dass ich lieber allein, aber ohne Enttäuschungen und ohne diese ständige Warterei, leben wollte. Wir würden für dieses Gespräch noch nicht einmal einen Ort finden. Ich hatte gestern Abend dreimal versucht, ihn anzurufen. Jedes Mal war sein Handy abgeschaltet. Auch auf meine SMS: »Du musst nicht extra herkommen, alles halb so wild. C.« hatte ich keine Antwort erhalten.

Jetzt musste ich, dank meines Vaters, da durch.

Mit einem Blick auf die Uhr stellte ich fest, dass ich mich erfolgreich um den Frühstücksdienst gedrückt hatte. Ich kehrte um und lief den Weg zurück. Schluss mit Harmoniesucht und dem Aussitzen von Problemen. Ich würde sie angehen und lösen. Und das Erste, was ich auf diesem Weg tun wollte, hatte mit meinem Vater zu tun. Falls er noch in der Küche sitzen würde, hätte er selbst schuld.

Als ich am Hotel »Georgshöhe« vorbeilief, hörte ich plötzlich jemanden meinen Namen rufen. Ich drehte mich in die Richtung, aus der die Stimme gekommen war, und sah David Bruhn, der gerade aus dem Haus trat. Ich ging ihm ein Stück entgegen und hörte in mir eine böse Stimme, die leise fragte, ob dieser gut aussehende, erfolgreiche und kluge Mann vielleicht ein bisschen mit meinen Trennungsabsichten zu tun hatte. Sofort wischte ich die Frage weg.

»Hallo«, sagte er und atmete tief aus. »Was treibt dich denn so früh ans Wasser?«

»Morgendliche Spaziergänge machen den Kopf klar. Und du?«

»Ich muss mir ein neues Zimmer suchen.«

Erstaunt sah ich ihn an. »Wieso willst du denn aus dem ›Seesteg‹ ausziehen?«

»Ich will nicht, ich muss. Ich hatte nur für drei Nächte gebucht und kann nicht verlängern, weil heute Abend die nächsten Gäste kommen. Also muss ich entweder ein neues Zimmer finden, am Strand schlafen oder abreisen.«

Die dritte Möglichkeit gefiel mir nicht. »Aber wir sind doch noch gar nicht weitergekommen.« Fieberhaft überlegte ich. Dann fiel mir erleichtert eine Lösung ein. »Wir haben noch was frei. Ein Gast reist heute ab, und das Zimmer ist nicht neu vermietet. Du kannst bei uns in der Pension wohnen.«

»Wirklich?« David lächelte erfreut. »Das ist ja wunderbar. Dann hole ich mal meine Tasche aus dem ›Seesteg‹. Gehst du auch in die Richtung?«

Ich nickte und zusammen setzten wir uns in Bewegung. Ich erteilte meiner inneren Stimme Redeverbot und lief schweigend neben David auf der Promenade.

Kurz bevor ich abbiegen musste, sah ich auf einer Bank

Jurek neben einer Frau sitzen. Sie trug eine Sonnenbrille und eine Schirmmütze, ich konnte sie nicht genau erkennen. Anscheinend hatte er sich schnell über Gesas Abfuhr getröstet, es war ihm zu gönnen. Die beiden lachten laut, dann standen sie auf und verabschiedeten sich mit kurzer Umarmung voneinander.

Ich blieb stehen und gab Jurek somit einen kleinen Vorsprung, er brauchte ja nicht gleich zu wissen, dass ich seine neue Flamme gesehen hatte.

»David, ich muss hier runter«, sagte ich und verfolgte Jurek mit meinen Blicken, »wir sehen uns dann später.«

»Ja«, antwortete er und sah der Frau nach, die in die andere Richtung ging. »Was hat euer Hausmeister denn mit der Chefin vom ›Seesteg‹ zu tun?«

»Die war das?« Verblüfft versuchte ich, noch etwas von ihr zu erkennen.

Er nickte. »Klar war sie das. Und die beiden sahen sehr vertraut aus. Stilles Wasser, euer Hausmeister.«

Nachdenklich verabschiedete ich mich von David und kehrte langsam zur Pension zurück. Das Ganze hatte nicht nach einem Bewerbungsgespräch ausgesehen. Sollte mein Vater in Jureks Fall tatsächlich mal den richtigen Instinkt gehabt haben? Mir fielen die Zettel ein, die Marleen geschrieben hatte. Ich würde Jurek nachher einfach fragen, was er mit meinem Geburtstag zu tun hätte. Ganz einfach.

Mein Vater saß noch in der Küche. Er redete gerade mit Gesa, die Teller in den Schrank stellte. Als er mich sah, setzte er seine Brille auf und faltete eilig die Zeitung auseinander.

Gesa hob den Kopf. »Ist was passiert? Oder warum kommst du so spät?«

»Nein.« Ich starrte meinen Vater über die Zeitung hinweg an, was er ignorierte. Er bewegte sogar die Lippen beim Lesen, dieser Schauspieler. »Ines hat gesagt, ihr schafft das auch einmal allein. Ging doch, oder?« Unentwegt fixierte ich meinen Vater, er hielt es aus.

»Klar ging das.« Sie schloss mit Schwung die Schranktür. »In der Thermoskanne ist noch Kaffee.«

»Danke, ich habe genug«, sagte mein Vater, ohne aufzusehen.

»Du warst auch gar nicht gemeint, Heinz.« Gesa raffte die Geschirrhandtücher zusammen und lief zur Tür. »Ich habe mit Christine geredet.«

Mit einem Kaffeebecher in der Hand setzte ich mich meinem Vater gegenüber.

»Ehefrau schnitt ihrem Mann die Beine ab.«

Ich hatte die Schlagzeile laut vorgelesen, mein Vater ließ die Zeitung sinken und sah mich erschrocken an.

»Wo?«

»Keine Ahnung. Der Rest steht genau im Knick. Was hast du dir bei dieser bescheuerten Mail gedacht?«

»Wobei?« Sein Gesicht war wieder hinter der Zeitung verschwunden.

»Papa!« Ich beugte mich vor und riss ihm die Zeitung aus der Hand. »Hör mal auf zu lesen, ich will wissen, warum du Johann diesen Blödsinn geschrieben hast. Und warum du dich überhaupt an einen fremden Computer setzt. Wie bist du denn überhaupt ins Programm gekommen?«

»Das hat Jurek mir gezeigt.« Umständlich legte er die Seiten zusammen. »Der kann nämlich alles. Er hat den Brief aber nicht gelesen, falls dir das Sorgen macht. Er ist sehr diskret. Feiner Mensch.«

»Das ist mir im Moment ganz egal. Was ist in dich gefahren, dass du Johann schreibst? Sonst meckerst du nur an ihm rum, und plötzlich soll er kommen? Was soll das?«

»Also gut.« Entschlossen schob er die Zeitung beiseite und faltete seine Hände auf dem Tisch. »Ich wollte mich eigentlich nicht einmischen, aber ich kann auch nicht länger meine Augen verschließen.« Zum Beweis sah er mich mit aufgerissenen Augen an. »Ich habe mich mühsam an den Namen Johann gewöhnt, anfangs habe ich ihn ja ein paar Mal Bernd genannt, das war mir natürlich unangenehm. Aber man kann sich auch nicht alles merken. Ich bin über siebzig. Und so oft habe ich ihn nun auch nicht gesehen, also, Johann meine ich. Bernd war ja öfter da.«

»Papa, komm zum Thema.«

»Jedenfalls habe ich keine Lust, mir schon wieder einen anderen Namen zu merken. Und diesen Tom finde ich ein bisschen, wie soll ich sagen, unentschlossen, also, ein bisschen zu weich. Das kommt, wenn Männer zu sehr an ihren Müttern kleben, das ist nicht gesund. Guck mal, dein Bruder ist schon mit zwanzig ausgezogen, der ruft auch so selten zu Hause an und würde im Leben nicht auf die Idee kommen, mit Mama in den Urlaub zu fahren. Ist kein Mann für dich, dieser Tom. Jugendliebe hin oder her. Und was ich über Kontaktanzeigen im Internet denke, will ich dir lieber gar nicht sagen.«

»Das will ich auch nicht wissen. Aber ...«

»Nur Kriminelle.« Sein Zeigefinger schoss auf mich zu.
»Lauter Verbrecher und Kinderschänder.«

»Den meisten Kinderschändern bin ich zu alt, Papa.«

»Du nimmst das einfach nicht ernst. Ich verstehe dich nicht.
Wieso brauchst du denn einen zweiten Mann? Und wenn wir
schon mal dabei sind: Willst du die Pension übernehmen?
Oder hast du das schon getan und willst es bloß nicht zugeben? Und wird Pierre dein Kompagnon? Und warum ist …«

»Mahlzeit.« Hans-Jörgs Erscheinen unterbrach zum Glück
den Fragenkatalog meines aufgeregten Vaters. »Streitet ihr
euch? Wenn ja, dann möchte ich euch bitten, woanders hin-
zugehen, wenn nicht, könnt ihr ruhig hierbleiben, ich kann
nur bei Streit nicht arbeiten. Ich soll Fleisch klopfen, das wird
sowieso gleich laut.«

Mein Vater war aufgestanden und sah mich an. »Wir reden
später weiter. So, Hans-Jörg, du sollst Fleisch klopfen? Gibt
es Schnitzel?«

»Saltimbocca.« Hans-Jörg sprach es so andächtig aus, dass
ich sofort unruhig wurde. »Mit Salbei und Parmaschinken.«

»Ist das eine Idee von meiner Mutter und Hanna?«, fragte
ich und befürchtete, dass sie Petersilie statt Salbei, Salami statt
Parmaschinken und Schweine- statt Kalbfleisch verwenden
würden.

»Nein.« Hans-Jörg antwortete freundlich. »Charlotte und
Hanna kochen Rote-Bete-Suppe mit Grießklößchen. Aber bei
den großen Sachen frage ich ja immer Jurek.«

»Jurek?« Meine Stimme schwächelte, ich anscheinend auch.
»Seit wann?«

»Seit dem schwedischen Buffet«, sagte Hans-Jörg. »Da hat
Jurek ganz leise zu mir gesagt, dass man ruhig so ein paar lustige Sachen kochen kann, aber dass es immer zwei ordentliche
Gerichte geben muss. Ich sollte nur so tun, als würde ich sie
allein kochen. Aber er hat mir dann geholfen. Ich bin ja erst im
zweiten Lehrjahr.«

338

Ich war verwirrt. Jurek hatte zwar jeden Abend in der Küche gesessen, aber ich hatte gedacht, er wäre nur da gewesen, um Gesa anzuhimmeln. Wir hatten Hans-Jörg für einen echten Glücksgriff gehalten und uns gewundert, dass in diesem Knäblein so ein Kochtalent steckte.

»Siehst du«, sagte mein Vater, »schon wieder Jurek. Von wegen Hausmeister, das stimmt doch nie im Leben.«

Ich verstand es nicht. »Aber er hat hier kein einziges Mal gekocht. Das hätten wir ja gesehen.«

»Er kommt doch immer vorher.« Hans-Jörg blickte mich unsicher an. »Aber sag es nicht weiter. Jurek will nicht, dass das jemand weiß. Er kommt immer, wenn Adelheid, Gesa und ihr weg seid, und bevor Hanna und Charlotte anfangen.«

Ich fragte mich, was ich noch alles nicht mitbekommen hatte. Die Liste der Gespräche, die ich heute führen musste, wurde immer länger.

»Gut. Dann klopf dein Fleisch, ich gehe mal zu Gesa.«

»Und ich?« Mein Vater guckte mich freundlich an. »Kann ich irgendetwas für dich tun?«

»Nein.« Ich war schon an der Tür. »Oder doch. Wenn du dich einfach mal aus allem, was nichts mit dir zu tun hat, raushalten könntest, wäre das sehr nett.«

Ratlos kratzte er sich am Kopf. »Wie definierst du, was mit mir zu tun hat und was nicht?«

Ich gab auf und ging in den Keller.

Gesa füllte Waschpulver in ein Fach der Maschine und drehte sich um, als sie mich hörte.

»Na, wer hat gewonnen, du oder Heinz?«

Ich schwang mich auf den Trockner und ließ die Beine baumeln. »Ich glaube, Heinz nach Punkten. Ich habe keine Ahnung, wie meine Schwester das in ihren Angelegenheiten schafft, aber bei mir behält er immer das letzte Wort.«

»Du gibst zu schnell auf.«

»Nein.« Ich beobachtete Gesa, die anfing, Handtücher zusammenzufalten. »Ich gebe nicht auf, ich kann dann bloß nicht mehr.«

»Ines ist eben lockerer als du. Bei uns ist es dasselbe. Meine ältere Schwester hat auch ständig Stress mit meinem Vater. Ich glaube, sie gibt sich immer viel zu viel Mühe, es ihm recht zu machen. Meine Güte, sie ist erwachsen, wen interessiert, was unser Vater denkt. Meine Schwester macht sich das Leben auch so schwer, ich verstehe es gar nicht. Man kann ja auch mal etwas nur zum Spaß machen. Es muss doch nicht immer alles fürs Leben und vernünftig sein. Ihr seid so ernst, ihr Ältesten.«

Gesa stand da, in Jeans und weißem T-Shirt, ihr geflochtener Pferdeschwanz fiel ihr über den Rücken, und sie sah so selbstbewusst und hübsch aus, dass ich sie fast beneidete.

»Was hältst du von Jurek?«

Sie hielt in ihrer Bewegung inne und schüttelte den Kopf. »Ach, Christine, du bist ja wie meine Mutter. Was soll ich von Jurek halten? Er ist nett, ziemlich schüchtern und gut im Bett. Aber er redet nicht viel, na ja, was willst du auch von einem Hausmeister erwarten? Das Ganze war ein netter Flirt. Mehr nicht.«

»Er spricht mehrere Sprachen und kann kochen. Und kennt sich mit Computern aus.«

Gesa lachte kurz auf. »Klar. Und er kann auch übers Wasser gehen. Von wem hast du das?«

»Von Heinz. Und dass es in Wirklichkeit Jurek war, der in den letzten Tagen gekocht hat, weiß ich von Hans-Jörg.«

Mitleidig guckte sie mich an. »Christine. Hans-Jörg und Heinz als Informationsquellen, das ist nicht dein Ernst. Jurek ist ganz süß, das steht außer Frage. Vielleicht hat er auch ein bisschen in der Küche geholfen, er hing ja jeden Abend hier herum und starrte mich an. Aber halte ihn nicht für klüger als er ist. Er ist einfach ein schnuckeliger Hausmeister, das ist doch auch was. Meine Kommilitonen würden trotzdem komisch gucken, wenn ich mit ihm in einer Oldenburger Kneipe aufkreuzen würde.«

Es war schon erstaunlich, wie locker hier sensible Seelen beurteilt wurden. Ich sprang zurück auf den Boden und legte ihr kurz die Hand auf die Schulter. »Hoffentlich irrst du dich da nicht.«

»Wohl kaum. Außerdem habe ich den Eindruck, dass er sich manchmal an wichtige Leute ranwanzt. Das kann ich auch nicht leiden.«

»Wie meinst du das?«

Sie strich sich eine Haarsträhne aus dem Gesicht. »Er war schwer geknickt, dass Marleen ihm nichts von der Verlängerung ihres Urlaubs gesagt hat. Er hat gestern wieder gefragt, wie lange sie noch bleibt, und sich gewundert, dass deine Eltern, Hanna und wir hier die Vertretung machen. Das fand ich ein bisschen respektlos. Und dann habe ich ihn neulich mit dem Chef vom Tourismusverband gesehen. Ich finde, er macht sich manchmal etwas zu wichtig. Er ist Hausmeister. Und nicht Graf Koks.«

Mir fiel nichts ein, was ich dazu hätte sagen können. Also ging ich, ohne etwas erfahren zu haben, was mir wirklich weitergeholfen hätte.

Auf der Suche nach meiner Schwester traf ich Pierre auf dem Hof. Er schloss gerade sein Fahrrad ab, hob den Kopf und lächelte mich an.

»Hallo, Christine, du bist ja ganz allein. Kümmert sich niemand um dich?«

»Ein Wort zu meinem Vater würde reichen, um das ganz schnell zu ändern, lass es bitte. Warum bist du schon hier?«

Pierre richtete sich auf und schob seinen Fahrradschlüssel in die Jeanstasche. »Ich muss Bestellungen machen, gestern Abend hatte ich keine Lust mehr. Willst du einen Kaffee in der Bar?«

Ich überlegte kurz, dachte an meinen Vater in der Küche, an Hans-Jörg, Jurek und Adelheid, und nickte.

»Wir schließen die Tür hinter uns ab, ja?«

Er grinste und warf einen Blick über meine Schulter. »Da kommt Ines. Kaffee?«

Während Pierre im Keller war, um frischen Kaffee zu holen, erzählte ich meiner Schwester von den Gesprächen mit Gesa, Hans-Jörg und meinem Vater, von den Gedanken, die ich mir über Jurek machte, und dass David Bruhn in die Pension ziehen würde.

»Macht er dich nervös?«, fragte Ines.

»Wer? Jurek?«

»Nein, David Bruhn. Er gefällt dir, oder?«

Ich setzte mich aufrecht hin. »Unsinn. Als ob ich mir im Moment über so etwas Gedanken machen könnte. Johann kommt gegen sieben. Ich weiß noch nicht einmal, wie ich damit umgehen soll.«

Meine Schwester sah mich forschend an. Plötzlich lächelte sie zufrieden. »Doch«, sagte sie, »du weißt es. Ich sehe es dir an. So guckst du nur, wenn du etwas entschieden hast. Was ja meistens lange genug dauert. Und? Was willst du machen?«

Ich zögerte mit der Antwort. Es war nicht fair, mit jemand anderem, auch wenn es meine Schwester war, über Johann zu reden, bevor ich mit ihm selbst gesprochen hätte. Pierre erlöste mich.

»So, Mädels, das ist der beste Espresso, den ihr je getrunken habt.« Er schüttete eine Tüte Kaffeebohnen in die Espressomaschine und strahlte uns an. »Was ist? Chrissi, du guckst so streng, gibt es Probleme? Oder neue Geheimnisse?«

»Nur alte«, antwortete Ines und beobachtete ihn. »Schon gehört, dass man bei YouTube die schönsten Folgen aller Quizshows ansehen kann?«

Mit unbewegtem Gesicht schaltete Pierre das Mahlwerk an. Ines wartete, bis das kreischende Mahlgeräusch vorbei war, und sagte sanft: »Ich hätte auch ›Terra‹ gesagt.«

Abrupt drehte er sich zu uns herum. »Ich hätte es gewusst, wenn ich ein bisschen länger überlegt hätte. Aber ich war so nervös, und ihr habt ja Adelheid gesehen, wie zackig und schnell sie immer geantwortet hat … Da sind meine Nerven mit mir durchgegangen. Zwei Wochen später bin ich ausgezogen. In der ersten Zeit danach hat sie gar nicht mit mir geredet. Jetzt pampt sie mich wenigstens schon mal an.«

»Warum macht ihr denn so ein Geheimnis draus?« Ines stützte ihr Kinn auf die Faust. »Das ist doch albern.«

»Ja, vielleicht.« Pierre schob uns zwei Tassen Milchkaffee hin und sah meine Schwester resigniert an. »Aber es dauert jetzt schon zu lange. Genauer gesagt vier Jahre. Und nun kommen wir da nicht mehr raus. Sie hat mir damals an den Kopf geworfen, ich wäre das größte Debakel ihres Lebens.«

»Oh.« Der geknickte Pierre tat mir richtig leid. »Das ist

gemein. Du hast ja sogar mit ihr geübt. Und ihr mochtet euch doch.«

Mit hängenden Schultern sah er mich an. »Nichts von dem, was wir geübt haben, kam dran. Es war alles umsonst. Tja, und nach der Sendung war der Ofen sowieso aus. Ich war dermaßen fertig, dass ich mich noch am selben Abend total betrunken hatte. Am nächsten Morgen war ich krank, also richtig heftig. Das war nicht nur so ein kleiner Kater. Ich dachte, ich müsse sterben. Mir war wahnsinnig schlecht und dann kamen immer wieder die Bilder, vor allen Dingen davon, wie Adelheid frontal in die Kamera geguckt und mich beschimpft hat. Ich war fix und fertig. Und dann habe ich vergessen, dass ich sie ja in Bremen vom Flughafen abholen wollte. Einfach vergessen. Tja, und sie hat da stundenlang gestanden und auch noch den letzten Zug verpasst. Sie musste sich ein Hotelzimmer nehmen. Von da aus hat sie mich angerufen. Ich war, wie gesagt, ziemlich krank und habe nur gesagt, dass sie sich ja mal ein Handy anschaffen könnte. Dann hätte sie mich erinnern können. Und da ist sie erst richtig in die Gänge gekommen. Dafür hätte sie ja nun kein Geld mehr, hat sie gesagt. Und dass ich ein Komplettversager wäre, die größte Enttäuschung ihres Lebens. Wenn sie meine Mutter wäre, würde sie sich schämen. Ja, da war ich dann sauer. Ich möchte nicht wiederholen, was ich alles gesagt habe, aber ich hatte ja auch noch Restalkohol. Danach erhielt ich meine Wohnungskündigung. Und von Meyer zog ein.«

Verlegen fegte er unsichtbare Krümel vom Tisch und biss sich dabei auf die Unterlippe.

Ines fragte verblüfft: »Und dabei hast du es belassen?«

»Ich war müde. Und wollte nicht noch mehr Streit. Zu allem Übel hat im gleichen Monat mein Freund mit mir Schluss gemacht. Blödes Karma. Doofe Zeit. Aber jetzt ist gut. Könnten wir bitte das Thema wechseln?«

Ines und ich wechselten einen mitfühlenden Blick. Ich war

mir sicher, dass meine Schwester genauso angestrengt nach einer Möglichkeit der Zusammenführung suchte wie ich. Ich hoffte, eine von uns würde fündig werden.

Im selben Moment, in dem mein Handy klingelte, klopfte David Bruhn ans Fenster der Bar. Ich sah kurz sein Gesicht, dann Johanns Namen auf dem Display. Ines lief zur Tür, um David hereinzulassen, und ich nahm das Gespräch an.

»Ja?«

»Hey, hier ist Johann. Du, ich habe den Flieger verpasst, ich komme heute nicht.«

Ich verspürte nicht nur einen Anflug der Erleichterung, sondern auch des Ärgers, beobachtete Ines und David, die die Bar betraten, stand langsam auf und ging mit dem Handy am Ohr an Pierre vorbei in den hinteren Raum.

»Christine? Bist du noch dran?«

»Ja. Hattest du überhaupt gebucht?«

»Was?« Seine Empörung, gespielt oder echt, schwappte von Schweden direkt nach Norderney. »Natürlich hatte ich gebucht, ich kam aber zu spät aus dem Büro und dann war ganz Stockholm ein einziger Stau.«

»Na gut, es macht ja auch nichts.« Ich ließ mich auf eine Bierkiste sinken und streckte meine Beine aus. »Hier ist es sowieso nur hektisch.«

Johann lachte kurz auf. »Das habe ich mir gedacht. Also, dass das so ein typischer Heinz-Alarm war. Alles übertrieben, oder?«

»Ja. Sicher.« Meine Antwort kam automatisch. Das Weitere auch. »Wolltest du mich wirklich sehen? Warum eigentlich?«

Sein Erstaunen war echt. »Christine? Was ist denn jetzt los? Ich habe nur den Flieger verpasst, das kann doch passieren, das war keine Absicht. Was soll das?«

Ich betrachtete die verschiedenen Flaschen im Regal, die Serviettenstapel und Reservegläser, den Besen in der Ecke, die beiden Plastikeimer. Es war vielleicht wirklich nicht der richtige Ort und der richtige Zeitpunkt, um eine Beziehung zu beenden. Und das auch noch am Telefon. Egal, wie zerrüttet sie schon war. Ich räusperte mich.

»Ach nichts, es war nur so ein Gedanke. Wir können mal in Ruhe darüber sprechen. Ich wünsche dir einen schönen Tag. Bis dann.«

»Wünsche ich dir auch. Ich melde mich. Tschüss.«

Wir beendeten das Gespräch, ich schob das Handy in meine Jackentasche, während ich langsam zurück in die Bar ging.

David und Pierre hielten inne, als sie mich sahen.

»Und? Ärger?« Pierre wartete, bis ich am Tisch Platz genommen hatte, und legte dann seine Hand auf meine.

»Nein.« Ich legte meine andere Hand auch noch darauf und sah meine Schwester an. »Alles in Ordnung. Johann hat den Flieger verpasst und kommt nicht.«

»Aber das ist ja …« Der Blick meiner Schwester brachte Pierre zum Schweigen.

Ich sah in die Runde und fragte betont munter: »Worüber habt ihr gerade geredet?«

»Über Jurek.« Ines stellte sanft ihren Fuß auf meinen. Ich lächelte sie an.

»Und?«

»Ich weiß immer noch nicht, woher ich ihn kenne.« David strich sich über die Stirn. »Aber ich habe ihn schon mal gesehen. Wenn ich nur wüsste, wo.«

»Das fällt dir bestimmt noch ein.« Pierre riss sich von meinem Anblick los und guckte aus dem Fenster. »Ach Gott, wenn man vom Teufel spricht …«

Wir hörten, wie sich ein Schlüssel im Schloss drehte, dann stand Jurek vor uns und schaute erschrocken in die Runde. »Was ist denn hier los?«

Ines zog ihren Fuß zurück. »Pierre macht eigentlich Bestellungen, und wir lenken ihn ab.«

»Axel von Eitzen.«

Unvermittelt brach dieser Name aus David Bruhn heraus. Während Jurek ungerührt seinen Blick erwiderte, sahen Ines, Pierre und ich uns ratlos an, bis Pierre fragte: »Das heißt was?«

Jurek streckte seinen Arm aus und gab David Bruhn die Hand. »Freut mich, Herr Bruhn, jetzt weiß ich nicht wirklich, was ich sagen soll.«

David lächelte ihn an. »Nichts. Ich bin ja nur froh, dass es mir noch eingefallen ist, das hat mich richtig gefuchst. Was machen Sie hier?«

Pierre hatte schon gestanden und setzte sich gleich wieder. »Können wir mal die Übersetzung haben? Wir verstehen kein Wort.«

Jurek zog sich einen Stuhl vom Nachbartisch neben meinen. »Ich heiße Axel von Eitzen. Jurek ist der Name unseres Hausmeisters. Den habe ich geklaut.«

Ich begriff immer noch nichts und starrte ihn nur an. Jurek/ Axel zog in aller Ruhe seine Jacke aus und hängte sie über die Stuhllehne.

»Ich wollte mir hier eine Auszeit nehmen, um in Ruhe zu überlegen, ob ich wieder bei meinen Eltern einsteige oder nicht.«

»Was machen deine Eltern denn?« Pierre fragte zuerst, Ines und ich waren nicht schnell genug.

David gab die Antwort: »Ich kenne Herrn von Eitzen aus dem ›Grand Plaza‹ in Hamburg. Er war der Geschäftsführer. Wir haben dort ein Jahrestreffen der Verlagsleiter gehabt, und er hat alles organisiert. Da trugen Sie aber keinen Blaumann.«

»Grand Plaza«. Mir wurde ganz komisch. Jetzt fiel mir auch ein, woher ich den Namen »von Eitzen« kannte. Eine Kollegin von mir hatte im Frühjahr einen Bericht über die Hoteldynastie von Eitzen gemacht. Sie besaßen zehn oder noch mehr Luxushotels in Deutschland, und im Moment bahnte sich der Generationswechsel an.

Ich traute mich kaum zu fragen, tat es aber doch. »Du bist der Hotelierssohn? Und du jobbst hier als Hausmeister?«

Jurek/Axel nickte. »Ich habe Marleen letztes Jahr in Berlin auf der Tourismusmesse kennengelernt. Wir kamen bei einer total langweiligen Veranstaltung ins Gespräch und sind dann später in einer Kneipe versackt. Ich habe zu der Zeit das Hotel in Hamburg geleitet und hatte irgendwie keine Lust mehr. Ich hatte in den letzten fünf Jahren nur gearbeitet und wusste überhaupt nicht mehr, ob das immer in dem Stil weitergehen sollte. Und dann hat Marleen vorgeschlagen, eine Zeitlang auszusteigen, um in Ruhe nachzudenken. Wer von uns auf die Idee kam, dass ich hier den Hausmeister mache, weiß ich gar nicht mehr. Aber der Einfall war großartig.«

Ich sah ihn ehrfürchtig an. »Und was hast du dir überlegt?«

Jurek/Axel grinste. »Ich übernehme nächstes Jahr die Leitung. Aber ein bisschen bleibe ich noch hier.«

»Warte mal, warte.« Pierre verscheuchte eine imaginäre Fliege. »Du bist in Wirklichkeit Hotelmanager und spielst hier nur den Hausmeister?«

Axel nickte verlegen.

Meine Schwester betrachtete ihn mit Interesse, dann schaute sie mich an, dann wieder Axel und wieder mich.

»Und wir machen uns hier verrückt. Und lassen Mama und Hanna Rosinenhühnersuppe kochen. Jurek, ähm, Axel, du könntest die Pension doch mit links schmeißen, oder?«

Er nickte wieder, dieses Mal nicht verlegen. »Sicher. Marleen hat mit mir bereits zwei Termine abgesprochen, an denen ich sie vertreten soll. Deshalb verstehe ich ja auch nicht, was hier eigentlich gerade passiert. Warum sie mich nicht jetzt schon um Hilfe gebeten hat. Aber ich wollte mich auch nicht einmischen. Ich habe nur in der Küche ein bisschen mitgemischt, hat aber, glaube ich, keiner gemerkt. Was ist denn mit Marleen?«

»Das, mein Lieber, erklären wir dir jetzt.«

Während Ines dem erschrockenen Axel von Marleens Dilemma berichtete, kam mir kurz der Gedanke, dass Gesa sich in den Hintern beißen würde.

Eine Stunde und drei Milchkaffees später hatten wir alles besprochen. Jurek, den wir ab jetzt natürlich nur noch Axel nennen wollten, stand eine Zeitlang unter Schock. Er fing sich aber schnell wieder, als es um die praktischen Dinge ging. Natürlich würde er die Pensionsleitung übernehmen, für ihn war es nur selbstverständlich. Pierre hatte in seiner charmanten Art gefeixt, für Axel wäre das vermutlich so, als wenn man sonst Cayenne fahre und plötzlich einen alten Ford Fiesta vor dem Haus hätte.

Ines hatte ihn angefunkelt und entgegnet, dass Axel der Einzige von uns wäre, der überhaupt einen Führerschein besitze. Dann hatte sie sich Axel zugewandt und gesagt: »Lass uns beten, dass die Geschichte schnell erledigt ist. Oder könntest du auch länger bleiben?«

»Ich hoffe nicht, dass das nötig ist.« David hatte seine Tasse hart auf den Tisch gestellt. »Das wird sich alles bald klären. Es muss. Es geht hier auch um meinen Bruder. Das darf einfach nicht mehr lange dauern.«

David hatte mich hilfesuchend angesehen, ich zwang mich, ihm beruhigend zuzunicken. Er hatte ein schönes Gesicht. Und ich wünschte mir so sehr, dass er recht behalten würde.

»So.« Ines drückte entschlossen ihre halb gerauchte Zigarette aus und wischte ihre Finger an der Jeans ab. »Ich gehe jetzt in die Wohnung und lege mich noch eine Stunde hin. Ich bin völlig platt.«

Ich lehnte meinen Kopf an die Hauswand und sah sie mit gerunzelter Stirn an.

»Du bist doch noch gar nicht in dem Alter, in dem man Mittagsschlaf braucht.«

Wir saßen auf der Bank neben der Hintertür und rauchten diese Notfallzigarette ganz öffentlich. Wobei es auch keine Notfall-, sondern mehr eine Erleichterungszigarette war. Die Last, Marleens Pension zu retten, war uns durch den vom Himmel gefallenen Jurek/Axel genommen worden.

»Das ist mir so egal, dass man es auf einer Skala von eins bis zehn gar nicht messen könnte.« Ines stand langsam auf und streckte sich. »Immer, wenn ich ein Problem von der Backe habe, werde ich unendlich müde. Jetzt ist so ein Punkt. Also, bis später.«

Sie ging, und ich sah ihr nach, bis sie um die Ecke gebogen war. Dann schloss ich die Augen. Eine Welle von Dankbarkeit überrollte mich. Ich war so froh. Weil Ines, die Marleen eigentlich kaum kannte, hier mitgemacht hatte, weil ich mich so auf sie verlassen konnte, weil es mich allein gnadenlos überfordert hätte, weil sie meine Schwester war, weil ich …

»Du rauchst?«

Ich öffnete die Augen erst, als Tom sich schon neben mich gesetzt hatte.

»Nur im Notfall.«

»Hat es was mit mir zu tun?«

Warum waren so viele Männer eigentlich so egozentrisch? Langsam drehte ich den Kopf, musterte ihn, richtete den Blick wieder nach vorne und zog ein letztes Mal, bevor ich mich vorbeugte und die Zigarette in den mit Sand gefüllten Blumentopf drückte.

»Nein.« Ich lehnte mich wieder an die Hauswand. »Es hat gar nichts mit dir zu tun. Und eigentlich war es auch kein Notfall.«

Die Spätsommersonne schien mir ins Gesicht und die Backsteinwand wärmte meinen Rücken. Tom trug schon wieder diesen sackartigen Pullover. Er musste doch schwitzen. Stattdessen sagte er in einem etwas leidenden Ton: »Beate hat in ihrem ganzen Leben noch nie geraucht. Sie isst auch kein Fleisch.«

»Toll.«

Er ignorierte meine zugegebenermaßen blöde Antwort und fuhr fort: »Christine, wir müssen reden.«

Ich musste nicht. Ich hatte noch nicht einmal Lust dazu. Es war so schön hier, die Sonne von vorn, die warme Wand von hinten, diese Stille, dieser Frieden …

»Wir müssen über diese Nacht reden.«

Hatte er eigentlich vor dreißig Jahren auch schon diese nervige Tonlage gehabt? Er betonte die einzelnen Wörter so komisch. Und er war so furchtbar angestrengt. Es lag vielleicht an diesem dicken Wollpullover. Der nahm ja auch alles Leichte von ihm.

»Christine!«

»Ja, Tom.« Ich öffnete die Augen und setzte mich gerade hin. »Was müssen wir denn besprechen? Wo liegt das Problem?«

»Ach, diese Nacht.« Seine Stimme klang gepresst. »Wir haben da einen Fehler begangen.«

Ich drehte mich langsam zu ihm, sagte: »Tom«, und atmete tief durch.

Er zupfte konzentriert und ohne den Blick zu heben die Wollmäuse von den Pulloverärmeln ab.

»Ja?«

»Wir lagen aus Versehen besoffen in Klamotten auf einem Bett. Wir sind Mitte vierzig. Okay, deine Mutter und meine Eltern sind hier, aber ich bin mir sicher, sie haben nichts mitbekommen. Also, wo ist das Problem?«

Unsicher blickte er mich an. »Mehr ist nicht passiert?«

War er vor dreißig Jahren schon genauso gewesen? Hatte ich ihn mir nur so cool erträumt? Erinnerung verklärt doch vieles.

»Nein. Mehr ist nicht passiert. Erstens waren es zu viel Promille, und zweitens haben wir uns gar nicht ausgezogen. Du kannst wirklich ganz beruhigt sein. Was ist eigentlich mit dir los? Hast du Angst, ich könnte schwanger sein?«

Er zuckte erschrocken zusammen. Ich war mir sicher, dass dieser Gedanke ihm jetzt das erste Mal kam. Ich verbiss mir das Lachen und legte meine Hand auf seinen Arm. »Also bitte. Wie gesagt, wir sind Mitte vierzig. Und außerdem: wenn ich nun ein Kind von dir erwarten würde, wäre das die erste unbefleckte Empfängnis seit über 2000 Jahren.«

Der Witz kam überhaupt nicht an, ich merkte das an seinem immer noch verkniffenen Gesicht. »Ich möchte einfach nicht, dass du dir Hoffnungen machst. Du hast ja gesagt, dass du damals sehr verliebt in mich warst. Aber siehst du, Christine, in der Zwischenzeit haben wir uns stark verändert, und ich glaube nicht, dass es mit uns gut gehen würde. Ich hänge noch zu sehr an Beate.«

Ich schickte ein kleines Dankeschön an Beate und überlegte kurz, wie dämlich ich seinerzeit gewesen sein musste. Monatelang hatte ich schwersten Liebeskummer gehabt. Und der war mit sechzehn genauso schlimm wie später. Sehr langsam stand ich auf und sah mit der größtmöglichen Grandezza auf ihn herab.

»Lass nur, Tom. Ich mache mir keine Hoffnungen. Und ich drücke dir alle Daumen, dass du Beate irgendwie wieder bekommst. Und übrigens, du solltest tatsächlich mal einen der Pullover anprobieren, die deine Mutter für dich gekauft hat. Schlechter als der hier können die nicht sein.«

Mit dem Gefühl der Erleichterung ließ ich meine Jugendliebe auf der Bank sitzen und ging zur Pension zurück. In der Küche stand Hans-Jörg an der Arbeitsplatte und rollte mit aller Inbrunst die flachen Kalbsschnitzel zusammen. Er war allein.

»Ist Adelheid schon weg?«

Ich lehnte mich an den Kühlschrank und sah unserem Jungkoch beim Rollen zu. Er schob einen Holzspieß durch das Fleisch und legte es vorsichtig auf den Teller, auf dem bereits eine ganze Reihe dieser Gebilde lagen.

»Adelheid ist mit Herrn Bernd weggegangen. Das macht sie ja jeden Tag. Die werden wohl ein Liebespaar, oder?«

Ich zuckte mit den Achseln. »Ja, vielleicht.«

Um diese Geschichte sollte ich mich dringend kümmern, ich hatte es schon verdrängt. Die arme Adelheid erlebte gerade ihren fünften Frühling, dabei war ihr Angebeteter in ganz anderer Mission unterwegs. Aber das musste Hans-Jörg ja nicht erfahren. Zumindest nicht im Moment. Obwohl er anscheinend mehr Dinge mitbekam, als wir geahnt hatten. Meine nächste Frage klang harmlos: »War Gisbert noch nicht da?«

»Nö.« Hans-Jörg wischte sich die Hände ab und griff zur nächsten Schüssel. »Der kommt ja nicht mehr. Der ist beleidigt.«

»Gisbert?« Überrascht sah ich ihn an. »Warum?«

»Weil Herr Bernd ihm verboten hat, den Artikel über die Schlagerparty zu drucken. Und er darf Frau Stehler und Herrn

Morell nicht fotografieren. Ich habe aber nicht verstanden, warum.«

Das begriff ich jetzt auch nicht. Die Tür ging auf. Mein Vater und Kalli, die zusammen eine Bierkiste schleppten, platzten in unsere friedliche Zweisamkeit.

»Hallo.« Mein Vater ließ die schwere Kiste plötzlich los und kugelte Kalli damit fast den Arm aus. »Wir haben mal ein bisschen Weizenbier gekauft. Das habe ich aus eigener Tasche bezahlt, also bitte nicht an die Gäste verteilen. Hans-Jörg, guck nicht so ängstlich, du kannst dir gerne mal eine Flasche nehmen.«

Ich warf einen Blick auf Kalli, der sich den Arm rieb. »Es stehen drei Kisten im Vorratsraum. Und bei Pierre war gerade der Getränkelieferant. Wieso kauft ihr eigenes Bier?«

»Pierre hat die falsche Sorte.« Mein Vater ließ die Kiste, wo sie stand, und setzte sich an den Tisch. Kalli schob das Bier erst mit dem Fuß ein kleines Stück zur Seite, bevor er Platz nahm. »Und Johann trinkt auch lieber dieses. Hat er sich denn schon gemeldet?«

Heinz zeigte nicht die Spur von Hemmungen. Ich holte tief Luft und antwortete mit meiner süßesten Stimme: »Ja, Papa. Er kommt nicht.«

»Wieso das denn? Hast du dich wieder mit ihm gestritten?«

»Heinz, lass doch.« Kalli ertrug keine Missstimmung. Er legte meinem Vater die Hand auf den Arm und lächelte mich entschuldigend an. »Er meint es nicht so.«

Ich ersparte mir eine Antwort und setzte stattdessen Teewasser auf. Mein Vater ging nicht auf das Friedensangebot ein.

»Aber Johann wollte doch kommen. Das hat Ines mir gesagt.«

»Er hat das Flugzeug verpasst. Angeblich. Wer weiß, was es noch für einen Grund gibt.«

Plötzlich schob mein Vater die Gardine zur Seite. »Was macht der Mann denn auf dem Hof?«

»Er wohnt jetzt hier.«

David Bruhn kam auf die Eingangstür zu, mein feiger Vater ließ sofort die Gardine zurückfallen. Ich schüttelte den Kopf.

»Zu spät. Er hat dich schon gesehen. Wie ein neugieriges Waschweib. Reiß dich zusammen, er ist ein Gast.«

David öffnete die Küchentür, grüßte knapp und sagte: »Ich müsste dich mal sprechen.«

Ich nickte ihm zu, trocknete meine Hände ab und folgte ihm in den Flur. Bevor ich die Tür hinter mir schloss, hörte ich die laute Stimme meines Vaters: »Flugzeug verpasst. Ha! Und zufällig wohnt diese Internetbekanntschaft schon hier. Für wie blöd halten einen die Kinder eigentlich? Wo stecken bloß Charlotte und Hanna? Was soll ich denn jetzt machen?«

Ich schob David ein paar Schritte weiter von der Küchentür weg, die Dialoge von Heinz und Kalli konnte man nur verstehen, wenn man die beiden schon lange kannte.

David blieb am Treppenaufgang stehen und sah mich fragend an. »Ärger?«

»Nein. Mein Vater fühlt sich nur nicht umfassend informiert, dann wird er immer ein bisschen unwirsch. Was gibt es denn?«

David lehnte sich an das Treppengeländer. »Ich weiß nicht genau, was das zu bedeuten hat, aber ich habe gerade versucht, mit Ralf Kühlke zu telefonieren. Er ist unterwegs, hat mir seine Sekretärin gesagt, er wäre erst am Wochenende wieder zu erreichen. In dringenden Fällen könnte ich ihn auf dem Handy anrufen. Ich habe es zweimal versucht, zweimal hat er mich weggedrückt. Und gerade eben ging er dran und sagte, es wäre jetzt schlecht, aber alles würde gut. Näheres in Kürze.«

»Und was heißt das?«

Ratlos sah er mich an. »Keine Ahnung. Er hat ja sofort wieder aufgelegt. Sollen wir uns jetzt Hoffnungen machen oder nicht?«

Ich versuchte, mein Bauchgefühl zu befragen, es fühlte sich kribbelig an. Wie ein Gemisch aus Sich-Verlieben und kindlicher Vorfreude auf Weihnachten.

»Wenn er gesagt hat, dass alles gut wird …«

David nickte und stieß sich vom Geländer ab. »Also hoffen wir?«

Entschlossen blickte ich ihn an. »Vielleicht wird es ein guter Tag. Erst Jurek, das heißt Axel, jetzt Kühlke, wir warten ab, was noch alles passiert.«

»Gut.« Sein Lächeln verstärkte das Kribbeln. »Ach übrigens, Christine, wenn ich irgendwie einspringen kann, was die Vertretung hier angeht, also finanziell oder anders, dann sag Bescheid. Ich helfe dir gern.«

Noch mehr Kribbeln, mein Nicken fiel deshalb schwach aus. Er kam etwas näher.

»Und wenn diese ganze Geschichte vorbei ist, dann …«

»Was macht ihr denn hier im dunklen Flur?« Meine Mutter, gefolgt von Hanna, beide mit Tüten und Taschen beladen, stand plötzlich vor uns. Sie musterte erst mich, dann David und streckte die Hand aus. »Sind Sie ein neuer Gast? Herzlich willkommen. Sie sind doch wohl hoffentlich kein Vegetarier oder haben irgendwelche Allergien?«

»Nein, nein«, David schüttelte ihr die Hand. »Ich esse alles. Guten Tag, mein Name ist David Bruhn, ich bin heute angekommen.«

»Schön.« Sie nickte ihm kurz zu und ging an uns vorbei. »Kommst du, Hanna? Christine, du auch, wir müssen uns sputen.«

Als die beiden verschwunden waren, berührte David mich kurz an der Schulter. »Du musst was tun. Bis später dann.«

Ich sah ihm nach, wie er mit langen Schritten die Treppe hochlief. Ich hoffte, dass das Kribbeln mehr der Vorfreude auf ein gutes Ende der Dubai-Geschichte geschuldet war. Sich zu verlieben war im Moment keine gute Idee.

Als ich zurück in die Küche kam, hörte ich nur noch den letzten Satz meines Vaters: »Und jetzt hat er wohl kein Geld mehr, muss aus dem ›Seesteg‹ ausziehen, macht Christine gefügig und bringt sie anschließend um.«

Ich ließ die Tür lauter als nötig zufallen. Mein Vater hob den Kopf, sah erst mich, dann meine Mutter an und sagte: »Ist doch wahr.«

Hanna stellte währenddessen lauter kleine Gläser mit Maiskolben auf die Arbeitsplatte. Ein Gefühl großer Dankbarkeit erfüllte mich für Jurek/Axel. Egal, welche Lebensmittel hier noch auftauchen würden, nichts war mehr gefährlich. Völlig entspannt überlegte ich, was man für wilde Geschichten mit essigsauren Maiskolben machen könnte. Nach dem letzten Glas drehte Hanna sich zu meinem Vater um.

»Unser neuer Gast ist ganz seriös. Und hat selbst Geld. Da musst du dir keine Sorgen machen.«

Wir sahen sie verblüfft an. Ungerührt stellte sie die nächste Tüte mit Einkäufen auf einen Stuhl.

»Habt ihr heute keine Zeitung gelesen? In der ›Morgenpost‹ war ein Foto von ihm. Das ist David Bruhn. Seinem Bruder und ihm gehören jede Menge Zeitungen und Verlage. Christine, dabei fällt mir ein, bei dem könntest du dich eigentlich bewerben. Das ist doch nichts für dich, nur ab und zu eine Geschichte zu schreiben, du brauchst doch wieder eine richtige Arbeit.«

Mir blieb der Mund offen stehen. »Was für ein Foto?«

»Ein Foto halt. Er steht da vor der ›Milchbar‹. Das hat Gregor Morell geknipst, zumindest stand Morells Name darunter. Das finde ich ja auch nicht gut, dass er mit seiner älteren Freundin hier ist und trotzdem arbeitet. Na, jedenfalls kann man dort erfahren, dass der pressescheue Verleger David Bruhn sich hier auf der Insel erholt. Von was auch immer, ich habe den Artikel nicht zu Ende gelesen, ich musste ja los.«

»Ja, Christine, dann sprich ihn doch hier gleich auf einen

Job an.« Meine Mutter war hellauf begeistert. »Das ist unheimlich praktisch. Wo er schon mal hier ist. Ist er denn nett?«

»Ähm, ja, er …«

Ausnahmsweise war ich froh, dass mein Vater mir einfach ins Wort fiel. »Und wieso sucht so ein Mann eine Frau im Internet? Wieso findet er die nicht auf einem normalen Weg?«

»Papa, er macht keine Internetbekanntschaften, genauso wenig wie ich. Du hast das in den falschen Hals gekriegt.«

»Wie auch immer«, Hanna wischte die Einwürfe weg, »es geht uns ja auch gar nichts an. Lasst ihn mal in Ruhe, er soll sich schließlich erholen. Geld allein macht nicht glücklich. Wer weiß schon, wie so jemand sich fühlt. Vielleicht hat er auch Probleme oder Kummer. So, wer schält jetzt Zwiebeln? Hans-Jörg?«

Sie war so eine kluge Frau.

Unter dem Vorwand, meine Schwester wecken zu müssen, hatte ich mich aus der Küche verzogen. Anscheinend bekamen Hanna und meine Mutter viel mehr mit, als ich ahnte. Im Gegensatz zu meinem Vater war ihnen aber das meiste völlig egal.

Ines öffnete die Tür, bevor ich den Schlüssel gefunden hatte. »Ich wollte dich gerade wecken.«

Sie trat ein Stück zur Seite, um mich hereinzulassen. »Ich habe gar nicht richtig geschlafen. Nur gedöst und nachgedacht.«

»Worüber?«

Sie folgte mir in die Küche und setzte sich an den Tisch. »Wann wir mit den anderen reden. Oder andersrum, wer überhaupt die Wahrheit erfahren soll – außer denen, die sowieso schon eingeweiht sind. Man könnte auch behaupten, dass Axel und Marleen für ein paar Monate einen Jobtausch machen. Das wäre doch ganz plausibel, wenigstens hier auf der Insel. David muss sich etwas anderes ausdenken.«

Ich trank Wasser aus der Flasche und schwang mich auf die Fensterbank.

»Hast du noch eine Zigarette?«

»Noch eine?« Ines hob die Augenbrauen. »Was ist los?«

»David ist von Morell fotografiert worden und heute in der Zeitung. Er wird begeistert sein.«

Ines kramte ein zerknittertes Päckchen aus ihrer Tasche und warf es mir zu. Ich öffnete das Fenster, bevor ich eine Zigarette anzündete, und blies kurz darauf den Rauch in den Garten.

»Das vielleicht Gute ist …«, begann ich, »dass David ein ganz kurzes Telefonat mit Kühlke hatte, in dem es sich so anhörte, als käme die Sache langsam in Bewegung. Das Blöde ist, dass wir zwar hoffen können, aber immer noch nichts Konkretes wissen. Und dass alles andere wahnsinnig durcheinander ist.«

Meine Stimme wurde brüchig, plötzlich hatte ich Tränen in den Augen und fühlte mich unglaublich müde.

Ines sah mich forschend an, dann stand sie auf und riss ein Stück Küchenrolle ab, das sie mir in die Hand drückte.

»Hier, Taschentücher sind aus«, sagte sie, nahm mir die Zigarette aus der Hand und löschte sie unter dem Wasserhahn. »Muss so gehen.«

Ich putzte mir lautstark die Nase und wischte mir die Haare aus dem Gesicht, bevor ich sie anguckte.

»Mir wird das alles zu viel. Diese Geheimnisse, Papa und sein Argwohn, dass ich immer noch nicht weiß, was mit Marleen ist und wie es ihr geht, dass ich keinen Job habe, dieser ganze Scheiß mit Johann, dass du am Wochenende zurückmusst, dass Gesa so arrogant zu Jurek, also Axel war, dass der blöde Morell David fotografiert hat und offenbar doch hinter irgendetwas her ist, dieser blöde Gisbert von Meyer und dann noch Tom …«

Mittlerweile bahnten sich die Tränen in Sturzbächen ihren Weg, ich flennte wie eine Zwölfjährige.

Ines wartete schweigend, bis ich wieder Luft bekam, gab mir ein neues Stück Küchenrolle und setzte sich neben mich. Sie legte mir die Hand um die Taille.

»Lass uns doch mal sortieren: Kühlke wird uns bestimmt demnächst anrufen, dann wissen wir vielleicht definitiv, was jetzt passiert und wie lange es dauert. Papa und seine Vermutungen kannst du ignorieren, ich nehme das auch nicht ernst. Der ganze Rest ist, bis vielleicht auf Johann, Kleinkram, um den du dich überhaupt nicht kümmern musst. Für ein

Gespräch mit Johann gibt es einen besseren Zeitpunkt, das brauchst du heute auch nicht zu lösen. Und ich habe vorhin mit meiner Chefin telefoniert und sie gefragt, ob ich noch eine Woche Urlaub dranhängen kann. Das geht, ich bleibe also etwas länger. Es ist nicht alles furchtbar.«

Das Klingeln meines Handys brachte mich schon wieder in Aufruhr und meine Schwester dazu, aufzustehen und nach dem Telefon zu greifen.

»Es ist Gesa«, sagte sie und nahm das Gespräch an. »Ja? ... Nein. Ich bin schon auf dem Weg. Nein, Christine hat noch einen Termin mit dem Fremdenverkehrsverein, hatte sie vergessen ... Ja, bis gleich.«

Sie legte das Handy zurück auf den Tisch. »Sie fragt, wo wir bleiben. Ich gehe rüber, du steigst in die Badewanne, legst dich anschließend aufs Sofa und guckst Fernsehen. Ich schaffe das auch allein. Und morgen sieht alles schon ein bisschen leichter aus. Also, bis nachher.«

Mit einem aufmunternden Lächeln griff sie nach ihrer Tasche und verließ die Wohnung. Und ich heulte erleichtert eine kleine Weile weiter.

Tatsächlich wachte ich am nächsten Morgen gegen fünf von selbst und mit einem guten Gefühl auf. Kein Wunder, nach fast zehn Stunden Schlaf. Die Badewanne hatte meiner Erschöpfung den Rest gegeben, ich hatte noch nicht mal den Fernsehfilm im Vorabendprogramm geschafft, sondern mich schon um acht Uhr ins Bett gelegt.

Im Traum wurde ich von Johann für 125 000 Euro an David verkauft, mein Vater hatte das Geschäft eingefädelt, dafür wurde er Hausmeister im »Grand Hotel« in Hamburg, in dem meine Mutter zusammen mit Hans-Jörg die Küche übernahm. Ich hatte versucht, David davor zu warnen, er sprach aber kein Deutsch. Trotzdem war ich mit allem zufrieden, zumal meine Schwester die Hauptrolle in einem Film nach dem Buch von

Guntram Bernd spielte. Und das, obwohl sie gar nicht schauspielern konnte. Ich hatte ihr versprochen, es niemandem zu erzählen. Bei der umjubelten Premiere saß ich neben Marleen.

Obwohl es noch so früh war, stand ich auf und ging ins Bad. Ines schlief tief und fest, ich wollte sie nicht stören. Eine halbe Stunde später lief ich auf Zehenspitzen an ihrem Zimmer vorbei und verließ die Wohnung.

In der Pension war noch alles dunkel. Ich schaltete das Licht in der Küche ein und sah auf die blitzblanken Arbeitsflächen. Auf die Truppe war Verlass, dankbar nahm ich mir vor, in den nächsten Tagen mehr zu arbeiten. Ines und Gesa hatten sich auch mal freie Abende verdient. Ich stellte eine Kaffeemaschine an, bereitete die anderen Geräte vor und begann, im Gastraum die Tische zu decken.

Eine gute Stunde später hatte ich alles fertig. Bei der letzten Platte mit Aufschnitt kam Adelheid. Erstaunt sah sie mich an.

»Ist was passiert? Bist du allein?«

»Ja.« Entspannt schnitt ich Tomatenviertel und drapierte sie neben dem Schinken. »Ich war gestern so früh im Bett. Und ihr habt ja alles hier allein gemacht. Das muss ich heute mal nachholen.«

»Ich war gestern auch nicht da.« Adelheid entknotete vorsichtig ihr Seidentuch und griff nach dem Kittel. »Ich war mit Guntram in der ›Meierei‹ zum Essen. Das war sehr schön.«

Sie lächelte beseelt, und mir schnürte es den Hals zu. Ich würde ihn mir heute vornehmen. Egal, was für ein Dragoner Adelheid auch manchmal sein konnte, sie hatte es nicht verdient, dass ein pensionierter Kommissar sie für seine Zwecke missbrauchte. Und schon gar nicht, wenn sie plötzlich Lippenstift und schöne Tücher trug.

»Du, Adelheid …«

»Die Brötchen.« Axel kam mit einer Kombikiste in die Küche. »Guten Morgen, Adelheid, Morgen, Christine, du bist aber früh hier. Alles in Ordnung?«

Er grinste mich an und legte hinter Adelheids Rücken den Finger auf die Lippen.

»Ja.« Ich nahm ihm die Kiste ab und flüsterte ihm zu. »Wir müssen nachher mit ihr reden.«

»Was tuschelt ihr?« Adelheid sah uns forschend an. »Habt ihr Geheimnisse?«

»Nein.« Die Antwort kam im Chor. Ich ging einen Schritt auf sie zu und sagte: »Jurek und ich, also Jurek, ich meine, Adelheid, kannst du heute Mittag etwas länger bleiben? Wir, also ich wollte noch etwas mit dir besprechen.«

»Jurek und du?« Ihre Frage klang ironisch. »Und ihr wollt mit mir reden? Worüber denn? Axel? Oder Jurek? Wie soll ich dich denn eigentlich nun nennen?«

Jurek erwiderte ihren Blick gelassen, während ich mich verschluckte. Adelheid schlug mir kräftig auf den Rücken.

»Für wie blöd haltet ihr mich? Ein Hausmeister, der am Telefon perfekt Englisch und Französisch spricht. Und ein Kochlehrling im zweiten Lehrjahr, der an seinem zweiten Tag anfängt zu zaubern. Und zwar immer, nachdem der Hausmeister in der Küche war, um angeblich etwas zu reparieren. Ich bin mit einem Kriminalisten befreundet. Und der ist sowieso nicht zum Vergnügen hier. Mein Lieber, es war leicht, dir auf die Schliche zu kommen. Ganz leicht.«

»Hat Guntram Bernd seinen richtigen Namen herausgefunden?« Ich entwand mich Adelheids Schlägen. »Wie ist er darauf gekommen?«

»Jurek oder besser Axel hat seinen Personalausweis im Büro liegen gelassen. Den habe ich mir angeguckt. Der Rest war für Guntram ein Klacks. Übrigens muss ich auch noch mit dir reden. Ich will Guntram nächste Woche auf seine Lesereise nach Köln begleiten. Dann kann ich hier nicht mithelfen. Wann kommt Marleen denn endlich wieder?«

In diesem Moment hielt ein Taxi auf dem Hof, dem zwei Männer entstiegen.

»Kriegen wir Gäste? Mit der ersten Fähre?« Adelheid beugte sich aus dem Fenster. »Soll ich mal gehen? Du hast so fettige Finger von der Wurst.«

»Das wäre nett.« Ich hatte immer noch die Schinkenpackung in der Hand. »Ines muss aber auch jeden Moment hier sein.«

Adelheid ging zu den beiden Männern, die noch das Taxi bezahlten, während Axel sich einen Kaffee einschenkte.

»Nicht zu fassen«, sagte er, »da liefert man die schauspielerische Leistung seines Lebens ab, aber lässt seelenruhig seinen Ausweis liegen. Egal, wir wollten es ihr sowieso sagen.«

Adelheid sprach immer noch mit den beiden Neuankömmlingen, als Ines kam.

»Morgen«, sagte sie, »wer ist denn das da draußen?«

Ich reichte ihr einen Kaffee. »Neue Gäste, nehme ich an. Oder?«

Meine Schwester schüttelte den Kopf. »Wir haben heute keine Anreise. Hier ist auch nur noch ein Einzelzimmer frei. Sie reisen außerdem ohne Gepäck.«

Adelheid führte die beiden in den Gastraum und kam mit unschlüssiger Miene zurück.

»Die Herren hätten gern ein Frühstück.«

»Wir haben nur für Gäste Frühstück.«

Ines stellte ihren Becher ab, wollte an Adelheid vorbeigehen und wurde von ihr festgehalten.

»Warte mal. Der Ältere der beiden hat einen Termin mit Guntram. Und der Jüngere hat nach einem David Bruhn gefragt. Oder …«, sie machte eine kleine wirkungsvolle Pause und sah mich an, »… oder nach dir, Christine. Ich weiß nicht, was die wollen.«

Mein Puls setzte aus. Jetzt war es so weit, jetzt flog die ganze Geschichte auf. Guntram Bernd hatte seine Schnüffeleien beendet und seinen Bericht abgegeben. Und Adelheid hatte die Presse oder die Polizei oder die Staatsanwaltschaft oder wer auch immer hinter diesem Überraschungsbesuch steckte, geradewegs in den Frühstücksraum geführt. In einer halben Stunde würden sich alle Gäste dort versammeln, mitsamt meinen Eltern, mit Pech hätte auch Gisbert von Meyer vergessen, dass er beleidigt war und würde gleich inklusive Foto-ausrüstung auftauchen. Ach ja, und Tom könnte schließlich noch einen Exklusivbericht für sein Magazin schreiben.

»Christine?«

Ich war zur Salzsäure erstarrt und konnte nichts tun als meine kleine Schwester hilflos anzustarren. *Sie* reagierte wenigstens.

»Ich sage David Bescheid.«

Ich hörte ihre schnellen Schritte auf der Treppe.

»Wer ist denn David?« Adelheid stellte zwei Tassen, Sahne und Zucker auf ein Tablett. »Willst du das gleich hinbringen? Wenn sie sowieso zu dir wollen?«

»Ein Gast.« Ich antwortete tonlos. »David Bruhn ist nur ein Gast. Gestern angekommen.«

Axel stieß mich sanft an. »Ich kann das Tablett auch rein-bringen. Ich muss sowieso nach der Wärmeplatte gucken, die wurde gestern nicht heiß.«

»Im Blaumann.« Adelheid zog das Tablett entrüstet weg. »Ich muss doch bitten. Und repariert wird jetzt auch nichts. Los, Christine, bring es rein. Ich sage schnell Guntram Be-scheid, dass er erwartet wird.«

Sehr langsam, meine Augen fest auf die Tassen gerichtet, setzte ich einen Fuß vor den anderen, bis ich am Feindestisch angelangt war. Einer von beiden, der ältere, hatte graues Haar, trug eine gut sitzende Wildlederjacke und eine teure Uhr. Er kam mir bekannt vor, allerdings fiel mir weder ein Name noch ein Zusammenhang ein. Der andere war etwa in meinem Alter, wenig Haar, randlose Brille, Vollbart.

»Guten Morgen.« Die Tassen klirrten, als ich das Tablett auf den Tisch setzte. »Zwei Kaffee.«

»Danke.« Der Jüngere lächelte mich an, der Ältere sah aus dem Fenster. »Haben Sie Frau Schmidt oder Herrn Bruhn schon erreicht?«

»Nein.« Ich wollte das hier nicht allein durchstehen. Ich würde mich zu erkennen geben, wenn Ines und David auftauchten, ich fragte mich nur, wo sie blieben. »Aber Herr Bernd kommt gleich.«

»Gut.« Der Ältere nickte mir zu. »Vielen Dank für den Kaffee.«

Ich floh mit dem leeren Tablett und traf vor der Küchentür auf Ines.

»David ist nicht auf seinem Zimmer.« Ines sah mich ratlos an. »Vielleicht gehört er auch zur Joggerfraktion. Und nun?«

Ich hob die Schultern. »Ich kenne sie nicht. Noch nie gesehen. Das heißt, den einen doch, aber ich kann mich an nichts Genaueres erinnern. Was machen wir denn jetzt? Mir ist ganz übel.«

Wir blieben unschlüssig stehen. Ines überlegte kurz und sagte: »Wir können ja erst mal abwarten, was sie mit Guntram Bernd besprechen. Und ob David die beiden kennt.«

Zurück in der Küche ließen wir uns auf die Bank sinken. Axel wollte gerade etwas fragen, als Gesa kam.

»Guten Morgen zusammen.« Irritiert blieb sie stehen. »Ist was passiert? Ihr seht aus, als hättet ihr Gespenster gesehen.«

»Fast.« Ines drehte sich langsam zu ihr um. »Im Frühstücksraum sitzen zwei fremde Männer, die Guntram Bernd, David Bruhn und Christine sprechen wollen. Wir glauben, dass wir gleich auffliegen. Das war's wohl mit den schönen Geschichten.«

Entsetzt öffnete Gesa den Mund und schloss ihn wieder. Nach einem bedeutungsvollen Blick auf Axel, den sie natürlich noch für Hausmeister Jurek hielt, starrte sie wieder meine Schwester an. Die winkte lässig ab.

»Ach, das weißt du ja noch gar nicht. Über Jurek musst du dir keine Gedanken machen. Erstens weiß er Bescheid, und zweitens heißt er gar nicht Jurek, sondern Axel von Eitzen und ist Hotelbesitzer.«

Gesa wurde blass, sagte aber immer noch nichts. Dafür schaltete sich mein Verstand wieder ein. »Komm, Ines. Wir haben im Frühstücksraum zu tun. Kaffee und Brötchen fehlen noch. Gesa, mach den Mund wieder zu, lass dir von Axel den Rest erklären und bete für uns, dass Heinz nicht dabei ist, wenn die Bombe platzt. Wir können ihm das hinterher ja alles schonend beibringen.«

Ines und ich arrangierten die diversen Platten und Schälchen, dass es nur so eine Freude war. Ich schob gerade zum dritten Mal die Käseplatte von rechts nach links und wieder zurück, immer noch vergeblich wartend, dass die Herren nur einen Satz sagen würden, als endlich Guntram Bernd mit Adelheid den Gastraum betrat. Er sah sich an der Tür kurz um, dann erhellte sich sein angespanntes Gesicht. Er ging schnell auf den Tisch zu, an dem der Mann mit der schönen Lederjacke schon stand und ihm entgegenblickte.

»Jürgen! Das ist aber eine Überraschung. Warum hast du nicht angerufen?«

Jürgen umarmte Guntram Bernd und hielt ihn dann eine Armlänge von sich entfernt.

»Hallo, Guntram. Ich fand, dass es jetzt reicht. Wir können genauso gut sofort zur Sache kommen.«

Meine Schwester und ich rückten jetzt vierhändig denselben Brotkorb hin und her, mir taten vor lauter Anspannung bereits die Schultern weh.

»Ines!« Die Stimme ging auch mir durch und durch.

»Oh nein«, stöhnte meine Schwester leise. »Warum ausgerechnet jetzt?«

Sie sah mich unglücklich an. »Er riecht so etwas.« Dann drehte sie sich zur Tür und rief: »Ja, Papa, wir sind hier.«

Mein Vater schob sich strahlend und gut gelaunt an Gesa

und Axel, die an der Tür standen, und an Adelheid, die hinter Guntram Bernd wartete, vorbei.

»Einen wunderschönen guten Morgen«, sagte er und sah sich das Buffet an. »Ich glaube, ich frühstücke heute mal hier. Das ist doch viel schöner als in der Küche.«

»Papa, bitte. Nicht so laut.« Ich zuckte zusammen und dirigierte ihn schnellstmöglich an den Tisch, der am weitesten entfernt von Guntram Bernds Freund Jürgen und dem immer noch fremden Vollbart war. »Setz dich hierher, ich bringe dir Kaffee.«

»Na klar.« Zufrieden sah er sich um und lächelte Ines an. »Na, Kind? Gut geschlafen?«

Ines ging Kaffee holen, ich füllte für meinen Vater einen Teller am Buffet. Nicht, um ihm einen Gefallen zu tun, sondern, um nichts zu verpassen.

Und dann kam Eleonore Stehler. Sie rauschte, wie jeden Morgen, mit Gregor Morell in ihrem Windschatten in den Raum und – blieb plötzlich stehen. So abrupt, dass Gregor Morell gegen sie lief. Er sah dabei aus wie ein Volltrottel, was ihm wohl auch bewusst war.

»Liebes, was ist denn?« Wenigstens küsste er sie noch kurz auf den Nacken.

Sie stand stocksteif an derselben Stelle und starrte Guntram Bernd an. Dann den Mann daneben. Und der fremde Vollbart erhob sich langsam und fragte mit lauter Stimme: »Frau Schmidt?«

Eleonore starrte immer noch. Gregor Morell sah sich unsicher im Raum um und sagte gar nichts. Dafür stand mein Vater langsam auf und tönte: »Das ist nicht Frau Schmidt. Was wollen Sie denn von ihr? Vielleicht kann ich Ihnen helfen. Ich habe eine Frau und zwei Töchter, die alle Frau Schmidt heißen.«

Der Vollbart drehte sich zu ihm um. »Ja, vielleicht. Wenn da eine Christine dabei wäre, dann …«

Plötzlich erwachte Eleonore aus ihrer Schockstarre und presste mit einer Mädchenstimme, die ich noch nie von ihr gehört hatte, ein einziges Wort heraus: »Jürgen.«

Der knöpfte in aller Ruhe seine schöne Lederjacke auf und sagte: »Eleonore.«

Niemand bewegte sich. Nach einer endlosen Sekunde ging Jürgen auf Eleonore zu. Er verbeugte sich vor dem verdatterten Gregor Morell.

»Mein Name ist Jürgen Stehler. Ich bin der Ehemann dieser Frau, von der Sie sich gerade aushalten lassen. Wobei Sie sich eigentlich von mir aushalten lassen, wenn man es genau nimmt.«

Jürgen wandte sich jetzt an Eleonore, die ihn mit aufgerissenen Augen fixierte.

»Ja, meine Liebe, du hast zwar sehr überzeugend versichert, dass du einen Yogakurs auf Rügen machst, Pech war nur, dass mein alter Freund Guntram Bernd hier ist und dich gesehen hat. Ich kenne Guntram schon seit der Grundschule, es war schade, dass du dich nie für meine Freunde interessiert hast, Eleonore. Du hättest ihn sonst erkannt. Und du musst einfach besser lügen. Oder deine Eskapaden geschickter planen.«

»Schatz, das ist ein Missverständnis.« Eleonore Stehler sah wütend zu Gregor Morell, der sich rückwärts, aber zügig aus dem Raum bewegte, und legte ihrem Ehemann die Hand auf die Brust. »Ich …«

»Lass es.« Jürgen Stehler schob ihre Hand weg und drehte sich zu Guntram Bernd um. »Guntram hat dich an einem Abend sogar auf dein Zimmer begleitet. Da hattest du zu viel getrunken, nach einem, wie war das noch, ach ja, Schlagerabend. Nicht nur, dass du ihm erzählt hast, dein Mann verstünde dich nicht, deswegen hättest du einen Freund, nein, du hast ihn auch noch angeflirtet. Jedenfalls habe ich ihn gebeten, sich mal unauffällig in deinem Leben umzusehen. Das war sehr interessant, meine Liebe, ich bin wirklich beeindruckt.

Dein Liebhaber hier ist ja anscheinend auch nicht der erste. Aber jetzt will ich die Scheidung. Und du hast genau zwei Wochen Zeit, deine Sachen aus dem Haus zu holen. Also, schönen Urlaub noch.«

Er verließ den Raum, nachdem er Guntram Bernd zugenickt hatte, der ihm kurz danach folgte. Gregor Morell trat auf dem Flur einen Schritt beiseite, um ihnen Platz zu machen.

Mein Vater stand immer noch am selben Fleck und musterte den verbliebenen fremden Gast, der verwirrt zur Tür sah.

Meine Schwester streckte ihren Rücken durch und ging entschlossen auf Eleonore zu. Die wirkte wie versteinert. Ines beugte sich leicht zu ihr und fragte: »Kaffee oder Tee?«

Für den Blick, den Eleonore auf meine Schwester abfeuerte, hätte Eleonore eigentlich einen Waffenschein benötigt.

»Meine Güte.« Mein Vater sah Eleonore Stehler nach, die wütend den Rückzug angetreten hatte. »Das gehört sich aber auch nicht, mit zwei Männern und so. Kleine Sünden straft der liebe Gott sofort. Ist das überhaupt eine kleine Sünde? Und was ist jetzt mit welcher Frau Schmidt?«

»Papa, rede nicht so viel, hier ist dein Ei.« Ines knallte ihm sein Frühstücksei auf den Tisch. »Misch dich da nicht ein.«

Der Vollbärtige räusperte sich. »Ich weiß jetzt nicht genau … Also, ich möchte gern mit Christine Schmidt sprechen. Oder mit David Bruhn.«

»Die haben aber nichts miteinander zu tun.« Das Ei hatte meinen Vater nicht ablenken können. »Außerdem können Sie auch mit mir reden. Falls es um diese Pension geht, ich weiß Bescheid.«

Ich warf ihm einen bösen Blick zu, holte tief Luft und ging zum Tisch des fremden Gastes. »Was haben die beiden denn mit Stehlers zu tun?«

Irritiert sah er mich an. »Vermutlich nicht viel. Herr Stehler und ich waren auf derselben Fähre, und wir haben uns lediglich ein Taxi geteilt. Wir kannten uns vorher nicht. Ich bin wegen einer ganz anderen Sache hier. Aber das muss ich mit den beiden besprechen.«

Im Augenwinkel sah ich, dass meine Schwester meinem Vater einfach den Mund zuhielt.

»Herr Kühlke.« Davids überraschte Stimme kam von hinten. Plötzlich stand er neben mir und beugte sich mit ausgestreckter Hand über den Tisch. »Christine, das ist Rechtsanwalt Ralf Kühlke. Ist etwas ...?«

Der Mann erhob sich umständlich. Er schüttelte erst mir, dann David die Hand. Er sah in die Runde. Meine Schwester ließ meinen Vater los, Adelheid, Gesa und Axel traten einen Schritt vor, ich hielt die Luft an und schloss kurz die Augen. Und dann hörte ich ihn sagen: »Ich bin heute hierhergekommen, um Ihnen zu sagen, dass die Ausreise von Marleen de Vries und Björn Bruhn für morgen Abend ...«

Der Rest des Satzes ging in den Jubelschreien von Axel, Gesa und meiner Schwester unter. David und ich sahen uns nur an. Und mein Vater fragte: »Könnte mir mal irgendjemand erklären, was hier eigentlich los ist? Und wer von euch braucht jetzt einen Anwalt? Und wofür? Ines und Christine!«

Der Regen hatte aufgehört, die Wolken rissen hier und da auf, und plötzlich blitzten die ersten Sonnenstrahlen durch den bedeckten Himmel.

Ich trat langsam aus der Tür und blieb draußen stehen. Die Küchenfenster waren von innen beschlagen, Axel kochte heute das erste Mal offiziell, hatte aber meine Mutter, Hanna und Hans-Jörg als Gehilfen übernommen. Hanna war ganz begeistert, weil sie fand, dass Hans-Jörg doch Glück mit so einem Lehrmeister hatte. Und meine Mutter schälte sowieso gern Kartoffeln. Das Radio ging an, vermutlich hatte mein Vater die Anlage wieder mit Strom versorgt. Bei Gewitter sollte man ja alle möglichen elektrischen Geräte abstellen. Nicht, dass die Pension vom Blitz getroffen worden wäre. So etwas in der Art hatten wir ja schon heute Morgen erlebt.

Ich wischte mit einem alten Lappen die Bank neben dem Eingang trocken, setzte mich hin und streckte die Beine aus. Die Sonne schien mir genau ins Gesicht, ich schloss die Augen und dachte lächelnd: Alles wird gut.

Die Bank wippte hoch, als meine Schwester sich neben mich fallen ließ.

»Sonne«, sagte sie und legte den Kopf in den Nacken. »Das gibt es doch nur an der Nordsee: so ein Gewitter und nach einer halben Stunde ist alles vorbei, und die Sonne scheint. Wie im Leben.«

Ich ließ die Augen geschlossen. »Schöner Satz. Reine Philosophie. Du wirst immer klüger.«

»Ja.« Ines stieß mich an. »Guck hin. Frau Stehler steigt ins Taxi. Möchtest du aufstehen und ihr nachwinken?«

Unter halb geschlossenen Lidern beobachtete ich den Taxifahrer, der ihre Koffer und Taschen verstaute, während sie sich mit frostigem Gesichtsausdruck auf den Beifahrersitz setzte. Sie warf keinen Blick zurück, als sie losfuhren.

»Da fährt sie hin, die Eleonore. Nach diesem Waterloo.«

»Christine, du bist schadenfroh.« Der gut gelaunte Ton meiner Schwester ließ mich ahnen, dass sie es auch war. »Ich möchte nicht in ihrer Haut stecken.«

Ich setzte mich gerade hin, um sie besser sehen zu können. »Sie ist selbst schuld. Und sie ist kein netter Mensch. Hätte sie sich besser benommen, hätte ich vielleicht Mitleid. Aber so?«

Das Taxi entschwand um die Ecke.

Ich schloss die Augen erneut und gab mich der Erleichterung hin, dass sich fast alle Probleme gelöst hatten. Fast alle. Aber der Rest würde sich bestimmt auch noch klären. Es waren kaum noch Wolken am Himmel, nur ein kleiner weißer fedriger Rest.

»Hast du Johann eigentlich mal nach dieser Gunilla gefragt?«

Ein kleiner weißer fedriger Rest. Mehr nicht. Das würde sich alles geben. Ich drehte den Kopf und sah Ines an. Die legte den Kopf schief und wartete auf meine Antwort.

»Ja.« Ich richtete den Blick wieder nach vorn. »Sie ist eine Kollegin von ihm. Er spielt ab und zu Squash mit ihr.«

»Ach so.« Beiläufig platzierte Ines ihren Arm auf die Rückenlehne. »Er kann ja auch nicht jeden Abend schwedisches Fernsehen gucken.«

»Genau.« Ich nickte langsam und sah in den Himmel. Er war mittlerweile ganz blau.

»Keine einzige Wolke mehr«, sagte Ines. »Nach so einem Gewitter. Es wird alles immer wieder gut. Sag ich doch.«

Ich spürte ihre Hand an meiner Schulter, griff nach ihr und drückte sie.

»Wir haben uns doch prima geschlagen, oder? Ich bin froh, dass du dabei warst.«

»Geschenkt.« Ines schlug ihre Beine übereinander und entzog mir ihre Hand. »Bedrückt dich wirklich nichts? Also, wegen Gunilla und so?«

Ich horchte in mich hinein. Dann nickte ich.

»Sie ist nicht der Grund. Johann und ich müssen uns demnächst mal in Ruhe unterhalten. Du hattest recht, ich habe es zu lange ausgesessen. Das muss sich ändern.«

»Gut. Und wenn was ist …«

»Hier sitzen sie herum.« Adelheid spähte entrüstet aus der Tür. »Könnt ihr eure Hintern mal hochkriegen? Nur weil Axel kocht, wandern die Bestecke ja wohl nicht alleine auf die Tische. Aber mal zackig.«

Sie verschwand so schnell, wie sie erschienen war.

Ines stand langsam auf. »Da hast du es gehört. Du sitzt immer noch zu viel aus. Also dann, lass es uns angehen.«

Sie beugte sich vor und küsste mich auf den Scheitel. Dann schlenderte sie zum Haus.

Epilog

Es ist der kälteste Tag in Hamburg seit fünfzehn Jahren. Das habe ich vorhin in den Radionachrichten gehört. Minus acht Grad, am 12. Januar. Gleich holt David Bruhn mich zum Essen ab. Ich laufe auf dicken Socken über den Holzboden und freue mich, dass die Heizung so warm ist. Die neue Wohnung ist sowieso ein Glücksgriff gewesen. David hat mir den Tipp gegeben, einer seiner Redakteure wollte ausziehen und suchte einen Nachmieter. Ich habe die Wohnung im November besichtigt ... Liebe auf den ersten Blick.

Vier Wochen später bin ich eingezogen. Heute kann ich überhaupt nicht mehr verstehen, wie ich es in meiner alten Wohnung so lange ausgehalten habe. Nur weil ich gewartet habe, dass Johann aus Schweden zurückkommen würde und wir zusammenziehen würden. Völliger Unsinn. Johann hat seinen Schwedenaufenthalt um ein Jahr verlängert. Ich glaube, er passt besser nach Stockholm als nach Hamburg. Wir haben uns Anfang Dezember gesehen, er hatte noch einige Sachen bei mir, die wollte ich vor dem Umzug loswerden.

Es war ein komisches Treffen gewesen, ein bisschen traurig, ein bisschen erleichternd. Aber eigentlich auch gut. Er ist ein toller Mann. Nur nicht meiner. Und traurig ist jede Liebesgeschichte, die beendet wird.

Ich habe es noch nicht geschafft, alle Kartons auszupacken. Ich öffne drei Kartons, dann finde ich endlich meinen besten Lippenstift. Man muss sich schon aufbrezeln, wenn man ins »Grand Plaza« zum Abendessen geht, immerhin hat das Restaurant zwei Sterne. Axel ist seit Anfang Dezember wieder in

Hamburg und ins Familienunternehmen eingestiegen. Sein Büro ist im »Grand Plaza«, aber er hat auch eines in Frankfurt und eines in Berlin. Ihm geht es gut damit, auch wenn er, da sind Ines und ich uns ziemlich sicher, noch oft an Gesa denkt. Zumindest hat er Marleen, die Silvester mit Björn nach Hamburg gekommen ist, dauernd nach Gesa gefragt.

Marleen ist begeistert von meiner neuen Wohnung. Sie hat die Turbulenzen in Dubai ganz gut weggesteckt. Ein Hotelgast hatte Björn und sie denunziert. Er hatte bei der Polizei die Aussage gemacht, dass er die beiden nackt und betrunken am Strand gesehen hätte. Das Ganze war ein Racheakt. Am Tag zuvor hatte der Denunziant eine junge Frau belästigt. Daraufhin hatte Marleen ihn zur Rede gestellt und gedroht, den Vorfall der Hotelleitung zu melden. Das hatte wohl gereicht, um diese Geschichte ins Rollen zu bringen.

Im dritten Karton finde ich auch meinen besten Schal wieder. Adelheid hat einen ähnlichen getragen. Sie hat mich kurz vor Weihnachten angerufen und sich für die Weihnachtskarte bedankt. Guntram Bernd will sich eine Ferienwohnung auf Norderney kaufen. Er hätte in diesem Klima und in dieser Ruhe die besten Ideen. Er schreibt gerade an einem Kriminalroman, Gisbert von Meyer hilft ihm bei der Recherche. Und Adelheid kocht für Guntram.

Ich lege den Schal um und betrachte mich im Spiegel. Schwarzer Anzug, bunter Schal, roter Lippenstift. Pierre wäre begeistert. Wir telefonieren mittlerweile jeden Sonntag. Ein schwuler Mann kann fast so wichtig sein wie die beste Freundin. Übrigens ist Pierre wieder verliebt, in einen Koch namens Roger, und ganz beseelt. Natürlich auch, weil Marleen wieder da ist. Außerdem ist Pierre mit Björn äußerst einverstanden. Adelheid redet inzwischen wieder mit Pierre, das ist das Ergebnis des Essens, das Ines und ich den beiden als Dank für die Hilfe geschenkt haben. Natürlich sind wir nicht mitgegangen. Die beiden saßen allein bei einem Fünf-

Gänge-Menü in der »Georgshöhe«. Und bekamen ständig Wein nachgeschenkt. Das haben Ines und ich angeordnet. Irgendwann haben sie dann doch angefangen, sich zu unterhalten. Und zum Schluss hatten sie einen sehr lustigen Abend. Das hat Pierre gesagt. Sie haben sich geeinigt, nie wieder über Fernsehshows zu reden. Und Guntram Bernd findet Pierre so liebenswürdig. Sagt Adelheid.

Ich sehe auf die Uhr, noch zehn Minuten. Ich freue mich auf den Abend. David, Axel, Ines und ich. Meine Schwester ist auch dabei, sie kommt direkt ins »Grand Plaza«.

Ines hat meinen Eltern zu Weihnachten einen Kochkurs geschenkt, das war sehr mutig. Ich hätte mich das nie getraut. Charlotte hat sich wahnsinnig gefreut und macht den jetzt gemeinsam mit Hanna. Deswegen kommen Hanna, Kalli, Charlotte und Heinz zusammen für ein langes Wochenende nach Hamburg.

Mein Vater hat gesagt, dass Kalli und er in meiner neuen Wohnung arbeiten könnten, während die Frauen kochen. Lampen, Regale, Bilder, es gäbe ja so viel zu tun. Sie würden jeden Tag kommen, und Sonntag wäre alles fertig.

Ines hat gesagt, sie hätte an diesem Wochenende überhaupt keine Zeit, dafür hätte sie ja den Kurs bezahlt.

Es klingelt. Ich werfe einen abschließenden Blick in den Spiegel und drücke auf den Türöffner, um David hereinzulassen. Ich lehne mich an den Türrahmen, lausche Davids Schritten im Treppenhaus und frage mich, warum ich aufgeregt bin.

Ich muss das mit meiner Schwester besprechen, spätestens in unserem Urlaub in Dänemark. Der ist ja schon im nächsten Monat. Heute werden wir erst mal einen schönen Abend haben.

Danke!

Ohne Hilfe wäre Christine im »Haus Theda« gescheitert, sie hat zum Dank alle zum Essen eingeladen, war ein toller Abend.

Ich mache es auf diesem Weg und bedanke mich bei meinen guten »Pensionsgeistern«:

Bei meiner Schwester Birgit, die mir das alles erlaubt, bei Britta, die so vieles versteht, und bei meinem Bruder Rainer, der dafür sorgt, dass ich dabei nicht so viel falsch mache. Und natürlich bei Rudi und Edith, die grandiose Eltern sind.

Bei Marion Bluhm für ihre Ideen und Kritik.

Bei Silvia Schmid und Bianca Dombrowa für die Begleitung.

Bei Susan Lorenz und dem Team des »Seesteg«: Ihr habt das alles eindeutig besser im Griff.

Bei Gabi Fischer für die Werbung.

Bei Bea Habersaat, die mich vor den Gisbert von Meyers dieser Welt schützt.

Und bei Elke Feistauer und Constanze Chory, die mich in und an alle Welt verkaufen.

Bei Christine Püffel für die Organisation.

Bei Sonja Walter fürs Glattbügeln.

Bei Gila Hass für die richtigen Plätze.

Bei Mischi Felkenneyer, nicht nur für die Marmelade.

Bei der Keller/Küster-Gang: Claus für die Rückendeckung, Susanne, Emily, Till und Julius für alles andere.

Bei Markus Klose für die Musik.

Und wie immer bei Joachim Jessen fürs Große und Ganze.

Dora Heldt